中国古典文学名著丛书

品花宝鉴

（上）

陈森 著

黑龙江出版集团
黑龙江美术出版社

中国古典文学名著丛书

出品人：
李久军

编辑委员会（按姓氏笔画）：
于晓北　于茂昌　李正刚　衣国强　陈　澂
步庆权　金海滨　林洪海　赵云长　梁　昌

责任编辑：
陈颖杰　于　澜

藏书票

装帧设计：
滕文静

编　务：
于　澜

电脑制作：
杨　鑫　郭志芹　李　莹

出版者说

长篇小说《金瓶梅》自明万历年间问世后，不仅和《三国演义》《水浒传》《西游记》一起被列为明代"四大奇书"，而且首开明清"人情小说"之先河。正是从《金瓶梅》问世始，中国古代长篇小说发生了从题材来源于历史和神话，到取材于社会现实的重要转变，从而实现了中国小说与现实关系的根本性变革，因此，《金瓶梅》在中国古代小说发展史上具有里程碑的意义。

"人情小说"的定义出自鲁迅《中国小说史略》。"史略"第十九篇开篇就这样论述"明之人情小说"："当神魔小说盛行时，记人事者亦突起，其取材犹宋市人小说之'银字儿'，大率为离合悲欢及发迹变态之事，间杂因果报应，而不甚言灵怪，又缘描摹世态，见其炎凉，故或亦谓之'世情书'也。"

广义的"人情小说"内容"极摹人情世态之歧，备写悲欢离合之致"（笑花主人《今古奇观序》），凡是描写社会现实生活各个方面的小说都包含其中。它既包括以家庭生活和姻缘爱情故事为中心来描摹世态的小说，又包括以社会生活各个方面为题材，用讽刺笔法来暴露社会黑暗的作品。狭义的"人情小说"则侧重于前者。

我们把狭义的"人情小说"分为三种类型。第一种类型以家庭生活为中心，描写家庭婚姻、伦理道德题材，兼叙悲欢离合和发迹变态等情节，宣扬因果报应，借以规过劝善，我们称之为"世情小说"；除了开山之作《金瓶梅》，代表作还有《醒世姻缘传》《隔帘花影》等。第二种类型是描写才子佳人题材，鲁迅称之为"佳话"。其模式大约是一对或几对郎才女貌的青年，或以诗词为媒介，彼此爱慕，或是一见钟情，私定终身；又旁添小人权奸，拨乱其间，历终曲折，最后才子登科，奉旨成婚，终成美满姻缘；"佳话小说"的代表作有《玉娇梨》《平山冷燕》和《好逑传》等。第三种类型则是以狭邪人物事故为全书主干，以描写妓院生活为重点，展现青楼风月、官商世态和市井风情，这类小说实际是才子佳人小说绪余；当时，《红楼梦》问世已久，续书或模仿者甚多却毫无新意，因而"谈钗黛而生厌，因改求于倡优，知大观园者已久，则别辟情场于北里"（鲁迅语）；这类小说上承"佳话小说"之绪，下开谴责小说、鸳鸯蝴蝶派小说之端，堪称末世畸形病态社会之写真；学界对其称谓不一，我们这里称之为"艳情小说"，其代表作有《品花宝鉴》《花月痕》《青楼梦》及《海上花列传》等。"中国古典小说名著丛书"此次分几个单元推出的就是狭义的"人情小说"。

为方便读者阅读，每个单元都包含了各个类型的"人情小说"。某些作品在内容上难免存在一些糟粕之处，即使是比较优秀的作品，也是瑕瑜互见，望读者注意鉴别。

小说《品花宝鉴》以士绅子弟梅子玉与伶人杜琴言的情缘故事为主，描写京城十位用情守礼的名士与十位洁身自好的优伶之间柏拉图式的爱情，质言之，就是写同性相恋的故事。这部小说是清代狭邪小说的发端，属于"人情小说"中的"艳情"类。

《品花宝鉴》是我国第一部梨园小说，书中人物"大抵实有，就其姓名性行，推之可知"（鲁迅《中国小说史略?清之狭邪小说》）。作品在描写伶人的人生遭际的同时，也反映了当时梨园生活、市井百态的一些实况，作者在书中寓有劝惩之意，具有一定的认识价值和史料价格。

原书未署撰者，但据书前石函氏序可知作者是常州人陈森，字少逸，他屡试不第，后游历名山大川，道光中寓居北京，熟悉梨园生活。鲁迅曾指出小说中的人物"高品"，就是作者"自况"。

序

　　余前客都中，馆于同里某比部宅，曾为《梅花梦》传奇一部，虽留意于词藻，而未谐于声律，故未尝以之示人。比部赏余文曲而能达，正而能雅，而又戏而善谑，遂嘱余为说部，可以畅所欲言，随笔抒写，不愈于倚声按律之必落人窠臼乎？时余好学古文、诗赋、歌行等类，而稗官一书心厌薄之。及秋试下第，境益穷，志益悲，块然块垒于胸中而无以自消，日排遣于歌楼舞榭间，三月而忘倦，略识声容伎艺之妙，与夫性情之贞淫，语言之雅俗，情文之真伪。间与比部品题梨园，雌黄人物，比部曰："予嘱君之所为小说者，其命意即在乎此，何不即以此辈为之？如得成书，则道人所未道也。"余亦心好之，遂窃拟之。始得一一卷，仅五千余言，而比部以为可，并为之点窜斟酌。继复得二三卷，笔稍畅，两月间得卷十五。借阅者已接踵而至，缮本者不复返，哗然谓此超群矣。继以羁愁潦倒，思室不通，遂置之不复作。

　　明年有粤西太守聘余为书记，偕之粤，历游数郡间，山水奇绝，觉生平所习之学皆稍进。亦尝游览青楼戏馆间，而殊方异俗鲜称人意，一二同游者亦木讷士，少宏通风雅。主人从政无暇，此书置之敝箧中八年之久，蠹蚀过半，余亦几忘之矣。

　　及居停回都，又携余行，劝余再应京兆试。粤境皆山溪幽阻，水道如蛇盘蚓曲，风雪阻舟，迆遭沙石间，日行一二里、二三里不等。居停遂督余续此书甚急，几欲刻期而待。自粤兴安县境至楚武昌府境，舟行凡七十日，白昼人声喧杂，不能构思；夜阑人静，秉烛疾书，共得十五卷。及入长江，风帆便利，过九江，抵金陵，乡心萦梦，不复能作矣。至都已七月中旬，检出时文试帖等略略翻阅。试事毕，康了如故，年且四十余矣，岂犹能如青青子衿日事咕哗耶？固知科名之与我风马牛也。贫乏不能自归，仍依居停而客焉。

　　有农部某君，十年前即见余始作之十五卷，今又见近续之十五卷，甚嗜之，以为功已得半，弃之可惜，嘱予成之，且日来晓哓，竟如师之督课。余喜且悚，于腊底拥炉挑灯，发愤自勉，五阅月而得三十卷，因以告竣。又阅前作之十五卷，前后舛错，复另易之，首尾共六十卷。皆海市蜃楼，羌无故实。所言之色，皆吾目中未见之色；所言之情，皆吾意中欲发之情；所写之声音笑貌妍媸邪正，以至狭邪、淫荡、秽亵诸琐屑事，皆吾私揣世间所必有之事。而笔之所至，如水之过峡、舟之下滩、骥之奔泉，听其所止而休焉，非好为刻薄语也。至于为公卿，为名士，为俊优、佳人\才婢、狂夫\俗子，则如干宝之《搜神》，任防之《述异》，渺茫而已。噫，此书也，固知离经畔道，为著述家所鄙，然其中亦有可取，是在阅者矣。

旷废十年，而功成半载，固知精于勤而荒于嬉，游戏且然，况正学乎！某比部启余于始，某太守勖余于中，某农部成余于终：此三君者，于此书实大有功焉。倘使三君子皆不好此书，则至今犹如天之无云、水之无波\树之无风，而纸之无字，亦安望有此洒洒洋洋、奇奇怪怪五十余万言耶？脱稿后，为叙其颠末如此。天上琼楼，泥犁地狱，随所位置矣。

石函氏书

目 录

第 一 回	史南湘制谱选名花	梅子玉闻香惊绝艳	○○一
第 二 回	魏聘才途中夸遇美	王桂保席上乱飞花	○一○
第 三 回	卖烟壶老王索诈	砸菜碗小旦撒娇	○一八
第 四 回	三名士雪窗分咏	一少年粉壁题词	○二七
第 五 回	袁宝珠引进杜琴言	富三爷细述华公子	○三六
第 六 回	颜夫人快订良姻	梅公子初观色界	○四三
第 七 回	颜仲清最工一字对	史南湘独出五言诗	○五二
第 八 回	偷复偷戏园失银两	乐中乐酒馆闹皮杯	○六○
第 九 回	月夕灯宵万花齐放	珠情琴思一面缘悭	○六八
第 十 回	春梦婆娑情长情短	花枝约略疑假疑真	○七六
第十一回	三佳人妙语翻新	六婢女戏言受责	○八四
第十二回	颜仲清婆心侠气	田春航傲骨痴情	○九二
第十三回	两心巧印巨眼深情	一味歪缠淫魔色鬼	一○○
第十四回	古诵七言琴声复奏	字搜四子酒令新翻	一○九
第十五回	老学士奉命出差	佳公子闲情访素	一一八
第十六回	魏聘才初进华公府	梅子玉再访杜琴言	一二六
第十七回	祝芳年琼筵集词客	评花谱国色冠群香	一三三
第十八回	狎客楼中教篯片	妖娼门口唱杨枝	一四二
第十九回	述淫邪奸谋藏木桶	逞智慧妙语骗金箍	一四九
第二十回	夺锦标龙舟竞渡	闷酒令鸳侣传觞	一五六
第二十一回	造谣言徒遭冷眼	问衷曲暗泣同心	一六四
第二十二回	遇灾星素琴双痛哭	逛运河梅杜再联情	一七○
第二十三回	裹草帘阿呆遭毒手	坐粪车劣幕述淫心	一七九

第二十四回	说新闻传来新戏	定情品跳出情关	一八五
第二十五回	水榭风廊花能解语	清歌妙舞玉自生香	一九一
第二十六回	进逸言聘才酬宿怨	重国色华府购名花	一九九
第二十七回	奚正绅大闹秋水堂	杜琴言避祸华公府	二〇六
第二十八回	生离别隐语寄牵牛	昧天良贪心学扁马	二一四
第二十九回	缺月重圆真情独笑	群珠紧守离恨谁怜	二二二
第 三十 回	赏灯月开宴品群花	试容装上台呈艳曲	二三〇
第三十一回	解余醒群花留夜月	萦旧感名士唱秋坟	二三九
第三十二回	众名士萧斋等报捷	老司官冷署判呈词	二四七
第三十三回	寄家书梅学使训子	馈赆仪华公子辞宾	二五四
第三十四回	还宿债李元茂借钱	闹元宵魏聘才被窃	二六二
第三十五回	集葩经飞花生并蒂	裁艳曲红豆掷相思	二七〇
第三十六回	小谈心众口骂珊枝	中奸计奋身碎玉镯	二八〇
第三十七回	行小令一字化为三	对戏名二言增至四	二八九
第三十八回	论真赝注释神禹碑	数灾祥驳翻太乙数	二九七
第三十九回	闹新房灵机生雅谑	装假发白首变红颜	三〇六
第 四十 回	奚老土淫毒成天阉	潘其观恶报作风臀	三一四
第四十一回	惜芳春蝴蝶皆成梦	按艳拍鸳鸯不羡仙	三二二
第四十二回	索养赡师娘勒价	打茶围幕友破财	三三〇
第四十三回	苏蕙芳慧心瞒寡妇	徐子云重价赎琴言	三三七
第四十四回	听谣言三家人起衅	见恶札两公子绝交	三四七
第四十五回	佳公子踏月访情人	美玉郎扶乩认义父	三五四
第四十六回	众英才分题联集锦	老名士制序笔生花	三六三
第四十七回	奚十一奇方修肾	潘其观忍辱医臀	三七三
第四十八回	木兰艇吟出断肠词	皇华亭痛洒离情泪	三八一
第四十九回	爱中慕田状元求婚	意外情许三姐认弟	三八九
第 五十 回	改戏文林春喜正谱	娶妓女魏聘才收场	三九七
第五十一回	闹缝穷隔墙听戏	舒积忿同室操戈	四〇六
第五十二回	群公子花园贺喜	众佳人绣阁陪新	四一五
第五十三回	桃花扇题曲定芳情	燕子矶痴魂惊幻梦	四二二
第五十四回	才子词科登翰苑	佳人绣阁论唐诗	四三一
第五十五回	凤凰山下谒骚坛	翡翠巢边寻旧冢	四四〇
第五十六回	屈方正成神托梦	侯太史假义恤孤	四四九
第五十七回	袁绮香酒令戏群芳	王琼华诗牌作盟主	四五八
第五十八回	奚十一主仆遭恶报	潘其观夫妇闹淫魔	四七一
第五十九回	梅侍郎独建屈公祠	屈少君重返都门地	四八〇
第 六十 回	金吉甫归结品花鉴	袁宝珠领袖祝文星	四八八

第一回
史南湘制谱选名花　梅子玉闻香惊绝艳

　　京师演戏之盛，甲于天下。地当尺五天边，处处歌台舞榭；人在大千队里，时时醉月评花。真乃说不尽的繁华，描不尽的情态。一时闻闻见见，怪怪奇奇，事不出于理之所无，人尽入于情之所有，遂以游戏之笔，摹写游戏之人。而游戏之中最难得者：几个用情守礼之君子，与几个洁身自好的优伶，真合著《国风》好色不淫一句。先将搢绅中子弟分作十种，皆是一个"情"字：

　　　　一曰情中正，一曰情中上，一曰情中高，一曰情中逸，一曰情中华，一曰情中豪，一曰情中狂，一曰情中趣，一曰情中和，一曰情中乐。

再将梨园中名旦分作十种，也是一个"情"字：

　　　　一曰情中至，一曰情中慧，一曰情中韵，一曰情中醇，一曰情中淑，一曰情中烈，一曰情中直，一曰情中酣，一曰情中艳，一曰情中媚。

这都是上等人物。还有那些下等人物，这个"情"字便加不上，也指出几种来：

　　　　一曰淫，一曰邪，一曰黠，一曰荡，一曰贪，一曰魔，一曰祟，一曰蠹。

　　大概自古及今，用情于欢乐场中的人，均不外乎邪正两途，耳目所及，笔之于书，共成六十卷，名曰《品花宝鉴》，又曰《怡情佚史》。书中有宾有主，不即不离，藕断丝连，花浓云聚。陈言务去，不知费作者几许苦心；生面别开，遂能令读者一时快意。正是：

　　　　鸳鸯绣了从教看，莫把金针暗度人。

　　此书不著姓名，究不知何代何年何地何人所作。书中开首说一极忘情之人，生一极钟情之子。这人姓梅，名士燮，号铁庵，江南金陵人氏。是个阀阅世家，现任翰林院侍读学士，寓居城南鸣珂里。其祖名鼎，曾任吏部尚书；其父名羹调，曾任文华殿大学士，三代单传。士燮于十七岁中了进士，入了翰林，迄今已二十九年，行年四十六岁了。家世本是金、张，经术复师马、郑。贵胄偏崇儒素，词臣竟屏纷华。蔼蔼乎心似春和，凛凛乎却貌如秋肃。人比他为司马君实、赵清献一流人物。夫人颜氏，也是金陵大家，为左都御史颜尧臣之女，翰林院编修颜庄之妹，父兄皆已物故。这颜夫人今年四十四岁，真是德容兼备，贤淑无双，与梅学士唱随已二十余年。二十九岁上梦神人授玉，遂生了一个玉郎，取名子玉，号庾香。这梅子玉今年已十七岁了，生得貌如良玉，质比精金。宝贵如明珠在胎，光彩如华月升岫；而且天授神奇，胸罗斗宿，虽只十年诵读，已是万卷贯通。

士燮前年告假回乡扫墓，子玉随了回去，即入了泮，在本省过了一回乡试未中，仍随任进京，因回南不便，遂以上舍生肄业成均，现从了浙江一个名宿李性全读书。这性全系士燮乡榜门生，是个言方行矩的道学先生。颜夫人将此子爱如珍宝，读书之外时不离身。宅中丫鬟仆妇甚多，仆妇三十岁以下、丫鬟十五岁以上者，皆不令其服侍子玉，恐为引诱。而子玉亦能守身如玉，虽在罗绮丛中，却无纨袴习气，不佩罗囊而自丽，不傅香粉而自华。惟取友尊师，功能刻苦，论今讨古，志在云霄，目下已有景星庆云之誉，人以一睹为快。

一日，先生有事放学，子玉正在独坐，却有两个好友来看他：一个姓颜名仲清，号剑潭，现年二十三岁，即系已故编修颜庄之子，为颜夫人之侄。这颜庄在日，与士燮既系郎舅至亲，又有雷陈至契，不料于三十岁即赴召玉楼，他夫人郑氏绝食殉节。那时仲清年甫三龄，士燮抚养在家，又与郑氏夫人请旌表烈。仲清在士燮处，到十九岁上中了个副车。是年士燮与其作伐，赘于同乡同年现任通政司王文辉家为婿。

这王文辉是颜夫人的表兄，与仲清亲上加亲，翁婿甚为相得。那一位姓史名南湘，号竹君，是湖广汉阳人，现年二十四岁，已中了本省解元。父亲史曾望现为吏科给事中。这两人同是才高八斗，学富五车，但两人的情性却又各不相同。仲清是孤高自洁，坦白为怀，将他的学问与子玉比较起来，子玉是纯粹一路，仲清是旷达一路。一切人情物理，仲清不过略观大概，不求甚解；子玉则钩深索隐，精益求精。往往有仲清鄙夷不屑之学，经子玉精心讲贯，便觉妙义环生；亦有子玉所索解不得之理，经仲清一言点悟，顿觉白地光明。这两个相聚十余年，其结契之厚，比同胞手足更加亲密。那南湘是啸傲忘形，清狂绝俗，目空一世，倚马万言，就只赏识子玉、仲清二人。这日同来看子玉，门上见是来惯的，是少爷至好，便一直引到书房与子玉见了。仲清又同子玉进内见了姑母，然后出来与南湘坐下。

三人讲了些话，书僮送上香茗。南湘见这室中清雅绝尘，一切陈设甚精且古，久知其胸次不凡，又见那清华尊贵的仪表，就是近日所选那《曲台花谱》中数人，虽然有此姿容，到底无此神骨。但见其谦谦自退，讷讷若虚，究不知他何所嗜好，若有些拘执鲜通，胶滞不化，也算不得全才了。便想来试他一试,即问道:"庾香,我问你,世间能使人娱耳悦目、动心荡魄的,以何物为最?"子玉蓦然被他这一问,便看著南湘,心里想道:"他是个清狂潇洒人,决不与世俗之见相同,必有个道理在内。"便答道:"这句话却问得太泛,人生耳目虽同,性情各异。有好繁华的,即有厌繁华的。有好冷淡的,也有嫌冷淡的。譬如东山以丝竹为陶情,而陋室又以丝竹为乱耳。有屏蛾眉而弗御,有携姬妾以自随。则娱耳悦目之乐既有不同,而荡心动魄之处更自难合,安能以一人之耳目性情,概人人之耳目性情?"南湘道:"不是这么说,我是指一种人而言。现在这京城里人山人海,譬如见位尊望重者,与之讲官话,说官箴,自顶至踵,一一要合官体,则可畏;见酸腐措大,拘手挛足,曲背耸肩而呻吟作推敲之势,则可笑。见市井逐臭之夫,评黄白,论市价,俗气熏人,则可恶;见俗优滥妓,油头粉面,无耻之极,则可恨。你想,凡目中所见的,去了这些,还有那一种人?"

　　子玉正猜不著他所说什么,只得说道:"既然娱悦不在声色,其唯二三知己朝夕素心乎?"仲清大笑。南湘道:"岂有此理!朋友岂可云娱耳悦目的?庾香设心不良。"说罢,哈哈大笑。子玉被他们这一笑,笑得不好意思起来,脸已微红,便说道:"你们休要取笑,我是这个意思:挥麈清谈,乌衣美秀,难道不可娱耳,不可悦目?醇醪醉心,古剑照胆,交友中难道无动心荡魄处么?"南湘笑道:"你总是这一间屋子里的说话,所见不广,所游未化。"即从靴鞲里取出一本书来,送与子玉道:"这是我近刻的,大约可以娱耳悦目,动心荡魄者,要在此数君。"仲清笑道:"你将此书呈政于庾香,真似苏秦始见秦王,可保的你书十上而说不行。他非但没有领略此中情味,且未见过这些人,如何能教他一时索解出来?"子玉见他们说得郑重,不知是什么好书,便揭开一看,书目是《曲台花选》,有好几篇序,无非骈四儷六之文。南湘叫他不要看序,且看所选的人。子玉见第一个题的是:

　　　　琼楼珠树袁宝珠

　　宝珠姓袁氏,字瑶卿,年十六岁,姑苏人,隶联锦部。善丹青,娴吟咏。其演《鹊桥》、《密誓》、《惊梦》、《寻梦》等出,艳夺明霞,朗涵仙露。正使玉环失宠,杜女无华。纤音遏云,柔情如水。《霓裳》一曲,描来天宝风流;春梦重寻,谱出香闺思怨。平时则清光奕奕,软语喁喁,励志冰清,守身玉洁。此当于郁金堂后筑翡翠楼居之。因赠以诗:

　　　　舞袖轻盈弱不胜,难将水月比清澄。
　　　　自从珠字名卿后,能使珠光百倍增。

　　　　瘦沈腰肢绝可怜,一生爱好自天然。
　　　　风流别有消魂处,始信人间有谪仙。

子玉笑道："这不是说戏班里的小旦么,这是那里的小旦,你赞得这样好?"仲清道:"现在这里的,你不见说在联锦班么?"子玉道:"我不信,这是竹君撒谎。我今年也看过一天的戏,几曾见小旦中有这样好人?"南湘道:"你那天看的不知是什么班子,自然没有好的了。"

子玉再看第二题的是:

瑶台璧月苏惠芳

惠芳姓苏氏,字媚香,年十七岁,姑苏人。本官家子,因飘泊入梨园,隶联锦部。秋水为神,琼花作骨。工吟咏,尚气节,善权变,慧心独造,巧夺天工,色艺冠一时。其演《瑶台》、《盘秋》、《亭会》诸戏,真见香心如诉,娇韵欲流。吴绛仙秀色可餐,赵合德寒泉浸玉,苏郎兼而有之。尝语人曰:"余不幸坠落梨园,但既为此业,则当安之。谁谓此中不可守贞抱洁,而必随波逐流以自苦者?"其志如此。而遥情胜概,罕见其匹焉。为之诗曰:

风流林下久传扬,苏小生来独擅长。
一曲清歌绕梁韵,天花乱落舞衣香。

箫管当场犹自羞,暂将仙骨换娇柔。
一团绛雪随风散,散作千秋儿女愁。

再看第三题的是:

碧海珊枝陆素兰

素兰姓陆氏,字香畹,年十六岁,姑苏人,隶联锦部。玉骨冰肌,锦心绣口。工书法,虽片纸尺绢,士大夫争宝之如拱璧。善心为窈,骨逾沉水之香;令德是娴,色夺瑶林之月。常演《制谱》、《舞盘》、《小宴》、《絮阁》诸戏,俨然又一杨太真也。就使陈鸿立传,未能绘其声容;香山作歌,岂足形其仿佛。好义若渴,避恶如仇。真守白圭之洁,而凛素丝之贞者。丰致之嫣然,犹其余韵耳。为之诗曰:

芙蓉出水露红颜,肥瘦相宜合燕环。
若使今人行往事,断无胡马入潼关。

此曲只应天上有,不知何处落凡尘。
当年我作唐天宝,愿把江山换美人。

再看第四题的是:

嵊山艳雪金漱芳

漱芳姓金氏,字瘦香,年十五岁,姑苏人,隶联珠部。秀骨珊珊,柔情脉脉。工吟咏吹箫,善弈棋,楚楚有林下风致。其演戏最多,而尤擅名者,为《题曲》一出。真檀口生香，素腰如柳，比之海棠初开，素馨将放，其色香一界，几欲使神仙堕劫矣。其余《琴姚》、《秋江》诸戏，情韵如生，亦非他人所能。而香心婉婉，秀外慧中，是真娜嬛掌书仙，岂菊部中所能靓耶？为之诗曰：

  纤纤一片彩云飞，流雪回风何处依。
  金缕香多舞衣重，只应常著六铢衣。

  芙蓉输面柳输腰，恰称花梁金步遥。
  就使无情更无语，当场窄步已魂消。

再看第五题的是：
  玉树临风李玉林

玉林姓李氏，字珮仙，年十五岁，扬州人，隶联珠部。初日芙蕖，晓风杨柳。娴吟咏，工丝竹，围棋、马吊皆精绝一时。东坡《海棠》诗云："嫣然一笑竹篱间，桃李漫山总粗俗。"温柔旖旎中，自具不可夺之志，真殊艳也。其演《折柳阳关》一出，名噪京师。见其婉转娇柔，哀情艳思，如睹霍小玉生平，不必再读《卖钗》、《分鞋》诸曲，已恨黄衫剑客，不能杀却此负情郎也。再演《藏舟》、《草地》、《寄扇》等戏，情思皆足动人。真琼树朝朝，金莲步步，有临春、结绮之遗韵矣。为之诗曰：

  舞袖长拖艳若霞，妆成鬒鬘云斜。
  侍儿扶上临春阁，要斗南朝张丽华。

  慧绝香心酒半酣，妙疑才过月初三。
  动人最是阳关曲，听得征夫恨不堪。

再看第六题的是：
  火树银花王兰保

兰保姓王氏，字静芳，年十七岁，扬州人，隶联锦部。翩若惊鸿，婉若游龙。通词翰，善武技，性尤烈，不屈豪贵，真玉中之琤琤有声者。其演《双红记》、《盗令》、《青门》诸出，梳乌蛮髻，贯金雀钗，衣销金紫衣，系红绣襦，著小蛮锦靴，背负双龙纹剑，如荼如火，如锦如云，真红线后身也。其《刺虎》、《盗令》、《杀舟》诸戏，侠情一往，如见巾帼身肩天下事，觉薰香傅粉，私语喁喁，真痴儿女矣。温柔旖旎之中，绮丽风光之际，得此君一往，如听李三郎击羯鼓，作《渔阳三挝》，渊渊乎顷刻间见万花齐放也。为之诗曰：

  侠骨柔情世所难，肯随红袖倚阑干。
  平生知己无须嘱，请把龙纹仔细看。

纷披五色起朝霞,鼙鼓声声气倍加。
戏罢卸妆垂手立,亭亭一树碧桃花。

再看第七题的是:

秋水芙蓉王桂保

桂保即兰保之弟,字蕊香,年十五岁,与兄同部。似兰斯馨,如花解语。明眸善睐,皓齿流芳。嬉戏自出天真,娇憨皆生风趣。能翰墨,工牙拍,喜行令诸局戏。善解人意,虽寂寥寡欢者,见之亦为畅满。意态姿媚,而自为范围。其演《乔醋》一出,香弹红酣,真令潘骑省心醉欲死矣。又演《相约》、《讨钗》、《拷艳》诸小出,如娇鸟弄晴,横波修黛,观者堵立数重,使层楼无坐地。时人评论袁、苏如霓裳羽衣,此则紫云回雪,其趣不同,其妙一也。为之诗曰:

盈盈十五已风流,巧笑横波未解羞。
最爱娇憨太无赖,到无人处学春愁。

我欲当筵乞紫云,一时声价遍传闻。
红牙拍到消魂处,檀口清歌白练裙。

再看第八题的是:

天上玉麟林春喜

春喜姓林氏,字小梅,年十四岁,姑苏人,隶联锦部。好花含萼,明珠出胎。十二岁入班,迄今才二年,已精于声律,兼通文墨,生旦并作。所演《寄子》、《储谏》、《回猎》、《断机》、《番儿》、《冥勘》、《女弹》等戏,长眉秀颊,如见乌衣子弟佩紫罗香囊,真香粉孩儿令人有宁馨之羡,其哺啜皆可观。数年后更当独出头地,价重连城也。为之诗曰:

别有人间傅粉郎,销金为饰玉为妆。
石麟天上原无价,应捧炉香侍玉皇。

才啭歌喉赞不休,黄金争掷作缠头。
王郎偶驾羊车出,十里珠帘尽上钩。

子玉看了只是笑,不置一词。南湘问道:"你何以不加可否?"子玉道:"大凡论人,虽难免粉饰,也不可过于失实。若论此辈,真可惜了这副笔墨。我想此辈中人,断无全璧,以色事人,不求其媚,必求其谄。况朝秦暮楚,酒食自娱,强笑假欢,缠头是爱。此身既难自洁,而此志亦为太卑。再兼之生于贫贱,长在卑污,耳目既狭,胸次日小,所学者婢膝奴颜,所工者谑浪笑傲。就使涂泽为工,描摹得态,也不过上台时效个麒麟楦,充个没字碑,岂有出污泥而不滓,随狂流而不下者?且即有一容可取,一技所长,是犹拆锦袜之线，无补于缝裳；炼铅水之刀，不良于伐木。其脏腑秽浊，出言无章；其骨节少文，举动皆俗。故色虽美而不华，肌虽白而不洁，神虽妍而不清，气虽柔而不秀，有此数病，焉得为佳？若夫红闺弱质，金屋丽姝。质秉纯阴，体含至静，故骨柔肌腻，肤洁血荣，神气静息，仪态婉娴，眉目自见其清扬，声音自成其娇细，姿致动作，妙出自然，鬓影衣香，无须造作，方可称为美人、为佳人。今以红氍毹上演古之绝代倾城，真所谓刻画无盐，唐突西子。所以我不愿看小旦戏，宁看净、末、老、丑，翻可舒荡心胸，足助欢笑。吾兄不惜笔墨，竭力铺张，为若辈增光，而使古人抱恨，窃为吾兄有所不取。"

这一番话，把个史南湘说出气来。仲清说道："庾香之论未尝不是，而竹君之选也甚平允。但庾香不知天地间有此数人，譬如读《搜神》之记、《幽怪》之书，而必欲使人实信其有，又谁肯轻信？是非亲见其人不可。我们明日同他出去，亲指一二人与他看了，他才信你这个《花选》方选的不错。我想庾香一见这些人，也必能赏识的。天地之灵秀，何所不钟？若谓仅钟于女而不钟于男，也非通论。庾香方说男子秽浊，焉能如女子灵秀。所为美人、佳人者，我想古来男子中美的也就不少，称美人、佳人者亦有数条。男子称美人者，如《毛诗》'彼美人兮'、杜诗'美人何为隔秋水'、《赤壁赋》'望美人兮天一方'之类。男子称佳人者，如《楚词》：'惟佳人之永都兮。'注云：'佳人，指怀王。'《后汉书》：尚书令陆闳，姿容如玉，光武叹曰：南方多佳人。《晋史》陶侃击杜弢，谓其部将王贡曰：卿本佳人，何为从贼？并有女子称男子为佳人者，如苻秦时窦滔妻苏蕙作《璇玑图》，读者不能尽通。苏氏叹曰：'非我佳人，莫之能解。'可见美色不专属于女子，男子中未必无绝色。如汉冲帝时，李固之摇头弄姿；唐武后时，张易之之施朱傅粉，不独潘安仁、卫叔宝之昭著一时也明矣。"

子玉听了，心稍感动。南湘道："且不仅此。草木向阳者华茂，背阴者衰落。梅花南枝先，北枝后，还有凤凰、鸳鸯、孔雀、野雉、家鸡，有文彩的禽鸟都是雄的，可见造化之气，先钟于男，而后钟于女。那女子固美，究不免些粉脂涂泽，岂及男子之不御铅华，自然光彩。更有一句话最易明白的，我将你现身说法：你自己的容貌，难道还说不好？你如今叫你家里那些丫头们来，同在镜里一照，自然你也看得出好歹，断不说他们生得好，自愧不如。只这一句你就可明白了。"子玉不觉脸红，细想："此言也颇有理，难道小旦中真有这样好的？"既而又想："天地之大，何所不有，岂必斤斤择人遂赋以美材。就是西子也曾贫贱浣纱，而杨太真且作女道士，甚至于美人中传名者，一半出于青楼曲巷。或者天生这一种人，以快人间的心目也未可知。但夸其守身自洁，立志不凡，惟择所交，不为利诱，兼通文翰，鲜蹈淫靡，则未可信。"便如有所思，默然不语。南湘狂笑了一会，说道："庾香此时难算知音，我再去请教别人罢。"便拉了仲清去了。

子玉送客转来，又将南湘的《花选》默默的一想，再想从前看过的戏，与见过的小旦一毫不对，犹以南湘为妄言，借此以自消遣的，便也不放在心上了。李先生回来，仍在书房念了一会书，颜夫人然后叫了进去。

过了两日，子玉于早饭后告了半天假，去回看南湘、仲清。禀过萱堂，颜夫人见今日天气寒冷，起了朔风，且是冬月中旬，便叫家人媳妇取出副葡萄狄的猞猁裘与他穿了，吩咐车里也换了白狐狄暖围。两个小使：一个云儿，一个俊儿，骑了马。先到他表母舅王通政宅内，适值通政出门去了，通政的少君出来接进。这王通政的少君，名字单叫个"恂"字，号庸庵，年方二十二岁，生得一表非凡，丰华俊雅，文才既极精通，心地尤为浑厚。纳了个上舍生，在北闱乡试。与子玉是表弟兄，为莫逆之交。接进了子玉，先同到内里去见了表舅母陆氏夫人。这夫人已是文辉续娶的了，今年才四十岁。又见了王恂的妻室孙氏，那是表嫂；仲清的妻室蓉华，那是表姊。还有个琼华小姐没有出来，因听得他父亲前日说那子玉的好处，其口风似要与他联姻的话，所以不肯出来见这表兄了。陆夫人见子玉，真是见一回爱一回，留他坐了，问了一会家常话。子玉告退。然后同王恂到了书房，问起仲清，为高品、南湘请去。子玉说起前日所见南湘的《花选》过于失实，王恂道："竹君的《花选》，据实而言，尚恐说不到，何以为失实？现在那些宝贝得了这番品题，又长了些声价，你也应该见过这些人。"子玉听了，知王恂也有旦癖，又是个好为附会的人，便不说了。

王恂道："你见竹君的《花选》怎样，还是选得不公呢，还是太少，有遗珠之憾么？好的呢也还有些，但总不及这八个，这是万选青钱。若要说尽他们的好处，除非与他们一人序一本年谱才能清楚，这几句话还不过略述大概而已。"子玉心里甚异："难道现在真有这些人？"又想："这三人也不是容易说人好的，何以说到这几个小旦，都是心口如一？总要眼见了才信，不然总是他们的偏见。"便说道："我恰不常听戏，是以疏于物色。你何不同我去听两出戏，使我广广眼界？"王恂道："很好。"即吩咐套了车，备了马，就随身便服。子玉也叫云儿拿便帽来换了。王恂道："那《花选》联锦有六个，联珠只有两个，自然听联锦了。"即同子玉到了戏园。子玉一进门，见人山人海，坐满了一园，便有些懊悔，不愿进去。王恂引他从人缝里侧著身子挤到了台口，子玉见满池子坐的，没有一个好人，楼上楼下，略还有些像样的。看座儿的见两位阔少爷来，后头跟班夹著狼皮褥子，便腾出了一张桌子，铺上褥子，与他们坐了，送上茶、香火。此刻是唱的《三国演义》，锣鼓盈天，好不热闹。王恂留心，非但那六旦之中不见一个，就有些中等的也不见，身边走来走去的，都是些黑相公，川流不息，四处去找吃饭的老斗。

子玉看了一会闷戏，只见那边桌子上来了一人，招呼王恂，王恂便旋转身子与那人讲话。又见一个人走将过来，穿一件灰色老狐裘，一双泥帮宽皂靴。看他的身材阔而且扁，有三十几岁，歪著膀子，神气昏迷，在他身边挤了过去，停一会又挤了过来，一刻之间就走了三四回。每近身时，必看他一眼，又看看王恂，复停一停脚步，似有照应王恂之意。王恂与那人正讲的热闹，就没有留心这人，这人只得走过，又挤到别处去了。

子玉好不心烦，如坐涂炭。王恂说完了话坐正了，子玉想要回去，尚未说出，只见一人领著一个相公，笑嘻嘻的走近来，请了两个安，便挤在桌子中间坐了，王恂也不认的。子玉见那相公，约有十五六岁，生得蠢头笨脑，脸上露著两块大孤骨，脸面虽白，手却是黑的。他倒摸著子玉的手问起贵姓来，子玉颇不愿答他。见王恂问那人道："你这相公叫什么名字？"那人道："叫保珠。"子玉听了，忍不住一笑。又见王恂问道："你不在桂保处么？"那人道："桂保处人多，前日出来的。这保珠就住在桂保间壁，少爷今日叫保珠伺侯？"王恂支吾，那保珠便拉了王恂的手，问道："到什么地方去？也是时候了。"王恂道："改日罢。"那相公便缠住了王恂，要带他吃饭。子玉实在坐不住了，又恐王恂要拉他同去，不如先走为妙，便叫云儿去看车。云儿不一刻进来说："都伺侯了。"子玉即对王恂道："我要回去了。"王恂知他坐不住，自己也觉得无趣，说道："今日来迟了，歇一天早些来。"也就同了出来。

王恂的家人付了戏钱，那相公还拉著王恂走了几步，看不像带他吃饭的光景，便自去了。子玉、王恂卜了车，各自分路而回。子玉心里自笑不已，何以这些人为几个小旦，颠倒得神昏目暗，皂白不分。设或如今有个真正绝色来，只怕他们倒说不好了。一路思想，忽到一处挤了车，子玉觉得鼻中一阵清香，非兰非麝，便从帘子上玻璃窗内一望，见对面一辆车，车里坐著一个老年，外面坐了两个妙童，都不过十四五岁。一个已似海棠花，娇艳无比，眉目天然；一个真是天上神仙，人间绝色，以玉为骨，以月为魂，以花为情，以珠光宝气为精神。子玉惊得呆了，不知不觉把帘子掀开，凝神而望。那两个妙童也四目澄澄的看他。那个绝色的更觉凝眸伫望，对著子玉出神。子玉觉得心摇目眩。那个绝色的脸上似有一层光彩照过来，散作满鼻的异香。正在好看，车已过去。后头又有三四辆，也坐些小孩子，恰不甚佳。子玉心里有些模模糊糊起来，似像见过这人的相貌，好像一个人，再想不起了。心里想道：这些孩子是什么人？也像戏班子一样，但服饰又不华美。那一个真可称古今少有，天下无双。他既具此美貌，何以倒又服御不鲜，这般光景呢？真委屈了此人。当以广寒宫贮之，岂特郁金堂、翡翠楼，即称其美。这么看来，有目共赏的一句，竟是妄言了。把方才这个保珠比他，做他的舆儓也还不配。子玉一路想到了家。

不知后事如何，且听下回分解。

第二回
魏聘才途中夸遇美　王桂保席上乱飞花

话说子玉在车里，一路想那所见的绝色美童。到了家，见门口一车三马，认得王通政的家人，知道通政在此。便进来到书房，见他父亲陪著王文辉在那里说话，上前见了，说道：“方才到舅舅处请安。”文辉笑容可掬的道：“我一早出来，还未到家。”子玉站在一旁，见文辉说：“开春同年团拜，已定了联锦班，在姑苏会馆唱戏。这回只怕人不多，现在放外任与出差的不少，大约不过三四桌人。”梅学士道：“袁海楼巡抚云南，苏列侯奉命山右，其余学差者有二人，司道出京者三人，余下不过此眼前数人，大约还不满四席了。”王文辉又到里头去见了颜夫人，彼此道了些家常闲话，即提起他次女琼华十六岁了，尚未字人，托士燮留心物色。

士燮答应，随又说道：“择女婿也是一件难事，尽有外貌甚好，内里平常；也有小时聪明，大来变坏的。”颜夫人接口说道：“这总是各人的姻缘。非但拣女婿难，就是要替你外甥定一头亲事也是不容易的。"文辉道：“要像外甥这样好的，那里去选呢？”正说著，只见一个仆妇手里拿著两个红帖走进二门，士燮问道：“有谁来了？”仆妇将帖呈上，说道：“门上说是家乡来的，现在二门外等回话。”士燮看时，一个全帖上写著“世愚侄魏聘才”，一个写著“门下晚学生李元茂”。士燮道：“这称呼是小门生，不知那里来的？这魏聘才又是谁呢？”王文辉道：“世愚侄，不要是魏老仁的儿子么？”士燮道：“只怕是的，今年夏间接著老仁的信，说要打发他儿子进京弄一小功名，托我收留照应的话。若论老魏人品，实在下作，惟在你我面上，还算有点真情。”文辉道：“若论老魏，原是个上等聪明人，要发科甲也很可发的，就是阴骘损多了，成了个泼皮秀才。既是他儿子远来投奔，老弟也是义无所辞的。”士燮叫梅进进来问了，果然是他。一个是西席李先生之子。吩咐梅进：“请他们在花厅上坐，说我就出来。”文辉也就起身告辞，士燮送到门口，转身到花厅垂花门首，即叫跟班的到书房去请少爷出来，遂即踱进花厅。

只见上首站的一个少年，身材瘦小，面目伶俐；下首一个身材笨浊，面色微黄，浓眉近视，俱约有二十几岁光景。那上首的抢步上前，满面笑容，口称"老伯"，就跪下叩头。士燮还礼不迭，起来看道："老世台的尊范，与令尊竟是一模一样。"聘才正要答应，李元茂已高高的作了一个揖，然后徐徐跪下，如拜神的拜了四拜。士燮两手扶起，说道："你令尊正盼望你来，一路辛苦了。"那李元茂掀唇动齿的咕噜了一句，也听不明白。

士燮让他们坐了。聘才道："家父深感老伯厚恩，铭刻五内，特叫小侄进京来，给老伯与老伯母请安，还要恳求栽培。"士燮问了他父母好。子玉出来，见过了礼，士燮即叫子玉引元茂去见他父亲，子玉即同了元茂、聘才到书房去了。士燮吩咐家人许顺收拾书房后身另院的两间屋子，给他们暂且住下。又吩咐同了他们的来人去搬取行李，才到上房去了。这边子玉引李、魏二人到了书房，性全已知道他儿子来了，等他叩见过了，然后与魏聘才见礼，问了姓名，性全让他上坐，聘才只是不肯。

子玉想了一想：先生父子乍见，定然有些说话，就引聘才到对面船房内坐下，云儿与俊儿送了茶。聘才笑道："世兄可还认得小弟么？"子玉道："面善的很，实在想不起了。"聘才笑道："从来说贵人多忘事，是不差的。那一年，世兄同著老伯母进京，小弟送到船上。世兄双手拉住了腰带，定要叫小弟同伴进京，老伯母好容易哄骗，方才放手，难道竟不记得了？"子玉笑道："题起来却也有些记得。那时弟只得五岁，似乎仁兄名字有个'珍'字。"聘才道："正是。我原说像吾兄这样天聪天明的人，既蒙见爱，定是忘不了的。"子玉问道："仁兄同李世兄来，还是水路来的，还是起早来的？"聘才道："虽是坐船，还算水陆并行。说也话长，既在这里叨扰，容小弟慢慢的细讲。"正说著，见云儿走来请吃饭，遂一同到书房来。性全忙让聘才首坐，聘才如何肯僭，仍让先生坐了，次聘才，元茂与子玉坐在下面。席间性全问起一路来的光景，又谢聘才照应。聘才谦让未遑，又赞了元茂许多好处。性全也觉喜欢，道是儿子或者长进了些。那李元茂闷著头不敢言语。用完了晚饭，那时行李已取到，房间亦已打扫。喝了一会茶，说了些南边年岁光景，聘才知道元茂不能熬夜，起身告辞。性全也体谅他们路上辛苦，就叫元茂跟了过去，子玉送他们进屋，见已铺设好了，说声："早些安歇罢！"也就叫俊儿提灯，照进上房去了。

次日，聘才、元茂到上屋去拜见了颜夫人，又将南边带来的土仪与他父亲的书信一并呈上，书中无非恳求照应的话。另有致王文辉一信，士燮叫他迟日亲自送去。这聘才本是个聪明人，又经乃父陶镕，这一张嘴，真个千伶百俐，善于哄骗，所以在梅宅不到十天，满宅的人都说他好。子玉虽与其两道，然觉此人也无可厌处，尚可借以盘桓，遣此岑寂。

一日晚上，元茂睡了，子玉与聘才闲谈。聘才问道："京里的戏是甲于天下的。我听得说那些小旦称呼相公，好不扬气，就是王公大人，也与他们并起并坐。至于那中等官宦，倒还有些去巴结他的，像要借他的声气，在些阔老面前吹嘘吹嘘。叫他陪一天酒，要给他几十两银子，那小旦谢也不谢一声，是有的么？"子玉笑道："或者有之，但我不出门，所以也不大知道外面的事。"聘才道："戏是总听过的，那些小旦到底生得怎样好呢？"子玉道："我就没有见过好的。这京里的风气，只要是个小旦，那些人嘴里讲讲都是快活，因此相习成风，不可挽回。"聘才道："我也是这么说，南京的戏子本来不好，小旦也有三四十岁了，从没有见过叫这些人陪酒。但如今现在出了两个小旦，竟是神仙落劫，与我一路同来，且在一个船里，直到了张家湾起旱。也是同一天到京的。"

子玉笑道："怎么叫做'神仙落劫'？"聘才道："这神仙里头，只怕还要选一选呢。若是下八洞的神仙，恐还变不出这个模样。京里有个什么四大名班，请了一个教师到苏州买了十个孩子，都不过十四五岁，还有十二三岁的，用两个太平船，由水路进京。我从家乡起身时，先搭了个客货船，到了扬州，在一个店里，遇见了这位李世兄，说起来也是到这里来的，就结了伴同走。本来要起旱，因车价过贵，想趁个便船从水路来，遂遇见了这两个戏子船在扬州。那个教师姓叶叫茂林，是苏州人，从前在过秦淮河下家河房里教过曲子，我认得他。承他好意，就叫我们搭他的船进京。在运河里粮船拥挤，就走了四个多月。见他们天天的学戏，倒也听会了许多。我们这个船上有五个孩子，顶好的有两个：一个小旦叫琪官，年十四岁。他的颜色就像花粉和了胭脂水，匀匀的搓成，一弹就破的；另有一股清气，晕在眉梢眼角里头。唱起戏来，比那画眉、黄鹂的声音还要清脆几分。这已经算个绝色了。更有一个唱闺门旦的叫琴官，十五岁了。他的好处，真教我说不出来。要将世间的颜色比他，也没有这个颜色；要将古时候的美人比他，我又没见过古时候的美人。世间的活美人，是再没有这样好的。就是画师画的美人，也画不到这样的神情眉目。他姓杜，或者就是杜丽娘还魂，不然就是杜兰香下嫁。除了这两个姓杜的，也就没有第三个了。"

子玉不觉笑起来，心里想道："他这般称赞是不可信的，但他形容这两个人，倒可以移到我前日车里所见的那两个身上，倒是一毫不错的。世间既生了这两个，怎么还能再生两个出来，断无是理，不必信他。"即说道："吾兄说得这样好，天下只怕真没这个人。"聘才道："这是你可以见得著的，他们与我同一天到京，此时自然已经进了班子，难道将来不上台唱戏的？那时吾兄见了，才信小弟这对眼睛，是个识宝回回，不是轻易赞好的。"

就是一样，这两个相貌好了，脾气恰不好。凭你怎样巴结他，要他一句好言好语也不能。那一个更古怪，他索性不理人，若多问了他几句话，他就气得要哭出来。只怕这种性情到京里来，也没人喜欢。若论相貌，就算京城里有好相公，也总压不下他，恐还要比不上他呢。"子玉心里想道："他说这两个人，与他同一天进京。我那日看见那两人之后，他就到了，不要他说的就是我见的，那一班人却像从南边来的模样。"便又问道："你说那个顶好的叫什么名字？"聘才道："叫琴官。那个叫琪官。"子玉道："琴官进城那一天穿的什么衣裳？"聘才道："都是蓝绉绸皮袄，酱色呢得胜褂。"

子玉见衣服已经对了，又问："他一人一个车呢，还与人同坐一个车？"聘才道："他与琪官、叶茂林同坐一个车，那车围是蓝布的，骡子是白的。"子玉又道："那叶茂林有多少岁数了？"聘才道："五十以外。"子玉不禁拍手笑道："我已见过这两人。你果然赞得不错，真要算绝色了。"聘才大乐道："何如，你几时见过的？"子玉就将那日挤了路，见四辆车都是些小孩子，头一辆就是这三个人，那琪官已经好了，那琴官真可说天下无双。聘才乐得受不得，便又问道："比京里那些红相公怎样？"子玉笑道："前日车里那两个，我皆目所未见，那个琴官更为难得，但不知此时在什么班里？"聘才道："明日我出去打听，打听着了，我们去听他的戏。"子玉点头，再要问时，忽见灯光一亮，一个小丫头在门外说道："太太叫请少爷早些睡罢。"子玉只得起身进去。这一宿就把聘才的话想了又想，又将车中所见模样神情，细细追摹一回，然后睡著。自此子玉待聘才更加亲厚。次早，聘才带了他的小子四儿，将王文辉的信送去，适文辉一早出门未回，王恂也不在家，只得请颜仲清会了。

聘才见仲清一表非凡，叙了一番寒温，知是文辉之婿，又是士燮的内侄，免不得恭惟一番。正要告辞，只见一个跟班捧着一包衣服进来，说："老爷回来了。"聘才只得坐下。停了一会，听得外面有说话的声音，像是定班子唱戏的话。然后靴声秃秃，见一个大方脸，花白长须，三品服饰，仪容甚伟，貂裘耀目，粉底皂靴，走将进来。聘才知是主人，连忙上前作揖拜见。文辉双手拉住，道："岂敢，岂敢！作什么行这样大礼。那一天你们到京，我就知道了，可是在舍亲梅铁庵处住的？"聘才答应了"是"。文辉让聘才坐下，自己就盘起腿来，仲清坐在靠窗凳上。

聘才见这大模厮样的架子，心里筹画了一筹画，便站起来道："小侄在诸位老伯荫庇之下，一切全仗栽培。家父曾吩咐过小侄，说大人的尊范，必要位至极品。趁如今拜识拜识，将来可以提拔寒畯。"说罢，取出书子来双手呈上。文辉一手接着，看看信面就放下，哈哈大笑道："你令尊怎么这样疏远我，写起大人安启来？"又叹口气道："可惜了令尊这一手好八股，那一年与我同案进学，我中那一科，你令尊本要中解元的。已经定了元，主考忽看见那本卷面上画了一把刀、一枝笔，笔底下一团墨浸直印到卷底。揭开看时，像一个人头，越揭下去越清楚，连眉目都有了。因此，知他损了阴骘，便换了人。也不晓得令尊何意，这一管好笔，不做文章去做状子，至今还是个穷秀才，也没见他发过财。每逢学台出京，我总重托的，不然访闻了这只刀笔，还了得。"说得聘才跼促不安。文辉又手理长髯，说道："前年魏府尊选了江宁，出京时问我要个朋友，我就荐了令尊，他一口答应说要请的。后来不见你令尊的信来，我甚疑心。及魏府尊的禀帖来说，上司荐的人多，不能不请。又说侯石翁又硬荐了两个亲戚。只好代为设法，或转荐别处。后来到底转荐没有呢？"

聘才茫然，并不曾见有此事，只得恭身道谢，又说："也没有转荐。"文辉道："想必他又听了什么闲话了。但此时令尊还是处馆，还仍旧做那勾当？"聘才道："此刻家父在一个盐务里司事，比处馆略宽展些。"文辉道："这倒好，一年有多少修金呢？"聘才道："也有三百金。"文辉道："也够浇裹了。论起来，我做了三品京堂，一年的俸银也不过如此。"说罢，又仰面而笑。聘才也无话可说，正想告辞，忽见一个俊俏跟班，打扮得十分华丽，凑著文辉耳边说了一句话。聘才是乖觉人，知道有事，便起身告辞。文辉要送出去，聘才道："还同颜大哥有话讲，大人请便。"文辉便住了脚，弯一弯腰，大摇大摆的进去了。仲清送出了门，聘才想道："这个老头儿好大架子，不及梅老伯远甚。"便自回梅宅不题。

且说仲清到自己房中吃了饭，与其妻室蓉华讲了些话，来到王恂书斋，恰值王恂才回。刚说得一两句话，有王恂两个内舅前来看望，一个叫孙嗣徽，一个叫孙嗣元，本是王文辉同乡同年孙亮功部郎之子。这嗣徽、嗣元两个，真所谓难兄难弟。将他们的外貌内才比起王恂来，真有天渊之隔。这嗣徽生得缩颈堆腮，脸色倒还白净，就是肺火太重，一年四季总是满脸的红疙瘩，已堆得面无余地，而鼻上更多，已变了一个红鼻子。年纪倒有二十六岁，《五经》还不曾念完，文理实在欠通，却又酷好掉文，满口"之乎者也"，腐气可掬。有个苏州拔贡生高品，与他相熟，送他两个诨名：一个是"虫蛀千字文"；又因他那个红鼻子，有时擦得放光透亮，又叫做"起阳狗肾"。乃弟嗣元生得枭唇露齿，又是个吊眼皮，右边一只眼睛高高吊起，像是朱笔圈了半圈。文理与乃兄不相上下，却喜批评乃兄的不通。又犯了口吃的毛病，有时议论起来，期期艾艾，愈著急愈说不清楚。高品也送他一个混号，叫做"叠韵双声谱"。这两个废物真是一对。

是日来到王宅，适文辉请客，客将到了。王恂即同他到书房内来。仲清躲避不及，只得见了，同王恂陪著坐下。嗣徽先对仲清说道："今日天朗气清，所以愚兄弟正其衣冠，翩然而来奉看的。"王恂、仲清忍不住要笑。嗣徽又对王恂说道："适值尊驾出门，不知去向，若不是'鸟倦飞而知还'，则虽引弓而射之，亦徒兴弋人之慕矣。"仲清正要回言，那嗣元道："哥、哥、哥，你这句话说、说错了，怎么把鸟来比起人来，你、你、你还要将箭射、射、射他，那就更岂有此理了。"嗣徽道："老二，你到底腹中空空如也，不知运化书卷之妙。这是我腹笥便便，不啻若自其口出。这句'鸟倦飞而知还'，是出在《古文观止》上的。若说鸟不可以比人，那《大学》上为什么说'可以人而不如鸟乎'呢？"仲清暗笑道："天下也有这样蠢材。"便道："大哥的鸟论极通，岂特大哥如鸟，只怕鸟还不如大哥。要晓得靖节先生此言，原是引以自喻的。"嗣徽侧耳而听，又说道："老兄所看的《古文观止》，只怕是翻板的。小弟记得逼真，做这篇古文是个姓陶的，并不是姓秦。"王恂忍不住，装作解手出去，抿著嘴笑了一会。

仲清笑道："大哥实在渊博之至，连那做古文的姓都知道。"嗣徽只道仲清果真佩服他，便意气扬扬，脸上的红疙瘩，如出花灌了浆一样，一颗颗的亮澄澄起来，便对嗣元道："老二，但凡我们读书人，天分记性是并行不悖，缺一不可的。"嗣元道："敢、敢、敢……子若不是记性好，也不、不、不把狗来对人了；若不是天分好，也不把牛来对先生了。"说著大笑，那只吊眼皮的眼睛已淌下泪来。那嗣徽便生了气，两腮鼓起就像癞虾蟆一样。

仲清故意问道："想必令兄又是引经据典，倒要请教请教。"嗣元道："论、论、论文理呢，家兄到底多读两年书，小、小、小弟原赶、赶、赶不上，但是错的地方极多。有一天先生出、出、出了一个对，是叫将书对书的。上对是：'人能弘道。'家、家、家兄却对得快，写了出来是：'狗、狗、狗无恒心。'先生道：'这不是书。'家、家、家兄道：'是《孟子》上的。'先生道：'岂、岂、岂有此理！'家兄只当先生忘了，便乐、乐、乐得了不得，连忙翻、翻、翻出来看，原来是草字头的'苟'字，不是反犬旁的'狗'字。"仲清笑了一笑，道："若不是狗记错了，倒是一副好对子。"嗣元道："又一日，先生出了一个做起讲的题、题、题目，是：'先生将何之。'家兄就、就、就将'牛何之'做了起头。先、先生拿笔叉、叉、叉了几叉，痛骂了一顿。"这一番说得嗣徽羞忿难耐，便在屋子里乱蹀起来，说道："屁话！屁话！"便起身告辞。

王恂也恐他们弟兄斗气，不便挽留，同仲清送了出来。刚到二门口，可巧碰见孙亮功进来，孙氏弟兄站在一边。王恂、仲清上前见了礼，亮功问道："客到齐了么？"王恂道："没有。"仲清看亮功虽是个紫糖色扁脸，蹋鼻子，但五官端正，又有了几根胡须，比两位贤郎好看多了。亮功正要与他儿子说话，适值王桂保进来，见了亮功并王恂、仲清，也站在一边。亮功看看桂保，对他儿子说道："你们回去，不要说什么。"嗣徽兄弟会意答应，于是亮功即拉了桂保进去。

仲清、王恂送了他弟兄出门进来，大家换了衣裳，在书房内晚饭，对酌闲谈。王恂道："我们这两位舅兄，真可入得《无双谱》的。"仲清道："为什么同胞兄妹丝毫不像？假使尊夫人生了这样嘴脸，那就够你受罪了。"王恂笑道："幸亏内人是如今这位岳母生的。你不晓得我们还有个大姨子在家，是个天老，一头的白发，那是不能嫁人的，差不多有三十岁了。"仲清问道："听得令岳母泼妒异常，未知果否？"王恂道："这个醋劲儿却也少有的。"且按下这边。

却说孙亮功同了桂保进来，见过主人。不多一刻，客已全到，便安起席来。这些客都是文辉同年，论年纪孙亮功最长，因系姻亲，便让兵部员外杨方猷坐了首席。对面是光禄寺少卿周锡爵，监察御史陆宗沅坐了第三席，孙亮功坐了第四席，文辉坐了主席。桂保斟了一巡酒，杨方猷命他入席，对著王文辉坐了。文辉问他哥哥兰保为什么不来，桂保道："今日本都在怡园逛了一天，徐老爷知道这里请客，才打发我来的。兰保、宝珠、蕙芳、漱芳、玉林都还没有散，只怕总要到四五更天才散呢。"文辉道："这徐度香也算人间第一个快乐人了。"陆宗沅道："听说他这个怡园共花了五十多万银子才造成。"杨方猷道："本来地方也大，也造得过于精致。"文辉道："我前月逛了一天，还没有逛到一半。"桂保说："我们今日逛了梅嶰与东风昨夜楼两处，这两处就有正百间屋子。实在造得也奇极了，几几乎进去了出不来。"孙亮功道："你应该打个地洞，藏在里头。"说得大家都笑。

桂保道："你会骂人。"便斟了一大杯酒来罚他，亮功始不肯喝，桂保要灌，便也喝了。上了几样菜，文辉道："这样清饮无趣，蕊香你出个令罢。"桂保道："打擂最好，什么都放得进去。"孙亮功道："完了，把个令祖宗请了来了。"文辉命人取了六个钱来。周锡爵道："这杯分个大小才好。"杨方猷道："我们两个一杯三开罢。"陆宗沅道："未免太少些，你们一杯两开，我们都是一杯一开何如？"俱各依允。桂保伸出一个拳来，问文辉吃多少杯，文辉道："不必累赘，我们六个人竟以六杯为率，不必增减，准他一杯化作几杯就是了。也没有闷雷霹雷，那个猜著，就依令而行，最为剪截。"桂保便问杨方猷道："第一杯怎样喝？"杨方猷道："一杯化作三杯，找人豁拳。"又问孙亮功："第二、三杯怎样喝？"亮功道："两杯都装作小旦敬人。"周锡爵道："我们这样的胡子，倒有些难装。"亮功道："只要做作得好，便有胡子也不妨。"桂保又问陆宗沅道："第四杯呢？"陆宗沅道："把瓜子抓一把，数到谁就是谁。"桂保道："这杯便宜了。"又问周锡爵道："五、六两杯行什么令？"周锡爵道："两杯化作六杯，'花'字飞觞。"

桂保先问文辉道："几个？"文辉道："一个。"顺手便问亮功道："几个？"亮功伸著两指道："就是两个。"桂保笑道："好猜手，一猜就著。"放开手看时，正是两个。遂取了三个杯子，斟满了酒，放在亮功面前。亮功道："这是杨四兄的令，就和你豁。"杨方猷道："我是半杯，说过的。"亮功道："豁起来再讲。"可可响了三响，亮功输了三拳，便道："今日拳运不佳，让了你罢。"第二、三杯即系亮功自己的令，便道："这装小旦倒是作法自弊了。也罢，让我来敬两个人。"随站起来，左手拿了杯酒，右手撚了胡子，把头扭了两扭，笑迷迷软腰细步的走到杨方猷面前，请了一个安，娇声娇气的道："敬杨老爷一杯酒，务必赏个脸儿。"说著，把眼睛四下里飞了一转，宛然联锦班内京丑谭八的丑态，引得合席大笑，桂保笑得如花枝乱颤，杨方猷只得饮了一杯。孙亮功掐了一枝梅花，插在帽边，又取了一个大杯，捻手蹑脚的走到陆宗沅面前，斟了酒道："陆都老爷是向来疼我的，敬你这一杯。"陆宗沅道："这大杯如何使得？"孙亮功道："想来都老爷是要吃皮杯的。"说罢，呷了一口，送到宗沅嘴边。宗沅站起来，笑道："这个免劳照顾。"大家狂笑起来，亮功忍不住要笑，酒咽不及，喷了陆宗沅一脸，众人一发哄堂大笑。陆宗沅忙要水净了脸。第四杯是数瓜子令。亮功抓了一把，数一数是二十五粒，恰好数到自己，陆宗沅道："这个极该。"

第五、六杯是飞花令，孙亮功看著桂保道："岂宜重问后庭花。"数一数又是自饮。亮功道："晦气，我改一句罢。"众人道："这个断使不得，改一句罚十杯。"桂保斟了一杯酒，道："请孙老爷后庭花饮酒。"众人重新又笑。亮功把桂保拧了一把，也喝了。下手是王文辉飞觞，桂保把嘴向孙亮功一呶，文辉会意，便道："桃花细逐杨花落。"轮应陆宗沅、孙亮功各一杯。陆宗沅因亮功喷了他酒，便道："无可奈何花落去。"接著杨方猷便道："索性一总喝两杯罢。"亮功道："很好，你说罢。"杨方猷道："笑隔荷花共人语。"桂保斟了两杯，孙亮功喝了。

轮著桂保飞花，想了一想，说道："好将花下承金粉。"数到又是亮功，众人说："好。"亮功道："不好，不好。这句是杜撰的，不是古人诗。"桂保道："怎么是杜撰？现在是陆龟蒙的诗。"周锡爵道："不错的，你不能不喝这杯。"亮功道："他想了半天，有心飞到我的。他若能随口说两句飞著我，我就喝。"桂保道："真么？你不要赖。"亮功道："不赖，不赖。"桂保一连说了三句道："'月满花香记得无'，'漱齿花前酒半酣'，'楼上花枝笑独眠'。"众人拍手称妙，亮功无法，倒饮了三个半杯。末一杯是周锡爵，便道："飞花寂寂燕双双。"亮功道："你们好么，大家齐心都叫我一个人喝酒。"要周锡爵代喝，周锡爵不肯，亮功道："我再装作小旦奉敬何如？"周锡爵笑道："饶了我罢，我代喝就是了。"说得大家又笑。

桂保笑道："这个飞花不公，我有一个飞花最公道。"便将几朵梅花揉碎了，放在掌中，说道："我一吹，落到人身上，都要喝的。"亮功嘻著嘴，望著桂保道："很好，你且试吹一次，不知落到谁。"桂保故意往外一望，说道："孙老爷家里打发人来了。"亮功扭转脸去望时，桂保对著他脸一吹，将些花瓣贴得他一脸。亮功酒多了出汗，因此花瓣粘住了，一瓣还吹进了鼻孔，打了一个喷嚏，惹得众人大笑。陆宗沅道："这个花脸好，不用上粉。"孙亮功连忙抹下，这边桂保犹飞了一句，道："自有闲花一面春。"众人又笑了又赞，亮功要走过来不依，桂保恰好真见一个跟班进来，凑了亮功耳边说了两句。亮功登时失色，便道："你先回去，我即刻就回。"便向王文辉道："酒已多了，快吃饭罢。"

文辉与座客均各会意，点头微笑。桂保道："准是太太打发人来叫，回去迟了是要顶灯的。"众人又笑了一阵。文辉道："好么，连众人一齐打趣在内。"亮功罚了桂保一杯，屁滚尿流的催饭。大家吃完，洗嗽毕，就随著亮功同散。文辉赏了桂保二十两银子，桂保谢了，走到书房来找王恂、仲清，谈了一会，说道："我们班里新来了两个，一个叫琴官，一个叫琪官，生得色艺俱佳，只怕史竹君的《花选》又要翻刻了。"又坐了一会也自回去。

不知后事如何，且听下回分解。

第三回
卖烟壶老王索诈　　砸菜碗小旦撒娇

话说魏聘才回来，书房中已吃过饭了，正在踌躇，想到外面馆子上去吃点心。走到账房门口，忽见一个小厮，托著一个大方盘，内放一只火锅，两盘菜，热气腾腾的送进去了。随后见有管事的许顺跟著进去。见了聘才，便问："大爷用过饭没有？"聘才道："才从外头送信回来的。"许顺道："既没用饭，何不就请在账房吃罢。"这许顺夫妇是颜夫人赔房过来的，一切银钱账目皆其经手。聘才进了账房，许顺要让聘才先吃，聘才不肯，拉他同坐了。吃过了饭，许顺泡了一碗酽茶递给聘才，说了一会闲话。看壁上的挂钟已到未初，偶然看见一个紫竹书架上有几本残书，顺手取了两本看时，却是抄写的曲本，无非是《牡丹亭》、《长生殿》上的几支曲子。又取一本薄薄的二三十页，却是刻板的，题著《曲台花选》。略翻一翻，像品题小旦的。再拿几本看时，是不全的《缀白裘》。聘才道："这两本书是自己的么？想来音律是讲究的。"许顺道："那里懂什么音律，不知是那个爷们撂在这里的。"聘才要借去看看，许顺道："只管拿去。"

聘才袖了出来，到自己房里，歪在炕上，取那本《花选》看了一会，记清了八个名氏。一面想道："原来京里有这样好小旦，怪不得外省人说：'要看戏，京里去。'相公非但好，个个有绝技，且能精通文墨，真是名不虚传。这样看起来，那琴官虽然生得天仙似的，只怕未必比得上这一班。"忽又转念道："这书上说的，也怕有些言过其实。若论相貌，我看世界上未必赛得过琴官。"重新又将这八个人的光景逐一摹拟一番，又牢牢的记了一记。只见四儿跑进来说道："同路来的叶先生找少爷说话，现在账房里。"聘才说："这也奇了，他怎的到这里来？"就将《花谱》塞在枕头底下，带上房门出来。到了帐房，见叶茂林同著个白胖面生的人在那里坐著，见聘才进来，都站起了，上前拉手问好。

聘才道："叶先生到此有何贵干？"叶茂林笑嘻嘻的道："晓得尊驾在此，特来请安的。"聘才知道他是顺口的话，便道："我还没有来奉拜，倒先劳你的驾过来。"又问："那位贵姓？"叶茂林道："这是我们大掌班金二爷，来请梅大人定戏的。"聘才待再问时，只见许顺从上头下来说道："大人吩咐，既是正月初五以前都有人定下，初六、七也使得，就是不许分包。"那金二道："不分包这句话，却不敢答应。正月里的戏，不要说我们联锦班，就是差不多的班子，那一天不分三包两包。许二爷劳你驾，再回一声罢。"许顺道："已经回过了，是这么吩咐下来，再去回时，也是白碰钉子。要不然，到王大人那里去商量罢。"金二道："这日子呢？"许顺道："一发和王大人商量，不拘初六、初七，定一天就是了。"叶茂林道："到王大人宅子去回来，还要在此地经过。不如我在此等一等，你同许二爷去说结了，回来同走罢。"金二道："也好。"便同许顺去了。

叶茂林即问聘才："可曾看过京里的戏？"聘才回说："没有。"茂林就说行头怎样新鲜，脚色怎样齐全，小旦怎样装束好看，园子里怎样热闹，堂会戏怎样排场，说得聘才十分高兴。问起同船的人来，知琴官在曹长庆处，现今患了几天病，也渐渐好了。琪官定于腊月初十日上台，其余各自跟他师傅，也有在联锦班的，也有过别班里去的。聘才又问他的寓处，说在杨柳巷联锦班总寓内。聘才道："改日过来奉看。"茂林道："这如何敢当，只好顺便去逛逛。"说著，许顺已同了金二回来，已经说妥，定于正月初六日在姑苏会馆，不论分包不分包，只要点谁的戏，不短脚色就是了。许顺上去回明，付了定银各散。是晚子玉课期，未得与聘才闲谈。

次日，聘才记著叶茂林的话，吃了早饭想去听戏，叫四儿带了钱，换了衣裳。因元茂在书房读书，不好约他，独自步行出门，不多路就到了戏园地方。这条街共有五个园子，一路车马挤满，甚是难走。遍看联锦班的报子，今日没有戏，遇著传差，聘才心上不乐，只得再找别的班子。耳边听得一阵锣鼓响，走过了几家铺面，见一个戏园写著"三乐园"，是联珠班。进去看时，见两旁楼上楼下及中间池子里，人都坐满了，台上也将近开戏。就有看座儿的上来招呼，引聘才到了上场门，靠墙一张桌子边。

聘才却没有带著垫子，看座儿的拿了个垫子与他铺了，送上茶壶、香火。不多一会，开了戏。冲场戏是没有什么好看的。望著那边楼上，有一班像些京官模样，背后站著许多跟班。又见戏房门口帘子里，有几个小旦，露著雪白的半个脸儿，望著那一起人笑，不一会，就攒三聚五的上去请安。远远看那些小旦时，也有斯文的，也有伶俐的，也有淘气的。身上的衣裳却极华美，有海龙，有狐腿，有水獭，有染貂。都是玉琢粉妆的脑袋，花嫣柳媚的神情，一会儿靠在人身边，一会儿坐在人身旁，一会儿扶在人肩上，这些人说说笑笑，像是应接不暇光景。聘才已经看出了神。又见一个闲空雅座内，来了一个人。这个人好个高大身材，一个青黑的脸，穿著银针海龙裘，气概轩昂，威风凛烈，年纪也不过三十来岁。跟著三四个家人，都也穿得体面。自备了大锡茶壶、盖碗、水烟袋等物，摆了一桌子。那人方才坐下，只见一群小旦蜂拥而至，把这一个大官座也挤得满满的了。见那人的神气好不飞扬跋扈，顾盼自豪，叫家人买这样，买那样，茶果点心摆了无数，不好的摔得一地，还把那家人大骂。聘才听得怪声怪气的，也不晓得他是那一处人。

正在看他们时，觉得自己身旁又来了两个人，回头一看，一个是胖子，一个生得黑瘦，有了微须，身上也穿得华丽，都是三十来岁年纪，也有两个小旦跟著说闲话。小厮铺上坐褥，一齐挤著坐下。聘才听他们说话，又看看那两个相公，也觉得平常，不算什么上好的。忽见那个热闹官座里，有一个相公望著这边，少顷走了过来，对胖子与那一位都请了安。这张桌子连聘才已经是五个人，况兼那人生得肥胖，又占了好多地方，那相公来时已挤不进去。因见聘才同桌，只道是一起的人，便向聘才弯了弯腰。聘才是个知趣的人，忙把身子一挪，空出个坐儿。这相公便坐下了，即问了聘才的姓，聘才连忙答应，也要问他名氏，忽见那胖子扭转手来，在那相公膀子上一把抓住。那相公道："你做什么使这样劲儿？"便侧转身向胖子坐了，一只手搭在胖子肩上。那先坐的两个相公便跳将下去，摔著袖子走了。

只听得那胖子说道："蓉官，怎么两三月不见你的影儿？你也总不进城来瞧我，好个红相公！我前日在四香堂等你半天，你竟不来，是什么缘故呢？"那蓉官脸上一红，即一手拉著那胖子的手，道："三老爷今日有气。前日四香堂叫我，我本要来的，实在腾不出这个空儿。天也迟了，一进城就出不得城，在你书房里住，原很好，三奶奶也很疼我，就听不得青姨奶奶骂小子、打丫头，摔这样、砸那样，再和白姨奶奶打起架来，教你两边张罗不开。明儿早上，好哂我在书房里，你躲著不出来了。"蓉官没有说完，把那胖子笑得眼皮裹著眼睛没了缝，把蓉官嘴上一拧，骂道："好个贫嘴的小么儿！这是偶然的事情，那里是常打架吗？"

聘才听得这话，说得尖酸有趣，一面细看他的相貌，也十分可爱，年纪不过十五六岁，一个瓜子脸儿，秀眉横黛，美目流波，两腮露著酒凹；耳上穿著一只小金环，衣裳华美，香气袭人。这蓉官瞅著那胖子，说道："三老爷你好冤，人说你常在全福班听戏，花了三千吊钱，替小福出师。你瞧瞧小福在对面楼上，他竟不过来呢。"那胖子道："那里来这些话，小福我才见过一两面，谁说替他出师？你尽造谣言。"蓉官道："倒不是我造谣言，有人说的。"蓉官又对那人道："大老爷是不爱听昆腔的，爱听高腔杂耍儿。"那人道："不是我不爱听，我实在不懂，不晓得唱些什么。高腔倒有滋味儿，不然倒是梆子腔，还听得清楚。"

聘才一面听著，一面看戏。第三出是《南浦》，很熟的曲文，用脚在板凳上踏了两板，就倒了一杯茶，一手擎著慢慢的喝。可巧那胖子要下来走动，把手向蓉官肩上一扶，蓉官身子一幌，碰著了聘才的膀子，茶碗一侧，淋淋漓漓把聘才的袍子泼湿了一大块。那胖子同蓉官著实过意不去，陪了不是，聘才倒不好意思，笑道："这有什么要紧，干一干就好了。"说著，自己将手巾拭了。

又听了一回戏，只见一个老头子弯著腰，颈脖上长著灰包似的一个大气瘤，手内托著一个小黄漆木盘，盘内盛著那许多玉器，还有些各样颜色的东西，口里轻轻的道："买点玉器儿，瞧瞧玉器儿。"从人丛里走近聘才身边，一手捏著一个黄色鼻烟壶，对著聘才道："买鼻烟壶儿。"聘才见这壶颜色甚好，接过来看了一看，问要多少钱。那卖玉器的道："这琥珀壶儿是旧的，老爷要使，拿去就结了。人家要，是十二两银，一厘不能少的。你能算十两银就是了。"聘才只道这壶儿不过数百文，今听他讨价，连忙送还。那卖玉器的便不肯接，道："老爷既问价，必得还个价儿，你能瞧这壶儿又旧，膛儿又大，拿在手里又暖又不沉，很配你能使。你能总得还个价儿。"聘才没法，只得随口说道："给你二两银子。"卖玉器的便把壶接了过去，说太少，买假的还不能。停一会又说："罢了，今日第一回开张，老爷成心买，算六两银。"聘才摇著头说："不要。"那卖玉器的叹口气道："如今买卖也难做，南边老爷们也精明，你瞧这个琥珀壶儿卖二两银。算了，底下你能常照顾我就是了。"说著，又把壶儿送过来。聘才身边没有带银子，因他讨价是十两，故意只还二两，是打算他必不肯卖的，谁知还价便卖，一时又缩不转来，只得呆呆的看戏，不理他，然脸已红了。那卖玉器的本是个老奸巨猾，知是南边人初进京的光景，便索性放起刁来，道："我卖了四十多年的玉器，走了几十个戏园子，从没有见还过价，重说不要的。老爷那里不多使二两银，别这么著。"靠紧了聘才，把壶儿捏著。聘才没奈何，只得直说道："今日实在没有带银子，明日带了银子来取你的罢。"那卖玉器的那里肯信，道："老爷没有银子，就使票子。"聘才道："连票子也没有。"卖玉器的道："我跟老爷府上去领。"聘才道："我住得远。"卖玉器的只当不听见，仍捏著壶儿紧靠著聘才。

那时台上换了二簧戏，一个小旦才出场，尚未开口，就有一个人喊起"好"来，于是楼上楼下，几十个人同声一喊，倒像救火似的。聘才吓了一跳，身子一动，碰了那卖玉器的手，只听得"扑托"一响，把个松香烟壶，砸了好几块。聘才吃了一惊，发怔起来。那卖玉器的倒不慌不忙，慢慢的将碎壶儿捡起，搁在聘才身边，道："这位爷闹脾气，整的不要要碎的。如今索性拉交情，整的是六两银，碎的算六吊大钱，十二吊京钱。"

聘才便生起气来，道："你这人好不讲理，方才说二两，怎么如今又要六两，你不是讹我么？"旁边那些听戏的都替聘才不平。聘才待要发作，只见那个胖子伸过手来，将那卖玉器的一扯，就指著他说道："老王，你别要这么著。"聘才连忙招呼，那胖子倒真动了气，又道："老王，你别要混懵。怎么拿个松香壶儿不值一百钱，赚人二两银，砸碎了就要六两？你瞧他南边人老实，不懂你那懵劲儿，你就懵开了。我姓富的在这里，你不能。"那卖玉器的见了他，就不敢强，道："三爷，你能怎么说，怎么好。"那胖子就叫跟班的给他四百钱。卖玉器的尚要争论，那一位也说道："富三爷那里不照应你，这点事你就这么著。况且富三爷是为朋友的，下次瞧瞧有好玉器，他们多照顾你一点就够了。"蓉官接口道："这老头子好讨人嫌，弯著腰，托著那浪盘子，天天在人空里挤来挤去，一点好东西都没有。谁要买，德古斋还少吗？"卖玉器的只得忍气吞声，拿了碎烟壶走了出去，嘴里咕噜道："闹扬气，充朋友，照顾我也配？有钱尽闹相公。"又挤到别处去了。

聘才心里甚是感激，连忙拉著富三的手，道："小弟粗卤，倒累三爷生气。"又向那人也拉了拉手，就叫四儿拿出二百大钱来，双手送上。富三笑道："这算什么。"接过来，递与聘才的四儿，道："算我收了，给你罢。"四儿不敢接，聘才又笑道："断不敢要三爷破钞，还请收了。"又将钱交与富三的家人。富三接过来，望桌上一扔，道："你太酸了！几个钱什么要紧，推来推去的推不了。"聘才只得叫四儿收了，叫他请了安，谢了赏。聘才已听得人叫他富三爷，自然姓富了，便问那一位的姓，是姓贵，名字叫芬，现在部里做个七品小京官。这富三爷叫富伦，是二品荫生，现做户部主事。——领教过了。富、贵二人也问了聘才的姓，又问了他是那一处人，现在当什么差。

聘才道："小弟是江宁府人，才到京，尚未谋干什么。此时寓在鸣珂坊梅世伯梅大人处。"富三道："江宁是个好地方，我小时候跟著我们老爷子到过江宁。那时我们老爷子做江宁藩司，我才十二岁，后来升了广东巡抚。你方才说鸣珂坊的梅大人，他也在广东做过学差，与我们老爷子很相好。以后大家都回了京，我们老爷子做了侍郎，不上一年，就不在了。我是没有念过书，不配同这些老先生们往来，所以这好几年不走动了。闻得他家玉哥儿很聪明，人也生得好，年纪也有十六七岁了，不知娶过媳妇儿没有？"聘才一一回答了，又与贵大爷寒暄一番。聘才已知富三是个热心肠、多情多义的人，那个贵大爷却是个谨慎小心、安分守己的一路。当下三人倒闲谈了好一会。蓉官又到对面楼上去了，聘才望著他，又去与那黑脸大汉讲话。

又见那个卖玉器的挤上楼去，捏著些零碎玉件，到那些相公身边，混了一阵，只管兜搭，总要卖成一样才去的光景。那个黑大汉好不厌他，便吆喝了一声。那卖玉器的尚不肯走，嘴里倒还讲了一句什么。那个黑大汉听了大怒，便命家人扠他出去。众家人听不得一声，将他乱推乱撺，那个老头子见势头不好，便也不敢撒赖，腰驼背曲的，一步步走出来。又要照应了盘内东西，当当啷啷的把些料壶儿、料嘴子砸了好些，弯了腰捡了一样，盘里倒又落下两样，心里想拼著这条老命讹他一讹，看看那位老爷的相貌，先就害怕，更非富三爷可比，只得含著眼泪，一步步的走下楼来。下了楼，才一路骂出戏园，看得那些相公个个大笑，都探出身子看他出了戏园，才住了笑。这边富三看了，也拍手称快；聘才更乐得了不得。但不知这个人是个什么阔人，少顷等蓉官来问他。只见那黑大汉已起身，带了四个相公，昂昂然大踏步的出去了。那些没有带去的相公，又分头各去找人。

不一刻，蓉官又过来坐下，富三笑道："空巴结他，也不带你去，磨了半天，一顿饭都磨不出来。"蓉官点著头道："不错，我磨他，他叫我，我也不去。这位老爷不是好相交的。"富三道："这人是那里人？姓什么？"蓉官道："是广东人，我只听得人都称他奚大老爷，我也是才认识他。且他也到京未久，他就待春兰待得好。今日春兰身上穿那件玄狐腿子的，是奚大老爷身上脱下来，现叫毛毛匠改小的。"说罢，即凑著富三耳边问了一句。富三道："怎么你今日又有空儿？"蓉官笑嘻嘻的两手搭著富三的肩，把他揉了几揉。富三见聘才人品活动，又系梅氏世谊，便道："魏大哥，今日这戏没有听头，咱们找个地方喝一钟去罢？"聘才见富三是个慷慨爽快的人，便有心要拉拢他，说道："今日幸会，但先要说明赏兄弟的脸作个东。"富三笑道："使得。"就在靴鞡里拿出个靴页子来，取一张钱票，交与他跟班给看座儿的，连这位老爷的戏钱也在里头。聘才又再三谢了。于是带了蓉官，一同出来。他们是有车来的，聘才搭了蓉官的车，四儿也跨了车沿，跟兔坐了车尾。聘才在车里随口说笑，哄得蓉官十分欢喜，又赞他的相貌，要算京城第一。

　　说说笑笑已到了一个馆子，一同进去，拣了雅座坐了。走堂的上来，张罗点了菜，蓉官斟了酒。只听得隔壁燕语莺声，甚为热闹。蓉官从板缝里望时，就是那个奚大老爷带了春兰，还有三个相公在那里。聘才问富三道："老太爷的讳，上下是那两个字？"富三不解所问，倒是贵大爷明白，即对富三说道："他问大叔官名是叫什么？"富三道："你问我们老爷的名字么？我们老爷叫富安世。"聘才即站起身来，道："怪不得了，三爷是个大贤人之后。你们老大人在我们南京地方已成了神。三年前，地方上百姓共捐了几千银子，造了一个名宦祠，供了老大人的牌位。还有一位是江宁府某大老爷。这老大人生前爱民是不用说了，到归天之后，还恋著南京百姓，遇著瘟疫、蝗虫、水、旱等灾，常常的显圣，有求必应，灵验得很，只怕督抚就要奏请加封的。那些百姓感戴到一万分，愿老大人的世世子孙，位极人臣封侯拜相，这也是一定的理。今看三爷这般心地，那样品貌，将来也必要做到一品的。"几句话把富三恭惟得十分快乐，倒回答不上来。贵大爷道："这个话倒也可信。大叔在江南年数本久，自知府升到藩司，也有十几年，自然恋著那地方上了。"富三道："我们老爷在江宁十六年，自知府到藩司，没有出过省，真与南京人有缘。我是生在江宁府衙门里的，所以我会说几句南京话。"

　　聘才又将贵大爷恭惟一番。贵大爷道："我这个功名是看得见的，要升官也难得个拣选，不是同知，就是通判，并无他途。"聘才道："将来总不止于'同'、'通'的。"蓉官笑道："你瞧我将来怎样？"聘才笑道："你将来是要到月宫里去，会成仙呢。"富三、贵大皆笑，蓉官罚了聘才一杯酒，道："你此时倒会说话，为什么见了那个卖玉器的，就说不出来？"聘才笑道："今日幸遇见了三爷、大爷，不然我真被他缠不清了。"富三道："这种人是怕硬欺软，你越与他说好话，他越不依。你不见楼上那个人将他轰出来，砸掉了许多东西，他何曾敢说一声。不过，咱们不肯做这样霸道事，叫苦人吃亏。其实，四百钱还是多给的。他那个料壶儿，准不值一百钱。"聘才又赞了几声"仁厚待人，必有厚福"。蓉官道："那奚老爷的爷们好不利害，将这老王推推搡搡的，我怕跌了他，把他那浪盘子的臭杂碎全砸了，不绝了他的命？倒幸亏没有砸掉多少，只砸了两个料嘴子、一个料烟壶。有一个爷们更恶，在他脖子那个灰包上一扠，那老王噎了一口气，两个白眼珠一翻，好不怕人。这个奚大老爷的性子也太暴，适或扠死了他。也要偿命的。"

蓉官说到此，只听得隔壁雅座里闹起来，听得一人骂道："鸡巴攮的，又装腔做作了。"蓉官低低的说道："不好了，那位奚大老爷又翻了，不知骂谁？"便到板壁缝里去望他们。这边聘才与富三、贵大都静悄悄的听，听得一个相公说道："你倒开口就骂人。好便宜的鸡巴，做起菜来，你口里还吃不尽呢。"听得那人又骂道："我最恨那装腔做作的，一天一个样子。"又听得那相公说道："就算我装腔做作了，你也不能打死了我。"又听得那人骂道："我倒不打死你，我想攮死你。"听得"当啷"一声，砸了一个酒杯。那人又说道："这声音响得小，要砸砸大的。"听得那相公说道："你爱听响的。"便又一声响，砸破了一个大碗。那人道："你会砸，我不会砸？"也砸了一个。那相公道："你爱砸，谁又拦你不砸。"便接连叮叮当当砸了好几个。那人怒极了，说道："你真砸得好。"便索性把桌子一掀，这一响更响得有趣。那三个相公一已唬跑了，两个死命的解劝，口中不住的大老爷、干爹、干爸爸的求他不要生气。那个砸碗的相公也跑到院子里，呜呜咽咽的哭起来了。

掌柜的、走堂的一齐进来劝解，都不敢说一句话，尽陪著笑脸，大老爷长，大老爷短。那掌柜的又去安慰那相公，嘻嘻的笑说道："春兰，做什么与大老爷这么怄气？你瞧崭新的玄狐腿子溅了油了，快拿烧酒来擦。"就有伙计们拿了烧酒，掌柜的替他抹干净了。一面把那位奚老爷请了出来，另到一间屋子坐了，拉了那相公上前，劝他陪个不是。那相公只管哭，不肯陪礼。那姓奚的见掌柜的如此张罗，也有些过意不去，说道："倒吵闹了你们。这孩子一天强似一天，令人生气。"那掌柜的倒代这相公请安作揖的在那里做花脸，那姓奚的气也平了，那相公也住了哭。掌柜的又将那三个相公也找了进来，吩咐伙计们照样办菜，拿上好的碗盏，与大老爷消气和事。掌柜的又说那走堂的道："老三，你不会伺候。这砸碗的声音是最好听的，你应该拿顶细料的磁碗出来，那就砸得又清又脆，也叫大老爷乐一乐。这半粗半细的磁器，砸起来声音也带些笨浊。你瞧，大老爷当赏你五十吊，也只赏你四十吊了。"说得众伙计哈哈大笑，一面去扫地抹桌子。这一地的菜，已经有四条大狗进去吃得差不多了。大家抢吃，便在屋里乱咬起来，四条大狗打在一处。众伙计七手八脚，拿了棍子、扫笆赶开了狗，然后收拾。

你道这掌柜的为什么巴结这个姓奚的？他知道这个姓奚的是广东大富翁，又是阔少爷，现带了十几万银子进京，要捐个大官。已到了一月有余，差不多天天上他的馆子，已赚了他正千吊钱了。这一桌菜连碗开起账来，总要虚开五六倍。应五十吊，大约总开三百吊。那位姓奚的最喜喝这杯快乐酒，你再开多些，他也照数全给，断不肯短少。这是海南大纨绔，到京里来想闹点声名、做个冤桶的。此时只晓得他排行是十一，就称呼他为奚十一。那个砸碗的相公，就是蓉官说的春兰了。

富三与聘才、贵大都在门口看了一会进来。蓉官吐了吐舌，说道："好不怕人！这才算个标子。"富三笑道："这种标也标得无趣，但不知为什么事闹起来？"蓉官道："这位奚大老爷的下作脾气，是讲不出来的。"于是富三与聘才、贵大豁了一会拳，此时天气尚短，他们也要进城。贵大爷先抢会账，聘才又要作东，富三爷道："都不要抢，这一点小东，让我富老三做了罢。明日就吃你，后日再吃他。"大家只得让富三爷会了账。富三、贵大得了聘才一番恭惟，心里著实喜欢。聘才又问了两人的住处，说明日要来请安。富三道："我住在东城金牌楼路西茶叶铺对门。"指著贵大爷道："他就在茶叶铺间壁，门上都是户部封条。明日如果来，我们就在家里等侯。"聘才说："一定来的，咱们从此订交。只是我是个白身人，仰扳不上。"富三、贵大同说："罚你！咱们哥儿们论什么，你不嫌我们粗卤就是了。"富三赏了蓉官八吊钱、跟兔两吊钱。蓉官谢了赏，辞了贵大爷与聘才先去了。此时日已西沉，富、贵两人急急的赶城，聘才送了他们上车，同著四儿慢慢步行而归。到家时点了灯了，子玉、元茂都在书房夜课。

聘才换了衣裳，趿著鞋，喝了几杯茶，坐了一回。少停，子玉、元茂出来，同到聘才房里。只见聘才解下腰间的褡包，一只手揣在怀里，剩著一只空袖子悠悠荡荡的，在房里走来走去转圈儿。见了子玉、元茂进来，便嘻嘻的笑。元茂道："今日什么事，到此刻才回？"又凑到他脸上一看，道："酒气醺醺，一定是叶茂林请你的，可曾见那些小孩子么？"聘才道："我没有去找叶茂林，我倒听了联珠班的戏。那班里的相公足有五六十个，都是生得很好的。遇见一个相好，是从前南京藩台的少爷，与我们也有世谊。他请我吃饭，叫了个相公，也是上等的。"子玉道："大哥，你前日说那琴官脾气不好，又爱哭，是怎样脾气？"聘才道："那琴官的脾气是少有的，大约托生时，阎罗王把块水晶放在他心里，又硬又冷，绝没有一点怜悯人的心肠。这个人与他讲'情'字，是不必题了。我因为他脑袋生得好，生了一片怜香惜玉之心，奴才似的巴结他，非但不能引他笑一笑，倒几次惹得他哭起来，这个脾气教人怎样说得出来？总而言之，他眼睛里没有瞧得起的人就是了。"

子玉想道："果然有这样脾气，这人就是上上人物，是十全的了。"便呆呆思想起来。便又转念道："人海中庸耳俗目，都喜谄媚逢迎，只怕这清高自爱的佳人，必遭白眼。除非有几个正人君子，同心协力提拔他，使奸邪辈不得觊觎，然后可以成就他这铮铮有声，皎皎自洁，使若辈中出个奇人，倒也是古今少有的。"子玉想到此，这条心有些像柳花将落，随风脱去，摇曳到琴官身上了。忽见李元茂把风门一开，说道："了不得了！"

不知后事如何，且听下回分解。

第四回
三名士雪窗分咏　一少年粉壁题词

却说子玉正在体贴琴官心事，只听元茂开着风门，说道："了不得了！"倒把子玉等唬了一跳，问道："为什么大惊小怪？"元茂道："你看地下已铺了一层，这棉花大的朵子下起来，一夜就有一尺多了。"子玉同聘才到门口看时，果然飘飘洒洒，下起雪来。子玉道："这腊雪是最好的。今年一冬风燥，现在求雪，幸亏我们说着琴官，所以感召天和，祥霎献瑞。"聘才道："今晚若下得一宿，明日我们就可以赏雪了。"云儿已拿了斗篷、风帽来，请子玉穿戴了进去。这一夜足足下了有五寸多雪，直到天明，一阵阵的朔风吹来，寒冷异常，雪才止了。真个琼装世界，玉琢乾坤，一派好景。

那李性全先生，清早起来冒了寒，头晕咳嗽，仍上床躺了，觉得心里烦闷，不令子玉等读书。性全自己精于药理，便叫书僮去抓了几味发散药吃了，蒙头安睡。子玉命两个书僮在书房外好好伺候，自己到了一个小三间书屋，名为"二十四琴斋"。这块匾额还是其祖文穆公手笔。子玉无聊，翻出谢惠连的《雪赋》阅看，至"皓鹤夺鲜，白鹇失素"句，叹赏古人工于摹绘。忽见天又阴得沉了，又悠悠扬扬的起来，那房上树上的雪，被风刮得如梨花乱舞。即吩咐云儿，叫厨房多备几样菜，请魏、李两位少爷赏雪。少顷，送过一桌佳肴，请了聘才、元茂过来一同赏玩。子玉是不能饮酒的，勉强相陪。又将琴官的光景来问聘才，聘才见他心甚注意，便改了口风，索性将琴官的身分、性气一赞，赞得子玉更为倾慕。又想这个雪天，若见琼枝玉立，何异瑶岛看花，真笑党家锦帐中，醉酒羔羊，终不脱武夫气象矣。吃完之后，煮雪煎茶，闲谈一会，聘才、元茂各自回房去了。

忽见俊儿拿了一封书信来，签子上写着"梅少爷手展"，旁有一行小字；内信笺一纸，诗笺四纸。认得仲清笔迹，便问俊儿是谁送来的。俊儿道："是颜少爷的健儿。"子玉道："叫他等一等。"拆开看时，信笺上写著是：

昨与庸庵,同居虚室。玉杯寒重,始知六出花飞;银烛光残,才见十分雪艳。冰山叠叠,围成云母屏风;宝塔层层,照见琉璃灯火。美人装罢,玉戏猫儿;罗汉堆来,球抛狮子。黄昏选韵,白战分题;愧乏琼词,聊为砖引。谨呈冰鉴,乞报瑶章。庚香仁弟文几。庸庵嘱候,仲清手肃。

子玉看了,道:"好工致的尺牍!"再看诗笺上,写著《雪窗八咏》:

雪　山
此峰真个是飞来,白玉芙蓉一朵开。
著屐好吟亭畔絮,骑驴难觅岭头梅。
几看如滴非苍翠,便使多残岂劫灰。
云雨夜深寒冻合,那堪神女下阳台。

雪　塔
散花人到梵王宫,多宝庄严尽化工。
四角有时还碍日,七层无处不惊风。
月中舍利光何灿,水面浮图色更空。
乘兴若容登绝顶,愿题名字问苍穹。

雪　屏
梁园昨夜报阳春,玉案珠帘斗崭新。
云母好遮花御史,水晶应赐虢夫人。
不摇银烛光偏冷,便画金鹅梦未真。
怪杀妓围俱编素,近前丞相合生嗔。

雪　灯
挑檠几度咏尖叉,此夜焚膏赛九华。
织素有光宁向壁,读书无火是谁家。
清寒已尽三条烛,照睡还看六出花。
记取元宵佳节近,闹蛾残柳莫争夸。

庸庵王恂初稿

子玉看了,道:"好诗!这四首之中,自然以《雪塔》为第一,《雪屏》第二,《雪山》次之,《雪灯》又次之。"再看仲清的诗是:

雪　狮
居然幻相长毛虫,白泽呼名偶擅雄。
乘气岂能腾海外,因风只合吼河东。
黄金高座非难灿,红树新妆愧未工。
若使龙丘居士见,定抛拄杖又谈空。

子玉想道:《雪狮》此题却不好做,看他用典举重若轻,雅与题称,非名手不办。再看是：

　　　　雪　　猫
　　漫赌围棋枕两衾，狸奴如玉傍雕檐。
　　聘求那得鱼穿柳，引去还宜饭裹盐。
　　比似虎头原有样，奈他鼠辈只趋炎。
　　牡丹此日飞红尽，冷眼无须一线添。

子玉道："这首做得更好，第三联调侃不少。"再看下去，题目是《雪罗汉》、《雪美人》。子玉想了一想，题目比前六个更加枯寂，却难著笔。只见是：

　　　　雪　罗　汉
　　朝来谁为启禅关，面壁瞿昙杖锡还。
　　解脱有心如止水，游行无意定寒山。
　　经翻贝叶空蒙里，社结莲花顷刻间。
　　自是此身同幻影，点头莫叹石多顽。
　　　　雪　美　人
　　玉骨珊珊未有瑕，是耶毕竟又非耶。
　　春心已似沾泥絮，妾貌应同著雨花。
　　后夜思量成逝水，前身风味记煎茶。
　　卖珠侍婢今何在，倚竹无言日又斜。
　　　　　　　　　　　　剑潭仲清脱稿

子玉看毕，又轻轻的吟哦了几遍，觉得仲清这几首，《雪狮》镂金错采，《雪猫》琢玉雕琼，《雪罗汉》吐属清芬，莲花满庭，《雪美人》双管齐下，玉茗风流，却在王恂之上。因想依韵再和八首，未必能如原唱浑成。不如另拟四题，不落窠臼。他这八个题目都是从后著想，以虚作实，借宾定主。我却从未下雪以前著想，竟用四个虚字，连著"雪"字作题。我想未下雪之前，彤云密布，空空蒙蒙，先有了下雪的意思。把雪意做了第一个题目。到了雪花飘了，模模糊糊，就有雪影子。初下雪的时候，那雪珠淅淅沥沥，就有了雪的声儿。把雪影做了第二，雪声做了第三。已经下了雪，那白皓皓一片，自然就有雪色，做了第四题。倒也新鲜别致，就构思起来。才做了两首，却被元茂、聘才进来看见，子玉遂叫他们也做几首。

元茂道："'雪'字下连了一个虚字眼儿，我是做不来的。我只好咏咏雪罢了。"聘才道："就是咏雪，要对却费力。我只好做首绝句。"元茂道："七个字一句的累赘，我只会做五言律诗。"子玉道："都使得。"他们各自搜索枯肠去了。

不多一会，子玉四首都已作成，用一张冷金笺写了，又写了一封回书。正要缄封，聘才却笑吟吟的拿了一张诗稿来，道："做得不好，你替我改改。"子玉接来看时，题目是《咏雪》，诗是：

舞向梅梢片片斜，蛾儿粉蝶满天涯。
分明仙品瑶台上，独占人间第一花。

子玉诧异道："我倒不晓得你有这样本领，你在诗上头想是很用过工夫的。"聘才道："我那里有什么工夫，就是记得几枝曲子，随便凑上的。"子玉道："什么曲子？"聘才道："那'舞向梅梢片片'及'蛾儿粉蝶'，是《江天雪》的《走雪》上的。"子玉道："下两句呢？"聘才道："第三句是空的，末了一句，用《占花魁》上《独占》这一出戏，我就拉他来用做古典。"子玉道："倒难为你凑得不著痕迹。"说著，元茂却也做完，端端正正写了来。

子玉看了，却甚费解，只得赞道："工稳得很，何不都写起来，送去与他们看看。"元茂见子玉称赞，必定是好极的了，便道："请教请教他们也好。"倒是聘才自知分量，忙道："我的不必拿去献丑罢。"子玉道："这又何妨？我替你们写。"另用一张纸写了，又在回书后面添了两句。封好了，打发云儿与健儿同去。

那边仲清接著回札，与王恂同看。只见上写著：

书奉朵云，词霏香雪。芙蓉灯炖，嵌空佛塔玲珑；翡翠屏寒，指点仙山飘渺。白地现金身罗汉，狮驯拄杖之旁；缟衣来玉骨美人，狸睡棋枰之侧。新露盥手，古雪浣肠；明月自来，阳春寡和。赋诗七字，惭珠玉之在前；俚语四章，愧琼瑶之莫报。手疏覆此，目笑存之。

剑潭、庸庵两兄同览。子玉拜手。外附拙作四首，又七绝、五律各一首，即乞郢正。

仲清等再看子玉的诗题是：《雪意》、《雪影》、《雪声》、《雪色》。仲清向王恂道："这四个题目太空，比我们更难著笔，庾香必有佳制。"说著看诗，只见上写著：

雪　意

三千世界望盈盈，知有瑶花酝酿成。
未作花时先剪水，已同云上欲飞霙。

仲清道："起句题前著势得好，第二联刻划'意'字，真是神化之笔。"再看下去是：

人间待种无瑕璧，天外将开不夜城。
冻合玉楼何处是，群仙想象列蓬瀛。

雪　影

六出霏微点缀工，玉阑干外写玲珑。
低迷照水摇虚白，依约栖尘漾软红。
飞入梅花痕始淡，舞回柳絮色都空。
清寒合称瑶池梦，琪树分明映月中。

王恂一句一击节。仲清道："这首把题的魂都勾出来了。"再看下去是：

雪　声

寒空㲲㲲散琼瑶，入夜焚香慰寂寥。
糁径珊珊先集霰，洒窗瑟瑟趁回飙。
穿松静觉珠跳碎，筛竹轻宜玉屑飘。
待到晓来开霁景，滴残寒漏一痕消。

雪　色

谁从银海眩瑶光，群玉山头独眺望。
蕉叶无心会著绿，梨云有梦竟堆黄。
浓浮珠露三分艳，淡借冰梅一缕香。
照眼空明难细认，白沙淡月两茫茫。

当下看完，仲清拍案叫绝，同王恂朗吟了几遍。仲清道："这几首诗，把我们的都压下去了。"再看聘才的那首绝句，王恂道："这首亦甚好，只不知庾香又做这一首做什么？"仲清道："这首也还下得去，然断不是庾香所作。"再看元茂的五律，起二句写著是：

　　天上彤云布，来思雨雪盈。

王恂道："这'来思'两字怎么讲？"仲清忽然大笑道："你往下看。"王恂再看第二联是：

　　白人双目近，长马四蹄轻。

沉吟道："马蹄轻，想是用'雪尽马蹄轻'了。为什么加上个'长'字呢？上句实在奥妙得很，我竟解不出来。"再看下联是：

　　掘阅蜉蝣似，挖空狮子成。

王恂道："这两句就奇怪得很，怎么用得上来？上句想是用《诗经》上的因为'麻衣如雪'这个'雪'字，遂把'蜉蝣掘阅'用上来了。这个'挖空狮子'又有什么典故在里头？"仲清道："也不过说堆的雪狮子就是了。"再看结句是：

　　出时献世宝，六瑞太阶平。

王恂道："这还用得著颂扬么？这首诗准是那个老魏做的。看他有些油腔滑调，自然就有这笑话出来。"仲清道："不然，我看老魏虽不是正路人，但看他像个聪明人，笨不至此。只怕那首七绝是他的，这首必是那个李世兄的佳章，有些诗如其人。"王恂道："李世兄不应如此，看他斯斯文文，却还有些书气。"仲清道："惟其有了书气，所以没有诗气。"王恂道："庾香叫我们批，我们还是批不批？"仲清道："你就何妨批他一批。"王恂道："我为什么得罪人呢？"仲清道："我来先把聘才这首全圈了。"批了一个批语是："得天公玉戏之神。"元茂的诗第一二联单圈，下四句全圈，批语云："裁对工稳，用古入化，足可嗣响元徽。"王恂把子玉的诗，用针在碧纱橱内戳了，来看批语，笑道："却批得好，就是太挖苦些。"仲清道："可惜天不早了，这雪也下不住，不然倒可以去与庾香谈谈。"王恂道："明日去罢，此刻去也谈不久了。"

是日又下了一天一夜，积得有一尺厚了。次早晴了，朔风一吹，将一个世界，竟冻成了一个玉合子，耀眼鲜明。仲清、王恂早饭后，两人同坐一车，两个跟班骑了马，来访子玉。到了半路，碰著一辆车来，两家跟班都下了马。王恂看是孙嗣徽，两车相对，王恂问道："你往那里去？"嗣徽道："只因家父夫妻反目，噬肤灭鼻，几几乎血流漂杵。有一王大夫以人治人，有以去其旧染之污，睨而视之，曰无伤也。今病小愈，不能不绥之斯来耳。"王恂笑了一笑，道："我回来就来的。"嗣徽应了，匆匆而去。

仲清道："此君无所不用其文，真荒唐可笑。这'虫蛀千字文'，真生可为名，死可为谥，世间想无第二人似他的了。"王恂笑道："我看此君，只怕到敦伦时还要用两句文。倒可惜了我们那个舅嫂，虽不生得十分怎样，但端庄贞静，不言不笑。嫁了这种人，真抱恨终身的了。"仲清笑道："或者他倒有一长可取也未可知的。"一路说说笑笑，已到了梅宅。门上通报了，子玉进来，迎了进去，便道："两兄做得好诗，佩服之至。拙作草草涂鸦，未免小巫见大巫。"仲清道："兄等所作，粗枝大叶，那里及得老弟的佳章，恬吟密咏，风雅宜人。"王恂道："我最爱《雪意》、《雪色》这两首，清新俊逸，庾、鲍兼长。"子玉道："吾兄这四首，冰雪为怀，珠玑在手。那《雪山》、《雪塔》两首，起句破空而来，尤为超脱。至剑潭的诗中名句，如'奈他鼠辈只趋炎'，及'后夜思量成逝水'一联，寓意措词，情深一往，东坡所谓'不食人间烟火食'，自是必传之作。"仲清道："偶尔借景陶情，这'传'字谈何容易。"王恂道："那一首七绝、一首五律，是何人手笔？"子玉笑道："你们没有猜一猜么？"王恂就将昨日话说了。子玉道："剑兄眼力到底不错。你们批了来没有呢？"王恂从袖内取出，子玉看了那首五律的批语，不解其意，何为元、徽？王恂又将孙氏昆仲与他说了，子玉也笑，就叫人请了聘才、元茂出来，大家见了。子玉把各人的诗交给了，说道："这都是颜大兄评定的，称赞得不得。"聘才看了批语，暗想道："颜仲清这人，真可谓博古通今，我用的戏曲，都被他看出来了。"

当向仲清道了谢。

仲清道："魏兄诗笔甚俊，声律兼优，想是常做，倒像曲不离口的。"聘才道："小弟本来没有底子，又抛荒了这几年，那里还成什么诗？不失粘就罢了。"子玉向仲清道："聘兄的诗，却还不很离谱。"仲清点了点头。那元茂把仲清圈的这几句及批语凑在脸上，看了又看，有好一会工夫，始将这诗笺放在茶几上，用双手折叠了，解开皮袄钮扣，揣在怀里。王恂道："李大哥大著谅来多的。"李元茂只道说他皮袄蛀多了，冒冒失失的答道："蛀得还好。因水路来，闷在舱底下，受了水气，因此蛀了些。穿过这一冬，明年也要收拾了。"大家听了，不晓他说些什么。聘才晓得他听错了，说道："王大哥是说你的诗做得多，不是说你的皮袄子。"大家方才省悟，见他脸上胀得通红，一言不发，只得忍住了笑。仲清问道："尊作'长马'、'白人'，想是用的《孟子》；这'双目近'三字有所本么？"元茂把仲清瞅了两眼，道："我是从来没有所本的。我看古人诗里也有把自己写在里面，就是这个意思。"王恂方才恍然。

又说了一会闲话，仲清等告辞，子玉等送到门口，仲清道："何不同出去看看雪景？"元茂听了，就高兴愿去。子玉道："先生今日尚未全好，我们须在家伺候，改日再奉陪罢。"元茂撅了嘴不言语。仲清等告辞而去，子玉送出大门，进来与聘才、元茂又谈了一会诗，忽又问起琴官来。聘才见他有点意思，便轻轻的挑他一句道："改日何不偷个空儿，同去认认那个琴官？"元茂道："明日就去，我只说去看路上同来的朋友。"指著子玉道："你说到王家去回拜他们。只要出了这两扇牢门，还怕什么人？"子玉笑道："过几日再看。"且按下这边。

再说仲清、王恂由南小街走到下洼子眺望，只见白茫茫一片，也辨不出田原路径，远远望见徐子云的怡园，琪树参差，烟岚回合，重重的层楼耀目，隐隐的高阁凌云。望了一会，只见对面一辆车来，车沿上坐的看见了，先跳了下来，随后看是一个相公，也要下车。仲清等连忙止住。那相公便挪出身子，生得香雕粉捏，玉裹金妆，原来是《花选》上最小的那个林春喜。王恂问道："你从那里来？"春喜道："我从怡园回来，你们也到怡园去么？"仲清道："我们是看雪景的，也就转去了。"王恂道："我们何不就上小街那个酒楼坐坐，也可望望野景。"春喜道："如果你们高兴，我也奉陪。"仲清说："很好。"就转回车来，到了小街，有个馆子，内有两座楼，系东西对面。

仲清等上了东楼，今日天虽寒冷，楼上却没有风。仲清索性叫把窗子开了，也望得好远地方。点了菜，三人闲谈了一会。春喜道："这月里我们八个人，在怡园三日一聚，作消寒会，今日是第五会了。每一会必有一样顽意儿，或是行令，或是局戏。今日度香要叫我们做诗，出了个《冰床》题目，各人做七律一首，教苏媚香考了第一。"仲清道："你记得他的诗么？"春喜道："我只记得他中间四句。"即念道：

　　"舟楫竟成床笫稳，风波得与坦途同。
　　谁言青海填难满？不信蓬山路未通。

都说他运用灵妙，不著一死句，所以胜于他人。"王恂道："你的呢？"春喜道："我的不好，也记不得了。"仲清道："只怕你是第八了。"春喜嘻嘻的笑道："被你一猜就猜著。"王恂道："这难怪他，他方十四岁，若教他学上两年，怕赶不上他们？"春喜道："我原不肯做的，他们定要我做。今日大家的诗，都也没有什么好，但就蕊香与我倒了平仄，因此蕊香定了第七，我定了第八，我已后再不做这不通诗了。等我学了一年，再与他们来。"又说道："我们班里来了两个新脚色，一个叫琴官，一个叫琪官，你们见过没有？"仲清道："前日蕊香说起两人来，刚说时就有人来打断了，没有说下去。"王恂问道："这两人怎样？"春喜道："好极了，那个琴官，与瑶卿不相上下；那个琪官，与蕊香难定高低。此刻都还没有上台，但一天已有三五处叫他。前日度香见了，也大加赏赞，即赏了好些东西，把他们的衣服通身重做了几套。这两人是要大出名的。就是琴官脾气冷些，不大好说话。"

　　这边正在谈心，忽听对面楼上窗子一响，也开了。仲清等举目看时，见一个美少年，服饰甚都，身穿鹔鹴裘，头戴紫貂冠，面如冠玉，唇若涂朱，目光眉彩觉有凌云之气，举止大雅，气象不凡。看他年纪，不过二十余岁的光景，带了四个相公，倚著楼窗而望。仲清、王恂暗暗吃惊，看他这品貌，足可与庾香匹敌，真是人中鸾凤。听他口音，也像江宁人，却又有些扬州话在里头。再看那四个相公，却非名下青钱，不过花中凡艳。

　　王恂认得一个是蓉官，那三个都不认得，因问春喜。春喜道："穿染貂的是玉美，穿倭刀的是四喜，穿水獭的是全福。都是登春班的。"只见那位少年将这边楼上望了一望，也就背转身子坐了。听得那些相公燕语莺声，觥筹交错，好不热闹。这边三个人相形之下，颇自觉有些郊寒岛瘦起来。

　　听得那美少年说道："我听人说，戏班以联锦、联珠为最。但我听这两班，尽是些老脚色，唱昆腔旦一个好相公也没有。在园子里串来串去的，都是那残兵败卒，我真不解人何以说好？"蓉官道："我们这二联班，是堂会戏多，几个唱昆腔的好相公总在堂会里，园子里是不大来的。你这么一个雅人，倒怎么不爱听昆腔，倒爱听乱弹？"那少年笑道："我是讲究人，不讲究戏，与其戏雅而人俗，不如人雅而戏俗。"又听得那玉美讲道："都是唱戏，分什么昆腔、乱弹。就算昆腔曲文好些，也是古人做的，又不是你们自己编的。乱弹戏不过粗些，于神情总是一理。最可笑那些人，只讲昆腔不爱二簧。你们二联班内，将来那几个出了班子，不唱戏时，班里就没有支得住的人，只怕听的人就少，这班子还要散呢。"四喜道："依我说，总是一样，二簧也是戏，昆腔也是戏，学了什么就唱什么。"蓉官笑道："是了，不必论戏，咱们喝酒。"

又听得他们猜拳行令的喝了一会酒。那少年又说道："我听戏却不听曲文，尽听音调。非不知昆腔之志和音雅，但如读宋人诗，声调和平，而情少激越。听筝琵弦索之声，繁音促节，绰有余情，能使人慷慨激昂，四肢蹈厉，七情发扬。即如那梆子腔固非正声，倒觉有些抑扬顿挫之致，俯仰流连，思今怀古，如马周之过新丰，卫玠之渡江表，一腔惋愤，感慨缠绵，尤足动骚客羁人之感。人说那胡琴之声，是极淫荡的。我听了凄楚万状，每为落泪，若东坡之赋洞箫说，如怨如慕，如泣如诉，似逐臣万里之悲，嫠妇孤舟之泣，声声听入心坎。我不解人何以说是淫声？抑岂我之耳异于人耳，我之情不合人情？若弦索鼓板之声，听得心平气和，全无感触。我听是这样，不知你们听了也是这样不是？"那四个相公皆不能答。

仲清低低对王恂说道："此人议论虽偏，但他别有会心，不肯随人俯仰之意已见。且其胸中必多积忿，故不喜和平而喜激越。丝声本哀，说胡琴非淫声，此却破俗之论，从没有人听得出来的。我看此人恰是我辈，决非庸庸碌碌的人，几时倒要访他一访。"王恂道："听其语言，观其气度，已可得其大概了。"

只见那少年问居人要了笔砚，在粉墙之上写了几句，便带著四个相公下楼去了。仲清等也不喝了，吩咐跟班的去算了账，带了春喜走到西楼来，只见墨沈淋漓，字体丰劲，一笔好草书，写了一首《浪淘沙》。其词曰：

　　红日已西斜，笑看云霞。玉龙鳞散满天涯。我盼春风来万里，吹尽瑶花。　　世事莫争夸，无念非差。蓬莱仙子挽云车。醉问大罗天上客，彩凤谁家？

仲清、王恂看了，都点头称赞。春喜道："这首词倒像神仙做的，有些仙气。"仲清道："此人是个清狂绝俗、潇洒不羁的人，为何赏识的又是那一班相公，真令人不解。"再看落款是："湘帆醉笔。"也不知其姓名，因叫店家上来，问他可认得这人。店家答道："这位老爷是头一回来，方才算账，他们二爷交了现钱去的，倒没有问他姓名住处。"仲清道："这首词好得很，是个才子之笔，使你蓬荜生辉，你千万留了他，不要涂刮了。"店家答应了下去。春喜道："这人来历，蓉官总应晓得，待我见他时一问，便知此人是何等样人了。"三人说著，亦即下楼各散。

未知后事如何，且听下回分解。

第五回
袁宝珠引进杜琴言　富三爷细述华公子

前回说林春喜与仲清等，讲起在怡园作消寒赋诗之会。我今要将怡园之事序起来：有个公子班头、文人领袖，姓徐，名子云，号度香，是浙江山阴县人。说他家世，真是当今数一数二的，七世簪缨之内，是祖孙宰相，父子尚书，兄弟督抚。单讲这位徐子云的本支，其父名震，由翰林出身，现做了大学士，总督两广。其兄名子容，也是翰林出身，由御史放了淮扬巡道。其太夫人随任广东去了，单是子云在京。这子云生得温文俊雅，卓荦不群，度量过人，博通经史，现年二十五岁。由一品荫生，得了员外郎在部行走。二十二岁，又中了一个举人。夫人袁氏，年方二十三岁，是现任云南巡抚袁浩之女。生得花容绝代，贤淑无双，而且蕙质兰心，颂椒咏絮，正与子云是瑶琴玉瑟，才子佳人，夫妻相敬如宾，十分和爱，已生了一子一女。

这子云虽在繁华富贵之中，却无淫佚骄奢之事，厌冠裳之拘谨，愿丘壑以自娱。虽二十几岁人，已有谢东山丝竹之情，孔北海琴樽之乐。他住宅之前，有一块大空地，周围有五六里大，天然的崇丘洼泽，古树虬松。原是当初人家的一个废园。子云买了这块空地，扩充起来，将些附近民房尽用重价买了。他有个好友，是楚南湘潭县人，姓萧，名次贤，号静宜，年方三十二岁，是个名士，以优贡入京考选。他却厌弃微名，无心进取，天文地理之书，诸子百家之学，无不精通。与子云八拜之交，费了三四年心血，替他监造了这个怡园。真有驱云排岳之势，崇楼叠阁之观，窈窕歁嵜之胜。一时花木游览之盛，甲于京都。成了二十四处楼台，四百余间屋宇，其中大山连络，曲水湾环，说不尽的妙处。

子云声气既广，四方名士星从云集。但其秉性高华，用情恳挚，事无不应之求，心无不尽之力，最喜择交取友，不在势力之相并，而在道义之可交。虽然日日的座客常满，樽酒不空，也不过几个素心朝夕，其余泛泛者，惟以礼相待，如愿相偿而已。史南湘《花选》中的八个名旦日夕来游，子云尽皆珍爱，而尤宠异者惟袁宝珠。这一片钟情爱色之心，却与别人不同，视这些好相公与那奇珍异宝、好鸟名花一样，只有爱惜之心，却无亵狎之念，所以这些名旦，个个与他忘形略迹，视他为慈父恩母，甘雨祥云，无话不可尽言，无情不可径遂。那个萧次贤更是清高恬淡，玩意不留，故此两人不独以道义文章交相砥砺,而且性情肝胆,无隔形骸。

一日,子云在堂会中,见了新来的琴官、琪官两个,十分赞赏,叹为创见,正与那八个名旦一气相孚,才生了物色的念头,叫袁宝珠改日同他们到园来。又见他们的服饰未美,即连夜制造了几套,赏给了他们,这两个相公自然感激的了。但那个琴官却又不然,且先将他的出身略叙一叙。

这个琴官姓杜,父亲叫做杜琴师,以制琴弹琴为业,江苏缙绅子弟争相延请教琴,因此都称他为杜琴师。生了这个儿子就以"琴"字为名,叫为琴官。琴官手掌有文,幼而即慧,父母爱如珍宝。到了十岁上,杜琴师忽为豪贵殴辱,气忿碎琴而卒。其母一年之后,亦悲痛成病而死。遗下这个琴官无依无靠,赖其族叔收养。十三岁上,叔叔又死,其婶不能守节,即行改嫁,遂以琴官卖入梨园。适叶茂林见了,又从戏班中买出,同了进京。这琴官六岁上,即认字读书,聪慧异常,过目成诵。到十三岁,也读了好些书,以及诗词杂览、小说稗官,都能了了。心既好高,性复爱洁,有山鸡舞镜、丹凤栖梧之志。当其失足梨园时,已投缳数次,皆不得死,所以班中厌弃已久,琴官借以自完。及叶茂林带了来京,顿为薰沐,视如奇珍,在人岂不安心?他却又添了一件心事:以为出了井底,又入海底,犹虑珊网难逢,明珠投暗,卞珍莫识,按剑徒遭,因此常自郁郁。到京前一夕夜间,做了一梦,梦见一处地方,万树梅花,香雪如海,正在游玩,忽然自己的身子陷入一个坑内,将已及顶,万分危急。忽见一个美少年,玉貌如神,一手将他提了出来,琴官感激不尽,将要拜谢,那个少年翩翩的走入梅花林内不见了。琴官进去找时,见梅树之上结了一个大梅子,细看是玉的,便也醒了。明日进城,在路上挤了车,见了子玉,就是梦中救他之人,心里十分诧异,所以呆呆看了他一回。但陌路相逢,也不知他姓名居处,又无从访问。如逢堂会,园子里四下留心,也没见他。后来见了徐子云,十分赏识他,赏了他许多衣裳什物,心里倒又疑疑惑惑。又知道是个贵公子,必有那富贵骄人之态,十分不愿去亲近他。无奈迫于师傅之命,只得要去谢一声。

是日琪官感冒,不能起来,袁宝珠先到琴官寓里。这个宝珠的容貌,《花选》中已经说过了,性格温柔,貌如处女。他也爱这琴官的相貌与己仿佛,虽是初交,倒与夙好一般。两人已谈心过几回,琴官也重宝珠的人品,是个洁身自爱的人。宝珠又将子云的好处,细细说给他听,琴官便也放了好些心。二人同上了车,琴官在前,宝珠在后,正是天赐奇缘,到了南小街口,恰值子玉从史南湘处转来,一车两马,劈面相逢,子玉恰不挂帘子,琴官却挂了帘子,已从玻璃窗内,望得清清楚楚,不觉把帘子一掀,露出一个绝代花容来。子玉瞥见,是前日所遇、聘才所说、朝思夕想的那个琴官,便觉喜动颜开,笑了一笑。见琴官也觉美目清扬,朱唇微绽,又把帘子放下,

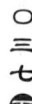

一转瞬间，各自风驰电掣的离远了。子玉见他今日车裘华美，已与前日不同，心里暗暗赞叹，果信夜光难掩，明月自华，自然遇了赏鉴家，但不知所遇为何等人。又想聘才说他脾气古怪，十分高傲，想必能择所从，断不至随流扬波，以求一日之遇。这边琴官心里想道："看这公子其秀在骨，其美在神，其温柔敦厚之情，粹然毕露，必是个有情有义的正人，绝无一点私心邪念的神色。我梦中承他提我出了泥涂，将来想是要赖借着他提拔我，不然何以梦见之后就遇见了他。但那日梦中，见他走到梅花之下就不见了，倒见了一个玉梅子，这又是何故呢？"只管在车里思来想去，想得出神。不多一刻，进了怡园，宝珠询知子云今日在海棠春圃。

这海棠春圃，平台曲榭，密室洞房，接接连连共有三十余间。宝珠引了进去，到了三间套房之内，子云正与次贤在那里围炉斗酒，见了这二人进来，都喜孜孜的笑面相迎。琴官羞羞涩涩的上前请了两个安，道了谢，俯首而立。子云、次贤见他今日容貌，华装艳服，更加妍丽了些。但见他那生生怯怯、畏畏缩缩的神情，教人怜惜之心随感而发，便命他坐下。琴官挨着宝珠坐了，子云笑盈盈的问道："前日我们乍见，未能深谈，你将你的出身家业，怎样入班的缘故，细细讲给我听。"琴官见问他的出身，便提动他的积恨，不知不觉的面泛桃花，眼含珠泪，定了一定神，但又不好不对，只得学著官话，撇去苏音，把他的家世叙了一番。说到他父母双亡，叔父收养，叔父又没，婶母再醮等事，便如微风振箫，幽鸣欲泣。听得子云、次贤颇为伤感，便著实安慰了几句。又问了他所学的戏是那几出，琴官也回答了。

次贤道："我看他那里像什么唱戏的。可惜天地间有这一种灵秀，不钟于香闺秀阁，而钟于舞榭歌楼，不钗而冠，不裙而履，真是恨事。"子云道："他与瑶卿，真可谓殚云趁雪，方驾千里，使易冠履而裙钗，恐江东二乔犹难比数。想是造物之心，欲使此辈中出几个传人，一洗向来凡陋之习也未可知。"即对琴官道："我们这里是比不得别处，你不必怕生，你各样都照著瑶卿，他怎样你也怎样。要知我们的为人，你细细问他就知道了。瑶卿在这里，并不当他相公看待，一切称呼，都不照外头一样，可以大家称号，请安也可不用。你若高兴，空闲时可以常到这里来，倒不必要存什么规矩，存了规矩就生疏了。"琴官也只得答应了，再将他们二人看看，都是骨格不凡，清和可近，已知不是寻常人了。

次贤对子云道："你这话说得最是，他此时还不晓得我们脾气怎样，当是富贵场中必有骄奢之气，谁知我们最厌的是那样。你这个人材是不用说了。但人之丰韵雅秀，皆从书本中来，若不认字读书，粗通文理，一切语言举止未免欠雅。你可曾念过书么？"琴官尚未回答，宝珠笑道："他肚子里比我们强得多呢！我们如今考起来，只怕媚香还考不过他。"子云听了，更加欢喜，便问琴官道："你到底念过书没有？"琴官道："也念过五六年的书。"次贤道："念过些什么书呢？"琴官道："《四书》之外，念了一部《事类赋》、两本唐诗。"子云道："也够了，你可会做诗？"琴官道："不会做。"宝珠道："那是他没有学过，将来一学就会的。前日他与我讲那些戏曲，那种好，那种不好，讲得一点不错。有这样天分，岂有学不来的？"琴官低头不语。

子云道："他这个名字不好，静宜你与他改一个字，将这'官'字换了罢，再与他起个号。"次贤想了一回，道："改为琴言，号玉侬，可好么？"子云道："很好，这'琴言'二字，又新又雅；玉侬之号，雅称其人。"宝珠叫琴官道谢，琴官又起身请了两个安。次贤道："方才已说过的了，怎么又请起安来？"子云道："我们立下章程，凡遇年节庆贺大事，准你们请安，其余常见一概不用；'老爷'二字永远不许出口。称我竟是度香，称他竟是静宜。"琴言站起身来，说道："这个怎么敢？"子云道："你既不肯，便当我们也与俗人一样，倒不是尊敬我们，倒是疏远我们。且'老爷'二字何足为重，外面不论什么人，无不称为老爷。你称呼他人，自然原要照样，就是到这里来，不必这样称呼。"琴官尚不敢答应。

宝珠笑道："既是度香这样吩咐，你就叫他度香就是了。"琴言见宝珠竟称他的号，但自己到底初见，不好意思，便笑了一笑。子云见这一笑，唇似含樱，齿如编贝，妍生香辅，秀活清波，真足眩目动情，惊心荡魄，不觉心花大开，便命家人摆上酒来，四人坐了。席间，宝珠又将各样教导他一番。琴言见萧、徐二公并无戏谑之言、调笑之意，语言风雅，神色正派，真是可亲可近之人，也渐渐的心安胆放，神定气舒。宝珠又行了些小令与他看了，还与他讲了好些当今名下士，将来见了应该怎样的。琴言一一听教，心里又想起车内那位公子，不知宝珠认得不认得，度香往来不往来，又不知道他的姓名，也难访问。是日在怡园耽搁了半日，酒毕之后，子云、次贤领著他到园内逛了一逛。这些房屋与那些铺设古玩等物，都是生平创见，倒细细的游玩了一会。子云又赏了好些东西，又嘱将来如有心爱的玩好，只管问我要就是了，琴言道谢而去。自此以后，便同了宝珠等那一班名旦，常在怡园，几回之后也就熟了。且按下不题。

再说子玉今日又遇见了琴官，十分快意，回家之后，急急的找了聘才，与他说知。聘才也有些喜欢，因将路上的光景，细说与子玉。原来聘才与叶茂林同行到济宁州时，那一班相公上岸去了，独见琴官在船中垂泪，便问了他好些心事，终不答应。及说到敢是不愿唱戏，恐辱没了父母的话，他方把聘才看了一眼。聘才从此便想进一步，竟不打量打量自己，把块帕子要替他拭泪，刚要拭时，被他一手抢去，扔在河里，即掩面哭起来，聘才因此恨了他。今见子玉喜欢，遂无心说了这一节事出来。子玉心里更加钦敬，敬他这个贞洁自守，凛乎难犯，便敬中生爱，爱中生慕，这两个念头在心里辘轳似的转旋起来。所以天下的至宝，惟有美色为第一，如果真美色，天下人没有不爱的。子玉前日在戏园的光景，倒像那个保珠沾染了他什么，那片心应该永远不动才是。谁知一个琴官，见了两次，还如电光石火，一过不留，心里就时时的思念。何况他人，其自守本不如子玉，又能与美人朝夕相见，自然爱慕更切，把个百炼钢化为绕指柔了。聘才自知与琴官无缘，巴结不上，虽也爱其容貌，其实恨其性情。如今见子玉爱他，以局外人想局中事，不过说些怂恿之言，生些逢迎之意，自己倒也不十分留意。当下子玉出去，亦就将此事搁开了。

一日，天气晴和，雪也化了，聘才想起富三爷来，要进城去看他，便叫四儿去雇了一辆车坐了，望东城来。对面遇著一群车马，泼风似的冲将过来，先是一个顶马，又一对引马，接著一辆绿围车，旁边开著门。聘才探出身子一看，只觉电光似的一闪就过去了。就这一闪之中，见是个美少年，英眉秀目，丰采如神，若朝阳之丽云霞，若丹凤之翔蓬岛，正好二十来岁年纪。看他穿著绣蟒貂裘，华冠朝履，后面二三十匹跟班马，马上的人都是簇新一样颜色的衣服。接著又有十几辆泥围的热车，车里坐著些粉装玉琢的孩子，也像小旦模样。后面又有四五辆大车，车上装些箱子、衣包，还有些茶炉、酒盒、行厨等物。那些赶车的都是短袄绸裤、绫袜缎鞋，雄纠纠的好不威风。倒过了好一会。聘才想道："这是什么人，这样的排场？"忽听得他赶车的说道："老爷可知道这个人？"聘才答道："不知道是什么人，这等阔。"赶车的道："这是锦春园的阔大公子，这京城里有四句口号，人人常说的。道：

城里一个星，城外一朵云。
两个大公子，阔过天下人。

这公子的家世，我也不知细底，只晓得他家老爷子是个公爷，现做镇西将军。他那所房子，周围就有三四里。他们有个管牲口的爷们卢大爷，我曾听他说有一百几十匹马、七八十个大骡子，你说这人家阔不阔？"聘才道："他姓什么？"赶车的道："他姓华，人家都叫他华公子。"聘才道："马上那些人，自然是家人了；车里头那些孩子，倒像相公模样的，又是什么人呢？"赶车的道："就是相公。他家里有班子，每逢外面请他喝酒看戏，他必要带著自己的班子唱两出。就是外头的相公，只要他看得中，也就不惜重价买了回去。听说他现在一个跟班也是相公，他去年花八千两银子买的。你想这个手段，谁赶得上他？"聘才道："真阔。但他家父母由他这样，不管他的么？"赶车的道："他家老爷子、老太太在万里之外呢！再说他府里的银子本多，就多使些，什么要紧？今日想必出去赴席，所以带著班子。"一面说著，已进了东城，到了金牌楼，找著茶叶铺对门一个大门口住了车。

聘才命四儿投了片子，自己在车里等著，看墙上有两张封条，一张是原任兵部右堂，一张是户部江南清吏司。门房内有人拿了片子，往里头去了，不多一会，出来说："请。"聘才下车，同著管门的进去，进了二门，是一个院子，上面是穿堂。进了穿堂，便是正厅，两边有六间厢房。富三早已站在正房檐下，迎将出来。聘才抢步上前，拉了手。富三即引到正厅后，另有两间小书房内坐了，问了几句寒温。聘才道："这几天下雪耽搁了，不然前日就要过来奉拜的，在家好不纳闷，惟有刻刻的想念三爷。"富三道："彼此彼此。"此处是富三的书房，离内屋已近，只隔一个院子。聘才略观屋中铺设，中间用个楠木冰纹落地罩间开。上手一间，铺了一个木炕，四幅山水小屏，炕几上一个自鸣钟。那边放著一张方桌、几张椅子，中间放了一个大铜煤炉，上面墙上一幅绢笺对子，旁边壁上一幅细巧洋画。炕上是宝蓝缎子的铺垫。

只见一个跟班的走来，穿件素绸皮袄，一个皮帽子克著眉毛，后头露著半个大发顶，托著茶盘，先将茶递与聘才。聘才道："奶奶前替我请安。"跟班的尚未回答，富三道："今日你嫂子不在家，回娘家去了。你今日就在这里吃饭，咱们说说话儿。"聘才连忙答应，又问："贵大爷今日可来？"富三道："不定。昨日听他说有事，要到锦春园求华公子说情，谅来此刻去了。"聘才听说锦春园的华公子，便问道："我正要问那个华公子。"就将那路上看见的光景、车夫口内说的话述了一遍。富三道："赶车的知道什么。这华公子名光宿，号星北。他的老爷子是世袭一等公，现做镇西将军。因祖上功劳很大，他从十八岁上当差，就赏了二品闲散人臣。今年二十一岁，练得好马步箭，文墨上也很好，脑袋是不用说，就是那些小旦也赶不上他。只是太爱花钱，其实他倒不骄不傲，人家看著他那样气焰排场，便不敢近他。他家财本没有数儿，那年娶了靖边侯苏兵部的姑娘，这妆奁就有百万。他夫人真生得天仙似的，这相貌只怕要算天下第一了，而且贤淑无双，琴棋书画，件件皆精。还有十个丫头，叫做十珠婢，名字都有个'珠'字，都也生得如花似玉，通文识字，会唱会弹。这华公子在府里，真是一天乐到晚。这是城里头第一个贵公子，第一个阔主儿。我与他关一点亲，是你嫂子的舅太爷。我今年请他吃一顿饭，就花了一千多吊。酒楼戏馆是不去的，到人家来，这一群二三十匹马、二三十个人，房屋小就没处安顿他们。况且他那脾气，既要好，又要多，吃量虽有限，但请他时总得要另外想法，多做些新样的菜出来，须得三四十样好菜，二三十样果品，十几样的好酒。喝动了兴，一天不够，还要到半夜。叫班子唱戏是不用说了，他还自己带了班子来。叫几个陪酒的相公也难，一会儿想著这个，一会儿想著那个，必得把几个有名的全数儿叫来伺候著。有了相公也就罢了，还有那些档子班、八角鼓、变戏法，鸡零狗碎的顽意儿，也要叫来预备著，凑他的高兴。高兴了便是几个元宝的赏。有一点错了，与那脑袋生得可厌的，他却也一样赏，赏了之后，便要打他几十鞭子，轰了出去。你想这个标劲儿，他也不管人的脸上下得来下不来，就是随他性儿。那一日我原冒失些，我爱听《十不闲》，有个小顺儿是《十不闲》中的状元了，我想他必定也喜欢他。那个小顺儿上了妆，刚走上来，他见了就登时的怒容满面，冷笑了一声，他跟班的连忙把这小顺儿轰了下去，叫我脸上好下不来。看他以后便话也不说，笑也不笑，才上了十几样菜，他就急于要走，再留不住，只得让他去了。还算赏我脸，没有动著鞭子。他这坐一坐，我算起来，上席、中席、下席，各色赏耗共一千多吊，不但没有讨好，他倒说我俗恶不堪，以后我就再不敢请他的了。他有一个亲随林珊枝，真花八千两银子买的。"

聘才听了，点头微笑，说道："这个阔公子，与他拉交情，是不容易的。"富三道："难，难，除非真有本领，教他佩服了，不然就是巴结到二十四分，这个人是最喜奉承的。"说到此，便已摆上饭来，一壶酒，四碟菜，一只火锅。富三道："今日却是便饭，没有什么吃的。"二人对酌闲谈，聘才听得里头有些娘儿们说话，说得甚热闹，不一刻就像两人口角，有些嘈杂起来，还夹些丫头、老婆子解劝之声，又有些笑声。富三欲待不管，因聘才在此，听得不好意思，便走了进去。聘才静听，只听得出富三声口，说"有客，有客"的两句。那些女人说话就略低了些，疏疏落落的犹有些牵藤蔓葛。

富三走了出来，与聘才喝了一杯酒，里头又闹起来。富三坐不住，又跑了进去，这一回闹得很热闹，就富三进去，也弹压不下，倒越闹得更甚。又听得富三嚷道："你们也替我做点脸儿，不是这样的。"又听得一个娘儿们带著哭、带著嚷，就是说话太急些，外边听得不甚清楚。聘才无心喝酒，也不便问，先要饭吃了。富三又出来，聘才看他心神不定，便告辞了，又谢了饭。富三见聘才已经吃了饭，里头又闹得这样，便也不好留他，只得说道："今日简慢极了，别要笑话，内人一出门，这些人就没有了拘束，乱吵起来。"聘才也不好答应，一径出来，富三送出大门，看上了车方回。

聘才又到贵大爷处，没有在家，投刺而去。聘才在车里想道："前日戏园里，蓉官说他青姨奶奶、白姨奶奶打架起来，摔这样，砸那样，我当是顽话，今日看来是真的了。"回去尚早，出了城，打发了车，又从戏园门口各处逛了一逛而回。

日子甚快，过了几日，不觉到了年底，梅宅自有一番热闹。李先生也散了学，时常出去，找些同乡同年聚谈消遣。到了除夕这一天，聘才、元茂在书房闷坐，大有作客凄凉之感。少顷，子玉出来对他二人说道："昨日听得王母舅于团拜那一日，格外备两桌酒请我们，还有孙氏弟兄。"元茂道："我是不去的，我又不是同乡。"子玉道："那不要紧，一来是王母舅单请我们的，又不与他们坐在一处；二来也是庸庵的意思，你若不去，就大家无趣了。"聘才笑道："若果如此，那一天可以见著琴官的戏了。"子玉一笑，道："我还有一点事。"说罢，进去了。

晚间李性全回来，进门时已见满堂灯彩，照耀辉煌。望见大厅上，梅学士与夫人及子玉，围著一群仆妇，在神像前上供。急忙来到书房，见书房中也点着两对红烛、四盏素玻璃灯，元茂上前叩了头。聘才也来辞岁，性全连忙还礼，即同了他们到老师、师母跟前辞岁，士燮挡住了。颜夫人即吩咐子玉出去叩贺先生，梅学士即领了子玉，来到书房，彼此贺毕，便摆上酒肴。梅学士恭恭敬敬与性全斟了酒，性全连称"不敢"；又要与聘才、元茂斟酒，聘才连忙接过酒杯，自己放好了，依次坐下。士燮是个言方行矩的人，更配上那个李性全，席间无非讲些修身立行、勉励子玉的话。李元茂拘拘束束，菜也不敢吃，坐著好不难受。倒是聘才还能假充老实，学些迂腐的话，与他们谈谈。不多一会，也就散了席。

梅学士又在外坐了一会，讲了好些话，然后同了子玉进去。性全、元茂等亦各安寝。且待下回分解。

第六回
颜夫人快订良姻　梅公子初观色界

话说年年交代，只在除夕，明日又是元旦，未免有些庆贺之事。忙了两天，至初三日，王文辉处就有知单并三副帖子来，知单上开的是：户部侍郎刘、内阁学士吴、翰林院侍读学士梅、詹事府正詹事庄、左庶子郑、通政司王、光禄寺少卿周、国子监司业张、吏科给事中史、掌山西道陆、兵部员外郎杨、工部郎中孙，共十二位。士燮看了比去年人更少了，叫小厮拿两副帖，到书房里去与魏、李两位少爷。

到了初五日，颜夫人也要请客，请了他表嫂王文辉的陆氏夫人，并他家孙氏少奶奶与两位表侄女；又请了孙亮功的陆氏夫人，与其大姑娘并两位少奶奶，就是孙大姑娘辞了不来。这王、孙两家的陆氏夫人，是嫡堂姊妹，王家的陆氏夫人，是陆御史宗沅的堂妹，他亲哥哥叫陆宗淮，现任四川臬司；孙家的陆氏夫人，是陆宗沅的胞妹。王家的陆夫人年四十一岁，孙家的陆夫人年三十九岁。这两位夫人都是续娶的，虽在中年，却还生得少艾，不过像三十来岁的人，而且性爱秾华，其服饰与少年人一样。王文辉的夫人生得风流窈窕，是个直性爽快人，与文辉琴瑟和谐。这孙家的陆夫人，容貌也与乃姊仿佛，但性情悍妒，本将亮功有些看不起，又为他前妻遗下来三个宝贝，都是绝世无双，心头眼底刻刻生烦，闲来只好将亮功解个闷儿。这亮功从前的前妻是极丑陋的，也接接连连生了一女两男；后娶了这位美貌佳人，便当著菩萨供养。这个陆夫人也是自小娇憨惯的，到了如今二十余年，已是四十来岁人，性气倒好了些，也把亮功看待比从前好得多了。无奈亮功已中心诚服在前，目下夫人虽能格外施恩，他却是一样鞠躬尽瘁。陆夫人就生了王恂的少奶奶一个，名叫佩秋，生得德容兼备，爱若掌珠，十八岁嫁与王家去了。还有个白头的大姑娘，是不能嫁人的，新年已二十九岁。嗣徽二十六，嗣元二十四，这两个废物，都已娶了亲。

嗣徽娶的沈氏，是国子监司业沈恭之女，名字叫做芸姑。生得齐齐整整，伶俐聪明，嫁了过来，见了那样丈夫，便想自寻短见，被他的丫鬟苦劝，只得自己怨命。后来回了娘家，不肯过来。那位司业公是个古板道学人，将女儿教训了一顿，送了过来。这沈姑娘实在无法，又遇嗣徽淫欲无度，那个红鼻子常在他脸上擦来擦去，闹得沈姑娘肉麻难忍，后来只得将一个陪房的大丫头，叫嗣徽收了。这丫头名叫松儿，生得板门似的一扇八寸长的脚，人倒极风骚的，嗣徽本先偷上了几次，试用过他那件器物，倒是个好材料，便爱如珍宝，竟有专房之宠。这沈姑娘如何还有妒心，恨不得他们如蛤蚧一般，常常的连在一处，也脱了他的罪孽。外面侍奉翁姑，颇为承顺，背地却时时垂泪。

这嗣元娶的是巴氏，名字叫做来凤。父亲巴天宠，是上江凤阳人，清白出身。自小当兵，生得一表人材，精于弓马，又得了军功，年才四十余岁，已升到总兵之职，现在天津镇守海口。听了媒人谎话，将个爱女嫁了嗣元。这位巴姑娘生得十分俊俏，桃腮杏脸，腰细身长，柳眉晕杀而带媚，凤眼含威而有情，性气燥烈异常，少小娇痴已惯，可怜十七岁就嫁了过来。他只道文官之子是个风流佳婿，蕴藉才郎，一见嗣元那个猴头狗脑的嘴脸，又是期期艾艾，一口结巴，就在帐里哭了半日。到晚嗣元上床，要与他脱衣，就被他打个嘴巴。嗣元半边脸，已打得似个向阳桃子，便嚷将起来，似狗狺的一般，揎拳掳臂，也想来打巴姑娘。巴姑娘趁他走近身时，便站将起来，索性的劈胸一拳，把嗣元打了一交，嗣元爬起来往外就跑，伴送婆、家人媳妇、陪房的丫头一齐拖住，再三的劝他，又将巴姑娘也劝了一会。这巴姑娘原也一时使气，子细一想，原悔自己太冒失了，闹起来不好看；且兼娘家又远，照应不来，只得忍耐不语。嗣元嘴里乱说，被伴送婆撑了他的口，与他们卸了妆，脱了衣，再三的和解，服侍他们睡下，方才出去。嗣元经了这两下，心已悔了，再不敢寻他，只得避在脚头，睡了一夜。过了几天，巴姑娘的乳母苦苦的喻以大义，说官家之女怎好打起丈夫来，就是丈夫生得不好，也是各人前定的姻缘。巴姑娘原是个聪明人，也知木已成舟，不能怎样，只好独自洒泪。这嗣元过了几天，见他和平些了，便想也行个周公之礼，等他睡著了，便解开了他的衣裤。巴姑娘本要不依，一想吵闹起来便不好听，且看看这呆子怎样。谁想这个孙嗣元，样样鄙夷乃兄，独这件事却没有乃兄在行，始而不得其门，及得了门时，已是涕泪潸潸，柔如绕指了。孙嗣元又急又愧，巴姑娘又恨又气，以后非高兴时，便轻易不许嗣元近身，所以巴姑娘做了五六年媳妇，尚未得人伦之妙，这也不必叙他。

　　那一日，文辉的夫人带了二女一媳，香车绣幰的到了梅宅。颜夫人领著一群仆妇丫鬟迎将出来，引进了内堂。这颜夫人虽四十外的人，尚觉丰采如仙，其面貌与子玉仿佛。颜夫人见琼华小姐更觉生得好了，清如浣雪，秀若餐霞，疑不食人间烟火食者；而蓉华小姐朗润清华，外妍内秀。那个孙氏少奶奶佩秋，媚妍婉妙，和顺如春。两夫人见过了礼，然后两位少奶奶、一位姑娘，齐齐的拜见了颜夫人，各叙了些寒温。陆夫人问起子玉来，颜夫人说他父亲带他出门去了，琼华小姐心里始觉安稳。忽见仆妇报道：“孙家太太与少奶奶到。”颜夫人也降阶迎接，陆氏夫人是常见的，那两位少奶奶虽见过两次，看今日装饰起来愈觉娇艳，颜夫人也深知其所适非夫，便心里十分疼爱起来。

　　当下各人见礼已毕，谈起家常来，文辉的夫人总称赞子玉，似有欣羡之意。亮功的夫人笑道：“姐姐，你的外甥固好，就我的外甥女也不错。你既然这样心爱，你何不将我的外甥女，配了你的外甥，也如我将我的外甥，配了你的外甥女一样。你们亲上加亲，教我也沾个四门亲的光儿不好吗？”颜夫人初听，竟摸不清楚，后来想著了，就笑道：“姊姊好口齿，这么一绕，叫我竟想不出谁来？我们是久有此心，恐怕自己的孩子顽劣，不敢启齿，怕碰起钉子来。我想表嫂未必肯答应的。”

　　文辉的夫人道：“姑太太是什么话，咱们至亲，那里还有这些客话。倒是我的孩子配不上外甥是真的。姑太太想必不肯作主，还要让姑老爷得知，姑老爷心里怎样？”颜夫人道：“我们老爷也久有此心，在家也常说起来。去年表兄来托我们做媒，我就要说出来，刚刚有件什么事情来，就打断了，没有能说，至今还耿耿在心的。”亮功的夫人冒冒失失道：“就这样罢，儿女之事，娘也可以作得主的，定要父亲吗？”颜夫人道：“若别家呢，我就不敢做主，自然要等他父亲答应。若说这外甥女，是我们二人商量过许多回了，都是一心一意的，只要表嫂肯赏脸就是了。"文辉的夫人道："我们也是这样。"亮功的夫人道："既如此，你们两亲家见一个礼，一言为定罢。"颜夫人就对文辉的夫人拜了一拜，文辉的夫人也拜了。亮功的夫人实在爽快，将颜夫人头上仔细一看，拔下一枝玉燕钗，就走到琼华面前与他戴上，琼华两颊发颊，用手微拦。亮功的夫人笑道："这是终身大事，不要害臊。"羞得琼华小姐置身无地，说又不好，避又不好，除下钗子又不好，低了头，双波溶溶，几乎要羞得哭出来。他的母亲与颜夫人看了，皆微微的含笑，众少奶奶也都笑盈盈的。蓉华见妹子著实为难，便拉著他到阑干外看花，又到别处屋子里去逛，众少奶奶一齐跟著去了。

亮功的夫人道："我这个媒做得好么？你们两亲家都应感激我，真个是郎才女貌，分毫不差。比不得我们那三个废物：两个废男，已经害了两位姑娘；还有个废女在家，难道也能害人么？这也就可以不必了。"文辉的夫人道："你们两位少奶奶倒和气么？"亮功夫人冷笑道："怎么能和气？人心总是一样，难道我还能帮着儿子说媳妇不好？我自己看看也过意不去。大房呢，他外面还能忍耐，不过闷在心里，闲时取笑取笑他；二房的性子比我还燥。我们那老二更不如老大，嘴里勒、勒、勒、勒的勒不清，毛手毛脚不安静，我听得常挨他媳妇打，打得满屋子嚷，满屋子跑，我也只好装听不见。花枝儿般的一个媳妇，难道还说他不好？叫他天天与个猴儿做伴，自然气苦交加。我是最明白的，不比人家护短，说自己儿子好。也只有你妹夫才生得出这样好儿女来。"说得两位夫人皆笑。

且说众少奶奶同著琼华小姐逛到一处，是个三小间的套房，甚是精致。名书古画、周鼎商彝，罗列满前。内里有两个小丫头送上茶来。沈氏少奶奶问道："这间屋子是谁住的？"小丫头道："是少爷住的。"沈氏少奶奶道："少爷不在屋里么？"小丫头道："不在屋里。"众少奶奶便放了心逛起来。到了里间，见小小的一张楠木床，锦帐银钩，十分华艳，似兰似麝，香气袭人。众少奶奶见这屋子精雅，便都坐下。

巴氏少奶奶是没有见过子玉的，见镜屏里画著一个美少年，面粉唇朱，秀气成采，光华耀目，觉眼中从未见过这样美貌人，便拉孙氏少奶奶同看道："姑奶奶，你看这画画得好么？"孙氏少奶奶一笑，道："这个就是我们将来的二姑爷，真画得像。"蓉华与沈氏少奶奶都来看子玉的小照，惟有琼华不来，独自走到书桌边，随手将书一翻，见有一张花笺，写著几首七言绝句，题是《车中人》，像是见美人而有所思。看到第三首末句，是押的"琼"字韵，用的是仙女许飞琼；第四首末句是押的"华"字韵，用的是仙女阮凌华。琼华看了心里一惊，想道："这位表兄原来这般轻薄，他倒将我的名字拆开了押在韵里，适或被人见了怎好？"遂趁他们在那里看画，即用指甲挖去了那两个字，脸上红红的，独自走了出去。那边众少奶奶也出来，巴氏少奶奶还将子玉的小照看个不已，出来时还回头了两次，不觉失口赞道："这才是个佳公子呢！"众佳人微笑。

　　颜夫人著丫鬟来请坐席，众佳人方才出来。这席分了两桌：三位夫人一桌，五位佳人一桌。席间，两位陆夫人好不会讲，这边那几位少奶奶也各兴致勃勃；唯有琼华小姐今日心神不安，坐在席间话也不说，心里恨他的姨母将颜夫人的钗子戴在他头上，便觉得这个头就有千斤之重，抬不起来。众少奶奶知他的心事，虽寻些闲话来排解他，他却总是低头不语，懊悔今日真来错了。这两位夫人与众佳人叙了一日，直到晚饭后定了更才散。

　　次日，要说姑苏会馆团拜的事了。一早梅学士先去了。聘才于隔宿已向子玉借了一副衣裳，长短称身。只有元茂嫌自己的衣服不好，闷闷的不高兴，见了子玉华冠丽服的出来，相形之下颇不相称，便赌气脱下衣裳，仍穿了便服，说道："我不去了。"子玉就命云儿进去："禀知太太，将我的衣服拿一副出来，说李少爷要穿。"云儿随即捧了一包出来。谁知子玉虽与元茂差不多高，而身材大小却差得远甚。元茂项粗腰大，不说别的，这领子就扣不上，束起腰来，短了三寸。子玉道："不好，我的衣服你穿不得，不如穿我们老爷的罢。"又叫云儿进去换了，拿了梅学士的衣服出来。这梅学士生得很高，兼之是两件大毛衣服，又长又宽。元茂穿了，在地下乱扫。聘才替他提起了两三寸，束紧了腰，前后抹了几抹，倒成了个前鸡胸后驼背。再穿了外面的猞猁裘，子玉又将个大毛貂冠给他戴了，觉得毛茸茸的一大团，车里都要坐不下去，惹得子玉、聘才皆笑。带了四个书僮出来，外面已套了两辆车、四匹马。子玉独坐一车，聘才、元茂同坐一车，一径来到姑苏会馆，车已歇满了。三人进内，梅宅的家人见了，迎上前来，道："王少爷、颜少爷来了多时了，诸位老爷早已到齐。"遂一直引至正座，见已开了戏。座中诸老辈，子玉尚有几位不认识，士燮指点他一一见了礼，这些老前辈个个称赞不休。

　　随后聘才、元茂上来与王文辉见礼。聘才还生得伶俐，这元茂又系近视眼，再加上那套衣服，转动不便，一个揖作完站起来，不料把文辉的帽子碰歪在一边。文辉连忙整好，元茂也胀红了脸，就想走开。偏有那司业沈公年老健谈，拉住了子玉，见他这样丰神秀澈，如神仙中人，想起他那位娇客来，真觉人道中，有天仙化人、魑魅魍魉两途。便问了目下所读何书、所习何文的话，子玉一一答了。子玉尚是年轻，被这些老前辈你一句、我一句的赞，倒赞得他很不好意思。沈大人放了手，子玉等告退，来至东边楼上，王恂、颜仲清便迎上来，都作揖道："我们已等久了，怎么这时候才来？"子玉道："今日起迟了些，那孙大哥、孙二哥还没有来么？"王恂道："也该快来了。"王、颜二人又与聘才、元茂款接了一番。

只见对面楼上来了几个，先是右侍郎的少君刘文泽做主，请了史给事的少君史南湘、吴阁学的外甥张仲雨、姑苏名士高品、国子监司业沈公之子沈伯才、天津镇守海口巴总兵之子巴霖，这两位就是孙氏弟兄的妻舅。还有一个本京人，原任江苏知县之子冯子佩，尚未到来。这一班人，子玉除了南湘、文泽之外，恰不认识。这刘文泽字前舟，系中州世家，已得了二品荫生。为人最是和气，性情阔大，蔼然可亲，尤好结交，与徐子云、华星北均称莫逆。那个张仲雨是扬州人，生得俊秀灵警，是进京来赶异路功名的，就住在他舅舅吴阁学家。一切手谈博弈，吹竹弹丝，各色在行，捐了个九品前程，是个热闹场中的趣人。这高品是苏州人，号卓然，是个拔贡生，聪明绝世，博览群书，善于诙谐，每出一语，往往颠倒四座。与沈司业有亲，因此认得孙氏弟兄，时相戏侮。这沈伯才是个举人，年已三十余岁，近选了知县，将要赴任去了，是个精明强干的人。这巴霖却从他父亲任上来看他姐姐的。他的相貌与他姐姐一样俊俏，年才二十岁，文武皆能。因与孙氏昆仲不对，情愿住在店里，与刘文泽倒是相好。当下王恂、仲清引了子玉过去，与他们一一见了，彼此都是年谊世交，各叙了些仰慕之意。

刘文泽道："庸庵，你请客怎么不通知我一声？就是你请这二位生客，我们在一处也很好，何必又要另坐在那边。"王恂笑道："不是我定要与你们分开，庾香是不用说的，就是这李、魏二位长兄，也是最有趣的人。我今日还请了孙氏昆仲，这两位与众不同的，沈大哥虽不浃洽，还不要紧，想能容得他，我实在怕巴老三一见他们，就要闹起来。"众人皆笑。巴霖道："王大哥，这就是你不该。你既然有三位尊客，就不应请那两个恶客，教人食不下咽，不过看著裙带上的情分罢了。"说得众人大笑。高品道："最好，最好，我们今日就并在一处，为什么食不下咽？有了'虫蛀千字文'、'叠韵双声谱'，还胜如《汉书》下酒呢。"史南湘道："怕什么？搬过来，搬过来，正席上有许多老前辈在那里，巴老三想必也不动手的。"王恂只得叫将那边两桌，就搬过这边，一同坐下。南湘道："庾香，你今日就看见好戏好人了，你才信我不是言过其实呢。"子玉笑道："你定的第一，我已经请教过了。"南湘道："何如，可赏识得不错？"子玉笑而不言。王恂道："你几时见过的？"子玉道："你好记性，那天还问你要饭吃，拉住了你，你倒忘了？"南湘侧耳而听，听这说话诧异，将要问时，王恂笑道："冤哉！冤哉！那个那里是袁宝珠，那是顶黑的黑相公，偏偏他的名字也叫保珠，庾香一听就当是你定的第一名。我也想著要分辩，就被那保珠缠住，没有这个空儿。"南湘大笑。子玉才知道另是个保珠，不是《花选》上的宝珠。

只见王家的家人报道："孙少爷到。"嗣徽昆仲先到正席上见了礼，然后上楼，众人都笑面相迎。嗣徽举眼一望，见了许多人，便作了一个公揖；见了高品、沈伯才，心中甚是吃惊，暗道："偏偏今日运气不佳，遇见了这两个冤家。"嗣元见了巴霖，也觉心跳，也与众人见了礼，巴霖勉勉强强作了半个揖。楼上分了四桌。刘文泽道："都是相好，也不必推让，随意坐最好。"大家都要远著孙氏弟兄，便乱坐起来。刘文泽、沈伯才、巴霖、张仲雨坐了一席；史南湘、颜仲清、高品拉了子玉过来，坐了一席；聘才、元茂坐了一席；嗣徽、嗣元坐了一席，王恂只好两席轮流作陪。孙嗣徽又"之乎者也"的闹了一会，问了魏、李二位姓名籍贯。一面就摆上菜喝酒。

高品见嗣徽的脸上疙瘩更多了好些，喝了几杯酒，那个红鼻子如经霜辣子，通红光亮。高品对着沈伯才笑道："天下又红又光的，是什么东西，不准说好的，要说顶脏的东西。"伯才已明白是说嗣徽的鼻子，便笑道："你且说一个样子来。"高品道："我说：

红而光，腊尽春回狗起阳。"

众人忍不住一笑。嗣徽明白，瞪了高品一眼，道："恶用是鸲鸲者为哉？鸡鸣狗吠相闻，而达乎四境。"众人又笑。沈伯才笑道："我也有一句：

红而光，屎急肛门脱痔疮。"

众人恐正席上听见，不敢放声，然已忍不住笑声满座。巴霖道："我也有一句，比你们的说得略要干净些。"即说道：

"红而光，酒糟鼻子悬中央。"

高品笑道："不好了，教你说穿了题，以后就没有文章了。"嗣徽道："好个通，这些东西有什么红，有什么光？"即说道："红而光……"便顿住了，再说不出来。众人看了他那神色，又各大笑。嗣元呵呵的笑起来，那只吊眼睛索落落的滴泪，说道："我、我、我有一句：

红、红、红、红而光，一、一、一、一团火球飞上床。"

众人笑得难忍，将要高声笑起来。颜仲清道："这一烧真烧得个红而光了。"高品道："这一烧倒烧成了孙老二的'三字经'。"众人不解其说。高品道："那救火的时候，自然说来、来、来！快、快、快！救、救、救！搬什物的抢、抢、抢！逃命的跑、跑、跑！风是呼、呼、呼！火是烘、烘、烘！烧著东西，爆起来咇、咇、咇！剥、剥、剥！人声嘈杂，嘻、嘻、嘻！出、出、出！不是一部'三字经'么？"巴霖道："孙老二还有两门专经，你们知道没有？"高品笑道："我倒不晓得他还有专经。"巴霖道："打手铳，倒溺壶，这两门是他的专经。"众人听他骂得太恶，倒不晓得他有何寓

第六回　颜夫人快订良姻　梅公子初观色界

意,便再问他。巴霖道:"也是个'三字经',打手铳是捋、捋、捋,倒溺壶是别、别、别。"众人大笑。子玉赞道:"这两经尤妙,实在说得自然得很。"从此嗣元又添了一个"朱批'三字经'"的诨名。嗣元将要翻脸,又因他父亲在上,且从前被巴霖打过几回,吃了痛苦,因此不敢与较,只好忍气结舌。唯把那只眼睛睁大了,狠狠的瞪著他滴泪。

停了一会,见聘才的跟班走到聘才身边道:"叶先生送来的戏单。"子玉过来,与聘才同看,见头几出是《扫花》、《三醉》、《议剑》、《谒师》、《赏荷》,都已唱过,以下是《功宴》、《瑶台》、《舞盘》、《偷诗》、《题曲》、《山门》、《出猎》、《回猎》、《游园惊梦》,末后是《明珠记》上的《侠隐》。子玉悄悄的向聘才道:"戏倒罢了,只不晓得有琴官的戏没有?"一语未了,只听得楼下有人嚷道:"没有袁宝珠的戏,是断不依的!"子玉等往下看时,却是王文辉在那里发气,见一个人只管陪著笑,又向文辉请安。又听文辉说道:"就是在徐老爷那里,唱一出再去何妨!况且定戏时,怎样交代你的?"那人道:"这出《惊梦》,有个新来的琴官,比宝珠还好。大人不信,叫他先唱一出瞧瞧,如果不中大人的意,再赶著去叫宝珠来,包管不误。"刘侍郎道:"也罢,唱了《瑶台》之后,就唱《惊梦》也使得。"那人答应几个"是",看著文辉不言语,也就进戏房去了。聘才向子玉道:"你听见没有?"子玉点头,心上很感激文辉。

《功宴》唱完了,是《瑶台》出场。子玉一见,吃了一惊,心上迷迷糊糊,倒先当他是琴官,又看不大像,比琴官略大些。只见得这人,如宝月祥云,明霞仙露,香触触,春霭霭,花开到八分,色艳到十足。已看得出神,便问南湘道:"这是谁,有此秀骨?"南湘道:"这个算好吗?只怕也难入品题。"子玉知南湘故意讥诮他,便问仲清。仲清道:"这就是《花选》上第二的瑶台璧月苏蕙芳。"子玉叹道:"天地钟灵尽于此矣,我竟如夏虫不可语冰,难怪竹君怪我。"南湘哈哈大笑道:"我也不怪的,幸你自行检举。"文泽道:"怎么,庾香连苏媚香也不认识?"南湘道:"他是秀才不出门,焉知天下事。"少顷《瑶台》唱完,便是《惊梦》。

子玉倒有些不放心,恐琴官也未必压得下这苏蕙芳,且先聚精会神等著。上场门口,帘子一掀,琴官已经见过二次,这面目记得逼真的了。手锣响处,莲步移时,香风已到,正如八月十五月圆夜,龙宫赛宝,宝气上腾,月光下接,似云非云的,结成了一个五彩祥云华盖,其光华色艳非世间之物可比。这一道光射将过来,把子玉的眼光分作几处,在他遍身旋绕,几至聚不拢来,愈看愈不分明。幸亏听得他唱起来,就从"梦回莺啭",一字字听去,听到"一生爱好是天然"、"良辰美景奈何天"等处,觉得一缕幽香从琴官口中摇漾出来,幽怨分明,心情毕露,真有天仙化人之妙。再听下去,到"一例、一例里神仙眷，甚良缘，把青春抛的远"，便字字打入子玉心坎，几乎流下泪来，只得勉强忍住。再看那柳梦梅出场，唱到"忍耐温存一晌眠"，聘才问道："何如？"子玉并未听见，魂灵儿倒像附在小生身上，同了琴官进去了。偏有那李元茂冒冒失失走过来，把子玉一拍，道："这就是琴官，你说好不好？"倒把子玉唬了一跳。众人都也看得出神。

原来琴官一出场，早已看见子玉，他是梦中多见了一回，今日已是第四回了，心里暗暗欢喜道："难得今日这位公子也在这里。"到第二次出场，唱那《雨香云片》这支曲子，一面唱，那眼波只望着子玉溜来，子玉心里十分畅满。文泽低低的对南湘道："这个新来的相公，倒与庾香很熟，你瞧这一片神情，尽注意著他。"南湘向子玉道："这个相公叫什么名字？"子玉道："他叫琴官。"南湘道："你们盘桓过几回了？"子玉答道："我尚不认识他。"文泽笑道："庾香叫相公，是要瞒著人的。这样四目相窥、两心相照的光景，还说不认得，要怎样才算认得呢？"大家都微笑看著子玉，子玉有口难辩，不觉脸红起来。这出唱过，又看了陆素兰的《舞盘》、金漱芳的《题曲》、李玉林的《偷诗》，都是无上上品，香艳绝伦，子玉唯有向南湘认错而已。

席间，那个张仲雨与聘才叙起来是亲戚，讲得很投机。聘才又把合席的人都恭维拉拢了一会。子玉又见那些相公到正席上去劝酒的劝酒，讲话的讲话，颇觉有趣。又见他的舅舅王文辉分外比人高兴，后又看了一出戏。正席上刘侍郎、梅学士、吴阁学、沈司业先散。子玉见他父亲走了，天也不早，也要回去。刚起身时，忽见一个美少年上楼来。文泽的家人说道："冯少爷来了！"冯子佩上前与众人见礼，子玉见他还不过十八九岁，生得貌如美女，十分妩媚。刘文泽道："人家都要散了，怎么这时候才来？"冯子佩道："我早上进城到锦春园华府去拜年，原打算不耽搁的。华星北定要拉住吃了饭，又听了他们几出戏，才放我走，还是急急的赶出来的。"子玉同了元茂、聘才告辞，诸人都送到楼门口，文泽、王恂、仲清送下楼来。文泽对子玉道："初九日弟备小酌，屈吾兄一叙，作个清谈雅集。人不多，就是竹君、剑潭、庸庵、卓然几位，吾兄断不可推辞。"子玉应允，又谢了。王恂、聘才、元茂也同道了谢，一径先回。那些人又谈了一会，也各散去。

不知后事如何，且听下回分解。

第七回
颜仲清最工一字对　史南湘独出五言诗

　　话说子玉从会馆回来，将琴官的戏足足想了两日，以谓天下之美莫过于此。又将苏蕙芳、陆素兰、金漱芳、李玉林的色艺品评，都为绝顶。细细核来，蕙芳的神色尤胜于诸人，次则素兰可以匹敌。然比较琴官起来，毫厘之间终觉稍逊。又想："琴官这个美貌，若不唱戏，天下人也不能瞻仰他、品题他，他也埋没了，所以使其堕劫梨园，以显造化游戏钟灵之意也未可知，故生了这个花王，又生得许多花相，如百花之辅牡丹。但好花供人赏玩不过一季，而人之颜色可以十年。惟人胜于花，则爱人之心，自然比爱花更当胜些。谁想天下人的眼界，竟能相同。我意史竹君、王庸庵等必有言过其实之处，如今看来，真还刻划不到，想必那些能诗能画之说，也是的确无疑了。"便又想："今日虽然见了琴官的戏，也未能稍通款曲，此后相逢，不知又在何日？但看他今日双波频注，似乎倒有缱绻之意，前此在车内掀帘凝望，又似非以陌上相逢看待，这也不知何故。"便愈想愈不明白起来。想把前日所咏的《车中人》翻出看看，再添两首，便取了出来。

　　忽见三四两首，挖去了两个字，心甚诧异，即问小丫鬟道："这两日谁到这里来看我的书？"小丫鬟道："前日太太请客，有一班少奶奶，还有王家的二姑娘，都进来闲逛。那些少奶奶将少爷的行乐图看了半天，那二姑娘看少爷的书，其余没有人进来。我见二姑娘看书的时候，翻出一张纸来看了看，用指甲挖破一处，仍旧夹在书里。"又笑道："前日我听得二姑娘雪儿说，孙家太太做媒，将二姑娘配了少爷了，二姑娘还戴了太太一根簪子回去。"

　　子玉似信不信的问道："我不信，你敢是撒谎的？"小丫鬟道："我敢撒谎？我那天看著房没有敢走开，这是雪儿说的。只怕咱们家里人都也知道。"子玉听了，心内甚喜，猛想起这二表妹的容貌，也有些像琴官的模样，便将他们比较起来，不知谁好。又把挖去的字一想，恍然大悟，谁知竟犯了他的讳，无意之间天然凑合，这也奇极了。他看了，当我必是有心想念他，心里定然怪我，这便怎样？我又无从与他分辩，这竟是个不白之冤。继又想道："既订了姻，就怪我也不妨。"子玉复因"琼华"两个字，触动琴官，一意缠绵、怜香慕色之心，从此而起。到了初九日，刘文泽又著人来邀了。子玉告禀萱堂，更衣乘舆而去。

且说文泽所请的客颜仲清、王恂、史南湘已经到了，随后梅子玉、高品一同到门。家人引著走过大厅，到了花厅之旁垂花门进去，系石子砌成的一条甬道，两边都是太湖石叠成高高低低的假山，衬著参参差差的寒树，远远望去，却也有台有亭，布置得十分幽雅。转了两三个弯，过了一座石桥，甬路旁是一色的，都是绿竹，绕着一带红阑，迎面便是五间卷棚。颜仲清等都在廊下等候，刘文泽早已降阶迎接，高品、子玉上前，先与主人见了礼，然后大家见了。叙齿史南湘、高品是二十五岁，高品二月生日，月分长于南湘。颜仲清二十四，王恂二十三，子玉十八。文泽虽二十四岁，却是主人。大家依次入座，免不得叙几句寒温。

内中惟子玉初次登堂，留心看时，只见正中悬著一块楠木刻的蓝字横额，上面刻著"倚剑眠琴之室"，两旁楹帖是桄榔木的，刻著：

　　茶烟乍起，鹤梦未醒，此中得少佳趣；
　　松风徐来，山泉清听，何处更着点尘。

署款是"道生屈本立书"，书法古拙异常。下面一张大案，案上罗列著许多书籍。旁边摆著十二盆唐花，香气袭人，令人心醉。子玉看了，又想起琴官那日作戏光景，真是宝光夺人，香气沁骨，不觉有些模糊起来。忽听文泽道："这屋子太敞，我们里面坐罢。"随同到东边，有书僮揭起帘子，进去却是三间书房，中间玻璃窗隔作两层。从旁绕进，玻璃窗内又是两间套房。朝南窗内，即看得见外面。上悬著董香光写的"虚白"二字，一幅倪云林的《枯木竹石》，两旁对联是：

　　　名教中有乐地，风月外无多谈。

屋内正中间摆著一个汉白玉的长方盆，盆上刻著许多首诗，盆中满满的养著一盆水仙，此时花已半开。旁边盆内一大株绿萼白梅，有五尺余高，老干著花，尚皆未放；向窗一面，才有一两枝开的。

文泽因此屋中有地炕和暖，酒席即摆设在内。主人送了酒，大家坐下。南湘道："可惜今日没有叫几个人来。"文泽道："我也打算叫的，因打听他们今日都在怡园送九作消寒会，连堂会里都没有一个去的，所以没有去叫，怕倒叫他们为难。"南湘又道："今日我们可为软红尘中，一时雅集。"仲清坐在高品肩下，高品即凑著仲清耳边轻轻的说了一句，仲清哑然失笑。众人向仲清道："他说什么？"仲清向高品道："我说罢。"高品摇了摇头。仲清道："那第七字对得尤妙。"说著，两人相视而笑。南湘最是性急，便道："你们说了，我情愿吃一杯。"高品道："喝十杯再说。"文泽晓得南湘酒德平常，道："我来讲和，三杯罢。"高品道："竹君三杯，诸公各饮一杯，赏识这句话。"仲清道："我是请教过的了，免饮。"高品笑道："几时？"仲清道："真正你这张嘴，狗口里生不出象牙来。"南湘道："快拿酒来喝了，等他说。"真个喝了三杯，其余也都喝了。高品笑向仲清道："你是请教过的，你说罢。"仲清笑著罚了高品一杯酒，道："他说'虚白室里，三对鸡巴'。"

众人都不解。文泽道："这有何可笑？"南湘忽然想著，抚掌大笑道："这促狭鬼实在可恶，难为他实在对得敏捷。"子玉等悟著也都笑了，道："'雅'字竟当他'实'字，真对得工稳。"文泽道："卓兄，我出一对你对，却不许思索。如对得好，我吃三杯；对不出，罚十杯；不好，罚五杯。"高品道："从来说出对容易，对对难。对不出三杯，对不好一杯如何？"南湘道："也要看上对出得难不难，你且说来。"文泽向子玉道："要借重大名，就是'子玉人如玉'。"仲清道："这倒不容易呢。"一语未了，高品道："我已对著了，你喝三杯。"文泽道："你说。"南湘道："如果对得好，我们还要公贺一杯。"高品笑道："'卯金面是金'，何如？"王恂道："'卯金'对'子玉'，却是绝对。"南湘道："就是'面是金'欠典切些。"高品道："典虽不典，切却甚切。你没有见过中秋节，摊子摆的兔儿爷脸上，都是金的么？"说得哄堂大笑起来。文泽道："你这刻薄鬼，连盟弟都骂起来了。"高品道："箭在弦上，不得不发。"主人只得照数领了，合席也各饮了一杯。

南湘道："如此饮酒，罚来罚去，也觉无味。前日我们打了一天诗牌，却极有趣。瑶卿打成两首绝好的，可惜他们今日又在怡园。咱们何不再想一个新鲜酒令。"刘文泽道："今日我们将那对诗的令，行一行罢。"子玉问道："怎样对诗？"仲清道："这是极容易的，出令的把一句诗拆开了，一个个的说给人对，凑起来文义通的免饮，一字不连，罚一杯。往往闹出笑话来，最有趣的。"高品道："就是对诗，主人先饮令杯。"

文泽饮毕，命人取了一块粉板，顺着衣衿开了姓，便道："我先出对了。"写了个"中"字。众人想了一想：颜对了"外"，高对了"后"，梅对了"上"，史也对"上"，王对"里"。文泽又出了一个"凤"字，颜对"鸿"，高对"鸡"，梅对"鸾"，史对"鸦"，王对"乌"。文泽又出一个"下"字，南湘道："有卷先交，我对'归'字。"高品接著对"前"字，仲清、子玉同声对"来"字，王恂对"回"字，文泽一一写了。又道"扶"字，高抢对了"靠"字，史对了"送"字，颜对"寄"字，王对"驭"字，梅对"听"字。文泽道"双"字，仲清对"孤"字，高品对"八"字，子玉对"九"字，王恂道："不好了，顺着数儿就是'十'罢。"南湘道："是了，我这个字倒有些难下，也罢，对'三'字罢。"文泽道"辇"字。南湘道："我晓得一定是这句诗。"子玉抢对了一个"琴"

字，王恂对了"车"字，南湘对了"船"字，只有高品未对。文泽催道："再迟要罚酒了。"高品笑了一笑，道"舟"字。令官重新写起来，出的是"双凤云中扶辇下"。仲清对的是"孤鸿天外寄书来"。大家赞好。高品对的是"八鸡露后靠舟前"。大家一看，忍不住都笑起来。文泽道："这个实在不通得离奇了，没有一个字连的，也有难倒他的时候。大家公议该喝几杯？"南湘道："就只'舟前'二字算连，其余实在不贯，五杯是断不能少的。"高品只管笑，也不辩，也不饮。

　　主人道："你到底怎样？"高品随凑着仲清耳边说了一句话，把仲清笑得出了席，走到外间屋内放声大笑。南湘不解，连忙出席来问仲清，仲清向他说了，那史南湘更拍着桌子狂笑。子玉等向高品问时，高品只是笑，说道："你们且看完了大家的，再说不迟。"文泽道："这罚酒是要喝的。"高品道："自然。"仲清拉著南湘进来，文泽道："不晓得他又在那里捣些什么鬼。"南湘、仲清听了这句话，复又大笑，笑得眼泪直流。经小厮拧了手巾擦了，方才笑声稍住。

　　再看子玉对的是"九鸾天上听琴来"。大家赞道："这句真对得字字稳惬，又在剑潭之上。"于是公贺了一杯。南湘对的是"三鸦水上送船归"。文泽道："竹君此对，未免杂凑。"南湘道："你这试官，少所见而多所怪，要挖眼睛了。这才对得工呢。"子玉道："真对得好。"文泽道："这个我倒要请教请教。"子玉道："'三鸦水上一归人'，是韩翃的诗。"文泽恍然道："可是《送襄垣王君归别墅》的诗？我记性真坏极了，该打，该打！"南湘道："幸亏你还记得娘家，不然总要罚十杯酒的。"再看王恂对的是"十乌日里驭车回"。王恂道："我的对坏了。"文泽道："就是'十乌'一字不连。"高品道："前舟又错了，日中有乌，尧时十日并出，难道不是'十乌'么？"文泽道："这却强词夺理，到底勉强些。"于是公论推子玉第一、南湘第二、仲清第三、王恂第四、高品居末，就依名次轮作考官。

　　文泽道："还有卓然的罚酒未饮，刚才到底说什么，笑得这样？如果实在说得好，免罚何妨。"南湘道："若说了，非但不能免罚，还要倍罚。"文泽道："莫非又是糟蹋我么？"仲清道："然也。"文泽道："只要糟蹋得有理，罚酒也可以少减。"高品道："想来五杯是不能免的。若要再加，万万来不得了，只好不说罢。"文泽道："不加就是了。"高品道："把我的对句倒转来念，你说好不好？"子玉同王恂、文泽暗暗的念了一遍，都不觉鼓掌大笑起来，子玉笑得伏在桌上，王恂笑得靠著南湘，引得南湘、仲清又笑了一阵。文泽道："卓然将来死了，定坐拔舌地狱。"小厮斟了酒。高品道："五杯一口气喝，定要醉倒。还是与各人豁一拳，或者可以希冀。"

随顺手一个个豁完,却也有输有赢。

各饮毕,子玉作令官,一个个出了四字,是"费影收肠"。南湘对的是"惊声放胆",王恂是"融香浣乳",文泽是"含么小舌",仲清是"多仙散发",独高品对得别致,是"除伊放粪",大家看了已经发笑。子玉又出了一个"台"字,南湘道:"这句好生。"沉吟了一会,对了"馆"字,王恂对"屋",文泽对"榭",仲清对"岛"。高品道:"我住在宏济寺里,就对'寺'。"子玉又出了一个"鸢"字,南湘道:"这字更奇。"王恂先抢了一个"燕"字,仲清对了"鹤"字。南湘道:"不好。抢不过你们,我偏不用飞禽一门,对'鼠'字罢。"文泽道:"难道是'影鸢'不成?我这'么'字下,连个什么字好?也罢,'么鸟'二字是连的。"高品道:"你对鸟,我也对鸟。"子玉道"舞"字。南湘道:"一定是'舞鸢',只好对'射'字。"文泽抢对了"歌"字,王恂对了"华"字,仲清对了"瑶"字。高品道:"'巴'字好对么?"众人一齐笑道:"你只要肯吃酒,有什么对不得?"子玉写出来,出的是"舞台收影费鸢肠"。南湘道:"哦,极眼前的诗句,都想不著了。"仲清道:"试官犹有所思乎?"子玉正写著南湘的对子,笑了一笑,没有答应。

大家看南湘对的是"射馆放声惊鼠胆"。众人道:"对得很好。"高品道:"他是想天鹅肉吃,不要吓坏了。"南湘道:"搁著你这贫嘴,回来和你算帐。"再看王恂的是"华屋浣香融燕乳"。子玉已经连圈了。众人道:"这句融洽得很。"共贺了一杯。文泽道:"我是落第了。"众人看他对的是"歌馆小么含鸟舌"。南湘道:"也讲得下去。"高品道:"歌馆内有小么是极连贯的,就是那小么儿太苦些。"南湘道:"为什么?"高品道:"又是鸟,又是舌头,分不清楚,那里含得了这些。想来对对的人,是含惯的。"文泽道:"狗屁,胡说,你的粪对谅来也不见得高。"仲清对的是"瑶岛散仙多鹤发"。子玉已经夹圈了,众人同声称赞。南湘对王恂道:"只怕他抢了第一去了。"子玉道:"文如其人,这两副对子,却很配他们两人。"高品道:"我的抹了罢,不必献丑了。"南湘道:"我记得他的是'巴寺放伊除鸟粪'。该死,该死,不晓得放些什么屁。"文泽道:"阿弥陀佛,你会挖苦人,也有今日,你且讲讲,有一个字连的么?"

子玉重新一看,道:"两兄且不要糟蹋他,卓兄此对也有道理在内。"南湘看一看,点点头道:"不差,这人实在坏极了。"文泽道:"难道还有点通气么?"南湘道:"可恶在不很不通。"高品只是笑著,一言不发。王恂走过仲清这边来,问道:"那'巴寺'二字出在那里?"仲清道:"我记得戴叔伦诗有'望刹经巴寺'一句。"王恂道:"只要现成就可以。"文泽道:"下五字呢?"仲清道:"这里有《传灯录》么?"文泽令那识字的书僮，从外间书架上取了书来。仲清翻出，只见上写著：崔相公入寺，见鸟雀于佛头上放粪，乃问师曰："鸟雀还有佛性也无？"师曰："有。"崔云："为什么向佛头上放粪？"师曰："是伊为什么不向鹞子头上放？"仲清道："据此看来，这句还说得过去。"文泽道："究竟'放伊'两字难解，'鸟'字若换了'雀'字就好了。"高品道："我的'鸟'与'雀'总是一样，你的'鸟'字若换了'雀'字不好么？"文泽想了一想，却也有理。

子玉就只取了仲清、王恂两副对句，其余文泽、高品罚了酒。以下轮著南湘出令，出了一个"春"字，文泽对"夏"字，高品对"正"字。王恂道："平对平使得么？"众人道："使得，已经对过了。"王恂道"晨"字，仲清是"秋"字，子玉是"冬"字。南湘又出"月"字。高品道："竹君的心思与众不同，这两字必定不连的，我对'阳'字。"王恂对"霜"，子玉对"雪"，仲清对"空"。文泽道："管他连不连，我们只管对我们的。"对了"云"字。南湘出了一个"三"字，高品道："何如，不是三月，就是三春，我们都对'一'字，总连得上的。"俱各依允。就是文泽道："我偏不和你一样，对'半'字。"南湘又道"改"字，子玉道："这字很奇，我对'敲'字。"文泽道："我对'堆'字。"王恂是"丰"字，仲清是"盘"字，高品信口对了一个"伏"字。南湘道："'兔'字，你们对罢。"王恂道"貂"字。仲清道："鹰能制兔，我对'鹰'字。"子玉道："骑著驴子放鹰，想来是没有的，且借他来对对，就是'驴'字。"文泽道："我对'乌'字。"高品道："我就是'龟'字。"文泽道："原来如此，失敬，失敬。"众人哗然大笑。

南湘道："这是你自画供招，以后尊名竟改作高龟何如？"高品自知失口，缩不转来，便道："这两字杜撰，不如转赠吾兄。'史龟'二字，本是古人名，最典雅的。"文泽道："你听卓然这张嘴，自己落了便宜，又移到别人身上去了。"大家笑了一回，静听南湘出对。南湘只管吃菜，总不出声。文泽道："你怎么不出对了？"南湘笑道："卷子经交完了，还要题目么？我是一顺出的'春月三改兔'五字，内中前舟的'夏云半堆鸟'，'鸟'字原也借对得好。然凭文取之，究不若剑潭的'秋空一盘鹰'浑脱，还该让他第一。庚香的'冬雪一敲驴'，庸庵的'晨霜一丰貂'，都对得很工。最不好的是卓然的'正阳一伏龟'，这'正阳'二字如何加得上？"高品笑问文泽道："贵处是那里？"文泽道："你这狗头，实在恨不死人，你还想翻供么？"大家想想高品的话，又笑得了不得。原来文泽正是河南止阳县人，刚刚合著这句对，你道巧不巧。文泽又灌了他一大杯酒，方出了气。

以下仲清做令官，一个个字出的对是"丝发白日如新"六字，高品属的是"笠毛朱天入长"，子玉对的是"镜颜华年对好"，南湘是"竹唇朱声吹慢"，王恂是"剪衣乌时试拂"，文泽是"草麻黄朝起视"。仲清写出上联是"白发如丝日日新"，把文泽的"黄麻起草朝朝视"取了第一，子玉的"华颜对镜年年好"取了第二，南湘的"朱唇吹竹声声慢"夹圈了，取了第三。大家都道："这两副对都好，似乎竹君的较胜。令官甲乙，似不甚公。"仲清道："这两本卷子都好，是不用说的。面子上看去竹君的'竹'对'丝'，'朱唇'对'白发'，工巧极矣，'声声慢'又暗藏曲牌名，似乎在庾香之上，我所以把他夹圈了。但上对即是一字字拆开，必得一字字恰对方好。庾香以'年'对'日'最妥，竹君以'声'对'日'就不很对。假使'日'字不是叠用，或者竟是'白日'，那'朱声'就讲不去了，到底不及庾香的稳当，而且句子大方，不落纤巧，诸公以为然否？"几句话说得众人很服。南湘向来不肯让人，此时亦甚首肯。

高品道："然则我以'天'对'日'，比庾香的更好，为什么又不取我的呢？"仲清道："等我写出来，你讲给我听。"先写王恂的是"乌衣试剪时时拂"。众人道："这句也自然得很。"仲清道："这回考试，除了卓然，原是一榜尽赐及第的。"高品笑道："留心眼睛，我这本卷子是打不得的。"仲清写出看时，是"朱毛入笠天天长"。仲清用笔叉了几叉，大家看了笑得不亦乐乎。

南湘忍著笑道："他这用的古典我晓得了。当初红毛国王把大人国伐灭，占了他的江山。那大人国中有座笠城，就是国王建都之所。红毛国王进了这城，住了两日觉得浑身肿胀，一天长似一天起来。想来用的这个古典了。"说著，放声大笑。王恂似信不信的问道："后来呢？"南湘笑道："这古典甚长，只说够他对的就是了。"文泽问道："在什么书上？"仲清道："《史氏外编》。"王恂、文泽才明白过来，复又笑声大作。高品道："你们混说乱道，难道《四子书》都记不得？这就是《孟子》所说一毛不拔、追豚入笠之扬朱，所以谓之朱毛入笠。这才算得用古化呢。"仲清道："那'天天长'三字怎样？"高品道："你这试官真是糊涂，他既是一毛不拔，自然天天长了。"众人听了，这一阵笑，若不是房屋深邃，只怕街上行路的也听见。主人罚了高品三杯酒。

然后王恂作令官，出的是"香尽南人销国美"，文泽对的是"曲多东妓谱山名"，仲清对的是"赋难东士炼都学"，高品对的是"斗长西圣驾方齐"。众人留心高品对的，一个个都是平正通达的字。文泽道："此番卓然大概要取第一了，字字对得很稳。"子玉对的是"情深西旦感昆名"，南湘的是"图多西士画名园"。一一对毕，王恂写出出句，是"香销南国美人尽"，文泽对的是"曲谱东山名妓多"，仲清是"赋炼东都学士难"，高品是"斗驾西方齐圣长"，子玉是"情感西昆名旦深"，南湘是"图画西园名士多"。王恂道："这第一不消说是竹君了。庚香'名旦'二字不典，不及剑潭的浑成，只怕第二是他。前舟次之。卓兄这句，我实在不懂，若有典故在内，不妨说明，不要批屈了你的。"高品道："我没有见过主考阅文，要请教士子。典故却有，若告诉了你，只说我通关节中的了。"仲清道："他这典故出在东土大唐。"高品道："剑潭是主考至亲，倒应回避，不许乱说。"原来王恂却没有看过《西游记》，只管呆呆的看著粉板。

南湘正在喝酒，忽见高品用手搭著凉篷，向王恂一望，忍不住笑将出来，酒咽不及喷了出来，还咳嗽不已，引得合席都笑。南湘向王恂道："等我笑完了，说《西游记》给你听。"文泽接著说道："就是齐天大圣，送唐僧往西天取经的典故。"王恂恍然大悟，道："岂有此理，就是如此，那'斗驾'及'长'字总连不上。"南湘笑道："你不晓得，孙行者驾起觔斗云，就是十万八千里，这路还不长么？"主人要罚高品的酒，高品再三央求，喝了一杯。

末了是高品出令，高品一口气说了六个字，是"千里言召禾口"。仲清想道：通共只有七个字，他一说就是六个，难道不怕人想著么，必是用拆字法来混人，便道："你这六个字可是'重诏和'三字么？若不说明，我们就罢考了。"高品被他猜著，只得笑嘻嘻的点点头。子玉对了"卓言贯"三字，南湘对了"品阳长"三字，王恂对了"一龄庆"三字，文泽对了"品奸动"三字，仲清对了"管毫定"三字。高品又一连出了四字是"九喜气凤"。仲清道："这倒不是拆字的，我就对'一高标兔'。"文泽道："我就对'一欢心鸡'。"王恂道："我对'第长年龟'。"子玉对了"超元精人"，南湘对了"一精神龙"。高品背著人写了上联，搁著笔，把大众的看了一回，鼻子里笑了一笑，就用纸蘸著酒，把粉板上的字齐擦了。

众人都诧异道："这又奇了，难道一卷都没有好的么？"南湘道："不是，不是，如果不好，他必定写出来把人取笑了。我想想他出的那几个字，凑起来看是一句什么。"仲清道："他写的时候，我瞧见起头是'凤诏'两个字。"子玉想了想，道："莫非'凤诏九重和喜气'这句诗？"南湘道："一点不错。"高品道："不是，不是。"仲清道："我们且各自记出对句来，就明白了。"子玉道："我的'人言超卓贯元精'这句却不见好，也没有什么不通。"南湘道："他是因他号卓然，这'卓贯元精'，因他受不住的缘故。"仲清道："我的是'兔毫一管定高标'，必定因'兔高'二字，犯了他的讳。"王恂道："我记得是'龟龄第一庆长年'。"南湘道："好对，好对，第一定了，这又为什么？"文泽道："你不见他巍然首座么？"南湘点点头，道："我的对更明明指著他了。"众人问是什么，南湘道："龙阳一品长精神。"文泽道："我的更说穿了，是'鸡奸一品动欢心'。

这也奇怪，为什么牵名道姓，都骂起他来？"南湘道："这也是天理昭彰，嘴头刻薄的报应。"高品道："你们瞎猜些什么，我的上对并不是这样，因为你们对的都不通，不出你们的丑就罢了，难道一定要献丑么？"众人道："我们下场的人，是不怕丑的，只管说。"高品手指著钟上道："你们看什么时候了，还不吃饭么？"众人看时，已是亥正二刻多了。文泽道："到底是不是？你说了我们吃饭。"高品道："就算是的，我落点便宜何如。"于是大家吃饭，洗漱毕，因夜色已深，告辞出来。子玉一面走著，向主人道："这园子点缀得很幽雅。"文泽道："这算什么园子，不及徐度香怡园十分之一，几时我同你去逛逛。"

这里宾主二人讲著，那高品对仲清道："你可晓得京里又来了一个精品么？"仲清笑道："想是高品的弟兄。"高品道："这人却也可以做得我的弟兄，闻他也是南京人，现寓在宏济寺内，却没有与他往来。看他人甚风雅，而光景很阔。你可晓得是什么人？"仲清道："这又奇了，你们同在庙里倒不认得，来问我。"说著，已到门口，各人上车分路而回。

此一番诸名士雅集，却有两个俗子苦中作乐，要穷有趣，却讨没趣的事，且听下回分解。

第八回
偷复偷戏园失银两　　乐中乐酒馆闹皮杯

话说子玉从刘文泽家饮酒回来，已是二更多天，先见过父母，换了衣裳，来寻聘才、元茂说话，却见静悄悄的，掩了房门。那边虎儿走来道："少爷出去后，师爷就有人请出去了，今日不回来。李少爷、魏少爷吃了早饭出去的。"子玉道："他们往那里去了？这时候还不回家。"说罢，就往里头去了。

却说聘才、元茂因子玉出了门，便觉纳闷。元茂自初六那一天，见了些标致相公，心上很想作乐，一来为他父亲拘管，二来手内无钱，不能随心所欲，即对聘才道："今日你也该请我看本戏。"聘才道："我若有钱，怕不请你，还等你说？"元茂便皱着眉，拢着袖子闲踱，踱了一会道："我们两人听戏，三百大钱就够了。"聘才道："若论三百钱呢，我还打算得出来，就是冷清清的听那几出戏，也无甚趣味。你不见人家带著垫子坐官座，一群相公围着，嘻嘻笑笑的，好不有趣。听了几出，便带了他们上馆子饮酒。那陪酒的光景，你自没有见过，觉得口脂面粉，酒气花香，燕语莺声，伪嗔佯笑，那些妙处，无不令人醉心荡魄。其实所花也有限，不过七八吊京钱，核起银子来三两几钱，在南边摆一台花酒，也还不够。我就没有这几吊钱，作不起这个东道。"元茂听了，心痒难挠，便道："我是没有衣服可当，你还有几件，何不当去了请我？"聘才道："当了就没有穿的。"元茂道："到帐房去借，你与那管帐的倒很相好。"聘才道："好意思？才来了几天，为著听戏去借钱，也叫人瞧不起。"元茂道："那就难了，当又不当，借又不借，只好拉倒，我是没有方法想。"聘才道："你倒有方法，你有银子不肯使。"元茂道："我有银子？在路上就短了，到京后又没有人给我，那里来的银子？"聘才道："你尊翁箱里总有银子，何不暂借几两出来用用，将来我打算到了，照数还你，你也不必告诉他。"元茂道："这恐怕使不得，倘或查问起来，怎样回答？"聘才道："如果不查更好，若一查起来，只说我们路上借了叶茂林的盘缠，他今日来讨，一时不好意思，所以还他的。"元茂道："说倒也说得像，但旧年没有题过，恐怕不信。"聘才道："这有什么不信？你只说向来只道我已还了，所以没有题起。"

元茂又想了一想，径到他父亲房中，开了箱子，伸手在箱里摸索，摸著了一大包，有好几十两。打开看了，内中碎的很多，便拣了五六块。元茂住手要包，聘才道："花酒两样，大约要二十吊钱，你索性再拣两块出来。"元茂又拣了两块，约有八九两了，一总放在褡裢里，掖在腰间，把银子仍旧包了放好，锁了箱子。吃了饭，带了四儿，拿了马褥子，雇了车，急急往戏园来。

将到戏园，元茂道："我们听什么班子呢？"聘才道："自然联锦班子。"到墙上去看报子，联锦班在太和园，聘才是去年闲逛熟的了，一径同元茂进了戏园。聘才走的快，元茂见那戏园门口，摆著些五花云彩，又有老虎，又有些花架子，花花绿绿的。只管往前观看，信著脚步走，不防总径路口横著一张矮长板凳，绊了一交，作了个倒栽葱。四儿正要来扶，旁边有一人走过来，双手将元茂拉起，替他拍去了身上灰土，笑嘻嘻的道："瞧著路走，这交栽的不轻，幸亏我拉的快。倘或摔坏膀子，碰伤了脑袋，便怎样？不是图欢乐，倒是寻烦恼了。"元茂不好意思，谢了一声，进去觅著聘才，在楼上坐了一张小桌子。已开过台，做了两出，此刻唱的是《拾金》。元茂见不是小旦戏，便不看，他左顾右盼，四下里闲望，非但琴官等不见，连叶茂林也不在台上。

正无精打采的坐著，忽见一人走来，对着他点点头，元茂颇觉面善，一时想不起来。那人便走到聘才背后拍一拍肩，说声"高兴"。聘才回头见是张仲雨，便满面堆下笑来，连忙让坐，问道："二哥独自一人来，还有人同来的？"仲雨道："我那里有工夫听戏，清早到锦春园华公府走了一走，出来又到怡园徐二爷处商量件事，遂同起盛银号潘老三在天香楼吃了饭。昨日宏济寺的唐和尚，有件事约我在这里等他。"说罢，拿出了玉烟壶，递与聘才，聘才接了过来。元茂此时方想起是初六那一天见过的，重叙了几句寒温。仲雨又将烟壶递与元茂，元茂不知好歹，当著闻痧药的，一闻即连打了七八个喷嚏，眼泪鼻涕一齐出来，惹得仲雨、聘才都笑。

仲雨问聘才在梅宅光景，聘才随口答应了几句。仲雨道："老弟，以后如有缓急，可到愚兄处商量。"聘才谢了一声，仲雨也不看戏，只与聘才说话。聘才说起琴官，仲雨道："我也见过这人，相貌倒好，就是人冷些。如今是天天在怡园徐度香处。还有个琪官，略比他和气些。"聘才道："这个琴官，是我们梅庚香最得意的。"仲雨道："他也喜欢琴官吗？我倒不大见他出来。"元茂却呆呆听著，见有一个相公走来，到张仲雨面前请了安，又照应了聘才，对着元茂也弯了弯腰。

元茂擦擦眼睛，聚起了眼光，把那相公一看，原来是前日在会馆里唱戏的，孙嗣徽极口称赞他。那相公便靠著张仲雨坐了，仲雨却冷冷的。聘才问仲雨道："他叫什么？"仲雨未及回答，那相公急应道："我叫二喜。"就问："你能贵姓？"聘才与他说了。又问元茂道："前日你在苏州会馆听戏，你和孙大少爷说话，你们相好有交情么？"元茂想道："这个相公很多情，见了我他就记在心里，这也难得的。"便含著两个黄眼珠，细细的睃著他。二喜索性过来，与他一凳坐了，问道："你能常听戏，你喜欢那一家的戏？"元茂便支吾了两句。二喜把元茂的短烟袋装好了烟，吸著了送过来。元茂甚是得意，那两只眼愈觉水汪汪的含着露水一般，心里喜欢极了，倒突突的跳，喉咙里痒痒的说不出话来。那相公便坐著不动。换了一出《嫖院》，便又一个相公到张仲雨身边，也坐著不走。聘才问他的名字，叫保珠。

台上又换了一出《女弹词》，一出场，聘才认得是琪官。看他打扮得十分香艳，颇有花含晓露、月印暗川之致，两边楼上喝彩不迭。仲雨道："这个就是琪官。"聘才点头含笑道："这琪官比去年更觉好了。"元茂也认不清楚，只与二喜说话，又看看保珠，却没有余情照应到台上。那保珠见元茂喜欢他，也挨了过来。二喜便拦著他，不叫他过来。保珠便绕到那边坐了。两个黑相公，夹著个怯老斗，把个李元茂左顾右盼，应接不暇。保珠、二喜抢装烟，抢倒茶，一个挨紧了膀子，一个挤紧了腿。李元茂得意洋洋，乐得心花大放。

琪官唱完，进了场，卸了妆，在帘子边站了一站，望见了聘才，即微微的一笑。聘才对他点点头。又见他衣裘华美，靴帽时新，迥非从前模样，意谓其必过来招呼。果见他进了戏房，候了一会，猛一抬头，只见他已坐在对面楼上，同着前日唱《题曲》的那个小旦，陪著两个华冠丽服的人。不多一会，那两人带著他们走了，聘才好不扫兴。只听得二喜问元茂道："今日在什么地方？"元茂不懂，只把头点。又听得保珠问道："今日咱们上那个馆子，我伺候你罢。"元茂支吾，说不出来。二喜又道："今天才开了两三家，若去迟了，恐怕没有坐儿。"

元茂心里想道："这两个却都好，看这光景，两个都要去的，但恐所带的银子不够。"又想道："两人给他十二吊钱，吃五六吊钱的酒菜，也够了。"便问聘才道："我们走罢。"保珠便拉了元茂的手，道："到那个馆子？"聘才看这两个相公，心里不大喜欢，因是元茂花钱，与他无干，乐得热闹热闹，便对仲雨道："二哥同走罢，我们去饮一杯。"仲雨道："你们先请，我还要候一候。"聘才道："同走罢，这时候不来是未必来的了。"便拉了仲雨同下楼来，却忘还了戏钱。看坐的上来拉住四儿，道："慢些走，你没有给戏钱。"聘才听了住了步，问元茂，仲雨道："是我的，交代掌柜的就是了。"看坐的答应。

才出了戏园，两个跟兔的跟著。聘才问仲雨道："那个馆子好？"仲雨道："前面的春阳馆就很好。"不多几步，走进了馆子，掌柜的都站了起来，叫声："张老爷，新年好！升官发财。"又作了个揖，仲雨也应酬了几句。拣了个雅座，仲雨首坐，元茂第二，聘才第三，二喜、保珠一凳坐了。走堂的送了茶。便请点菜。仲雨让元茂、聘才，二人又推仲雨先点。仲雨要的是瓦块鱼、烩鸭腰；聘才要的是炸肫、火腿；保珠要的是白蛤、豆腐、炒虾仁；二喜要的是炒鱼片、卤牲口、黄焖肉。元茂道："我喜欢吃鸡，我就是鸡罢。"走堂的及二喜都笑，拿了两壶酒、几碟水果、几样小菜来，各人饮了几钟酒。先拿上炸肫、鸭腰、火腿、鱼片四样菜来。聘才便要豁拳。

仲雨对二喜道："你出个令罢。"二喜道："乐中乐，苦中苦。第一杯输了，要唱个小曲儿；第二杯输了，要说个笑话；三杯输了，敬人皮杯。"元茂道："这三样我都不来。"聘才道："那不能。既这么著，头一个就是你来。"二喜便斟了三满杯，放在面前，道："李老爷来罢！"元茂便眯齐了眼道："你们替我看著，我眼睛不子细，恐怕要错。"便伸出手来，与二喜豁一拳就输了。仲雨笑道："请唱。"元茂道："唱是再不会的，我情愿多吃一杯。"保珠道："说唱就要唱的。"元茂饮了一杯酒，求保珠代唱。二喜道："代唱了罚十杯酒。"保珠便不敢代，元茂对他作了一个揖，道："好人，你代我唱一唱罢。这些东西，我是一句不会的。"众人见他果是不会，保珠便代唱了一枝《银钮丝》。

再豁第二杯，二喜输了。二喜道："有一人请客，没有钱买酒，拿一只空杯子放在客人面前。主人说请，客人不动手；主人又说请，客人道：'酒还没有来，请什么？'主人家就走过来，拿著杯子一瞧，道：'原来这杯酒是干巴巴的，你就这么饮了罢。'"二喜拿杯子送到元茂嘴边，元茂乐极，一饮就干。仲雨、聘才齐声说："好！"保珠道："这个笑话实在说得有趣。"便也斟了一杯酒，送到聘才嘴边，叫道："干爸爸饮这杯。"聘才也喜欢干了。保珠又斟了一杯，送到仲雨面前，也叫了一声"干爸爸"，仲雨也干了。

豁第三杯，又是元茂赢了。二喜便含著一口酒，双手捧了元茂的脸，口对口的灌下。元茂心里快活，脸上害臊，已咽了半口，忽低著头一笑，这口酒就从鼻孔里倒冲出来，绝像撒出两条黄溺，淋淋漓漓，标了一桌。李元茂的脑门子又痒又辣，便伏在二喜肩上抬不起头。保珠笑得坐不牢，已塌下凳子，坐在地上。仲雨笑的翻了一身酒。聘才笑的腹痛，捧住了肚子。二喜带笑拍著元茂的胸，元茂才抬起头，闭了眼，张开口，鼻孔里还觉痒憼憼的，打了几个喷嚏，停了多时，方才说道："有什么好笑？"众人见他这光景，又笑了一会，吃了几样菜。二喜便斟了酒，与张仲雨豁了一拳。仲雨输了，元茂便催仲雨唱。

仲雨道："这不难。"饮了一杯酒，唱了个《马头调》，大家却赞声"好"。第二杯又系仲雨输了，要说笑话。仲雨抬头，见屋子里钉著一个小神龛，供一张赵玄坛，骑个黑虎，即对二喜道："你们见了有钱的老斗，便喜欢道：'财神爷到了，肯花钱。'穷老斗见了黑相公，便害怕道：'老虎来了，逢人就要吃的。'你瞧上头到底是财神爷骑黑老虎，还是穷老斗跨黑相公？"聘才拍案叫绝，元茂掩著鼻孔要笑，保珠却仰面看那龛。二喜便斟了一杯酒，送到仲雨面前，道："该罚，你挖苦得利害。"仲雨接过来饮了，道："这里却没有怕相公的穷老斗。"又与二喜豁第三杯，二喜输了，要敬仲雨皮杯。

仲雨道："咱们倒不用这么著，方才李老爷那杯没有吃得好，这杯我烦你转敬他。"二喜便拿著杯子，呷了一口，又送到元茂嘴边，元茂摇着头，闭紧了嘴不受。二喜便跨在元茂身上，端端正正的将元茂的头捧正，往上一抬，元茂便仰著脸。二喜却把那一点珠唇，紧贴那一张阔嘴，慢慢的沁将出来，一连敬了三口。元茂便如醍醐灌顶，乐不可言。大家听他喉咙里头咭咯咭咯的咽了三咽。

二喜又斟了酒，轮到聘才了。第一拳是二喜输了，唱了一枝《九连环》。第二拳是聘才输了，聘才先笑了一笑，道："人家姑嫂两个，哥哥不在家，姑娘就和嫂子一床睡觉。嫂子想起他丈夫，便睡不著，叫这姑娘学著他哥哥的样儿，伏了一会。那嫂子乐得了不得，道：'好虽好，只是不大在行，淌出水来。'姑娘道：'这是头一回，二次就在行了，咱们起他个名儿才好。'嫂子道：'本来有个名儿，叫磨镜子。'姑娘道：'不像，镜子是圆的，还是叫他敬皮杯罢。''"这一阵笑，却也笑得可听，元茂笑出眼泪来，骂道："你这个恶人，明日就要变哑叭子。"笑得保珠滚在聘才怀里，二喜便过来把聘才打了一下，道："那里有这样坏人，骂人骂入骨的。"

第三杯偏偏又是二喜输了，二喜拿著酒道："怎样唱？你吩咐。"聘才即板起脸来道："你听了张老爷的话，不听我的话。你就瞧不起我，我今儿不依你。"二喜吃惊道："我没有得罪你。"聘才道："你虽然没有得罪我，总得听我的话。"二喜道："你且说。"聘才道："我说这皮杯，还去敬李老爷。"二喜又拿着酒对了元茂，元茂道："好吗，你们今日拿我开心当顽儿，我今番再不上当了。"仲雨道："李老大，你不吃这一杯，我再编个笑话来骂你。"聘才道："呸！原来是银样镴枪头，这么不中用，一说就不敢了。"元茂想道："说是说不过他们的，管他，天下无难事，只要老面皮，占便宜的总是好的。"便道："我倒不像你们这些人，怕害臊，来，来，来！你看我再饮。"倒捧著二喜的脸，吃了这一杯，人倒不能笑他。二喜的令完，保珠照样与元茂豁了一拳，保珠唱了个《满江红》。

聘才忽见一个和尚走进来，口中说道："我的二老爷！你在这里，我走了七八个戏园子，那一处不寻到？"二喜、保珠见了和尚都请了安，聘才、元茂也站起来招呼。和尚都作了揖，与仲雨一凳坐了。

聘才看那和尚相貌，是个紫糖色方脸，两撇浓须，有四十来岁，戴个绒僧帽，穿件宝蓝绸狐皮僧袍，腰拴黄丝绦，足下挖云青缎毛儿窝，也没有出家人的光景，定是酒肉和尚。但看他倒也和颜悦色，很会张罗。当下即问了聘才、元茂姓名寓处，便对仲雨道："二老爷，明日事完了，不是姑苏会馆，就是天庆堂，再约上你这两位令友与这两位相公，咱们高高兴兴乐一天。今日实在不好耽搁，那边人已到齐了，就候你去成事。"仲雨道："不用忙，你也吃一钟，咱们就走。"那和尚将胡子抹了一抹，嘻著嘴吃了一钟酒，吃了一片火腿。保珠笑嘻嘻的道："唐老爷，你那位少爷倒没有带出来？"唐和尚笑道："岂有此理！和尚连奶奶都没有，那里来的少爷？"二喜道："你那位少爷，也与奶奶一样。"唐和尚一手就伸到二喜脸上来。二喜笑道："我说和奶奶的模样长得一样，没有说错呀。"唐和尚见有聘才、元茂在坐，便也假装斯文，缩回手来，说道："你们糟蹋佛门弟子，是有罪过的。"仲雨、聘才大笑。

唐和尚又催仲雨起身，仲雨道："再略坐片时也不妨。"二喜见壁上挂著一个葫芦，指著问唐和尚道："这个像什么？"唐和尚笑道："这个像你的嘴。"二喜道："不通，不通！怎么说像我的嘴，分明像你的脑袋，光光儿的，一根毛没有。"和尚笑道："原是光的。你不听见说天上有三光，人间倒有四光，是和尚脑袋媳妇腿，老斗银包相公嘴？和尚脑袋是剃光的，媳妇腿是磨光的，老斗银包是花光的，相公嘴是吃光的。"说著，哈哈大笑，拉了仲雨就走；又对聘才弯了弯腰，笑道："我是乱道，二位不要见笑。"仲雨道："待我去算了帐好走。"聘才道："二哥既有事，请便罢，东是兄弟的。"仲雨道："二位请多饮几杯，我走一走就来。"说罢，辞了二人，同了和尚出去了。

　　聘才、元茂又与保珠豁了一轮拳，保珠也敬了两次皮杯。二喜又要了几样菜，重又闹了好一回，已点了半枝蜡烛，约有定更后了。两个相公都也困乏，两个跟兔在风门口站著。李元茂不知颠倒，饮汤饮酒，除下帽子，头上热气腾腾，如蒸笼一般。聘才道："咱们也好散了。"轻轻的凑著元茂耳边道："你拿那东西出来，交给柜上算钱罢。"元茂便向腰间摸了两摸，失张失致的道："奇怪！"站起来，把衣裳后衿揭起，对聘才道："你看可有？"聘才道："有什么？"元茂道："褡裢袋儿。"聘才道："没有。"元茂脸上登时发怔，道："这又奇了，那里去了？"保珠道："丢了什么？"元茂不答应，又从怀里乱摸一阵，也没有，那脸上就一阵阵白起来。解了腰带，抖一抖不见有。聘才着急起来，道："不要忘了。"元茂道："什么话？你也看见带著的。"又将袍子揭起来，在裤带上摸了一转没有。聘才即拉了元茂到窗外，又有两个跟兔站著，只得到院子里低低的道："这怎么好！你想想到底在那里丢的？"

　　一语提醒了元茂，道："哦！我知道了。我进戏园时候，跌了一交，有人拉我起来，替我拍一拍灰儿，准是被这人偷去了。"聘才道："我没见你跌，几时跌的？"元茂道："那牢门口横著一张板凳，我那里留心，一进门时就跌了一交。"聘才虽是灵变，却也没法。二喜走出来道："你们在院子里商量些什么？"二人重又进屋坐下。二喜便说："天不早了。"又到元茂耳边一凑，道："你到我家里去，我伺候你。"元茂听了这句，心里又喜又急，脸上发起烧来，只顾看著聘才发怔。保珠、二喜猜不出什么意思。聘才只得对元茂道："丢了这包银子，如今怎样呢？"元茂道："原是还有些东西在内，一齐偷去了。"保珠道："什么？"元茂道："银子，在戏园门口，叫小利割去了。"二喜道："我同你出来，没有见小利。"元茂道："进门时丢的。"二喜道："进门时就丢的？怎么你看了半天的戏，吃了半天的酒，还不知道，直到要走才说呢？不是你忘记带出来，还在家里？"元茂发急道："岂有此理！难道我耍赖？"二喜冷笑一声。聘才道："不是这么说，我们并不是没有带钱，想漂你的开发。李老爷自不小心，丢了原不好对你说。你放心，明日我们听戏连保珠的一总送来。"即问保珠道："你相信不相信？"保珠道："我倒没有什么不相信。况且二位老爷都是头一回的交情，决没有安心漂我们的。但我们回去，是要交帐的；再是新年上，更难空手回去。非但难见师傅，也对不住跟的人。求你能那里转一转手，省得我们为难。"即对二喜道："喜哥，可不是这样么？"元茂道："与你们说，你们不信。我今日是带着八块银子，足有十两多，也没有包，装在一个褡裢袋里，他倒连袋子都拿去了。此时要我们别处去借，那里去借？不是个难题目难人。"二喜鼻子里"哼"了一声，道："此时尚早，你何不叫你们二爷回去取了来，咱们在这里坐一坐就得了。"说罢，又推著元茂坐了。

元茂摇头道："这断断不可。"二喜道："不可那就是安心了。咱们陌陌生生的陪了一天酒，李老爷你能想，想到敬皮杯的交情，也就够了。我们也叫出于无奈，要讨老爷们喜欢，多赏几吊钱，在师傅跟前挣个脸。若总照今日的样儿，我们这碗饭就吃不成了。李老爷，你既然不肯打发人回去，如今这么著，劳你能驾送我回去，对我师傅说一声，你赏不赏都不要紧。"保珠道："你这话说的很是，只要咱们师傅知道了，就好了，咱们要什么钱。"把个李元茂急得无法，脸上胀的通红，一句话也说不出来。聘才只得说道："咱们认识了，难道就这一回，没有后来的交情了？你要他同去，对你师傅说，也不怕你师傅不依，但我倒没有见过，相公要请出师傅来对帐的。"保珠道："这原是不认识的才这样，若伺候过三年两载，相熟了，原不用这样。"

二人正在为难，只见四儿进来道："孙大少爷也在这里，方才走出去。"聘才一想，知他认得这些相公，便说道："你去请孙大少爷进来。"四儿忙赶出去，嗣徽尚在柜上说话，也带着一个相公，那相公先上车走了。嗣徽也认不清四儿，听得有人请他，便又进来，方知是元茂、聘才，见了二喜、保珠，笑道："今日二公何其乐也。"元茂、聘才作了揖，二喜、保珠请了安，复又坐将下来。聘才就将元茂今日丢了银子、此时没有开发，许明日给他们、他们不肯的话说了一遍。嗣徽把帽子一掀，又把红鼻子摸了一摸，指着李元茂说道："李大哥，我知道了。你一包的'金生丽水'，竟成了'落叶飘摇'，倒不去'诛斩贼盗'，反在这里'散虑逍遥'。你当我是个'亲戚故旧'，所以把我急急的'戚谢欢招'。我见他们这样'渠荷的历'，我底下已突然的'园莽抽条'。你差不多要对我'稽颡再拜'，我心里也有些'悚惧恐惶'。我见你们这顿'具膳餐饭'，算起帐来，就吓得你'骇跃超骧'。他两个只管的'笺牒简要'，全不顾你当完了'乃服衣裳'。你且叫他去'骸垢想浴'，然后同他上了'篮笋象床'。拿出你那个'驴骡犊特'，索性与他个'适口充肠'。顽得他'矫手顿足'，你自然'悦豫且康'。"

孙嗣徽随口胡嘲,把魏聘才、李元茂早已笑倒,两个相公也听不明白,不知他说些什么,好像串戏一样,也笑得了不得。元茂支支吾吾说不出,聘才无奈,只得说要他担一肩,明日给他们。嗣徽听了,心里一惊,便道:"余力不能举百钧,任重而道远,恐难担也。"聘才只得又再三央求,嗣徽勉强答应,说道:"明日可以与则与之,人而无信,不知其可也。"即对二喜、保珠道:"来,余与尔言,盍去诸?明日亲送之门,毋逼人太甚也。"两个相公不能明白,嗣徽只得说了几句平话。保珠、二喜见嗣徽担了,也就没法,只得勉勉强强,谢了一声而去。孙嗣徽恐他们又要他担起馆子帐来,便急急的走了。

　　这边走堂的进来,一样样的报了帐,连内外共五十六吊七百八十文。元茂一听,伸了伸舌头,道:"这个打几折儿?"走堂的道:"实折不扣。"李元茂便掐着指头一算,道:"十折是五千六百七十八个京钱,二千八百三十九个老官板儿,公道得很,以后倒要常来照顾你家。"走堂的笑道:"我们的帐是不打折头的,五十六吊七百八十个京钱。"元茂道:"怎么就有这许多?"走堂的道:"不敢多开。"聘才对元茂道:"你醉了不要多话,咱们到柜上去写罢。"遂到柜上,走堂的又交代了一遍。

　　掌柜的把算盘拨了一回,看着聘才、元茂道:"你们二位是同著张二老爷来的,怎么张二老爷又先走了?你们二位同他是同乡还是什么?"聘才道:"我们是亲戚,他有事先走了。"掌柜的又问道:"你们二位贵姓?寓在什么地方?到京来有什么贵干?"聘才答了几句,问他要帐条子。掌柜的迟迟疑疑的,又说道:"大新年上钱窄,今儿还是头一天,向例这正月里总叨光几个现钱,况且今日咱们又是头一回的交情。魏老爷既是张二老爷的亲戚,我也不好意思不叫写账。但是记著,不要拖长下去。"便拿了一张条子递与聘才,聘才心里好不有气,便照数写了,又加了两吊酒钱,注了"鸣珂坊梅宅魏字"。掌柜看了一看,夹在帐里。走堂的送上一个灯笼,四儿接了,出了馆子,两人各低了头,一步步踱回。可谓乘兴而来,扫兴而返。

　　未知后事如何,且听下回分解。

第九回
月夕灯宵万花齐放　珠情琴思一面缘悭

　　话说魏聘才、李元茂回家时已三更,梅宅关了门落了锁,四儿敲了半天，才有人来开了。两人走到房中，聘才免不得将不小心丢银子的话，抱怨了元茂两句。元茂无言可答，各自安睡。到了次日，只得央了许顺，借了十吊钱的票子，分作两张，写了一封字，叫四儿送与叶茂林，分给二喜、保珠。后来子玉盘问，聘才、元茂只推张仲雨请去听戏下馆子，却将实情瞒过了。

　　过了两日，已是元宵佳节，李性全带著元茂，到会馆中吃年酒去了，聘才出去逛灯未回。子玉一人正在无聊，恰好梅进进来说道："刘少爷、颜少爷、王少爷，请少爷出去逛灯，都在门口等著。"子玉禀过父母，梅进即叫套了车，云儿跟著出来。仲清等却在车里等著，见子玉出来便下了车。刘文泽道："如此良宵，千金一刻，我们趁著灯月，倒是步行好些，把车跟在后头，回来再坐罢。"子玉道："甚好。"四人慢慢的走，一路闲谈，不多时就到了灯市。一进灯棚里，便人山人海的拥挤起来，还夹著些车马在里头。

　　子玉等在那些店铺廊下，慢慢的走。只见那些店铺都是悬灯结彩，有挂玻璃灯，有挂画纱灯，有里头摆著灯屏，有门外搭著灯楼；还有那些卖灯的，密密层层的摆著。幸喜街道宽阔，不然也就一步不能行了。还有那些人在门口放泥筒，放花炮，流星赶月，九龙戏珠，火树银花。锣鼓丝竹，真是太平景象，大有丰登，因此人人高兴，庆赏元宵。又见有一队香车绣幰过来，也都开著帘子，丫鬟仆妇坐在车沿上，点著九合沉速香。那些奶奶们在大玻璃窗内左顾右盼。文泽、王恂等也各留神凝视，有好看的，有不好看的，但华妆艳服，灯光之下也总加了几个成色。四人走路也不能齐集，有些参前落后起来。约过了七八辆后，又有了几辆接上前队，便挤住了开不开。

　　此时子玉在前，刚刚被那车轴拦住，过不去。文泽见车里一个少妇，生得颇好，打扮也十分华美。子玉恰恰的挤在车前，文泽见那少妇目不转睛的看著子玉，见子玉倒低了头，却无路可走。见那少妇一手把著车门，将身子一松，伸出一只脚来，正是三寸莲钩，纤不盈握。见他先盘了那边的腿，然后将莲钩缩进，盘好坐了，那只纤手也就放下。见他对著子玉嫣然微笑。文泽扯扯王恂的衣服，低低的说道："你看似为著庚香，要显显他的莲瓣。"王恂点头。仲清又在文泽后面说道："焉知他不是为着你？"文泽笑道："不像。"又低低的叫道："庚香，那《施公案》有什么好看，你尽望著那几对灯。"子玉回转脸来，却与那少妇相对，见那少妇还在玻璃窗内看他，颇觉不好意思。一会儿车才开动，文泽见那车沿下挂了一个小洋灯，画着两个如意，一面写着四个小字是："起盛号潘。"后头又是一辆，也是一个少妇，却生得奇丑，堆满了一脸黑肉，涂起粉来，虽然晚上，也看得是紫油油的，打扮倒各样的讲究，还在里头抹巾障袖的做作。文泽看他灯笼上贴著一个"花"字，开动车，接著过去了。四人又逛了几处，街道又窄小起来。文泽对子玉道:"方才这个少妇那样顾盼你,你也不回个情儿,倒只管看那旧纱灯,什么意思?难道那样少妇,还不足以当一盼么?"子玉笑道:"我没留心他,他也不曾看我,是物色你们的。"

四人说说笑笑,又看了几处灯。只见一群妇女也是步行,结着队乱撞过来。四人看这妇女们有十几个,有绸衣的,有布服的,油头粉面,嘻嘻笑笑,两袖如狂蝶穿花,一身如惊蛇出草。他也不顾人好让不好让,直拥过来。内中一个想是大脚的,一脚踏来,踏着了王恂靴头。王恂一只新皂靴黑了半边,被他踏得很痛,说不出来,觉得这一脚就有三十多斤气力。王恂急忙让开。又见一个三十几岁一个妇人,身量生得很高,穿着双高底鞋,眼望著灯,脚下踏著了一块砖,身子一歪,几乎栽倒,恰恰碰著子玉,他就把子玉的胸前一把揪牢,才站稳了。子玉倒几乎跌下,唬得心中乱跳,正不知他是何缘故。那人放了手"嗤嗤"的笑,一齐挤了过去。听得有个妇人说道:"这些爷们实在可恨,睁著大眼睛瞧人,难道他家里没有娘儿们的,故意挡了路不放人走?"仲清等听了大笑。

王恂道:"真晦气,被他这一脚,踏得我很痛,他还说我们挡了路看他。"子玉方定了神,说道:"我方才被他这一揪,真唬杀我。我当他认错了人,不要动手打起来,这不是晦气?不料妇女中竟有这样蠢材,较起才见的车中人,真又有天壤之隔了。"文泽哈哈大笑道:"不上高山,不见平地。你原来是皮里阳秋,暗中摸索。那个车中少妇得你这一赞,也不枉他顾盼多时了。"子玉也觉微笑,又道:"这些灯也没有什么好逛,路又难走,不如坐车回去罢。"王恂道:"早得很,回去也无甚意思。"文泽道:"我们到怡园去看灯罢,还听得有好灯谜,去猜几个顽顽也好。"子玉道:"我不认得主人,既是晚上,又是便服,如何去得?"仲清道:"这倒不妨。徐度香这个人却是我辈,全不在形迹上讲究。况且他园中还有萧静宜,更是个清高潇洒的人,就去逛逛,倒也不妨。"三人都要去,子玉也只得同去。于是各上了车,书僮跨了车沿,望怡园来。

约有二里路,过了南横街,到怡园门口下了车。只见一带都是碎黄石砌成的虎皮园墙,园门口是绸子扎成的五彩牌坊,只空出见方五尺"怡园"两个大字,下挂著四盏一串八行五色画花琉璃灯。进了园门,屋内八扇油绿洒金的屏门。靠门一张桌子,围著六七个人,在那里写灯虎字条。旁边一张春凳,摆著些荷包、花炮、及文房四宝,预备送打着的彩。正中间顶篷上,悬著个五色彩绸百褶香云盖,下挂一盏葫芦式样玻璃灯。再进里边,却是三面栏干,靠墙一个方亭子,墙上一盏扁方玻璃灯,上贴著许多字条,底下围著一簇,约有二十来人。走上亭子台阶,却已看见迎面写著八个灯谜。仲清将要看时,只见怡园的家人上来请安,说:"少爷们何不到里边逛逛?"文泽即问他主人，那人说道："我们老爷在外赴席未回，萧老爷在家。"王恂道："我们猜了几个灯谜，再进去不迟。"

于是同看第一个是："双栖稳宿无烦恼，认得卢家玳瑁梁。"下注"《礼记》一句"。子玉正在思索，只听得王恂问仲清道："这可是'知其能安，燕而不乱也？'"仲清道："只怕是的。"再看第二个是："任他万水千山远，雁帛鱼书总得来。"下注"《易经》一句"。仲清道："这个真是'行险而不失其信'。"子玉道："那第四个'落花人独立，微雨燕双飞'。打一字的准是'俪'字。"文泽道："这第七个'荒村雨露眠宜早，野店风霜起要迟'。两句打古人名的，想是息夫躬。"子玉道："不错。"王恂道："我们去报罢。"仲清道："我们索性把那四个也打完了，再报不迟。那第三个'鸦背夕阳明'，打《礼记》一句，必是'日在翼'。"子玉道："那首七律打古乐府八题的，第一联'记得儿家朝复暮，秦淮几折绕香津'，准是《子夜》与《金陵曲》。"仲清道："第二联下句'月影偏嫌暗曲尘'，是《夜黄》；那上句'雨丝莫遣催花片'，不知是什么？"文泽道："或者是《休洗红》。那第三联是'长夜迢遥闻断漏，中年陶写漫劳神'，必是《五更钟》、《莫愁乐》。"王恂道："第七句'鸦儿卅六双飞稳'，不消说是《乌生八九子》了。"仲清道："末句'应向章台送远人'，大约是《折杨柳》。就是第五条'降生辰巳之年'，打《诗经》一句；及第八条'不着一字尽得风流'，打唐诗一句，猜不著。"

正说着，只听得有人问道："'降生辰巳之年'，可是'维虺维蛇'？"园门口的人回说"不是"。文泽道："不要给人抢去了，我们去报罢。"大家走下亭子。子玉道："那首《诗经》的，我已想著了，必是'不属于毛'。"仲清道："很是。这句实在亏你想。"王恂道："那打唐诗一句的，不要是'殷子正书空'？"文泽道："且报一报试试。"大家到园门口，一个个报去，里头都答应了"是"，就是末后一个没有猜著。王恂道："白也诗无敌。"里头也答应了"是"。只见一人又拿了一盏灯出来，将先挂的那盏灯换下。见屏门后头走出了一个人来，子玉见他有三十来岁，生得眉清目秀，气体高华，穿得一身雅淡衣服，闲闲雅雅的过来。见文泽、仲清、王恂三人一齐迎上前去，称呼他为静宜先生。那人与三人见了礼，又向子玉作了个揖，子玉连忙还礼。文泽即对萧次贤说道："这位是梅庾香，是当今无双士。静宜先生没有会过么？"次贤道："今日识荆，实为万幸。"便请四人进内，子玉道："今晚便服，未免不恭，容另日专诚晋谒罢！"次贤笑道："庾香先生，当今名士，不应琐琐及此。况主人也不在家，我辈聊以聚谈，切勿拘以礼节。"

子玉难以固辞，只得同著走出亭子，两旁却是十步一盏的地灯，照见一块平坦空地，迎面不远，就是很高的峭壁了。峭壁之下，一带雕窗细格的五间卷棚，檐下挂著一色的二十多盏西番莲洋琉璃灯。次贤让进屋内，分宾主坐下，与文泽、王恂、仲清都是认识的，单与子玉叙了些倾心仰慕的话。子玉见他出言有体，举止不凡，也知道是个名士，便也颇为浃洽。谈了一会，用过了茶，有书僮从里间出来，送出一分一分的灯谜彩来，摆在桌上，是些湖笔、徽墨、端砚、雅扇之类，惟有子玉所猜的"落花人独立，微雨燕双飞"的彩最重，是古锦囊里的瑶琴一张。子玉见琴忽忽如有所思，因见彩礼过重，与仲清等再三推却。次贤问道："这琴是庾香先生猜著的么？"子玉道："是小弟胡猜的，断不敢当此厚赠。"次贤道："这是园主人为杜玉侬而设，另有深意，幸勿见却。琴后尚须镌铭，俟镌好再行送上。"说毕，便令小厮仍将瑶琴抱了进去。其余彩礼，交给各跟随收存。

原来琴言因制灯谜时，喜诵"落花人独立"这一联，度香随嘱次贤，以词意为琴言写图，所以这灯谜即以琴作彩，原是于游戏之中，寓作合之意。非但子玉不知杜玉侬为何人，就是仲清、文泽等也未能悉。大家问时，次贤不即说明，答以久后必知。

闲谈了一回，仲清说起都中值此试灯时节，可惜无南来巧灯，殊为减色。次贤道："诸兄要看灯么？也容易，虽非来自南边，却也不俗。"便令小厮引道，沿著峭壁，走有一箭多远，却是一层层的石磴，上了三十余级，转过峭壁，后面就是一个白石平台。中间团团的一个亭子，那窗子都是用内凹外凸的整玻璃镶成。走进亭内，地下铺著栽绒毯子，中间一张大圆桌，周围都是扇面式凳子，拼起来，刚刚扣著桌子一个圈儿。仲清等因是夜天气不寒，就在外面回阑上坐著。小厮们抬了些圆茶几来，每人面前一张，送了茶。

仰观淡月朦胧，疏星布列；俯视流烟淡沱，空水澄鲜，颇觉心旷神怡。远远望去，只见回峦叠嶂，飞阁层楼，隐隐约约，看视不明，尚未见一盏灯火。忽见亭子前面太湖石山洞，一对明灯照出一双玉人来。走到面前看时，一个是袁宝珠，一个是金漱芳。仲清问道："你们藏在那里？"宝珠道："我们在前面小船室下棋。"文泽道："相公阿曾点个只眼？"宝珠、漱芳都笑了一笑。座中就是子玉不认得，那日虽见漱芳的《题曲》，也是上妆容貌。此时看他骨香肉腻，玉洁晶莹；宝珠亭亭玉立，弱不胜衣，便想道："这两个姿色似可与琴官相并，但不知性情何如。"

正想著，猛听得台下云锣一响，对面很远的树林里，放起几枝流星赶月来，便接著一个个的泥筒，接接连连，远远近近，放了一二百筒。那兰花竹箭射得满园，映得那些绿竹寒林，如画在火光中一般。泥筒放了一回，听得接连放了几个大炮，各处树林里放出黄烟来，随有千百爆竹声齐响，已挂出无数的烟火，一边是九连灯，一边是万年欢，一边是炮打襄阳城，一边是火烧红莲寺，一边是阿房一炬，一边是赤壁烧兵。远远的金阗鼓骤，作万马奔腾之势，那些火鸟火鼠，如百道电光，穿绕满园，看得子玉等目眩神骇。文泽想道："可惜无酒，负此花灯。"听得次贤说道："如此良夜，诸兄何不小饮几杯？"即吩咐取酒来。不一会，小厮们取了四壶酒交给宝珠、漱芳，走到各人面前，将茶碗撤去，把茶几揭起了一层盖子，便是一个镶成的攒盒，共有十二碟果菜，银杯象箸都镶在里面，十分精巧。宝珠、漱芳都斟了酒，次贤说："请！"大家浅斟细酌起来。

酒过数巡，台下云锣一响，四处的烟火放完，只见各处树梢上颤巍巍的挂起无数彩灯来，有飞禽，有花朵，错错落落，越添越多，不一时，周围四面约有数千。树上的灯都点齐了，地上又舞出几百片彩云灯来，五色迷离，盘折回绕。锣声响处，舞出一条金龙，有十数丈长，飞舞如真龙一般。少顷，神仙洞里舞出一条青龙，接著又是一条白龙，那树林里舞出一条乌龙，烟火光中，又舞出一条火龙，都是十余丈长，滚成一处，数十面锣声，闹得像惊涛骇浪，变幻烟云，甚是好看。又滚出几十个大大小小球灯，在那云龙中间滚旋，引得那五条龙张牙舞爪，夭矫攫拿，看得众人个个出神。

忽见怡园家人上前说道："史少爷来了！"大家起身看时，只见两人扶著史南湘，跟跟跄跄，一步步的踩著石磴上来。将到台前，便霍然的大吐起来。吐了一会，摇著头，喘吁吁的在台前站住，指著众人道："你们好，你们好！"便说不出来。小厮先拿了一碗温水与他嗽了口，又说道："你们好乐！"仲清道："你且坐下，歇歇再说。"扶上亭子，他就坐在地下，宝珠等上去见他，他把头点点。文泽道："你在那里喝得这样？"南湘又摇摇头。宝珠到次贤耳边说了几句话，次贤命小厮夭拿了一个小小的金盒子，取出一丸药来，放在碗内，用开水化了，递给宝珠，捧到南湘身边，弯了腰给他喝，南湘摇头不要。宝珠道："这是醒酒汤，喝了就好了。"南湘心里明白，把汤喝完，闭著眼道："我醉欲眠君且去。"便放身欲睡。

次贤恐著了凉，便命家人扶他到后面小座落里炕上去睡，扶了南湘进去，把门带上。子玉问次贤这是什么丸，次贤道："这是度香自制的，任凭喝得烂醉，只须一丸下去，宿酒尽消，且补元气，名为仙桃益寿丸。"不多一会，只见南湘已开了门走将出来，说道："有趣，有趣！几作了刘玄石一醉三年，险些儿被人埋在地下。"仲清道："你酒已醒了，还说醉话。"漱芳已拧了一块湿手巾来，南湘擦了脸道："这是什么地方？"众人皆笑。次贤笑道："竹君，这是黄鹤楼，你怎么认不清了？"南湘近前一看，狂笑起来，说道："原来静宜也在这里，你到底几时来的？"众人听了又笑。宝珠、漱芳拉他到亭外看了一会，南湘方知道是怡园，细细一想，便又大笑。

将要问时，忽然满园的金鼓盈天，爆声大发，风驰火骤，声势骇人，四面八方，百兽齐集，尽是五色绸纱糊的，彩画得毛片逼真，一边驰出一队象灯，一边驰出一队虎灯，一边驰出一队犀牛，一边驰出一队狮子，还有黑熊、白兕、赤豹、黄黑，奇奇怪怪，约有数百，足下都有四个小轮，用人拉著飞跑，鼻里生烟，口中吐火，觉得如雷轰电掣，地塌山崩，看得子玉等神惊肤栗。这边百兽，那边群龙，合将拢来，黑雾冲天，火光遍地，大有赤壁鏖兵之势。闹了好一会，猛听得一声响，半天里放起一个九子炮来，只见地下火光一散，如穿梭一般，霎时满园寂寂，不见一灯。众名士齐声喝采道："真有天地化工，孙吴兵法之妙，我们皆目所未见。"仲清道："今日舞这一会灯，我算起来，至少也有一千余人，这园里那里来这许多人？"次贤道："若尽用人，自然就多了。这五条龙灯是尽用人为，那些百兽与彩云都用轮子展动，一人能顽得好几个。以兽牵兽，就要明白进退疾徐之节，也是预先操演的。今日所用大约还不满二百人。"众名士尽皆叹服。

　　次贤让客下山，到个宽大地方小憩，大家未便就散，只得随著他下了山。穿过几处神仙洞，依著树屏竹径，走到一处是梨花园，次贤让客进内。也过了好几重门户，进了朝东五间三明两暗的西洋房。此中点缀得甚佳，琴床画桌，金鼎铜壶，斑然可爱。正中悬著一额，是屈本立写的"宜春阁"三字，一边是陆素兰写的几幅小楷，一边是袁宝珠画的几幅墨兰，中间地上点著一盏仿古鸡足银灯，有四尺高，上面托著个九瓣莲花灯盏，点著九穗，照得满屋通明。一一坐了，次贤道："我们何不再饮几杯？"众人道："我们在亭子上已饮多了，可以不必酒了，倒是清谈罢。"南湘道："我今日的酒不晓得怎样醒的？"宝珠道："我们今日醒眼观醉眼，倒也有趣。"南湘道："瑶卿，我记得你还灌我一大碗酒。"众人笑道："这人醉糊涂了，到底饮了多少酒来？"南湘道："今日我同高卓然、张仲雨，带了王静芳、李佩仙在酒楼上饮了一天，也不晓得有多少，他们都醉得先走了。我送静芳回去，顺路到庸庵家，问知出外逛灯，我也去逛灯。也不知赶车的什么意思，就拉我到这里，园门口的人说你们在里面赏灯，就扶了我进来。"一面说，就怀里掏出一团灯谜字条。大家看时，一个是"春风一曲费缠头"，一个是"马儿快快随"，都打戏名，一个是《赏秋》，一个是《赶车》。

　　宝珠对漱芳笑道："你的一个，我的一个，都被他猜著了。"南湘笑道："原来是你们做的。"即对子玉道："庾香，此二君何如？你看他们的相貌才艺，你评评，还是我说谎的么？"又指著两边的书画道："你再看看，这是瑶卿画的，那是香畹写的，你看外边那班假名士，能够如这班真相公吗？"子玉笑道："小弟早已认过，吾兄尚还刻刻在心。"南湘道："以后你们这一班，见我们不许请安，只许称号，如违了要罚的。"宝珠道：

"这倒与度香、静宜一样脾气，就是这样便了。"王恂道："庚香，你看这瑶卿，与你去年戏园所见的怎样？这真伪可能相混么？"子玉笑道："瓦砾岂可僭称珠玉？那个名字，叫他改了才好。"宝珠不解，便问王恂。王恂就将去年所见保珠、子玉听错的话说了，宝珠嫣然而笑。

于是漱芳拉了王恂下棋，文泽观局。子玉同宝珠看那墨兰，赞不绝口。南湘、仲清、次贤同坐在醉翁床闲话。南湘道："静宜兄，还记得'只有酒狂名下士，醉吟许上岳阳楼'佳句否？"次贤道："那里及得'只恨仙人丹药少，不教酒满洞庭湖'名句足传。"仲清道："若教酒满洞庭湖，只怕史竹君早已醉死了。静宜先生，明日可与他写个竹醉图。"次贤点头微笑。

子玉乘他们说话时，悄悄的问宝珠道："这两天可曾见你们同班的琴官？"宝珠听了，把子玉打量了一番，问道："你同琴官相好么？"倒把子玉问住了，很不好意思，只得答道："向未交接，不过闻名思慕。"宝珠道："他如今不叫琴官，改名为琴言，今日可惜迟来一步，度香带他赴席去了。"子玉心里想道："我与他直如此缘悭，要接谈的福分都没有。"一面想，怔怔的看著宝珠，宝珠也怔怔的看著子玉，四目勾留，都出了神。

刘文泽一回头看见这光景，轻轻的向子玉肩上一拍，道："瑶卿好不好？"子玉当是问琴言，便道："他的《惊梦》这一出，直是天上神仙。"宝珠弹然一笑。子玉回想过来，自知所问非所答，幸而话未说错，随同文泽走到南湘这边来。仲清问次贤："可有好灯谜被人打去？"次贤道："就是昨日有两封情书，被一个少年猜去，适值我有事走开，没有问得这人姓名住址。"仲清向次贤要出那两封情书底稿来，同著众人看时，一封是药名，一封是花名，只见上写著：

小忆去年，细辛。金阊款聚。苏合，黄姑笑指，牵牛。油壁香迎。车前。猥以量斗之才，百合。得逐薰衣之队。香附。前程万里，悔觅封侯。远志。瘦影孤栖，犹思续命。独活。问草心谁而主，王孙。怕花信之频催。防风。虽傅粉郎君，青丝未老。何首乌。而侍香小史，玉骨先寒。腐婢。惟有申礼自持，防己。残年独守。忍冬。屈指瓜期之将及，当归。此心荼苦之全消。甘遂。书到君前，白及。即希裁答。旋覆。五月望日，半夏。玉蟾肃衽。白敛。

子玉道："好个春灯谜面子！"宝珠道："我最爱'傅粉郎君'一联。"南湘道："我们这里只有庚香算得傅粉郎君，你爱他么？"宝珠笑了一笑，子玉倒臊得脸都红了。

再看那封回书是：

尺缣传馥，素馨。芳柬流丹。刺红。肠宛转以如回，百结。岁循环而既改。四季。忆前宵之欢会，夜合。怅祖道之分飞。将离。玉女

第九回　月夕灯宵万花齐放　珠情琴思一面缘悭

投壶，微开香辅；合笑。金莲贴地，小步软尘。红蹴踘。一自远索长安，空怜羞涩；米囊。迟回洛浦，乍合神光。水仙。在卿则脂盎粉奁，华容自好；扶丽。在我已雪丝霜鬓，结习都忘。老少年。过九十之春光，落英几点；百日红。祝大千之法界，并蒂三生。西番莲。计玉杓值寅卯之间，指甲。庶钿盒卜星辰之会。牵牛。裁成霜素，剪秋罗。欲发偏迟。徘徊。二月十六日，长春。寅刻名另肃。虎刺。

仲清道："这两封情书就不是灯谜，也香艳极了。况且隐藏药名、花名，恰切不移。这猜著的人，真是个绝世聪明人了，可惜不知是谁？"文泽道："这两封书都是静宜先生的手笔么？"次贤道："那封原书是度香的手笔。"说著，王恂已经下完了棋，倒输了漱芳三子。

子玉因夜色已深，随同南湘等告辞，子玉并说度香来园，先为致意，改日专诚再来的话，次贤答应著，送出各人上车而散。再听下回分解。

第十回
春梦婆娑情长情短　花枝约略疑假疑真

话说子玉等散后，徐子云才回，因夜色已深，时交子末，便一径回宅。

琴言自去年谒见子云之后，也随著一班名花天天常到怡园，子云爱之不亚于宝珠。但琴言生性高傲，冷冷落落，不善应酬，任凭黄金满斗，也买不动他一笑。一切古玩、饮食、衣服，只要他心爱，徐子云无不供给，也算相待十分，琴言未尝不知感恩，却只算得半个知己。自那进京这一天路上见了子玉，便认得是梦中救他出陷坑的人，时时刻刻放在心上。又姑苏会馆唱戏那一日，见他同了一班公子，还有魏聘才、李元茂在座，问起叶茂林，始知这位公子就姓梅，已应了梅花树下之兆。从此，一缕幽情如沾泥柳絮，已被缠住。

这几日晚间，梦见子玉好几次，恍恍惚惚的，不是对著同笑，就是对著同哭。又像自己远行，子玉送他，牵衣执手；又像远行了，重又回来，两人促膝谈心。模模糊糊，醒来也记不真切。虽知道是个世家公子，却不知道他的性情嗜好，与度香何如；又恐他是个青年轻薄、寡情短行之人；又恐他豪贵骄奢、要人趋奉的人。但细看他温存骨格，像个厚道正人，断不至此。一日，又梦见宝珠变了他的模样，与自己唱了一出《惊梦》，又想不出这个理来。次日，子云到园来，次贤讲起昨晚诸人来园看灯，并子玉打著了琴言的灯谜，即将子玉的才貌痛赞了一番。子云听了，心里颇为喜欢，即道："这个梅庾香，他虽不认得我，我去年恰见过他。我们也有世谊，他令祖相国，与先叔祖总宪公是同年至好。这梅庾香的外貌却没有说的，不知品行如何？"次贤道："持重如金，温润如玉，绝无矜才使气的模样。虽然片时相晤，我已知其不凡。"二人谈了半天，子云没有出门。

到酉刻，宝珠同了琴言到园。子云见了，笑道："玉侬此番好了，我替你觅著了配对，你却不要忘了我。"倒把琴言吓了一跳，登时发起急来，止不住眼泪直流，道："度香，我承你盛情，不把我当下流人看待，我深感你的厚恩。即使我有伺候不到处，你恼我恨我、骂我撵我，我也不敢怨你。只不犯著勾引人来糟蹋我。请问，什么叫配对不配对，倒要还我一个明白。"子云自知出言孟浪，觉得无趣，只得叫宝珠陪著他，用好言劝慰，自己便借看画为名，到次贤房中去了。这里袁宝珠用手帕替他擦了泪痕，就将史南湘的醉态及妆点情形，说得琴言欢喜了，便同在一张床榻上坐著，道："看昨日这几个打灯谜的人，内中一个叫梅庾香的，年纪不过十七八岁，相貌生得最好。"琴言道："这人也姓梅么？"宝珠道："他曾问起你来。"琴言沉吟道："姓梅的他说会过我么？"宝珠道："便是奇怪得很，我因他就只问你一个，只道你们自然在一处饮过酒。问他可与你相好，他支吾了一句，说什么'向未交接，不过闻声思慕'，似乎不像见过的。又说看见你《惊梦》这出戏唱得很好。"

琴言想道："不要这姓梅的，就是那天看戏的梅公子。"因问宝珠道："这梅公子，可是初六那天，在姑苏会馆东边楼上看戏的？"宝珠笑道："那天我又没有唱戏，那里知道是他不是他？"琴言呆呆的想了半晌，又问宝珠道："他的相貌可同我们班里陆香畹差不多？就只眼睛长些，觉得光彩照人；鼻子直些，觉得满面秀气，是不是呢？"宝珠道："这么说，你们很熟的了，为什么要瞒著人呢？"琴言无言可答，想起那天的梦来，便道："你同这姓梅的相好几年了？"宝珠道："昨日才见面。"琴言道："我不信。若是昨日才见，怎么前日晚上，倒会变了他的样儿呢？"琴言说了这句话，用袖子掩著嘴笑，倒将宝珠懵住了，道："玉侬，你说些什么鬼话？"琴言道："不是鬼话。你变了他模样，还唱柳梦梅呢。"宝珠益发摸不著头脑，道："你到底还是装疯，还是做梦？"琴言嫣然的一笑，就把那天梅公子看戏以及梦见变了他唱戏的话细细说了一遍。宝珠道："这人原也生得好，若真个的同你配著唱这出《惊梦》，倒是一对。就可惜我不会变。"琴言默然良久，道："咳，可惜昨日出去了，没有见他一面。"

宝珠试出琴言属意子玉，便道："你可晓得今日错怪了度香么？"琴言道："怎么？"宝珠道："他所说替你觅著的配对，你道是那个？"琴言悄悄的道："难道就是梅公子不成？"宝珠道："不是他是谁？"琴言道："我当是度香有心糟蹋我，却不晓得他所说打灯谜的人就是他。"宝珠道："据我看来，你同这梅公子大有缘法。我去叫度香明日请他来，与你会一会面，你说好不好？"说著，站起身来要走。琴言一把拉住宝珠衣服，道："你又胡闹了，一来我从未与梅公子会过，知道是他不是他，万一不是他，便怎样？就算是他，也不晓得他心性何如。二来刚才我冲撞了度香几句，怎么转得过脸来。"

这里说得热闹，那晓得徐子云同萧次贤早已转到隔壁套间内，窃听得逼真，把门一推，子云、次贤走将出来，琴言一见，羞得红了脸，就背转身坐了。子云道："玉侬还怪我不怪我？"琴言低头不语。子云道："就算我错了一句话，也是无心之言。况且你又不是女孩子，怕什么配对不配对，难道真把你配了梅庾香不成？"说得次贤、宝珠都笑起来。宝珠道："不要说了，他已经明白过来了。我们何不去请了庾香来与他见一见？"子云道："知道是他不是他，我自有道理。"宝珠、琴言即在怡园吃了晚饭，坐到二更而回。

次日，子云即去拜望子玉，彼此道了些景仰渴想的话，就约定于十九日晚间一叙。出来顺道到王恂、刘文泽、史南湘等处看望，俱未晤见。回来想道："这梅庾香果然名不虚传，玉侬又属意于他，将来见了面，不消说是他的人了。"又想道："玉侬的脾气，差不多的人都猜摸不著，倘或一言不合，就可以决绝的。即使梅庾香是个多情人，也未必能像我这样体贴。据瑶卿说来，与玉侬改了名字，他全然不知，可见素未浃洽。就看过一出戏，想来也不过赏识他的相貌，未必心上只有这个琴言，我倒要试他一试。"又想道："若是十九那一天，竟叫玉侬陪酒，他初次见面，就是彼此有心也难剖说，旁人也看不出来。我如今用个移花接木之计，先把玉侬藏了，另觅一个像玉侬的人，用言打动他，看他如何，自然就试出来了。"主意已定，即向次贤、宝珠说知。

到了十九日这一日，一切安排停当。申刻时候，梅子玉到了怡园，主人迎接，进了梅崿。这梅崿是园中名胜，且值梅花盛开，在大山之下梅林丛中，有数十间分作五处，屋围著花，花围著屋，层层叠叠，望之林屋不分。内中陈设古玩，不能细说。只觉人在花中，不数罗浮仙境，真人间香雪海也。居中一所是个梅花心，以五间并作一间，复间作五处，上悬一块匾额，就是"梅崿"二字。两旁一副对联是：

梅花万树鼻功德，古屋一山心太平。

中悬著林和靖的小像，迎面摆一张雕梅花的紫檀木榻，榻上陈著一张古锦囊的瑶琴。

子云让子玉进内坐了，子玉道："前日斗胆在此试灯，已成不速之客；今日又蒙宠召，坐我瑶斋，主人情重，何以克当？"子云道："庾香先生，景星卿云，相见恨晚，前日失迓为罪。今蒙不弃，惠然肯来，私心实深欣幸。"子玉问道："今日坐间尚有何客？静宜先生何以不见？"子云道："静宜现有小事，少刻奉陪。"即指著榻上的琴道："今日此酌，专为玉侬赠琴而设，未便另邀他客，致挠情话。"子玉道："弟正要动问，前日因何为打一灯谜，有此厚赠？这玉侬究系何人，吾兄如此郑重？"子云便令小厮将琴囊解开，双手送交子玉，道："琴后镌有铭款，请试一观。"子玉接过琴来看时，玉轸珠徽，梅纹蛇断，绝好一张焦尾古琴，后面镌著两行汉篆，其文曰：

琴心沉沉，琴德愔愔。
其人如玉，相与赏音。

四句琴铭下，又镌著一行行书小字，是："山阴徐子云为玉侬杜琴言移赠庾香名士清赏。"下刻图章两方：阴文是"次贤撰句"四字，阳文是"静宜手镌"四字。子玉想起宝珠改名之言，知道玉侬就是琴官，却喜出望外，便深深一揖，道了谢，仍令小厮囊好。

子云试他道："闻说吾兄与玉侬相与最深，可是真的么？"子玉道："弟因家君管教极严，平素足不出户，就只开春初六那日，在姑苏会馆看见他一出《惊梦》的戏，有人说起他的名字叫琴官，觉得色艺俱佳。直到前日在此，于无意中询知阁下替他改名为琴言，却从未与他会过，相与之说，恐是讹传。吾兄将来晤见琴言，尚可询问。"子云道："吾兄赏识不错，可晓得琴言颇有情于吾么？"子玉笑道："'情'之一字，谈何容易！就是我辈文字之交，或臭味相投，一见如故；或道义结契，千里神交。亦必两意眷注，始可言情，断无用情于陌路人之理。琴言之于弟，犹陌路人也。弟已忘情于彼，彼又安能用情于弟乎？"

子云道："据吾兄品评琴言，比前日所见宝珠何如？"子玉因想琴言、宝珠都是子云宠爱，未便轩轾，便道："大凡品花，必须于既上妆之后，观其体态；又必于已卸妆之后，视其姿容；且必平素熟悉其意趣，熟闻其语言，方能识其情性之真。弟于宝珠、琴言均止一见，一系上妆，一系卸妆，正如走马看花，难分深浅。"子云道："假使有人以琴言奉赠，吾兄将何以处之？"子玉道："怜香惜玉，人孰无情。就使弟无金屋可藏，有我度香先生作风月主人，正不愁名花狼藉也。"

正说著，只见宝珠同著花枝招展的一个人来，子玉一看不是别人，就是朝思暮想的琴言，心里暗暗吃惊。又听得子云道："玉侬，你的意中人在此，过来见了。"琴言嫣然一笑，走上来请了一个安，倒弄得子玉坐不是、站不是，呆呆的只管看那琴言。那琴言又对子云也请了安。宝珠道："庾香，我竟遵竹君的教不为礼了。"子玉道："是这样脱俗最好，玉侬何不也是这样？"琴言微微的一笑，不言语。子玉看看琴言，又看看宝珠，觉宝珠比琴言，面目清艳了好些，吐属轻倩了好些，举止闲雅了好些。心里寻思道："原来琴言不过如此，何以那两回车中瞥见如此之好，而唱起戏来又有那样丰神态度呢？而且魏聘才赞不绝口，徐子云又钟情到这样，真令人不解。"一面想，那神色之间，微露出不然之意来。子云却早窥出，颇得意用计之妙。宝珠道："你们彼此相思已久，今日初次见面，也该说两句知心话，亲热亲热，为什么大家冷冰冰的，都不言语？"说著，就拉著琴言的手，送到子玉手内。子云道："可不是，不要因我们在这里碍眼，不好意思。"说得子玉更觉接不是、不接又不是的，只得装作解手出来，又在窗外看了一回梅花。经子云再三相让，然后迟迟疑疑的进屋。子云道："这里太敞，我们到里间去坐。"宝珠走近镜屏一摸，那镜屏就像门似的旋了一个转身，子玉等走了进去，那镜屏依旧关好。

子玉看套间屋子，也像五瓣梅花，却不甚大。正留心看那室中，只见玻璃窗外一个人拿著个红帖，回话说："贾老爷要见。"子云道："我在这里陪客，回他去罢。"那人道："这位老爷说有要紧话，已经进来了。"宝珠道："不是贾仁贾老爷么？"子云道："可不就是他？"宝珠道："我正要去寻他，我们何不同去见他一见？"子云道："尊客在此，怎好失陪。"子玉道："我们既是相好，何必拘此形迹。"子云告了罪，宝珠又嘱咐琴言好生陪著，遂一同出去。

那镜屏仍复撑上，屋内止剩子玉、琴言两人，琴言让子玉榻上坐了，他却站在子玉身旁，目不转瞬的看著子玉，倒将子玉看得害羞起来，低了头。琴言把身子一歪，斜靠著炕几，一手托著香腮，娇声媚气的道："梅少爷，大年初六那天，你在楼上看我唱戏的不是？"子玉把头点一点。又道："你晓得我想念你的心事么？"子玉把头摇一摇。琴言道："那瑶琴的灯谜，是你猜著的么？"子玉又把头点一点。又道："好心思，你可晓得度香的主意么？"子玉又把头摇一摇。琴言用一个指头，将子玉的额抬起来，道："我听得宝珠说，你背地里很问我，我很感你的情。今日见了面，这里又没有第三个人，为什么倒生分起来？"子玉被他盘问得没法，只得勉强的道："玉侬，我听说你性气甚是高傲，所以我敬你，为什么到京几天，就迷了本性呢？"琴言道："原来你不理我，是看我不起，怪不得这样不瞅不睬的，只是可惜我白费了一番心。"说著，脸上起了一层红晕，眼波向子玉一转，恰好眼光对著眼光，子玉把眼一低，脸上也红红的，心里十分不快。琴言惺忪松两眼，乘势把香肩一侧，那脸直贴到子玉的脸上来，子玉将身一偏，琴言就靠在子玉怀里，嗤嗤的笑。子玉已有了气，把他推开，站了起来，只得说道："人之相知，贵相知心。你这么样，竟把我当个狎邪人看待了。"琴言笑道："你既然爱我，你今日却又远我。若彼此相爱，自然有情，怎么又是这样的？若要口不交谈，身不相接，就算彼此有心，即想死了也不能明白。我道你是聪明人，原来还是糊糊涂涂的。"

子玉气得难忍，即说道："声色之奉，本非正人。但以之消遣闲情，尚不失为君子。若不争上流，务求下品，乡党自好者尚且不为。我素以此鄙人，且以自戒，岂肯忍心害理，荡检逾闲。你虽身列优伶，尚可以色艺致名，何取于淫贱为乐，我真不识此心为何心。起初我以你为高情逸致，落落难合，颇有仰攀之意。今若此，不特你白费了心，我亦深悔用情之误。魏聘才之赞扬，固不足信；只可惜徐度香爱博而情不专，惟以人之谄媚奉承为乐，未免纨绔习气。其实焉能浼我？"说着，气忿忿的要开镜屏出去，那晓得摸不著消息，任你推送，只是不开。

正急的无可如何，只听得镜屏里轻轻的一响，子云、次贤、宝珠都在镜屏之外，迎面笑盈盈的走进来，那琴言一影就不见了，把个子玉吓得迷迷糊糊的。只听得子云笑道："好个坐怀不乱的柳下惠！失敬，失敬！就是骂我徐度香太挖苦些。"子玉一回转头来，那知众人都在镜屏对面套间之内。子玉与次贤见了礼，即向子云告辞道："今日出门忘了一件要事，只好改日再来奉扰。"子云笑道："庾香兄，必是因适才唐突，见怪小弟。里间屋内酒席已经摆好，请用一杯，容小弟负荆请罪。"次贤道："小弟才来，正拟畅谈衷曲，足下拂然欲去，是怪我奉陪得迟了。"宝珠一手拉著子玉进套间屋内，道："你且再看看你的意中人，不要哭坏了他。"

子玉见一人背坐著在那里哭泣，只道就是刚才的那个琴言。因想他既知哭泣，尚能悔过，意欲于酒席中间，慢慢的用言语感化他。那晓得他倒转过脸来，用手帕擦擦眼泪，看著子玉道："庾香，你的心我知道了。"子玉听这声音似乎不是琴言，仔细一看，只觉神采奕奕，丽若天仙，这才是那天车中所遇、戏上所见的这个人。子玉这一惊，倒像有暧昧之事被人撞见了似的，心里突突的止不住乱跳，觉得有万种柔情、一腔心事，却一字也说不出来。发怔了半响，猛听得有人说道："主人在那里送酒了。"子玉如醉方醒的走上去还了礼，却忘了回敬。宝珠递了一杯酒来，方才想起把酒送在自己坐的对面。次贤道："足下是客，那有代主人送酒之理。"子玉始知错了坐位，只好将错就错的送了一杯，定了神，又替主人把盏。子云再三谦让，便道："这杯酒我代庾香兄转敬一人。"就摆在子玉肩下，道："玉侬，你坐到这里来。"琴言只得依了，斟了一杯酒，送在子云面前。又与宝珠斟了酒，然后入席。天色已暮，点上灯来。

子玉道："今日之事甚奇，方才难道是梦境迷离？"说得合席都笑。琴言向来不肯轻易一笑，听了这句话，也不觉齿粲起来。那美目流波光景，令人真个消魂，不要说子玉从没有见过，就是子云与他盘桓了将及一月，也是破题儿第一回。知他巧笑是为著子玉，未免爱极生妒；所喜宝珠的丰姿意态，也赶得上琴言。更见子玉温文尔雅，与琴言并坐，却是一对玉人，转又羡而忘妒。这里子玉重把琴言细看，觉日间所见的琴言，眉虽修而不妩，目虽美而不秀，色虽洁而不清，面貌虽有些像，而神色体态迥然不同。猜不透是一是二，遂越想越成疑团，却又不便问他们。

酒过数巡，次贤道："庾香兄，今日可曾见那瑶琴上镌的字么？"子玉道："我倒忘了道谢，铁笔古心，的是名手。但此灯谜也还易打，度香先生所说为玉侬而设，究竟不知其故？"子云指著琴言道："弟是为他看我制灯谜时，喜诵'落花'、'微雨'两句；又因他名字是琴，所以借此为彩，原是要替他卜个生平知己。可巧是吾兄猜著，不枉弟一番作合之心。"子玉道："却之不恭，受之有愧，当为玉侬珍重藏之。"琴言面有豫色。宝珠见了，将唐诗改了一字，念道："寻常一样琴前月，才有梅花便不同。"子云、次贤同声赞道："'琴'字改得好。"

子玉看琴言颜色微愠，知是宝珠以他名字为戏，便道："若非瑶卿胸有智珠，不能改得如此敏妙。"子云等还道是寻常赞语，惟有琴言深感子玉之情，替他报复了这个"琴"字。次贤道："今日玉侬何以一言不发？"子云道："他本来像息夫人似的，将来静宜可将那'花如解语还多事，石不能言最可人'，替他写一副对子。"子玉只管点头，宝珠道："他是只会作梦，那里会说话。"琴言瞅了宝珠一眼。

子玉想道："这分明与前见的一些不同，难道竟是两个人？"子云见子玉、琴言两意相投的光景，便道："庾香兄不是有事么？为什么不打发人回去，我们可以畅饮？"子玉支吾道："虽有小事，迟到明日尚却不妨。足下好客，可惜前日同来的一班好友都不在此。"子云道："他们是常来的，不妨另日再叙。"子玉道："此外尚有个卓然高品。"子云道："我也认识。"琴言道："这个名字倒起得别致。"子云举杯照子玉，道："难得玉侬开了金口，我们当浮一大白。"子玉饮毕，又照了次贤，也饮干了。

宝珠道："我们今日何不以玉侬说话为令，他说一句话，我们合席饮一杯？"子云笑道："这令很新，就是这样。"子玉道："说一句话，合席饮一杯酒，这个令未免酒太多。他和谁说，谁饮一杯不好么？"琴言点头。宝珠道："这个恐怕有弊。"子云道："不妨，就吃醉了，我有醒酒丸。"于是大家依允。琴言问子云道："是什么醒酒丸？这丸叫什么名字？"子云一一说了，共是两杯。琴言问次贤道："今日为什么回来得这样迟？"次贤道："替人做媒，回来迟了。"也饮一杯。琴言把子玉看了一看，都不言语，回转头来问子云道："这园梅花共有多少株？"宝珠咳嗽一声，子云道："约有二千株。"该是一杯。宝珠过来，替子云斟了，就便向子云耳边说了一句。琴言道："你们改令，是要罚十杯。"子玉道："没有人改的。"宝珠过来要与子玉斟酒，琴言把子玉的杯子拿了，道："我又没有和他说话，为什么要给他酒吃呢？"宝珠道："他和你说话也是一样。"琴言道："这个我不依。"子玉倒不好意思，道："我原是想酒吃罢了，吃一杯罢。"琴言道："你要吃，用他的杯子。"宝珠要来取琴言的酒杯，琴言早已抢在手内藏了，宝珠没法，只得另取一只酒杯斟了酒，送到子玉面前。子玉正要伸手去取，琴言用左手盖著酒，只不许饮。大家看这只手，丰若有余，柔若无骨，宛然玉笋一般，任你铁石心肠，也怦怦欲动。子云虽曾经握过，此时也只能艳羡而已。子玉忆起日间那个琴言的手，又粗又黑，始知必非一人。宝珠心生一计，便道："你们大家看他的纤纤女手作什么？"琴言把手一缩，宝珠随即取了这杯酒，送在子玉手内。琴言向子玉道："这杯酒你偏不要吃。"子玉答应。子云道："玉侬，你该替我作主人，敬客一杯才是。"宝珠接口道："况这个令那头一句话，就不算向庚香说的，难道这句话也是和别人说的不成？"琴言想了一想，这话有理，只得一笑。

　　子玉饮完酒，便问宝珠道："方才这个玉侬，到底是谁？"宝珠笑道："这个要问你的玉侬。"子云笑著唤道："玉龄！你再来给梅少爷瞧瞧。"只见里面套间内走出一个人来，却是头里那个假琴言，垂手正色，侍立在子云身旁。这假琴言是华公子家八龄班内的一个，名字叫玉龄，本是子云家人，送给华公子。因其面貌有些相像，所以叫回应用。这就是子云移花接木之计。子玉一见，颇难为情，始恍然知初见那个琴言，实在是假的，疑团尽释。子云道："我是要试试庚香的眼力，所以刻画无盐，唐突西子。今果被识透，足见高明。"就令玉龄取了两个大玉杯来，道："你代我敬梅少爷一杯。"玉龄斟了，送与子玉。子玉接著，道："酒已多了，天也不早了，我们用饭罢。"子云道："吾兄若不饮这杯酒，是真怪小弟了。玉龄，你替我喝一杯，代我陪罪。"玉龄果将那一杯也斟了，大大的饮了一口。宝珠给他几片春橘过酒，又饮了两口方才饮完。子玉没法，只得一口气饮了一半，吃了些水果，琴言又挤了些春橘水在酒内，然后慢慢的饮干。子玉今日初会琴言，天姿国色，已经心醉；又饮这一大杯，虽说酒落欢肠，究竟饮已过量，觉得眼前花花绿绿的，支持不住。子云不敢再敬。

　　大家吃饭，洗漱毕，子玉便要告辞。倒是琴言恐怕他醉了不受用，向子云要了一服仙桃益寿丸，泡制好了，吹得不甚热，给子玉服了。不多一会，子玉心里十分清爽，又把琴言饱看了一番，虽彼此衷曲不能在人前细剖，却已心许目成、意在不言之表了。子玉令云儿抱了瑶琴，向子云、次贤道了谢出来。琴言悄悄的问后会之期，子玉心里觉得十分难受，勉强的道："稍有空闲，即当相聚。"大家送到上车地方，大有依依不舍之意，一直望他车子出了园门，宝珠、琴言也各上车回去。

欲知后事，再听下回分解。

第十一回
三佳人妙语翻新　六婢女戏言受责

话说徐子云送子玉出园之后，与萧次贤谈了一会，即便回宅。子云的住宅也离园不远，就在对面，还是他曾祖老太爷住的相府，府中极其宽大。现在父母兄嫂都不在京住，此宅内仅子云夫妇二人，其余都是家人。子云与他夫人讲起琴言、子玉的事来，又羡慕他们缱绻的情致。袁氏夫人微笑，即问道："这些相公对了你们怎样的光景，到底有甚好处？"子云笑道："这些人你都见过，也听过他们的戏，难道还说不好？"袁夫人道："我见他们唱戏时，也不过摹拟那闺阁的模样。至于下妆时，也还生得清清秀秀。若要说他是无价的至宝，我就不知。据我看来，似乎还不及我这几个丫头。"

子云道："你们眼里看著，自然是女孩子好。但我们在外边酒席上，断不能带著女孩子，便有伤雅道。这些相公的好处，好在面有女容，身无女体，可以娱目，又可以制心，使人有欢乐而无欲念。这不是两全其美么？"袁夫人笑道："说却说得冠冕。"子云也笑道："我是心口如一的，生平总没有说过违心话。"袁夫人道："就算你如此，难道你那些朋友也是这样么？"子云道："他们若不是这样，就与我冰炭不入了。方才我不是说那梅庚香，教玉龄略说了两句戏话，他就气得什么似的，连我都骂起来，这不是可以相信的么？况那几个孩子也不喜人与他戏谑的。"说了一会闲话，袁夫人说起明日是华夫人生日，且系二十岁正寿，是必要去走一走的。子云道："自然该去，且你去年生日他也过来，还送了好些东西，我们也备几样玩好送他。"一宵无话。

次早，袁夫人检出了十样玩好，都是重价之珍，开了一个单子是：

　　琼瑶玉连环　七宝钗　翠羽扇　珊瑚搔头　镂金博山炉　青瑶玉琴轸　沉水香瑟柱　奇楠香串　玛瑙印章

先著人送去。遂于十二红丫鬟中带了红雪、红霙、红香、红玉、红薇、红雯六个，都是盈盈十五，窈窕多姿，识字能书，工诗善绣。伺候夫人晓妆已毕，红雪道："今日天气寒冷，似有雪意，须多带几件衣服。"便向大毛衣服内，检出一件天蓝缎绣金紫貂鼠披风，红缎绣金天马皮蟒裙，玉珮叮当，珠璎珞索。格外又带了一个大红绵包袱，包了两三件衣裳。一切花钿珍饰，用个锦匣装了。六红也打扮停当，上了香车，外面家人骑上了马，往华府来。

且说那华公子年方二十一岁，其容貌虽见于魏聘才之目，性情述于富三之口，究未得其详。这华公子气焰虽豪，性情却极纯粹。不过在那起居服食上，享用些富贵豪华之福。养尊处优，不喜酬应。骑射既精，词赋更妙。也曾千卷罗胸，不难七步随口。这华夫人母家姓苏，父名臣泰，也是功臣之后，世袭列侯，现任兵部尚书。并无嗣子，只生二女，长名浣香，次名浣兰，皆生得华容绝代，每于花下闲行，有百蝶随舞。精于诗词音律，书画琴棋各臻微妙。外间有两句口号说道："不愿得龙宫十斛珠，只愿一见侯门大小苏。"这浣香十八岁上嫁了华光宿，真是瑶琴玉瑟，鱼水和谐，说不尽咏月吟风，闺房潇洒。又有十个美婢，名字都有一个"珠"字：宝珠、明珠、爱珠、花珠、荷珠、蕊珠、掌珠、珍珠、画珠、赠珠。这十珠都有十分姿色，年皆十五六岁，真像十样鲜花，一群粉蝶，个个慧心香口，莲步柳腰，针黹巧夺天工，词令皆成妙品。比郑康成之诗婢，少道学之风规；较郭令公之家姬，得风流之香主。华公子夫妇二人这样的妙才浓福，也就人间少有的了。兼之高堂未老，雄镇西夷，恩承七叶之荣，爵列三公之首。

这日是华夫人生日，外边恰一概不知。昨日公子与夫人家宴了一日，命八龄班唱了一天戏。这八龄名字都有一个"龄"字，无非金龄、玉龄、兰龄、桂龄之类。有几个是家僮教的，有几个是各班选的。虽不能如《花选》中之名旦，却也胜于寻常戏旦，闲时原叫其伺候书房。这日华夫人知其胞妹浣兰小姐要来，复又见徐府中送了十样珍玩，知袁夫人也要来，与华公子清早拜过了家庙，供过了佛。公子本要再与夫人家宴一天，因他姨妹与盟嫂来，只好回避。不一会，苏小姐已到，香车到了穿堂，用软肩舆一直抬进了内堂院子里，四个丫鬟扶了小姐下轿，华夫人出接，姐妹二人见了礼，华公子也进来见过了。公子问过他岳父岳母的安，将要坐下，家人报道："徐府夫人已到。"

华公子回避出去，华夫人姐妹出堂迎接。见轿帘启处，六个美貌丫鬟拥著一个天仙出来。金莲细步，进了中堂，挽了华夫人的手，笑盈盈的对拜了。苏小姐又与袁夫人拜年，说道："明日就打算到姐姐处来，家母与姨娘们都要来的。"袁夫人道："我这两天本要请年伯母与妹妹们过来坐坐，若承下顾，那就妙极了。"华夫人道："贱齿之辰，上承眷注，宠赐多珍，教我不敢不拜领。"袁夫人笑道:"些须微物,聊以将意,何足尚邀齿及。我想昨日就要过来,偏偏有事耽搁了。"苏小姐道:"十一那一天,家母遣人来问候姐姐。来人回来说,姐姐花园里请些太太们赏灯。他把那些灯,足足就讲了半天,说试一回要用几千人,说得天花乱坠,教我晚间做梦竟到姐姐园里来看灯,又并没有看见。"说着,自己先笑了。袁夫人也笑道:"灯却可以看得,几千人是用不著,二三百人是要呢。我抢先同了姐妹们于十一日试了一天,后来就有些官客们,接接连连闹到十八日,也没有空得一日。又因你们都在城里,只得日间来看,不能晚上赏玩,所以没有来请。"华夫人也甚为羡慕。袁夫人又对苏小姐道:"承年伯母惦记,又赏东西。"苏小姐道:"家母那日因姐姐回去时,说有些不快,心上常惦记著呢。"袁夫人又欠身谢了。十珠婢与苏小姐的丫鬟,都向袁夫人请了安;袁夫人的六红婢,也向华夫人、苏小姐请了安。大家谈了些闲话,叙了些家常,华夫人便要唱戏。袁夫人道:"我们姐妹谈心甚是有趣,倒不必要他们来嘈杂。"即略逛了几处屋子,走进华夫人卧房来。

华夫人的卧房是五大间,三间套房,外面两间做了书室。图书满架,彝鼎纷陈。袁夫人略略赏玩了一番,只见群珠上来请示摆席。华夫人道:"就摆在这里罢。"一面就摆起席来,华夫人送了酒,坐定了。说不尽玉液金波,山珍海错。三人谈谈笑笑,饮了一会,袁夫人道:"我新见人行一个酒令,倒也有趣,用五句成语凑成一串,但嫌其没有韵,而且第四五句,还添两个虚字在里头,略欠自然。他第一句用古文,第二句用唐诗,第三句用骨牌名,第四句用曲牌名,第五句用《时宪书》,凭人自己检用,便容易了。我们如今六个骰子,随手掷出什么色样,就从这个色样起。第一句用骨牌名,第二句用五言唐诗,第三句用《西厢》曲文,第四句用曲牌名,第五句用《毛诗》。这五句须要有韵,念出来才觉得铿锵入调。"苏小姐听了,十分高兴,便问他姐姐要骰子出来,试行这令。华夫人道:"好虽好,只是难些,又要自然,又要有韵,你不怕费心么?"便命丫鬟取过骰盆,放了骰子,送与袁夫人道:"姐姐先行个样儿出来。"袁夫人取过骰子,掷了几掷,成了色样,是个"群鸦噪凤",便望著骰盆想了一会,说道:"我献丑了,说得不好,你们不要笑话。"即念道:

　　群鸦噪凤,箫鸣凤下空,分明伯劳飞燕各西东。五更转,甘与
子同梦。

华夫人与苏小姐大赞。华夫人道:"这三句实在说得好,三句至五句尤妙。香心旖旎,读之令人心醉。这个恐我不能。"袁夫人笑道:"你凡事总有一番谦退。及至行出令来,必定又十分用心,不肯让人一毫。"华夫人也笑了,即取过骰子,掷了几掷,掷了个"铁索缆孤舟"的色样,便想了一

想，即念道：

　　铁索缆孤舟，沧江急夜流，他归期约定九月九。夜行船，载沉载浮。

袁夫人道："何如？我说你必有警人之句，这五句如一句，比我的好得多了。这句《续西厢》更用得有趣。再要看兰妹的，想必更好，定是后来居上。"华夫人犹谦了几句。

苏小姐性急，急于要掷，也无暇谦让，把骰盆移过来，当啷当啷掷了好几掷，才掷成了一个"将军挂印"，好不喜欢，便把秋波凝注，想了一想，凑成了五句，即笑吟吟的念将出来，是：

　　将军挂印，独立三边静，总为君有胸中百万兵。得胜令，公侯干城。

袁夫人赞道："我说后来居上是不错的，兰妹这个令，真教我五体投地，惟有贺一个满杯罢。"苏小姐颇自得意，喜孜孜的倒谦了一句。华夫人也赞道："果然好。但也是掷著了那个好色样，成全了他。"也贺了一杯，并命伺候丫鬟们，每人都饮一杯酒，作个大犒三军，公贺将军挂印。十珠、六红等都饮毕，爱珠拉拉红雪的袖子，低低说道："你们奶奶的'五更转，甘与子同梦'，说得有情；我们奶奶的'铁索缆孤舟，搭著夜行船'，说得有理；二小姐的说得有声有势，三个各有好处。"红雪点点头道："你说得一点不错。"袁夫人等听了，亦都微笑。袁夫人再掷，掷了一个色样，是"落红满地"。袁夫人要争奇取胜，不肯就说，细细的想了一会，想成了一个也甚得意，便念道：

　　落红满地，拭翠敛蛾眉，只是昨宵今日清减了小腰围。骂玉郎，不醉无归。

苏小姐赞道："姐姐这个实在好极，怎么能说这般蕴藉风流。为什么我说不到这样，觉得有点粗气。这个我们该贺。"各贺了一杯。袁夫人笑道："你是李、杜大家，我是温、李靡艳，如何比得上你来？"华夫人笑道："这首绝妙，与题相称。我想姐姐是骂二哥天天带着相公，在园里喝醉了回来，教姐姐腰围都清减了。"袁夫人颇不好意思，说道："你来取笑我，你留心了色样，这是有还礼的。"华夫人、苏小姐皆笑，那十珠、六红等听了，也各微微的笑，听他们主人说笑，甚是有味。华夫人取过骰子，掷了一个"二士入桃源"，也构思了一会，想著了几句妙语。但方才取笑了袁夫人，如今说出来，又恐他要报复，不觉迟迟的红泛桃腮。若改换了，便觉可惜，只得念道：

　　二士入桃源，桃源路可寻，新婚燕尔天教定。傍妆台，携手同行。

苏小姐听了，对著华夫人微笑。袁夫人笑道："你怎么忽然想起初嫁的时候来？这几句可谓风华旖旎已极。如见熏香对景，画眉人偎倚妆台，喃喃私语，索口脂香。我们今日在此，未免不情。"华夫人笑道："我知道你必要还礼，我所以踌躇了一会，欲要改两句，又不及这个好。原是我不是，招出姐姐这番话来。"说著，大家都笑，群婢也都齿粲，又各贺了一杯。又到了苏小姐，掷了一个"梅梢月上"，想了一想，念道：

梅梢月上，花树香玲珑，人间玉容深锁绣帏中。琐窗寒，零露浓浓。

华夫人先赞了"好"。袁夫人道："你这个可谓温柔香艳之至矣，又恰是闺秀口气。我略比你长了几年，就说不到这样秀韵，这真勉强不来的。"苏小姐只是含笑，又贺了一杯。那边红香低低对宝珠说道："你听各人行的令，真像各人的语言情性，连相貌都像，这是什么缘故？若教彼此换一个过儿，就便都不像本人了。"宝珠等微笑。袁夫人又取过骰子来，掷了一个"观灯十五夜"。苏小姐道："这是姐姐的本地风光，可以把那些百鸟百兽、神龙癫象、火树银花一齐说出来，做个热闹灯节了。"袁夫人笑道："我也这么想，但我未必有这力量。"想了一会，凑不上来，只得重换了，念道：

观灯十五夜，未醉岂劳扶，一声声道不如归去。步步娇，谓行多露。

华夫人、苏小姐大赞。华夫人道："姐姐风流倜傥，情见乎词。这几句如见姐姐扶著婢女，一步步的走来；又像姐姐在园里看灯的光景，令人羡慕。"于是各贺了一杯。此时华夫人便叫宝珠等，同著两家的丫鬟到后房去吃饭，这边伺候的人已少了好些。袁夫人听得后房也在那里当啷当啷的掷骰子，有些嗤嗤的笑，与互相褒贬讥诮之声。苏小姐道："他们在那里行令呢，不知行出来的怎样？"华夫人笑道："就算他们也能说两句，未必有什么好的出来，总不如我们的。"于是又移过骰盆，掷了一个"桃红柳绿"，想了一会，念道：

桃红柳绿，花与思俱新，隔花人远天涯近。醉花阴，鼓瑟吹笙。

袁夫人道："这个也把你的情韵都写出来，我如见你在花阴之下，绿妥红酣，芳情自遣，真是碧桃花下神仙侣。"华夫人道："觉得我的出语总平些，没有姐姐的灵警。今日终是姐姐考第一，一片的香腻光泽，都在字里头透出来，我只好甘拜下风。"袁夫人道："那里！清华明艳，都被你们姐妹二人占尽了。昔谢灵运说：天下之才共一石，曹子建独得了八斗。我看，如今你们二位共占了六斗，还有一个小才女，来抢了三斗，只剩一斗，天下闺秀分起来，到我分不到一合了。"说得华夫人、苏小姐皆笑。苏小姐道："姐姐说那个小才女是谁家？"袁夫人道："这人你们不认得么？是王质夫年伯的第二个女儿，名叫琼华，我们都是世姐妹。"华夫人道："是通政司卿那位王年伯么？我们倒没有往来过。"苏小姐道："这王琼华怎样好呢？"袁夫人道："他今年十七岁，相貌是没有比得上他的，与二位真可鼎足为三。我前日请他们姐妹来看灯，他在席上就成了一首《灯月词》，顷刻之间，洋洋洒洒七八百字。光怪陆离，骇人耳目，绝像太白复生。此岂闺阁中所能的。"苏小姐道："这首诗姐姐可记得不记得？"袁夫人道："不记得，改日我抄一篇出来送给你。"于是各人饮了一杯酒，又吃了些菜。听后房那些婢女们好掷得高兴，说笑的说笑，罚酒的罚酒。苏小姐又掷了一个"格子眼"，笑道："这个好无趣。"想了一会，念道：

格子眼，微风韵可听，忒楞楞是纸条儿鸣。恨更长，东方未明。

袁夫人道："你还说这'格子眼'无趣，倒成了这个好令，实在自然得很。"这一人三转，也有好一会工夫了。华夫人道："停一停再行罢，我们且吃些菜，不是这么空费心的。"

且搁下外边，说后房那些美婢也在那里行令。有说得好，有说得不好，也有自己说不出，要找人代说的。虽不敢十分嬉笑，但也交头附耳、摩肩擦鬓的挤在一堆。这徐家的十二红与华家的十珠，正是年貌相当，才力相敌，应该彼此相敬相爱才好。他们却不然，都怀著好胜脾气，两不相下。若不讲这些斯文技艺，倒还和气；若说起这些诗词杂技，便定要你薄我、我薄你，彼此都想占点便宜。闹到后来，必至斗嘴斗舌的面红起来。这一回行令，内中有几个说得不好，已受了多少刻薄。红薇这一掷，掷了个"醉西施"，半天说不出来，急得两颊通红。爱珠想了一个，笑道："我代你说，你要谢谢媒人才好。"即笑吟吟的对著红薇，还把一个指头指著他，念道：

醉西施，酒色上来迟，他昨日风清月朗夜深时。好姐姐，吉士诱之。

众人赞"好"。红薇道："你真是个好姐姐，怪不得有人要诱你。"爱珠道："我是说你的，你这好模样，还不像个醉西施吗？"众人又笑。蕊珠掷了个"鳅入菱窠"，嫌这名色不好，要不算。众人不依。蕊珠只得细想，也想不出来，觉句句总连络不上。红雪笑道："我也代你说，你也要谢谢媒。"蕊珠道："若好的，你就说；若骂人的，就免劳照顾。"红雪道："不骂你，你还要感激我呢。"众人道："你且念出来。"红雪笑道：

鳅入菱窠，翠羽戏兰苔，侯门不许老僧敲。秃厮儿，与子偕老。

蕊珠伸过手来，一把拧住了红雪的嘴。红雪急忙用手解开，大家笑得弯了腰。明珠一笑，袖子带著酒杯，砸了一个。外面夫人们也听得明白，袁夫人笑道："他们还比我们会乐。"这边红玉掷了一个"八不就"，便道："这个名色也难，凑不成的换了罢。"宝珠道："怎么凑不成，我替你凑，包你一凑就凑上，总不教你'八不就'。"红玉道："你说顽话呢，还是正经话？你若刻薄我，我就撕你的嘴。"宝珠道："我是不喜欢刻薄人的。"便指著红玉说道：

　　八不就，惊梦起鸳鸯，著甚支吾此夜长。脱布衫，中心养养。

这个'养'字要作'痒'字解。"红玉骂道："你嘴里倒有些痒呢，我替你杀杀痒罢。"夹了一条海参塞到宝珠嘴边。宝珠一手把他的箸子打落在地，桌子下跑出个白猫儿，把地下的海参吃了。众婢又笑得不可开交。掌珠掷了个"踏梯望月"，说了一个只是平平，不见出色。红雯道："这个令题就好得很，你这么说来，就辜负了题目了。我代你说。"即说道：

　　踏梯望月，宋玉在西邻，隔墙儿酬和到天明。花心动，有女怀春。

掌珠笑骂红雯道："好个女孩儿家！踏著梯子去望人，还说自己花心动呢，臊也臊死人。"红雯笑道："我是说你的，你闷在心里，不要闷出病来，倒直说了罢。"掌珠把红雯一推，红雯没有留心，往后一跌，靠在宝珠身上，踏了他的金莲。宝珠皱著眉，一手扶在红雯肩上，一手摸著自己的鞋尖，摸了一会，把红雯背上打了两下，众人又笑。

红香掷了一个"正双飞"，偏也凑不上来；想著了几句，又不是一韵。这边荷珠道："我代你说一个好的，叫你再不恨我。"红香当他是好心，便道："好姐姐，你代我说了罢。"荷珠笑道："我虽代你说，这令是原算你的。"便念道：

　　正双飞，有愿几时谐，捱一刻似一夏。并头莲，庶几凤夜。

红香红著脸，要撕荷珠的嘴，经众人劝住。荷珠掷了一个"一枝花"，正要想几句好句子，忽见红雯对著他笑盈盈的说道："我代你说。"荷珠料他没有好话，便摇著头道："不稀罕。"红雯道："你虽不稀罕，我倒偏要说。"众人要听笑话，都要他说。红雯念道：

　　一枝花，还怜合抱时，这叫做才子佳人信有之。一点红，薄污我私。

众人忍不住皆笑。荷珠气极，走过来把红雯拦腰抱住，使劲的把他按在炕上，压住了他，说道："我倒要请教请教你这'一点红'呢。"红雯力小，翻不转来，裙子已两边分开。众人见他两只金莲往外乱扠，众人的腰都笑的支不起来。红雪、红香过去拉开了，红雯头上花朵也掉了，头发也弄得蓬蓬的，便把手掠了一会，骂荷珠道："顽得这般粗卤。说说罢了，就要认真。"

这一会闹，闹得华夫人、袁夫人都按捺不住了，便叫家人媳妇进来查问，不许他们顽笑。群婢才息声静气的，赶紧的吃了一碗饭，都出来伺候。夫人们看这一班顽婢，有闹得花朵歪斜的，鬓发蓬松的；还有些背转脸去要笑的，还有些气忿忿以眉眼记恨的，不觉好笑，只得对著爱珠等说道："你们这么大了，怎么还这样顽皮？若不为著有客在此，我今日必要责罚你们。"袁夫人也说了六红婢几句，群婢低首侍立，面有愧色。苏小姐问道："你们行的什么令？这般好笑。"群婢中又有些抿嘴笑起来，倒惹得两位夫人也要笑了。华夫人笑道："这些痴丫头，令人可恼又可笑。"苏小姐又问道："你们如行著好令，不妨说出来，教我们也赏鉴赏鉴。如果真好，我还要赏你们。就是你们的奶奶也决不责备你们的。"爱珠的光景似将要说，红香扯扯他的袖子，叫他不要说。爱珠道："他们说的也多，也记不清了。"苏小姐急于要听，便对华夫人、袁夫人道："他们是惧怕主人不敢说，你们叫他说他就说了。"

华夫人也知道这些婢女有些小聪明，都也说得几个好的出来，便对袁夫人微笑。袁夫人本是个风流跌宕的人，心上也要显显他的丫鬟的才学，便说道："你们说的只要通，就说说也不妨；若说出来不通，便各人跪著罚一大杯酒。"红薇与明珠的记性最好，况且没有他们说的在里面，便说道："通倒也算通，恐怕说了出来，非但不能受赏，更要受罚。"华夫人笑道："你们且一一的说来。"于是明珠把爱珠、宝珠、荷珠骂人的三个令全说了，红薇也将红雪、红雯、红霙骂人的三个令也说了，笑得两位夫人头上的珠钿斜飐，欲要装做止色责备他们，也装不过来。苏小姐虽嫌他们过于亵狎，然心里也赞他们敏慧，不便大笑，只好微颔而已。

这两夫人笑了一回，便同声的将那六个骂人的三红、三珠叫了过来，强住了笑，说道："你们这般轻薄，还了得！传了出去，叫你们有什么颜面见人，还不跪下！"六婢含羞，只得当筵跪了。苏小姐替他们讨饶，道："二位姐姐，看我面上，恕他们初次。虽是风流口过，也亏他们心灵口敏。将他们这个功，抵消这个过罢。"袁夫人道："二妹说了，我也不敢不依。但也须警戒警戒他们，不然说惯了，一发肆无忌惮的。"便与华夫人评定这六个令，太恶者罚一大觞酒，打手掌三板，以示薄责；其次者罚酒免责。于是红雪、红霙、荷珠、宝珠受了责罚，爱珠、红雯单罚了酒。群婢受罚起来好不羞愧，又喝了这些急酒，觉得有些晃荡起来，勉强扎挣住了，深悔一时高兴。

袁夫人见天色不早，也要散席，便笑对华夫人道："你再掷一个色样，好好的说几句收令，也可解秽。"便叫一面拿饭。华夫人见天色也是时候，不好过迟，便命上菜吃饭。即取过骰子，掷了一个"金菊对芙蓉"，心里暗喜，这个名色甚好，便细细的一想，成了一个，念道：

金菊对芙蓉，盘花卷烛红，却教我翠袖殷勤捧玉钟。醉太平，万福攸同。

袁夫人、苏小姐称赞不已。华夫人又劝他们二人喝了两杯酒，然后吃饭。洗漱已毕，袁夫人见夕阳欲下，不可迟延，便道谢告辞。华夫人、苏小姐带著十珠群婢送上了轿。六红扶著轿子，细行软步，一直到了穿堂外才上了车，流水般的走了。这边苏小姐直到二更天才回去。

不知后事如何，且听下回分解。

第十二回
颜仲清婆心侠气　田春航傲骨痴情

话说袁夫人自华府回来，到家已晚，换了衣服，卸了花钿，便与子云说起所行的令，并将婢女们的也说了，子云连声说"好"。后来瞒了他夫人，把这十六个令刻了出来，分作二等：夫人小姐行的十个为上令，婢女们的六个为下令，作了题，题了好些诗，不过没有注出姓名来。因第一个令是"群鸦噪凤"，后有这些婢女们搅闹，就取名为"群鸦噪凤"令。外人见了，都传为美谈。及至袁夫人知道，已经传遍，也无可如何了。光阴甚快，不觉已至仲春。如今要特说一个人的行事，也是此书中紧要人。

你道是谁？前回书中萧次贤说，有两封情书的灯谜，被人打去了，可惜没有问得这人姓名。原来这人姓田，名春航，号湘帆，年二十三岁。也是金陵人，却寄居扬州。自幼失怙。母张氏，名门世族，淹通经史。二十五岁上，生了春航；二十八岁上，春航之父田浩中了进士，即殁于京师。这田夫人苦节抚孤，教养兼任，幸藉其兄张桐孙太守不时周济。这春航的学问，多半得于母教。幼有凤毛之誉，长夸骏骨之奇。十三岁进了学，十八岁中了副举。生得一貌堂堂，朗如玉山，清如秋水。情性则蕴藉风流。胸襟则卓荦潇洒。在庠序时，人就谓其鸡群鹤立。但时运未来，三试不中。娶妻颜氏，德容兼备，是个广文先生之女，与春航琴瑟和谐。去年正月内，田夫人见其子困守乡园，终非长策；且当年其夫的同榜进士，如今置身青云者也不少，遂令春航游学京师，命一老家人田安随了。襆被出门，先到杭州，后到苏州，两处的年谊故旧，几个当道显贵，共相帮扶。春航在那两处勾留了半年，诗文著作传抄殆遍。时下谓其可与侯太史、屈大令争名，因此囊橐充盈，黄白满箧。不消说题花载酒，访翠眠香，几至乐而忘返。及接了他太夫人的手谕，催其速行进京，春航不得已，即择日起身。先寄了千金回家，又收了两个俊仆，裘马辉煌，妓女饯行，狎客祖道。一路上风花诗酒，游目骋怀，好不有兴。复绕道而行，东瞻泰岱，西谒华山，直到十一月底才到京，寓居城南宏济寺，就与高品前后隔院住著。一切同乡年谊，未暇探访，独自一人，日日在酒楼戏馆作乐陶情。

　　幸亏此地的妓女生得不好，扎著两条裤腿，插著满头纸花，挺著胸脯，肠肥脑满，粉面油头；吃葱蒜，喝烧刀，热炕暖似阳台，秘戏劳于校猎，把春航女色之心，收拾得干干净净。见唱戏的相公，却好似南边，便专心致力的听戏。又不听昆腔，倒爱听乱弹，因此被几个下作的相公迷住。春航这片情真似个散钱满地，毫无贯串。且系心慈面热，只要人待得他好，他就将这人当作宝贝一样，断不肯割爱。到京数月，倒也没有干过一件正事，天天带著几个相公，吃喝之外，还要做衣服，买玩器，随分子。春航这点囊橐，那里经得大闹，过了年，竟花得干净了。后来就尽当衣服，衣服将要当完，这些相公有些看得出他的光景来，渐渐的与他疏远。这春航是个胸襟阔大的人，却也毫不介意。田安虽常苦谏，他那里肯听，还是一样的苦中寻乐。他预先存著一个主意，是财尽而交绝的一句，若能乐得一天，算一天，实在到水尽山穷时，方肯歇手。此时高品与春航已经认识，日夕聚在一处，甚为莫逆。高品也常于谑浪之中，寓些规劝之意。春航口虽唯唯，而心实不以为然，倒反要拉了高品出去，高品也应酬了几回。高品现在刑部候补七品小京官，一切车马服饰、外面应酬也就不易，所以不能如春航这样。而且他又不喜欢他那些相公，说他所爱的一班不好，春航不服。及见了李玉林来看高品，那一种娟媚韶秀的丰致，比蓉官等似要好些，便此心自讼了几日。

　　一日，高品过来，适值春航吃饭，青蔬半碟，白饭一盂，苍头小子侍立两旁。那一个俊俏大跟班早已走了，春航谈笑从容，恬然自适。高品道："自待如此之薄，而待人又如此之厚，我看你不及小旦多矣。"春航骤然听了，当是高品奚落他，又知他是诙谐惯的，也不介意，问道："何以见得呢？"高品道："看你现在的服食起居，那一样及得小旦，何于人有情，于己忘情若此？且吾兄景况，我已深知，也不过与我高卓然伯仲之间。就算慷慨性成，挥霍惯了，然亦不犯著以有用之黄金，填无底之粪窖。请问吾兄进京来，是干功名的，还是闹小旦的？题花载酒，只可偶然，要像足下之忘身舍命，刻苦劳神，只怕黄龙洞未会歃血之盟，白兔园早受噬脐之害，此余所不解也。"春航哑然一笑，道："我始以阁下为达人，今听你这些话，你尚未达。你读二十年书，连'性理'二字都不解，也来论白道黑，我替你说了。"高品道："倒要请教。"春航道："真实无妄便是诚，自诚而明便是性。有一分假处，有一分虚处，便不得谓诚了。"高品道："自然。难道真实无妄，指闹相公的么？"

春航道："纵横十万里，上下五千年，那有比相公好的东西？不爱相公，这等人也不足比数了。若说爱相公有一分假处，此人便通身是假的；于此而不用吾真，恶乎用吾真？既爱相公有一分虚处，此人便通身是虚的；于此而不用吾实，恶乎用吾实？况性即理，理即天，不安其性，何处索理？不得其理，何处言天？造物既费大气力生了这些相公，是造物于相公不为不厚。造物尚于相公不辞劳苦，一一布置如此面貌，如此眉目，如此肌肤身体，如此巧笑工颦，娇柔宛转，若不要人爱他，何不生于大荒之世、广漠之间，与世隔绝，一任风烟磨灭，使人世不知有此等美人，不亦省了许多事么？既不许他投闲置散，而必聚于京华冠盖之地，是造物之心，必欲使缙绅先生及海内知名之士品题品题，赏识赏识，庶不埋没这片苦心。譬如时花美女，皎月纤云，奇书名画，一切极美的玩好，是无人不好的，往往不能聚在一处，得了一样已足快心。只有相公如时花，却非草木；如美玉，不假铅华；如皎月纤云，却又可接而可玩；如奇书名画，却又能语而能言；如极精极美的玩好，却又有千娇百媚的变态出来。失一相公，得古今之美物，不足为奇；得一相公，失古今之美物，不必介意。《孟子》云：人少则慕父母，知好色则慕少艾，仕则慕君。我辈一介青衿，无从上圣主贤臣之颂；而吴天燕地，定省既虚；惟'少艾'二字，圣贤于数千载前已派定我们思慕的了。就是圣贤亦何尝不是过来人，不然那能说得如此精切？我最不解今人好女色则以为常，好男色则以为异，究竟色就是了，又何必分出男女来？好女而不好男，终是好淫，而非好色。彼既好淫，便不论色。若既重色，自不敢淫。又最不解的是'财色'二字并重。既爱人之色，而又吝己之财。以烂臭之粪土，换奇香之宝花，孰轻孰重？卓然当能辨之。"

高品听了这一席话，却也无处可驳，便道："情之所钟，正在我辈，难道我是不通人道的么？所以劝你者，以君床头金尽，我又无囊可解。足下将来虽能封到荥阳郡公，恐此辈中竟无汧国夫人。乌巾少年，纵驰名于酒肆；而鹑衣小丐，恐忽饿于花街，窃恐为郑元和所笑耳。"春航笑道："大丈夫岂与守钱虏同日语？自我得之，自我失之，亦复何憾？"

二人正讲得热闹，忽见高品的下人来说："颜少爷来拜老爷。"高品即出去，到了自己屋里，见了仲清坐下，问有好几日不见，仲清道："自从灯节逛灯之后，便著了凉，病了好几日，已有半个多月不曾出门，在家也闷。"就说起灯节晚上南湘的醉态来，高品笑道："那一天我也在坐，也醉得了不得了。我是乘间脱逃，不然也要波及无辜，难道去向酒糟头索命么？"于是大家又讲起怡园的灯与那些灯谜来。高品道："有两个好灯谜，是两封情书，一封是花名，一封是药名，都被我们同庙住的一位叫田湘帆打着了，真是好心思。"仲清昕得"湘帆"二字，便想起去年酒楼赏雪那个题词少年，款是湘帆，便问高品道："这湘帆怎样的人？"高品道："也是我辈。我去年对你说过的：样样精致，是个精品。如今是样样精光了。"仲清笑问："怎样？"高品便将他方才的议论与到京所为的事一一说了，又道："此人却真可惜，才貌双全，胸襟阔大，就是爱闹，太无收束。他也是你们金陵人，此时住家扬州。他说他的夫人母家姓颜，或者是你的本家，你何不会会他？"仲清道："也好，你为我先容。"

高品即同了仲清进去，仲清先已望见一个少年，神光似玉，宝气如珠，可不就是去年酒楼上所见的？高品与他们介绍了。春航见了仲清，也觉面熟。仲清说起去年在酒楼见了那首词，倾倒至今，真恨相见之晚。春航也想起那日相见，便彼此说些仰慕的话。仲清把他的家世细细问了一遍，始知春航的泰山，果是他的本家叔父。不过仲清在京久了，所以不知这门亲戚。二人说的意气相投，又系亲戚，已十分相契，后来便谈起肺腑来。

仲清见春航去年服饰何等华美，如今已不似从前；再想高品的话说他精光，一无所有，也不知他所闹的是些什么人，便问道："闻足下颇有狎优之癖，但不知赏识的那几个？可能不负品题否？"高品接口道："他的赏识，与人不同，我说给你听：

咭咭咯咯梆子腔，咿咿哑哑唱二簧。
裤花白似秋云薄，上得巫山屁亦香。"

仲清大笑。春航涨红了脸，说道："放屁！你这个屁倒有些香。只可惜白香山那句好诗，夹在你那三个屁里头。"

仲清笑道："说正经话，吾兄赏识的到底是谁？"春航道："各部名花，我未曾全览，想亦妍媸不等。我也不过逢场作戏，所谓未能免俗，聊复尔尔。大约诸名班中，要推登春的玉美、全福的翠宝，其余联珠的蓉官也还可以，想都是有目共赏的。"仲清笑了一笑，道："叶公好龙，未见真龙；郑人梦鹿，终是假鹿。湘帆可惜有闹相公之名，无闹相公之实。天下相公出在京城，京城相公聚在联锦班。史竹君的《曲台花选》，品题最允，如袁宝珠、苏蕙芳等方配称名花，而且诗词书画无一不佳，直可作我辈良友。若翠宝、玉美等，不过狐媚迎人，蛾眉善妒，视钱财为性命，以衣服作交情，今日迎新，明朝弃旧，湘帆何其孟浪用情若此？"春航听了，半晌不语，俯首而思。

仲清道："足下莫非懊悔赏识错了么？"春航道："这有什么错不错，

原是一时寄兴，况且各人赏识不同。大凡'赏识'两字，须要自己做出眼力来，不必随声附和。此辈中倒不必要他充斯文，一充斯文转恐失之造作，倒不妨有相公习气，方是天真烂漫。我如得志，便不惜黄金十万，起金屋数重，轻裙长袖侍于前，粉白黛绿居于后，伺候我数年，然后将这班善男信女，配做了玉瑟瑶琴，还了普天下八万三千大心愿，成了个欢喜世界，我便如弥勒一笑，永不合口，岂不快活？"高品道："你那金屋中，我必要送你副对子，"即念道：

　　月明瑶岛三千里，人在蓬莱第一峰。

　　春航道："这副对子也题得不切。"高品道："切得很，上联切你的'粉白黛绿'，下联切你的'长袖轻裙'。"仲清、春航都不甚解。高品道："有了这副对子，人才知道他这金屋中，前面要开棚子，后面要开窑子。"仲清大笑。春航道："你搁起那贫嘴。"三人谈笑了半日，仲清回去，与王恂说起春航与他有亲，就是去年酒楼题词的少年，果然才貌双全，但志愿太奢，流而忘返。迟了几日，又去看望春航，一连几次，总未晤及。春航竟闹得不堪回首。仲清怜其才，欲成全他，闻他窘得不堪，便张罗了二百两银子，写了一封书，说闻其旅况不佳，少助买花之费，原是试他的心的。春航大喜，回书谢了，便又乐了十数天，依然空手。前日所赎的当，仍又当了。仲清闻知，甚为叹息。

　　一日，春航又在戏园看戏，却看的是联珠班。一个人冷冷落落的，在下场门背暗的地方坐了。看见蓉官的戏，心上便又喜欢。正看到得意处，忽见前面一张桌子，来了一个三十来岁胖子，反穿著草上霜，同著一个二十几岁伶伶俐俐的人坐下，背后站著一个跟班。那胖子是一口京话，那一个是南边人，原来就是富三与魏聘才。不多一刻，蓉官卸了妆，已坐在对面楼上，与一个少年说话。下来又在楼下坐了一会，即走到这边来，一路请安照应人。忽然看见前面桌上那两个，便抢步上来，照应了，就坐在中间。春航如今的衣服，大非从前可比，不过剩了家常所穿的几件旧衣，又坐在背暗处，越觉得颜色黯淡，并不见蓉官过来照应他。只听得蓉官说道："二老爷，昨日有人很感你的情。"那胖子道："是谁？"蓉官道："联锦班的二喜，说你很疼他，给他好些东西，在你家住了一夜，有没有？"那胖子道："我倒不认识他。那日魏老爷同他进城喝了几钟酒，天晚了，出不了城，就留他住下。早上逛了庙，他要买了几样零碎东西，就出去的。这二喜倒罢了，肯巴结。"蓉官道："此刻是尽讲究巴结了。我们的师傅不好，当年教戏时，就没有教会巴结。"那个后生将手搭在蓉官肩上，道："你也只要会巴结，富三老爷难道还不爱你么？"蓉官道："我说过不会巴结。要不然你教我，我就拜你做师傅；你怎样教我，我就怎样学你。"

那后生一面笑，一面把他脸上拧了一把。蓉官一回头，见了春航，却把眼睛一低，又扑转来一注，却又别转了头；半晌又回转来，上上下下，把春航一看，像要招呼又止住的光景。春航心里颇疑，想道："难道他看不清？"此时仲春，人还穿著小中毛，春航已是一身棉衣；且这几日阴雨连绵，地下难走，又坐不起车，靴子也沾了些泥，迥非从前的模样。蓉官因此骇异，心里也想道："这分明是田老爷，怎么穷了？冷冷清清的一人坐著。"意欲过去照应，又恐不是；及仔细看清了，才过去请了一个安坐下，倒说了好一会话。富三却不留心，聘才见了，便扯扯富三的衣裳，道："你瞧，蓉官倒巴结那个人，难道这种人倒有什么巴结么？"富三道："那也难说的。"蓉官辞了春航，又到富三处来。聘才笑向蓉官道："好阔老斗！"蓉官脸上一红，道："他真阔过来。他倒从没有欠人的开发，要人替担帐。"少停，富三等即带了蓉官，又叫了一个相公出去了。

　　天又蒙蒙的下起细雨来，春航也无心再看，付了戏钱，出得门来，地下已滑得似油一样。不多几步，只见全福班的翠宝坐著车，劈面过来，见了他，扭转了头，竟过去了。春航心里颇为不乐，只得低著头，慢慢找那干的地方。谁料这街道窄小，车马又多，那里还有干土。前面又有一个大骡车，下了帘子，车沿上坐著个人，与一个赶车的如飞的冲过来。道路又窄，已到春航面前，那骡子把头一昂，已碰著春航的肩，春航一闪踏了个滑，站立不牢，栽了一交。这一交倒也栽得凑巧，就沾了一身烂泥，脸上却没有沾著。车内人见了，嚇了一大跳，忙把帘子掀起，探出身子来，莺声呖呖道："快拉住了牲口，搀起那人来。"赶车的早已跳下来，把牲口勒住了，跟班的也下来，扶起春航。春航又羞又怒，将要骂那车夫，只见那坐车的陪著满面笑，从车中探出身子，说道："受惊了！赶车的不好，照应不到，污了衣裳怎么好？"即把赶车的骂了几句。

　　春航一见，原来是个绝色的相公，就有一片灵光从车内飞出来，把自己眼光罩住，那一腔怒气不知消到何处去了。只见那相公生得如冰雪抟成，琼瑶琢就，韵中生韵，香外含香。正似明月梨花，一身缟素；恰称兰心蕙质，竟体清芬。春航看得呆了，安得有卢家郁金堂、石家锦步幛置此佳人，就把五百年的冤孽、三千劫的魔障，尽跌了出来，也忘了自己辱在泥涂，即笑盈盈的把两只泥手扶著车沿，说道："不妨，不妨，这是我自不小心，偶然失足，衣服都是旧的，污了不足惜，幸勿有扰尊意。"说罢，在旁连连拱手，道："请罢，请罢。"那相公重又露出半个身子，陪了多少不是而去。春航只管立著，看这车去远了，方转过身来行路。人见了，掩口而笑。春航拖泥带水的，一步步走回庙中，恰懊悔不曾问得那一班的小旦。进了庙门，就把衣裳脱下，交田安收拾，换去泥靴，身上只穿了一件夹袄，来到高品屋里坐下。

高品见他身上不穿袍子，且下雨寒冷，便问他何以不多穿件衣服，春航答以被雨沾湿，叫田安烤去了。高品即于衣包内，取出一件袍子与他穿了。春航即坐下说道："我今日虽然跌了一交，沾了些泥，但这一交实在跌得有趣：闹了两个多月的相公，不及这一交受用。天假奇缘，得逢绝代，就跌死了也不作怨鬼。"高品笑道："说些什么鬼话？"春航就将看见的相公说了一遍，高品道："我倒替你做章《诗经》念给你听。"随念道：

　　　其雨其雨，梨园之东。有美一人，其车既攻。匪车之攻，胡为
　　乎泥中？赋也。

　　春航笑著，又将那相公的相貌衣裳，连那骡子车围的颜色都说了，问道："你可识得是那一班的相公？"高品想了一会，道："据你说来，不是陆素兰，就是金漱芳，不然就是袁宝珠。"春航道："金漱芳在联珠班，我见过他的戏，生得瘦瘦儿的，不是。至于陆素兰、袁宝珠，我却不认得，不知到底是谁？"高品道："袁宝珠是不大穿素色衣裳的。你说这光景，也不大很像陆素兰。要不然是苏蕙芳，不错的，定是苏媚香，那真是冰壶秋月，清绝无尘，生得不肥不瘦，一个鸡子脸儿，常穿件素色衣裳，在联锦班。史竹君定他是第二名。"春航道："尚是第二名，第一名是谁？难道还有比他好的么？"高品道："第一名是袁宝珠，过两天开沟的时候，你就看见了。"春航道："为什么？"高品道："见第二名相公，已经跌在车辙里；见第一名相公，不要倒在沟里么？"春航只管的笑，犹细细的把那相公摹想，想了一会，那相貌声音、丰神情韵，便宛然一辆大骡车，那相公坐在面前，便不言不语的傻笑。就在高品处吃了晚饭，直讲到三更天，才各安寝。

　　次日天晴了，春航绝早起来，把衣裳晒晾干了，刷净了泥，换了一双靴子，心里想去听戏，又苦于无资，竟无可典之物。想著田安尚有几件衣服，便走到田安房里，却不见他，也等不及他来，打开了他的衣包，见有件茧绸皮袍，包在里面，便拿了出来，叫那小使张和去当了，倒有六吊钱，心中大喜。饭也不吃，一连看了五天联锦班，才见著那个相公一面。看他唱了一出《独占》，访问他的姓名，却正是苏蕙芳。蕙芳偶在春航身边走过，认得是前日跌在泥里那一位，又见他衣裳一身斑点，未免一笑，但不好意思来照应他。

　　春航见蕙芳对他一笑，便如逢玉女投壶，天公开口，便喜欢得说不出来。千思万想，可惜不能叫他一回。又看他这样局面，似乎不肯轻易陪酒，断非纸条飞去随叫随来的光景。不得主意，日间咨嗟太息，晚上梦魂颠倒，看看将要害相思病了。再经田安进来琐碎，又说当了他的衣裳，他要留著做什么的；又说煤米全无，铺内因前帐未还，不肯再赊；和尚房钱催逼，明日准要。春航只当不听见，在炕上和衣卧了，心里只想著蕙芳。田安出去，嘴

里却不住咕咕噜噜的抱怨。春航也有些踌躇，但生平没有求人，今日去向谁借贷？且到京两三月了，也没有去拜望一个同乡亲友，此时怎样去问人告借？忽又想起颜仲清，前日一面之交，居然就赠银二百两；况且并未向他商量，这人真是今人中之古人。想他也不是为那点葭莩之谊，必定知我的肺腑，看来还可与他商量商量。

过了一夜，次早写了一封书，也不明说，隐隐约约似要乞援的话，命张和送去。春航在家盼望佳音，少顷张和回来，却是空手，连回书也没有，说道："他们门上说，颜少爷知道了，就送回信来。"春航想他必定打算银子，吃了饭，候了一会。忽见颜仲清著人来，来人手里拿上一轴画，说："我们少爷给老爷请安。这轴画请老爷题一题，叫小的候著带了回去。"春航听了，不知何意，又不见有回信，只得打开画来一看，是唐六如画的郑元和小像，鹑衣百结，在风雪中乞食的模样。春航知道奚落他，不觉大怒，两颊通红，然也不便对著来人发作，只得说道："你在外边候一候，我即刻就题。"来人出去，春航气忿忿的把画摊在桌上，见上面已题了两首七言绝句，款是"剑潭题"。诗是：

　　王孙乞食淮阴日，伍相奇穷濑水时。
　　此是英雄千古厄，岂同飘泊狭邪儿？
　　鹑衣百结破羊裘，高唱莲花未解羞。
　　若使妖姬无烈性，此生终老不回头。

春航心里想道："他虽骂得刻毒，但理却不错，怎样的来翻他？"便略略构思，题起笔来，一挥而就，写道：

　　欲使蛾眉成义侠，忍教骏骨暂支离。
　　此中天早安排定，不是情人不易知。
　　盖世才华信不虚，风流犹见敝衣余。
　　五陵年少休相薄，后日功名若个如。

落了款，用了印章，卷好交与来人。春航气闷，又独自出外去了。来人回去，将画送上，仲清与王恂同看，见这两首诗虽是强词夺理，但其志可见，未免可惜了一番。

仲清原想把这两首诗去感化他，谁想倒激怒了他。又听来人说，他光景更为狼狈。据他的跟班讲，今日已断了炊，不能举火。仲清与王恂皆为叹息。仲清道："这样看来，此人真是'我心匪石，不可转矣'。奈何！奈何！"王恂道："你前日送他二百金，不上半月，竟已化为乌有。这人这样行为，就再送给他二百金，也是无济于事。除非要将徐度香的家私分一半与他，才够他挥霍。但人到断炊，也不成件事了。依我想，我们如今再帮他百金，存在卓然处，教他相机行事，慢慢点化他。或者凭卓然那张嘴，倒还劝得转他也未可知。"仲清亦以为然。王恂即备了百金，交与仲清送至高品处。

未知后事如何，且听下回分解。

第十三回
两心巧印巨眼深情　一味歪缠淫魔色鬼

话说仲清激怒春航之后，即将王恂所备之百金送至高品处，为春航薪水之费。春航闷坐了两日，米煤催逼，告贷无门，经高品款留，只得暂时寄食。

一日用了饭，高品拜客去了，春航即到戏园来，一心想著苏蕙芳，又没有钱听戏，只好站在戏园门口，候著那蕙芳出进。将到开戏时候，果然见蕙芳坐了车，到门口下来，偏偏有一群人进来看戏，一挤把春航挤在背后，却彼此不能照面。春航心里甚恨，急把身子挤出来，蕙芳已进去了，只得呆呆的不动，候他出来。却又看见了许多上等相公，与蕙芳不分高下。春航想道："不料联锦班内，有这些好相公，果然名不虚传。"足足候了三个多时辰，始见蕙芳低著头出来，前面两个美少年，服饰辉煌，两个跟班夹著垫子、抱著衣包，同蕙芳上车去了。春航知蕙芳没看见他，郁郁的走回来。过了一宵，明日又到戏园门口候了一天，却没有会见，此日便为虚度，嗟叹不已。

盖春航执迷已久，一时难悟，天天去寻联锦班，候著蕙芳。一连十余日，蕙芳却也看见前次跌在泥里的人，每逢上车下车之时，总站在戏园门口，如醉如痴，目不转睛的看他，心里十分诧异。因细看他的相貌，恰神清骨秀，风雅宜人，面目虽带几分憔悴，而珊珊玉骨，情韵益然。蕙芳心上已明知此人为他而来，也未免有情，屡以秋波相赠，春航便喜得眉飞色舞，每日跟了蕙芳的车，直送到吉祥胡同蕙芳寓处门外，徘徊良久始去。

一日，春航好运到了，也是各人的缘分，正跟著蕙芳的车，蕙芳留神看见，便起了几分怜念的心肠。一进了门，便叫跟班的请他进来。跟班的出去，瞧了春航两眼，道："老爷是寻我们相公的？我们相公叫请老爷里面吃茶呢！"春航喜出望外，倒立定了，不走进去。跟班的又请了一遍，春航终是羞羞涩涩的不好意思。忽见里面又有人出来说，请那一位跟著车走的老爷进去。春航只得整一整衣裳，随了跟班的进了大门，便是一个院落，两边扎著两重细巧篱笆。此时二月下旬，正值百花齐放，满院的嫣红姹紫，秾艳芬芳。上面小小三间客厅，也有钟鼎琴书，十分精雅。不多一刻，苏蕙芳出来，穿一副素色珍珠皮衣服，上前来请安。春航即一把拉住了手，却是柔荑一握，春笋纤纤。二人并立了，差不多高。原来蕙芳也十七岁了，蕙芳对著春航笑道："天天见面，尚未知贵籍大名。前日辱在泥涂，深感盛情原宥。至屡蒙青眼，实幸及三生。"春航心上十分诧异道：吐属之雅，善于词令。便道："自睹芳容，便萦寤寐；鄙怀钦慕，只可盟心。乃不加诃谴，反蒙见招，正是巨眼深情，使我田湘帆没齿不忘。"遂将籍贯姓氏一一说明，又道些思慕的话，便你看我，我看你，相对无言了一会。蕙芳即让春航进内，走出了客厅，从西边篱笆内进去，一个小院子，是一并五间：东边隔一间是客房，预备著不速之客的卧处，中间空著两间作小书厅，西边两间套房，是蕙芳的卧榻。春航先在中间炕上坐下，见上面挂著八幅仇十洲工笔《群仙高会图》，两边尽是楠木嵌琉璃窗，地下铺著三蓝绒毯子，却是一尘不染的。

略坐一坐，蕙芳即引进西边套房，中间隔著一重红木冰梅花样的落地罩，外间摆著两个小书架、一个多宝橱，上面一张小木炕，米色小泥绣花的铺垫，炕几上供著一个粉定窑长方磁盆，开著五六箭素心兰。正面挂著六幅金笺的小楷，却是一人一幅，写得停匀娟秀。一幅是度香主人，一幅是静宜逸士，一幅是竹君词客，一幅是剑潭山人，一幅是前舟外史，一幅是庸庵居士。像是几首和韵七律诗。再看上款，是"媚香嘱和《长河修禊》七律六章原韵"，春航心里更加起敬，想道："原来他会作诗。"便问道："这是和你的原韵，想必诗学是极渊深的。"蕙芳笑道："草草涂鸦，不过凑几句白话罢了，会作什么诗？"春航道："原唱呢，为何不写出来？"蕙芳道："去年袁宝珠替我写了一幅，人家拿去看，遗失了。"

春航再将蕙芳细细的看了一看，又道："我看你举止清高，吐属娴雅，绝不类优伶中人。你是几时到京来学戏的？"蕙芳脸上便有愧色，叹了一口气，道："问我的出身，原也是清白人家，父亲也曾作过官。"春航立起来道："失敬了，我原说不像小家出身。但你为何要学这个行业呢？"蕙芳便眼圈红起来，道："请坐了好说。"春航坐下，蕙芳道："我小时随宦云南，八岁上母亲死了，到十二岁父亲被上司参劾，一气成病，不到一月即故。本来两袖清风，毫无私蓄，就有些须囊橐，都被几个亲戚长随，豆分瓜剖的去了，单剩了一个老家人与我。在云南住了一年多，可怜举目无亲，那些势利场中，谁肯照拂，全仗老家人肩挑步担过活。实在支持不下去了，只得同老家人回家。路上又吃尽了千辛万苦，走了一年零两月，才到苏州。只落得蔓草荒烟，桑田沧海，亲邻冷眼，袖手旁观，一枝之借，一饭之餐，竟不可得。在庙里住了几天，访得一个亲戚在直隶作幕，又费尽了九牛二虎之力，搭了粮船进来。先上了保定，到那亲戚的住处一询，谁知他闹了一件事，已经发配口外去了，他的家眷也不知流落何处，你说这命运低不低？"

春航道："山穷水尽疑无路，以后便怎样呢？"蕙芳道："我们在保定作什么？便想到京来寻一条生路，可可走到前门外，即遇见一个好人，是同乡又是我的蒙师顾先生。他是个秀才，见了我们这般狼狈的光景，他便拉了我们到他寓处，前前后后问了一番。你说我这先生在京里作什么？"春航道："自然处馆了。"蕙芳道："他却不处馆，他的行为倒有些像你，到今年也才二十七岁。他进京来便天天听戏，钱都听完了，戏却听会了，认识了许多相公，遂作了教戏的师傅。遇著那年乡试不中，他便烧了那些文章，入了联锦班作了小生。"春航道："这倒是达人所为，毫无拘疑。"蕙芳道："他收留了我们，遇著空闲时，便教我读书写字，并讲究些诗词，我们安安稳稳的住了。只可怜我那老家人，路上受了风霜，心内又愁闷，进了京就病，病了两月死了。那时我更觉形单影只，进退维谷，只好依著先生为命。直到前年春间，先生苦劝我学戏，我起初不愿，后来思想也无路可走，只得依了先生，学了几出，渐渐的日积月累，久而自化。我那先生最好吟诗，每制一诗，必讲给我听，教我学作，不过不通就是了，自己却也高兴起来。谁知薄命不辰，深恩未报，先生去年夏间，又染时症物故，茕茕独立，顾影自怜。"说到此，便哽咽起来。春航听了，也著实伤心，便道："五年中星移物换，倒尝了多少世态。"又安慰了几句。

吃了两杯茶，蕙芳便问春航道："你既好听戏，于各班中可曾赏识几个脚色么？"春航笑道："我是重色而轻艺，于戏文全不讲究，脚色高低也不懂得，惟取其有姿色者，视为至宝。起初孟浪，眼界未清，一遇冶容，便为倾国。及瞻仰玉颜，才觉妙住菩萨现莲花宝座内，非下界凡人所得仿佛。前此真如王右军学卫夫人书，徒费岁月耳，惭悔无尽。"蕙芳听了春航几句话，已有一半倾心，目视春航，好一会不言语，便又笑道："你说以有姿色的为至宝，但不知所宝在那一样？"春航便站起来，高兴得手舞足蹈，满面添花的道："媚香，你是解人，你试猜一猜？"蕙芳便红著脸道："我不会猜。"春航道："我也不为别的。"蕙芳便正色问道："你为什么？"春航道："只要姿色好，情性好，我就为他死也情愿。"

蕙芳道："人家好，干你什么事，要为他死？你且说那可宝处？"春航道："你听我说，我辈作客数千里外，除了二三知己外，尚有四等好友得之最难，即得了又常有美中不足的不好处，就说可宝，也不能说他是至宝。"蕙芳道："奇谈！什么四等的好友，定要请教。"春航道："第一，是好天：夕阳明月，微雨清风，轻烟晴雪，即一人独坐，亦足心旷神怡。感春秋之佳日，对景物而留连，或旷野，或亭院，修竹疏花，桐荫柳下，闲吟徐步，领略芳辰，令人忘俗。"蕙芳点头道："不错，真是好的。第二，想必是好地了。"春航道："是的。一丘一壑，山水清幽，却好移步换形，引人入胜。第三，是好书，要不著一死句，不著一闲笔，便令人探索不尽。"蕙芳也点点头。春航道："第四，便是性灵中发出来的几首好诗，也不必执定抱杜尊韩，有一句两句能道人所不能道者，便可与古人争胜。"蕙芳道："是极，你真是个风雅通人。"

春航道："此四友是好的了，然也有不能全好处。好天，一月能有几回？往往有上半天好，下半天变起来，便把上半天也改坏了。到人意阑珊，便怕风怕雨的，不敢久留。好地，一省能有几处？有必须徒步始通的地方，或险仄，或幽阻，沙石荆棘，十里八里的远，便令人困乏起来，往往知其好处而不愿游览。即如书，除了家弦户诵几部外，虽浩如烟海，究竟灾梨祸枣的居多，就有翻陈出新处，又是各人的手笔，亦不能尽合人意。至于诗之一道，小而难工。也有初成时如炼金，再吟时同嚼蜡，反悔轻易落笔。此四友得之既难，得之而欲其全好则更难，所以说他是宝也，不能说他是至宝。只有你们贵行中人，便是四友外，一个尽美尽善的宝友。"蕙芳笑道："'宝友'二字甚奇，我们并不知自己有可宝处。"春航道："玉软香温，花浓雪艳，是为宝色；环肥燕瘦，肉腻骨香，是为宝体；明眸善睐，巧笑工颦，是为宝容；千娇侧聚，百媚横生，是为宝态；憨啼吸露，娇语嗔花，是为宝情；珠钿刻翠，金珮飞霞，是为宝妆；再益以清歌妙舞，檀板金尊，宛转关生，轻盈欲堕，则又谓之宝艺、宝人。"蕙芳道："你这番议论原也极是，但有些太高太过处。"蕙芳口里虽如此说，心里著实感激春航。不免流波低盼，粉靥娇融，把春航细细的打量，越看越看出好处来，眼中把那些富贵王孙、风流公子尽压下去了。

春航道："茶烟琴韵，风雨鸡鸣，思我故人，寸心千里，若非素心晨夕，何以言欢？而萧寺生愁，残灯寂寞，又安得有二三知己共耐凄凉？惟有你们这些好相公，一语半言，沁入心骨，遂令转百炼钢为绕指柔。再如你这样天仙化人，就使可望而不可即，使我学善才之见观音，一步一拜，也都愿意，何敢尚有他望？"蕙芳听了，便止不住流下泪来，便道："你的心，我知道了，不用说了。你且把到京以来，近日的光景说给我听。"春航就细细把去冬至今说了一遍。蕙芳又笑起来，道："你真是一片痴情，十分妄想，却又难为你这两条腿，天天的跑，又站在戏园门口不动。"春航道："若不是你，便请我也请不来。"蕙芳一笑，出去随叫人拿进几样水果、几样菜、两壶酒，让春航小酌。春航也不推辞，二人就在花梨四仙桌上对酌，各自吐了些肺腑。此时蕙芳心里已是十分贴切，全没有半点势利心肠。当下吃毕了饭。又让到里边屋里坐了一坐，便吩咐跟班的叫外面套车，送田老爷回寓。

蕙芳挽住了春航的手，道："今日订交，此生勿负。我苏蕙芳如有虚言，有如皎日。你以后不必出来，我非早即晚，天天来看你一次。你须自己保重，努力前程，幸勿为我辈丧名，使外人物议。"春航听了，转爱为敬，直感入骨髓，已流下泪来。两人相视呜咽了一会，唯有那些跟班及使唤的人不解其意，以为怪事。一头说，一头走出来，送了春航上车，又叮嘱了几句，春航一直回寓不题。

　　这边蕙芳也就睡了，却细细把春航的说话记了一遍，又把他的光景想了多时。到睡了时，就见春航在面前，变了华冠丽服、仪容严肃的相貌，令人生畏；又变了一个中年的人，穿著一品服饰。恍恍惚惚作了一夜乱梦，到明日早上，就起得迟了。已是早饭时，才洗了脸，吃了点心。跟班的进来道："外面有客。"蕙芳问道："是谁？"跟班的道："是伏虎桥张老爷，同著开起盛银号的潘三爷。"蕙芳只得穿了衣服，出来见了。原来这张老爷就是张仲雨。这潘老爷叫潘其观，是本京富翁，有百万家财，开了三个银号、两个当铺，又开了一个香料铺，也捐一个六品职衔。原籍山西，在京已住了两代。为人鄙吝龌龊，刻薄顽蠢，又是个色鬼，水陆并行，昼夜不倦。却有一个好处，是个怕老婆的"都元帅"。此刻他续娶的媳妇倒有八九分姿色，就是性情悍妒异常。他虽不喜欢这潘三，但又不许他外边胡闹。如逢潘三一夜不归，他便坐了车，领著人，各处窑子里搜寻，搜著了，闹个落花流水。潘三无计可施，近生了个收买娈童之念，在各班中留心物色，看中了苏蕙芳。今日拉了张仲雨来，要替他说合。仲雨想这蕙芳人品高雅，未必肯跟潘其观，就支支吾吾不愿作成。经其观再三恳求，许以金帛重谢，只得同来，见景生情罢了。来到蕙芳家内坐下，说了些闲话。

　　你看这潘其观怎生模样：五短身材，一个酱色圆脸，一嘴猪鬃似的黄骚毛，有四十多岁年纪。生得凸肚蹻臀，俗而且臭。穿了一身青绸绵衣，戴一顶镶绒便帽，拖条小貂尾，脚下穿一双青缎袜灰色镶鞋，胸前衣衿上挂著一枝短烟袋，露出半个绿皮烟荷包。淡黄眼珠，红丝缠满，笑眯嘻的低声下气，装出许多谦温样子。蕙芳无奈，只得坐下陪著。张仲雨看著蕙芳，却像要说话又不说的光景。蕙芳低了头，一回站起来，到窗前看那盆内种的兰花，心上却忆著田春航，又不好回他们出去，无精打彩的坐立不安。那潘其观坐著不动，也不开口，眼睛只注著蕙芳。张仲雨道："咱们也不必找地方，就在这里摆个酒儿，随便弄两样菜不好么？"潘其观道："很好，家里又清净。"蕙芳道："好是好，我今日不能久陪二位，就要走，姑苏会馆有戏，第二出就是我的戏。"潘其观道："那不要紧，不去亦使得。"蕙芳道："那倒不能不去的。"潘其观道："你又没有师傅，还怕什么？这样红人儿怕得罪谁？"蕙芳不语，只得叫跟班的快备酒来。不多一会，摆上了酒菜，蕙芳让坐，潘其观推仲雨坐了首席。

先饮了几杯酒，潘其观便絮絮叨叨、肉肉麻麻的说不断。蕙芳好不厌烦，便心生一计，假献殷勤，站起来敬了几杯酒，豁了几回拳，心里想灌醉了他，就好走路。那晓得潘其观最会闹酒，越喝越不醉，酒下了肚，嘴里就没有好话，便伸出那又短又肥挺硬的那只手来，搀住了蕙芳的手，道："好孩子，怎么你总不去瞧瞧我？我很想你，每见了你的戏，晚上就做梦，倒亲亲热热的常在一块儿顽，醒了便觉得困乏。你真害死我了！我又没有儿子，要这一分大家财作什么？你与我做个干儿子，咱们爷儿俩天天的乐，不好吗？"蕙芳听了，几乎气得哭出来，眼睛一红，心里想道："这奴才也不想想自己身分，这等可恶！待我赚他赚。"便忍住了气，装作笑容道："三爷尽说瞎话，我这样蠢孩子，那里巴结得上。我见你天天听戏，也不把眼睛梢瞧瞧我，也没有喊过一声'好'，今日在张老爷面前撒谎尽赚人。"几句话说得潘其观骨头没有四两重了。

张仲雨心上诧异，暗想道："这也奇了，不料苏蕙芳倒喜欢潘其观，难道钱可通神？我的财运来了，好发他一注大财。"即便凑趣道："潘三爷真个逢人就说你好，赞你的相貌，赞你的性情才技，没有一天不说两回。常说道：只要你能有心向他，他就拿个银号给你。"即向潘其观道："这话不是你亲口说的么？"其观点点头。蕙芳笑道："你有几个银号？一个相公给一个，京城里有几百个相公，难道你有几百个银号不成？"潘其观道："别人要想我一个大钱也不能，只要你肯，我什么都肯。"

蕙芳心里已有了主意，对著潘其观把眼一睃，把潘其观的三魂七魄都勾了出来。仲雨也得意洋洋，把指头敲著桌子，不住的喊"好"。蕙芳道："潘三爷，你既心上有我，你今日必得畅饮一天，不可藏著量儿。"其观道："拿大杯来！"蕙芳便亲手去拿了两只大杯，将酒斟满了，一人敬了一杯；又斟了两杯，道："潘三爷，我今日本来要和你饮个成双杯，实在酒量小，不能饮，你饮这双杯。"潘其观点头播脑的饮了。又斟上两杯，对著仲雨道："张老爷，你也饮个成双杯。"仲雨笑道："你叫我和谁成双？"蕙芳道："你和我成双好不好？今日请你先和潘三爷成双。"仲雨把蕙芳额上弹了一弹，道："我也配？"蕙芳逼著他干，他也就干了。此时潘、张两人的酒已有了七分，才又吃了两样菜。蕙芳便到房中换了一身衣裳出来，益发出落得齐整。潘三便把手捏腕的肉麻起来，急的蕙芳不得，又不好跑开，只得与他们豁拳，又唱了几支小曲。张仲雨见壁上挂著一张琵琶，就取下来，拨动弦索相和，慢慢的说著话。

已到申末酉初时候，蕙芳见他们尚未沉醉，便试他一试，道："潘三爷，有句话论理不当说，我们没有什么交情。但是我急了，我欠人家一票银子，约明日还他。今日我打算出去张罗，偏偏你这财神爷来了，可肯通融一肩？"潘其观道："要多少？"蕙芳道："不多，二百两。"潘三目视仲雨，仲雨道："你瞧，这蕙芳难道只值二百银子，你潘老三就支支吾吾起来？横竖前后一样。"其观停了半晌，向套裤里摸出一个皮帐夹，有一搭钱票，十吊八吊的凑起来，凑了二百吊京钱，递与蕙芳道："二百吊先拿去使罢。"蕙芳谢了一声，便塞在靴掖子里，又道："怎么好受了你这重赏。"潘其观道："凭你的良心罢。"蕙芳笑迷迷的，对潘三丢了个眼色，喜得潘三什么似的，清涎直流出来。蕙芳即斟了一大杯酒，拿在手里道："看二百吊钱面上，今日破例敬潘三爷一个皮杯。"其观一听，已觉遍体酥麻，胸前发起喘来。

　　蕙芳把酒含了一口，走到潘三身边，笑迷迷的重又吐将出来，笑了一笑。潘三已张开口候著，蕙芳见了，便将箸子夹了一块鱼，送到潘三嘴边，潘三接了，蕙芳又夹起一块自己吃下，便道："呵唷，了不得了！"仲雨道："不要鲠著了。"蕙芳道："怕不是！"潘其观道："快拿饭来，一噎就好了。"值席的拿了半碗饭来，蕙芳吃了几口，仰著头靠在椅背上，只说不中用，疼得很。仲雨道："吃青果便可消得。"蕙芳又吃了几个青果，仍说不好。潘三过来，把嘴凑近蕙芳脸上，想要个乖乖，说道："你张开口待我望望。"蕙芳便把袖子掩了脸，道："这如何望得见？总为著敬你的皮杯。只要你多吃几钟，我就不疼了。"潘三道："真么？"便饮了一大碗，问道："可好些么？"蕙芳点点头，其观又饮了两杯，才住了手。蕙芳便又呼起疼来，其观强仲雨也饮了一杯，蕙芳便又说好些，随说道："我见你们吃得爽快，便忘了痛。"

　　潘其观此时迷了，酒已有了九分，那里知是赚他，便拖住了仲雨，你一杯、我一盏的起来。仲雨也醉了，便拿不定主意，痛喝了一阵。两人酒已到十二分，一涌上来，潘其观一个头眩，往后一靠，便两脚朝天，倒翻了一个斤斗，倒在地下。仲雨见潘三醉了，立起来哈哈的一笑，也就蹲了下去，倒在一边。两人在地上，像半死的光景，一动也不动。此时已是黄昏时候，蕙芳便叫把桌子撤了，笑道："想吃天鹅肉，自作自受，叫你今日才晓得苏媚香的利害。"随分咐跟班的，扶他们在客厅炕上睡了，替他们脱了外面的衣服，拿一条大被盖了，让他二人同入巫山罢。

　　蕙芳安排已毕，一面叫套车，一面到自己房中开了箱子，拣出小毛棉夹单纱五套衣服，并潘三的二百吊钱票，带了一副铺盖，一总交跟班的拿出来，放在车上。蕙芳上了车，跟班跨了沿，一齐向春航寓处来。才到了胡同口，月光下见一人站著，赶车的一看，却认得就是田春航，便住了车，叫道："田老爷，我们正到你那里去。"蕙芳和跟班的听见，一齐跳下车来，蕙芳拉住春航道："你又在这里做什么？"春航道："我候你一天不见来，我就不想活。我已在你门口立了多时，不好意思进来，所以就在这里。"蕙芳叹口气道："你这冤家，真令人奈何不得你。"便请春航车里头坐了，自己跨著车沿，一路说话，到了庙门下来。跟班的即拿了衣包，扛了铺盖，一同进来，打发车回去，明日来接。

高品已经睡了，春航不好去惊动他，一径到自己房内。田安伏在桌上瞌睡，春航剔亮了灯，叫醒了田安，说道："快去泡茶。"田安擦擦眼睛，见一个美少年，只道是位公子，便急急的泡茶去了。蕙芳坐下，看他行李萧条，心里著实难过，便叫跟班的将衣裳、票子拿上来，道："这五套衣服都是我平日穿过的，你不嫌旧，便收著。这票子送你作旅费。本来打算请你过去住，恐旁观不雅。你若短少了东西，只管问我。"春航道："这如何使得？我断不好受。"蕙芳道："你不受，便看轻我了。难道我拿了东西来赚你？你总不要存心。你存了心，便连你这情都假了。你只要依我一件，以后不许出来听戏。"春航诺诺连声，又讲了些知心肺腑，彼此都有知遇之感，不禁慷慨歔欷起来。两人对坐著，倒成了道义之交，绝无半点邪念，直谈到鸡鸣，方各和衣睡了。

且说潘、张两人醉到不醒人事。睡到四更，潘其观翻一个身，即骨碌碌的滚下炕来，在地上坐著，想要小解，各处摸那夜壶。摸著了自己一只鞋，拉下裤子，就在那鞋里撒了一泡尿，大半撒在裤裆里头。模模糊糊的在地下乱摸，摸著了炕，重新爬上来。心里细细的想，在那里吃的酒。虽在醉中，还被他想著了苏蕙芳，便又在炕上摸索，摸著了张仲雨，便当是蕙芳了，一把搂紧，口里道"好儿子、好心肝"的叫不绝声，便乱拉乱扯，把棉被早已撩下地了。又把仲雨的衣裳尽力的扯，扯破了一件夹袄，手也酸了；将自己的裤带用力扯断，倒不将裤子往下脱，只管往上拉，那一条尿裤已是湿透，连裤子都浸湿了，却拉不下来，只得贴紧了张仲雨的背乱动。

仲雨醒来，像有人将他抱住摇动，心头的酒便往喉咙头直冲上来，一回头就吐。恰值潘其观张开了口，倒敬了一个满满的七窍的皮杯。潘其观脸上厚厚的堆了一层，便大嚷起来，把头乱摆，溅的各处都是。仲雨第二阵又来了，这一阵却全是酒，一浇倒把其观脸上浇净，只觉得秽味难当。其观急了坐起来，就把袖子在脸上乱擦，口里"小东西、小妖精"的骂。仲雨听了，便道："你是谁？骂谁？"潘其观骂道："你这害人不浅的小兔子，涂了你的爹一脸粪。"张仲雨大怒，骂道："谁是你的爹？"双手一推，潘其观滚下地来。仲雨坐起又骂道："那个忘八羔子，敢在老爷炕上骂老爷！"潘其观道："你这兔子该死了，公然骂起你爹来，这还了得！"爬起来到炕上要打，正值张仲雨下来，碰著了，趁手一个把掌，潘其观又栽了一交。仲雨道："到底你是谁？"潘其观放大了喉咙，嚷道："反了！反了！反了！你这贼兔子，竟打起你参来了。你愿意和你参睡觉，倒装糊涂不认得，难道我潘三爷来强奸你不成？"张仲雨想了一回，道："什么潘三爷，难道你是潘老三，几时跑到这里来？"潘其观又骂道："不说你留我，倒说我跑来，你真是不死的恶兔子！你把张仲雨藏到那里去了？"仲雨道："呸！这么糊糊涂涂闹不清，我就是张仲雨。"潘其观道："怎么说，你冒充张仲雨来唬我？"

　　这一场闹，闹醒了一家人，那些打杂的、看门的都点了灯进来，觉得酒气直冲。上前一照，只见张仲雨站著，脚下踏了棉被；潘其观坐在地上，满面花花绿绿，光著一只脚，将手指著张仲雨。众人见了，忍不住大笑，扶了潘其观起来。张仲雨走近把潘其观一认，潘其观也把张仲雨一认，各背转了身子走开，惹得众人又笑。把被拉起，只见被底下湿透的一只鞋，一股尿骚臭。地下一大滩黑影，棉被也污了半条。再看炕上，便糟蹋如毛厕一般，可惜了这一床被褥。潘其观道："我的袜子那里去了？"寻到中间地下，有一只套裤、一只袜子，皮帐夹内，帐底条子撒了一地。潘其观也不理会，随他们拾起来。有两人送上两大盆热水，潘、张两人净净脸。此时都已醒了酒。潘其观觉得裤裆冰冷，用手一摸，却全是湿的，穿不住脱了，问打杂的借了一条单裤、一双鞋穿上。张仲雨对著潘其观道："奇怪！"潘其观道："怪奇！"二人前前后后的一想，便拍手大笑了一会。

　　此时已经天明，太阳也出来了。潘其观便问蕙芳藏在那里，原来蕙芳交代了一番说话，方才出门。打杂的道："昨夜你们两位老爷睡了，不料华公子住在城外，打发人来把蕙芳叫去。这位老爷谁敢违拗他，只怕今日带进了城，要住好几天才回来。"张仲雨道："这倒难怪他，华公子是惹不得的。"潘其观无可奈何，只可惜了二百吊钱，倒买张仲雨吐了他一脸，打了他一个嘴巴，只好慢慢的日后商量，再作道理，同了张仲雨郁郁而去。

　　这边蕙芳与春航早上起来，洗洗脸，吃了点心。蕙芳见壁上挂了张琴，即问春航道："你会弹琴么？"春航道："略知一二。"蕙芳道："何不弹一曲听听？"

　　未知春航弹与不弹，且听下回分解。

第十四回
古诵七言琴声复奏　字搜四子酒令新翻

话说蕙芳要春航抚琴，春航道："少坐一坐。"便目不转睛的看著蕙芳。蕙芳笑道："难道你还认不子细，只管发呆作什么？"春航笑道："我看卿旁妍侧媚，变态百出，如花光露气，晚日迎风，眼光捉不住，倒越看越不能子细。"蕙芳"啐"了一口，立起来把春航的钮子解开，替他脱下衣裳。春航道："待我自己来，你那里惯，不要劳动了。"蕙芳即将衣包解开，取出一件小毛衣裳与他穿了，恰还合身。又叫他换了新靴新帽。蕙芳笑嘻嘻的拿了镜子，倚著春航一照，映出两个玉人。春航看镜中的蕙芳，正如莲花解语，秋水无尘，便略略点一点头，回转脸来，却好碰著蕙芳的脸，蕙芳把脸一侧，起了半边红晕。春航便觉心上一荡，禁不得一阵异香，直透入鼻孔与心孔里来。此心已不能自主，忽急急的转念道："他是我患难中知己，岂可稍涉邪念。"便敛了敛神。蕙芳一笑走开了。春航换了新衣，依然丰姿奕奕，神彩飞扬，与从前一样。

蕙芳坐了，在书案上翻了一翻书，翻著一本诗稿，半真半行的字，有数十页，面上题著《燕台旅稿》。蕙芳随手一揭，见是一首七言古诗，题是《恼公》诗，便低低的念起来道：

帘钩戛玉声玲珑，樱桃花映银丝栊。
绿云欹侧燕钗堕，年年锦字春机红。

蕙芳道："好诗！这派诗是学温、李的三十六体，纤秾之极。"春航道："偶一为之，亦只能貌似耳。"蕙芳又念下去道：

远山寸碧双眉翠，鲛绡半染胭脂泪。
玳瑁梁间燕子飞，鸳鸯瓦上狸奴睡。

蕙芳道："好工致！韵亦转得脆，狸奴句胜似燕子，再搭上鸳鸯瓦，更新。"再念道：

飘烟抱月一尺腰，星眸欲妒春云娇。

蕙芳叫一声"好"，又道："'行近前来百媚生，兀得不引了人魂灵'，'临去秋波'，犹未足喻其妙也。"春航道："光景倒象你。"蕙芳道："我也配？"又念下去是：

玉螭细细盘条脱，金雀双双飞步摇。

多情郎似桐花凤,日近云鬟身不动。
　　软爱香罗雾縠轻,娇嫌锦帐银钩重。

　　蕙芳道:"好浓艳工稳!我见犹怜,你是为谁而作?既'日近云鬟身不动'了,又何必天天上戏园呢?"春航便走过来,轻轻的靠在蕙芳椅背上,道:"此人难道算不得戏园中人?从前思近芳泽而不能,如今倒也如愿而偿了。"蕙芳道:"是谁?是我们班里的么?"春航点头说"是"。蕙芳道:"等我想一想像谁?上二句纤腰抱月、星眸妒云,非袁瑶卿不足当此二语。下两句软爱罗轻、娇嫌帐重,非金瘦香却也不称。是他二人么?"春航摇摇头。蕙芳道:"然则是谁呢?"春航道:"还有一人能兼二人之妙,你倒猜不著他。"蕙芳道:"我真猜不著,你老实说了罢。"春航笑道:"我老实说,是个寓言空空的,如果有人像他,就算那人罢了。"蕙芳也不追求,又念道:

　　画栏珠箔悬蜻蜓,碧桃一树开婷婷。
　　朝朝花下许郎看,只格一扇玻璃屏。

　　蕙芳便掩卷想了一想,道:"好美人,花容月貌;好才子,绣口锦心。'悬蜻蜓'三字说什么的?想有典故。"春航道:"李义山诗'晓帘串断蜻蜓翼,罗屏但有空青色'。"蕙芳道:"这首我见过,偶然忘了。看你底下怎样转接呢?"又念道:

　　郎采桃花比侬面,桃花易见侬难见。
　　妾貌常如月二分,郎心莫学文三变。

　　蕙芳道:"须得如此一开,底下便生出一番话来。'文三变',可是说你变了心么?"春航道:"是用《艺文序》上'唐文章无虑三变'的一句。"蕙芳便看著春航道:"这么想来,你也算不得有良心的人。"春航道:"何出此言?"蕙芳道:"他的貌呢,也不能常如'月二分';你的心,自必至'文三变'了。"春航笑道:"论诗那可以如此认真?便是十成死句了。"蕙芳一笑,又念道:

　　罗帏寂寞真珠房,麝脐龙髓怜余香。
　　锦鳞三十六难寄,碧箫吹断云天长。

　　蕙芳点头叹道:"人生世上,离合悲欢,是一定有的。"又念下去道:

　　绿绣笙囊挂东壁,无花无言春寂寂。
　　怨女思弹桑妇筝,宫人愁倚杨妃笛。

　　蕙芳道:"好巧对!这'桑妇筝'、'杨妃笛',实在借对得工巧。上句自然是用的《罗敷陌上桑》了。这'杨妃笛',我记得张祜诗'小窗静院无人见,闲把宁王玉笛吹';又曾看过《贵妃外传》明皇与兄弟同处,妃子窃宁王玉笛吹之,因此忤旨。可是用这个典故么?"春航道:"也可算得,但搭不上'宫人愁倚'四字。我是用《集异记》上，帝至蜀，月夜登楼，故贵妃侍者红桃，歌妃所制《凉州曲》。上御贵妃玉笛倚之，吹罢相视掩泣的事。"蕙芳点头，又念道：

　　海棠醉堕蝴蝶飞，柳绵无力情依依。
　　井底水如妾心意，路旁尘惹君身衣。

蕙芳便觉凄然，作色道："一往情深，缠绵悱恻，好个有情人！底下便是结语了。"念道：

　　翠毛么凤拖红尾，

蕙芳道："此句劈空而来，笔势奇崛，又推开了。凤有红尾的么？"春航道："温飞卿诗有'秦王女骑红尾凤'。"蕙芳又念道：

　　跨凤随郎三万里。
　　一日香心思百回，
　　闲时又逐炉烟起。

方才念完，只见高品进来道："好诗！有如此娇音，方配念这香艳的佳章。但诗中有一句，要改三个字，更觉贴切。"蕙芳走上一步见了，道："昨夜要来请安，你已睡了。"高品笑道："这么说，你们已是睡过一夜的了。"蕙芳"啐"了一口，道："我们昨夜直谈到此刻。"高品道："脸上气色不像。"春航道："你说那一句诗要改？"高品道："'井底水如妾心意'的对句。"蕙芳便又看著下句念道："'路旁尘惹君身衣'，没有什么不好。"高品道："好原好，太空些，不如改做'车前泥染君身衣'，便真切有味。"蕙芳嫣然一笑。春航道："到你开口，就没有一句好话。"高品又将春航身上细细打量了一会，道："我昨日卜了一卦，是：天风姤，变山风蛊，互水天需。其爻辞难解得很。"即念道：

　　"田获一兔，往遇雨，需于泥。见金夫，遇主于庙，繻有衣
　　袽，贞吉。

详不出来。"蕙芳却呆呆的听著，春航笑道："你自会卜，倒不会详。"高品也笑了。

　　蕙芳要问高品时，见窗外脚步响，有个人影来影去。春航问："是谁？"听得咳嗽一声，应道："是我，寻高老爷有句话说。"高品听口声便道："荞兮，荞兮。"出来一望，果然是庙里的唐和尚，问道："你有什么话说？"唐和尚便笑嘻嘻的钻将进来，与春航见了，看见了蕙芳，便合著掌道："阿弥陀佛，原来菩萨降临，小僧有失迎接，罪过，罪过。怪不得昨晚一夜的祥云瑞雨，今早佛殿上观世音旁边，一尊龙女香菩萨不见了，原来在这里。"蕙芳也认得这个唐和尚，听了掩口而笑。去年春航初到京时，也曾眠香访翠，唐和尚为其拉过皮条，所以也常到里边来走走。后来厌他恶俗，

不大与他往来了。高品是与他常顽笑的，便把他的帽子揪下，在他顶上摩了一摩，对著蕙芳说道："媚香，我出副对，给你对对。"即说道：

　　若锥处囊中，颖脱而出。

蕙芳笑了一笑。唐和尚便夺了帽子戴上，便道："高老爷，你、你、你——"又不说了，嘻著嘴笑。蕙芳道："我已对了，"即念道：

　　如瓢浮水面，顶圆而光。

春航、高品都笑说道："对得好，敏捷且好。"唐和尚笑道："多谢，多谢，小僧有幸得逢菩萨赞扬，倒没有说我的像鸡巴。"便拉了高品出去，在院子里讲了几句话，便自去了。

　　高品复又进来，三人同吃了饭。蕙芳要听春航弹琴，便把琴取了，解了琴囊，放在桌上，道："弹罢！可要焚香？"春航道："焚香倒是俗套。"高品道："有了媚香，已经香得簌脑门的了，自然不要焚香。"蕙芳便把高品推过，自己坐在琴桌边，细细看著春航和弦。高品道："我是不懂，倒像弹棉匠弹棉花一样，有甚好听？"蕙芳道："你不懂，今日便是对牛弹琴。"恰好遇著高品属牛，高品一笑，道："请你就把这对牛弹琴对出来。"蕙芳也不去想他，随口说道："没有对。"高品道："见兔放箭。"蕙芳略停一停，道："你们那个李玉林倒属兔，今年十六岁，你去叫了玉兔儿来吧。"春航也要高品去叫玉林，高品也高兴，即打发人叫玉林去了。又盼咐备了几样菜。

　　春航和了一会琴，一三两弦低些收不紧，只得和了个慢商，把一弦三弦各慢一徽，再将二四五六七诸弦，仍用五音调法调好。散挑五，名指按十勾三；散挑三，中指按十勾一。弹了几个陈抟得道仙翁，又点了些泛音，弹起《结客少年场》这套琴来。从四弦九徽上泛起，勾二挑六，勾四挑五，琤琤琤琤，弹了二十二声，仍到九徽上泛止，弹的曲文是：

　　有田硗角，有马咶蹄，硗确之田菀其特，咶蹄之马隔花嘶。

四句后，便散挑七弦、六弦，勾四弦，挑六弦，勾二弦。以下便是实音。见他左手大指在二弦九徽上揉了两揉，以下连弹了五声，作一个招起又三声，中食两指撮动四六两弦，左手大指在六弦九徽上吟著；又弹了五声，撮动七五两弦；又弹五声，撮动五三两弦；又弹五声，撮动七五两弦；又弹五声，撮动五三两弦：共听得有三十四声。曲文是：

　　隔花骄马善识人，肮脏少年意气真。软细飞云履，光明一字巾。绨袍季子剑，风雨冯异薪。

是第一段，却是抑扬顿挫，余韵悠然。便接弹第二段，是剔七弦托七弦，起头吟猱绰注，便多了来往牵带，指法入细，有激昂慷慨之态出来。弹到第十声一撮，十五声又一撮，到二十三声却听得"叮当"的两声，作了一个背

锁,甚是好听。以下又弹了六声。这段曲文是:

  大哥轻死生,浩气贯虹日;二哥轻钱财,恐鬼笑什一;小弟轻权势,王侯不屈膝。

略顿一顿,再弹第三段,是勾一弦,左手中指注下十三徽起。以下便在十三徽上勾二、勾三、勾四,便觉声音洪大,商中有宫。又弹了几声,忽听得"哑哑哑"的三声,在七六五三弦上弹出一个索铃来,是最好听的。以后又听到第十三声后,忽七弦上"啷铃铃"的四五声,作一个短锁;又将五七两弦、四六两弦撮了四声,又慢慢的弹了九声住了。曲文是:

  千秋今事业,意气在少年。二十岁以下,当头大哥前。三八多一龄,二哥我比肩。白日指天青,酹酒无丁宁。

春航要站起来,蕙芳把手按住春航的手,道:"正好听,快弹下去。"春航道:"弹完了。"蕙芳道:"怎么这么快?"春航道:"这套琴就只三段。"蕙芳道:"太短,再弹长的。"高品笑道:"湘帆,媚香嫌你快,又嫌你短,你总得贴张千娇百美膏才好。"春航道:"胡说!"蕙芳要去撕高品的嘴,高品便深深作揖,道:"宽恕小生这一次罢。"惹得蕙芳倒笑了。蕙芳要春航弹《胡笳十八拍》,又要弹《洞天春晓》,说道:"这两套我听萧静宜弹得最好,他并有琴箫合谱。他曾教过我吹箫。"春航道:"《洞天春晓》这套琴却好,但太长。《胡笳十八拍》没有什么意思,于本意不大很合,不如弹一套《水仙操》罢。"又停了一会,再和好了弦,清清泠泠的弹起来。

  这套琴共十二段,指法最细,吟猱绰注,正是一分错乱不得。弹到第四五段,恍如见湘灵鼓瑟,冯夷击鼓;第六七段,恍如见湘、娥啼竹,列子御风,呜呜咽咽,如怨如慕,如泣如诉。真是拔剑斫地,搔首问天,清风瑟瑟,从窗隙中来。蕙芳与高品都正襟危坐,静气敛容的听著。忽然七弦六徽二分上低了,五弦六徽上高了,四弦九徽上也差了几分。春航道:"奇了,宫商为何忽乱起来?"高品、蕙芳却听不出。春航又把弦和了一和,和不准,即住手问高品:"庙里有弹琴的人么?"高品道:"胡琴或者和尚会拉,琴是没有人会弹的。"春航道:"必有会弹琴的人在外听著,所以琴声变了。"春航说完,忽听院子内狂笑起来,倒把高品等吓了一跳。

  高品急出来看时,不是别人,恰是史南湘左手挽著王兰保,右手携了李玉林,面上已有了几分酒意。又见玉林手内拈了一枝杏花,后面又跟著三四个人。高品见自己的跟班也在院子里,高品问道:"你从何处来?"南湘道:"你叫相公瞒著我,倒问我从何处来?我今日同了静芳到怡园,他们都在家,留我吃了饭。佩仙也在座,还有瑶卿、瘦香两个。吃完了饭,佩仙家内有人来叫他,度香问起来,方知道是你叫的,我就辞了度香同来。"即指玉林手内的花道："今日就在那里赏杏花。"又问高品道："你又几时会弹琴？你要学琴，须我教你。方才这《水仙操》倒也弹得好。"高品道："我何尝会弹？弹琴的就是田湘帆。"南湘已听见仲清讲过田湘帆的才学，便道："既是田湘帆，何不出来会我史竹君？"高品道："我为介绍。"说到此，蕙芳已出来见了，即便拉了南湘进去。

南湘道："咦，你也在这里，不料今日高卓然的斋堂倒成了石季伦的金谷。"那边春航亦迎出来，彼此相见，未免道了些仰慕的话。玉林、兰保也与春航见了，与蕙芳坐在一处。南湘对著高品道："卓然既叫相公，自然有酒，不要装呆，快拿出来罢。"高品道："酒是有，只没有仙桃益寿丸。"南湘道："我纵醉了，也不至楼上滚下楼来。"便都笑了。高品的跟班同厨子把酒肴摆上来，大家在圆桌上坐了。南湘与春航又谈了些琴谱文艺，彼此均各敬服。高品道："当今史竹君，是梨园的狄梁公；田湘帆，是戏班的李药师。"南湘道："你又胡言乱道了。"春航道："怎么说？我倒不明白。"高品道："竹君序那《曲台花选》，这些小旦便为公门桃李，兔丝马勃尽是药笼中物，这不是狄梁公么？湘帆弄到精光，昨夜有个夤夜私奔的红拂来，这不是李药师么？"大家都笑，唯蕙芳红了脸，道："前日既然楼上跌下来，倒不变成了鳖，或是跌折了腿也好。"高品笑道："楼上跌下来，总还平常，只怕在戏园门口跌在车辙里，被骡子踏杀了，那倒可怕。"南湘问起来，高品就一五一十的说了，羞得春航无地可容。南湘也大笑道："湘帆真是韵人。绝代佳人以一跌感之，倒是从来未有之事。古闻孙寿堕妆，梁冀下马；今见苏郎唱戏，田子跟车。一副好对，持赠媚香罢。"蕙芳睃著南湘道："你何苦也学著那嚼舌头的人挖苦我。"高品道："这话是恨我已深，其实我与你无仇无怨，何必这样恶狠狠的？"蕙芳道："你再说，我就卸你的底了。"高品道："尽管卸，我却不怕。"蕙芳便念道：

请筵享官，赏戴貂翎，会馆副总裁，戏园行走，书画厂校对，兼管南城街道厅，各梨园乐部，稽察各处新闻事务，到一处祭酒，汗淋学士，总管外务府大臣，曲部尚书，世袭一等史国公，加一急，继乐一次高。

听罢，众人大笑。

这官衔是刘文泽编成的，席中惟有南湘一人知道，春航尚是创闻。高品道："还有一个官衔你没有说。"蕙芳道："好像没有了。"高品道："还有监造兔园册子呢。"南湘又笑。蕙芳不曾理会，即与兰保、玉林在各人面前敬了几杯酒。春航前次已见过玉林，看他丰致嫣然，虽逊蕙芳一等，然比起从前赏识的一班相公，却高得多。见他桃腮粉腻，莲脸香生，另有一种体态丰姿。见他对高品更觉绸缪，倒像各分出了疆界来。又看那王兰保，却是史南湘最得意的，春航倒有些怕他。柳眉贴翠，含娇处亦复含嗔；凤眼斜睃，似有情亦似有怒。径行自遂，倜傥不羁。年纪十七岁，是个武旦，学得一手好拳脚。南湘是个放浪形骸之外的人，从前初识兰保时，也曾大闹过几场，已后倒又相好起来。兰保也知南湘的性情脾气，倒与他十分贴切。每到南湘醉后发狂，经兰保当前，便已自醒。今日席上唯春航不善饮酒，南湘那里肯依，便猜拳行令的百般闹起来。

偏是春航输得多了，以后便不肯饮。南湘命兰保斟了一杯酒，去灌春航。兰保即拿著酒来，走到春航面前，蕙芳知春航不能饮酒，便凑著兰保的手饮了。兰保笑道："这干你什么事？要你越俎而代？"蕙芳笑道："这叫做借他人之杯酒，浇自己之垒块。"兰保道："既然如此，倒请多干几杯。"便斟了几满杯酒，要蕙芳饮。蕙芳道："我不爱饮了，适可而止。"兰保道："那由不得你，你不闻'失意睚眦间，白刃相交加'么？"南湘、春航看著他们，高品对著王兰保作嘴作脸，要他罚蕙芳的酒。李玉林则斜躔香肩，嫣然而笑。兰保也笑道："你真不喝？"蕙芳有些怕他，只得陪著笑道："兰哥饶了我罢。"玉林也再三替他讨情，兰保终是不肯，犹罚了蕙芳一杯，方才开交。

大家又饮过了一会，忽见蕙芳家内有人来叫蕙芳。蕙芳出去问道："什么事？那两个醉汉怎样了？"来人答道："那两个闹了一夜，早上都回去了。方才来了一个面生人，说是广东人，姓奚，叫奚十一老爷。慕你的名，在家候著。"蕙芳道："什么样儿？不要又是潘其观一类人。"来人道："看他光景很阔，带著四个跟班，三十来岁年纪。"蕙芳道："回他去罢，说今日不回去呢。"来人去了。

蕙芳进来，春航问起何事，蕙芳道："家内有人寻我，我回他去了。"高品道："是谁？"蕙芳道："不认得。来人说叫什么奚十一，是广东人。"高品道："好累赘姓，兜头一撇，握颈三拳，中间便丝丝的搅不清，还要假充个大老官。东方之夷有九种，不知他是那一种。"蕙芳道："你倒好在庙门口摆个测字摊子。"说得大家笑了。高品道："今日清饮无趣，何不拿奚十一来做个令？"南湘道："奚十一怎么好做令？"高品道："我们三个人从《四书》上找那个'奚'字，要从第一个说到第十一个，说差了照字数罚酒。他们三个人替我们分消。"春航道："《四书》上未必有这许多'奚'字。"南湘道："就有也不能凑数。"高品道："不过罚几杯酒就是了，何妨试他一试，我先说。"即说道：

奚。

春航道："那一句书的'奚'字，要说明白。"高品道："'奚取于三家'的'奚'。"南湘便道：

　　　　子奚……女奚。
　　高品道："多说了一句，罚两杯。"南湘道："不兴说两句么？"高品道："不兴。"南湘就饮了。春航接著道：
　　　　此物奚……
　　高品赞道："说得好！"便道：
　　　　夫如是奚……
　　又道：
　　　　天子穆穆，奚……
　　南湘道："罚人罚到自己了，谁叫你说两句。况这个'奚'，就是你说的第一个'奚'字，要倍罚十杯。"高品道："我是一句四字，一句五字又不算雷同，怎么要罚？"南湘道："你说不兴说两句的，如何乱起令来？"高品被他们逼住了，只得罚了五杯，慢慢的饮了。轮到南湘，南湘便顿住了口，一时倒想不出来。高品道："罚了五杯，我代你说。"南湘又想了一会没有，只得饮了三杯，兰保代了两杯。高品说道：
　　　　是亦为政，奚……
　　南湘道："怎么我就想不著。"春航也想了一会，道：
　　　　虞不用百里奚……
　　南湘拍著桌子道："罚得冤！"
　　　　有庳之人奚……
　　春航、高品都赞好，应轮到高品说第七个，春航便抢说道：
　　　　则子事我者也，奚……
　　南湘便指著高品道：
　　　　如此则与禽兽奚……
　　大家都笑起来。高品道："都要罚。第七个'奚'字轮到我说，为什么要你们抢说？"李玉林便斟起罚酒来，南湘、春航只图说得爽快，倒也意不在罚。南湘饮了五杯，兰保代了两杯。春航饮了三杯，蕙芳代了四杯。高品催南湘说第八个'奚'字，南湘道："第七个你还没有说，要罚。"因便叫兰保斟酒。高品道："岂有此理！你们都抢说了，叫我说出什么来？还要罚我，天理良心何在？"李玉林也替高品说情，南湘只得依了，便道：
　　　　以粟易之。曰：许子奚……
　　春航道："第九个倒少。"便想了一想，道：
　　　　与礼之轻者而比之奚，与礼之重者而比之奚。
　　蕙芳便顿足道："你何必要说两句？"高品道："好呵，罚九杯。"蕙芳道："这不能。"高品那里肯依，先罚蕙芳五杯，再罚了春航四杯。南湘忽然想著了两句，忍不住不说，也顾不成罚酒，便一气说道：

南面而征北狄怨，曰：奚⋯⋯以其小者，信其大者，奚⋯⋯

　兰保便跳起来道："祖宗，你就爱饮也不犯拖累人。轮不到你说，要你说这两句做什么？"南湘也有些懊悔，高品道："没得说，十八杯。"南湘道："十八杯断乎不能，那真要服仙桃益寿丸了。"春航、蕙芳、玉林也替南湘讨情，罚了九杯。南湘赌气，一人独自饮了。高品道："我这第七个'奚'字，亦想著了。"便道：

　　故诚信而喜之，奚⋯⋯

　又接口道：

　　不以四方之食，供簿正日奚。

　春航掐指一数，道："这可该罚了，要说第十个，你说了第十一个。"高品道："我说错了。

　　此惟救死而恐不赡，奚⋯⋯"

　南湘数一数，又是九个。蕙芳便立起来，执定要罚高品十九杯，高品不肯，兰保也帮著蕙芳要罚，不肯减数。经高品苦求，只罚了十一杯，玉林代了三杯，高品一连饮了八杯。南湘想了一会，手在桌上画了十画，道：

　　勇士不忘丧其元，孔子奚⋯⋯

　底下是春航，也想了好一会，道：

　　子路宿于石门，晨门曰：奚⋯⋯

　高品道："报应得快，罚十杯。你应该说十一了。"春航一想，果然错了。蕙芳便拦住道："你也看各人的酒量，不可一味的傻罚。"高品道："酒令严如军令，自然要执一的。"蕙芳道："记著，明日饮罢。"高品道："你们的开发倒可明日，酒可不能明日。"玉林道："打个对折，喝五杯罢。"蕙芳又代了三杯，春航勉强饮了两杯。底下是高品收令，想了一会，道：

　　昔者赵简子使王良与嬖奚⋯⋯

　说完，大家相视而笑。已有二更多天，吃了饭，各人要散。蕙芳的车已等了多时，随即辞了众人，先回去了。王兰保是同了南湘出来，李玉林的车尚未来接，都搭了南湘的车回家。南湘先送了兰保回去，又送李玉林到门口。玉林留他进去，南湘道："天不早了，改日再见罢。"便一径回家。经王恂门口走过，南湘忽然口渴，便叫跟班的进去一问王少爷可睡了没有？跟班的走到门房说知，管门的到书房，探看王恂、颜仲清尚未安睡。门上回过，王恂等便叫请进，史南湘进来。

　未知后事如何，且听下回分解。

第十五回
老学士奉命出差　佳公子闲情访素

话说史南湘进内与仲清、王恂见了，喝了几杯茶。王恂问其所从来，南湘将日间的事一一说了，又将春航、蕙芳的光景说了一会。王恂、仲清羡慕不已。仲清道："不料苏媚香竟能这样，从此田湘帆倒可以收心改过了。"也将前日题画规劝之事说了，又说春航且有微愠。南湘道："改日我与你们和事如何？"又问起子玉来，仲清道："庚香日间在此，他的李先生于月初选了安徽知县，就要动身了。"南湘说了几句，也就回去不题。

却说子玉在王恂处谈了半天回家。李先生已经解馆，要张罗盘缠，魏聘才替他拉了一纤，托张仲雨问西客借了一票银子，占了些空头，有二百余金，添补些衣服，也叫了几天相公。李元茂要在京寄籍，性全也只得由他。当晚，子玉与聘才在书房闲话。那日是忌辰，日间聘才独自一人到樱桃巷去，找著了叶茂林，两人谈了半天。聘才拉他在扁食楼上吃了饭，即同到那些小旦寓处，打了几家茶围。末了到琴言处，琴言倒出来与聘才谈了几句，即问起子玉来。聘才就将子玉的心事，再装点了些，说得琴言著实感激，并与琴言约定了，明日同子玉前来相会。回来与子玉说知，子玉便添了一件心事，一夜未曾睡著。是夕，士燮在尚书房值宿未回。

到了次日，子玉正要打算和聘才去看琴言，忽见门上梅进满面笑容的进来，说道："恭喜少爷，老爷放了江西学差，报喜的现在门口。"子玉听了，也觉喜欢，便同著梅进到里头报与颜夫人知道，颜夫人欣喜更不必说。李性全就同元茂、聘才到上头去道了喜。少顷，士燮回家，有些同僚亲友陆续而来，一连忙了几日。便接著李先生赴任日期，士燮又与先生饯行。到动身那一日，子玉同了元茂、聘才直送出城外三十五里，到宿店住下。性全嘱咐一番，又教训了元茂几句，道："庚香年纪虽小于你，学问却做得你的先生，你以后须虚心问他。"元茂连声答应。性全又对聘才道："小儿本同吾兄出来，我看他将来是一事无成的，一切全仗照应。"聘才亦诺诺连声。子玉是孝友性成，临别依依，不忍分手，只得与元茂送了先生，同了聘才洒泪而别。

士燮也择于三月初十日动身，今日已是初五了。颜夫人与士燮说道："新年上，孙家太太为媒，与王表嫂面订了二姑娘，将玉簪子为定。你如今又远行了,也须过个礼,不是这样就算的,别要教人怪起来。"士燮笑道:"你不说我竟想不起,这个是必要的,明日就请孙伯敬为媒就是了。"正说话间,孙亮功来拜,士燮出见,问了起程日子,便说起他的夫人的意思来,说:"新年与王家订亲,彼此是娘儿们行事,究竟也须行过礼,方才成个局面。况你此去也须三年才回,不应似这样草草。"士燮道:"我们正商量到此,原打算来请吾兄。明日先过个帖,大礼俟将来再行罢。"亮功答应了。次日,颜夫人备了彩盒礼帖,请亮功来,送了过去。文辉处回礼丰盛,有颜仲清帮同亮功押了回来,士燮备酒相待。是日不请外客,就请聘才、元茂相陪。这李元茂今日福至心灵,说话竟清楚起来。性全出京时留下二百两银子与他,元茂买了几件衣裳,混身光亮。亮功眼力本是平常,今见了元茂团头大脸,书气满容,便许为佳士,大有余润之意,便问起他的姻事来。仲清早已看明,便竭力赞扬。李元茂不知就里,乐得了不得,心里著实感激仲清。且按下这边。

再说子玉在家无趣,趁他们吃酒时,便带了云儿去找刘文泽、史南湘。先到了文泽处,不在家,去找南湘,恰好文泽的车也到南湘门口。子玉道:"我方才找你。"文泽道:"失候。我去找冯子佩,适值他进城去了。"说著,遂一同进去,到南湘书房坐了。伺候南湘的龙儿送了茶,道:"我们少爷这时候还没有起身呢。"说罢,进去了。一盏茶时候,见南湘科头赤脚,披著件女棉袄出来,道:"你们来得好早。"子玉见了,便笑:"我吃过了饭才来的。"文泽道:"好模样,拿你们夫人的衣裳都穿出来,难道你们夫人也没有起身么?"南湘道:"他起身多时了。我方才睡醒,听见你们二人来,我不及穿衣,随手拉著一件就出来的。"就有龙儿拿上脸水,还有个虎儿送出衣裳靴帽。南湘洗了脸,慢慢的穿戴起来,便笑嘻嘻的向子玉作了一个揖,道:"恭喜,恭喜!你瞒著我们定得好情。"子玉只当说他定亲,倒害臊起来。文泽道:"定得什么情?"南湘道:"前日我在度香处,他说有个叫杜玉侬,是古往今来第一个名旦,被庾香独占去了。他们还在怡园唱了一出《定情》"。

文泽道:"那个叫杜玉侬?我们怎么也没有见过?"南湘道:"好得很。据度香、静宜品题,似乎在宝珠之上,我却不认得。庾香今日怎不同我们去赏鉴赏鉴?"子玉听了,才知不是问他定亲,然却是初出茅庐,不比他们舞席歌场闹惯的了,却臊得回答不出了。文泽再三盘问,只得答道:"这玉侬就是琴言,你们也都见过的。"文泽道:"真冤枉杀人,我们不要说没有见过,连这名字都没有听见过。"子玉道:"怎么冤枉你们?难道正月初六在姑苏会馆唱《惊梦》那个小旦,你们忘了不成?"文泽想了一会,道:"是了,是了。这么样你更该罚。那一天你们四目相窥,两心相照,人人都看得出来。我问你，你还抵赖说认都不认得，如此欺人。今日没有别的，快同我们去，难道如今还能说不认得么？"南湘大笑道："认得个相公，也不算什么对人不住的事情。庾香真有深闺处女屏角窥人之态。今日看你怎样支吾，快去，快去！今日就在他那里吃饭。"

子玉被他们这一顿说笑，就想剖白也剖白不来，只觉羞羞涩涩的说道："凭你们怎样说罢，我是没有的，我也不知道他住在什么地方。"南湘道："你又撒谎。"文泽道："若是那一个，我倒打听了，只知道他叫琴官，是曹长庆新买的徒弟，住在樱桃巷秋水堂。"南湘道："走罢！"即向龙儿吩咐外面套车。子玉道："我是不去。"南湘道："好，好！有了心上人，连朋友都不要了，你是要一人独乐的。"便拉了子玉上车，一径往樱桃巷琴言处来。

文泽的跟班进去，一问琴言不在家，听得里头说道，就是刘大人带到春喜园去了。文泽一个没趣，子玉倒觉喜欢。南湘道："那里去？我还没有吃饭，对门不是妙香堂素兰家么？咱们就找香畹去。"文泽道："只怕也未必在家，叫人去问一问。"素兰却好在家，里头有人出来，请了进去，到客厅坐下，送了茶。文泽问子玉道："香畹你见过没有？"子玉道："没有。"南湘道："此君丰韵，足并袁、苏，为梨园三鼎足。"不多一会，素兰出来，与南湘、文泽见了，又与子玉相见。素兰把子玉细细打量了一番，问文泽道："这位可姓梅？"文泽向子玉道："又对出谎来了，你方才说不认识他，他怎么又认识你呢？"子玉真不明白，恰难分辩，倒是素兰道："认是并不认得，被我一猜就猜著了。"南湘道："我却不信，那里有猜得这么准。你若是猜得著他的名字，就算你是神仙。"素兰道："他名字有个'玉'字，号叫庾香，可是不是的？"南湘、文泽大笑道："这却叫我们试出来了，还赖说不认识。我们当庾香是个至诚人，谁知他倒善于撒谎。"说得子玉两颊微红，这个委屈，无人可诉。细看素兰的面貌，与自己觉有些相像，恐怕被南湘、文泽看出说笑，他便走开，去看旁边字画。南湘对文泽道："你可看得出香畹像谁？"文泽道："像庾香，我第一回见庾香，我就要说他，因为他面嫩，所以没有说出来。"子玉权当不听见，由他们议论。素兰道："你们不要糟蹋他，怎么将我比他？"说罢，拉了子玉过来，到这边坐下。南湘道："我们还没有吃饭，你快拿饭来。"素兰即吩咐厨房备饭。

子玉虽见过素兰的《舞盘》，那日为了琴言，恰未留心。今见素兰秀若芝兰，秾如桃李，极清中恰生出极艳来。年纪是十七岁，穿一件莲花色绉绸绵袄，星眸低缬，香辅微开，真令人消魂荡魄，便暗暗十分赞叹，也不在琴言、宝珠之下，只不知性情脾气怎样。外面已送进酒肴来，三人也不推让，随意坐了。素兰斟酒,谓子玉道:"你是头一回来,须先敬你。"子玉接了。随又与南湘、文泽斟了。

文泽问道:"你今日倒不上戏园子去?"素兰道:"今日没有我的戏,可以不去。"子玉见了素兰也是幽闲贞静一派,心里就契重他。素兰一抬头,见子玉只管偷看他,不觉一笑,便有一种幽情艳思摇漾出来,子玉把眼一低。文泽笑道:"同了庾香出来,我们有多少算不来处。"子玉不解。文泽笑道:"有了你,譬如逛灯那一天,车中的少妇只爱你不爱看我们了,不是算不来么?"说得子玉胀红了脸,道:"我倒不晓得爱什么。"素兰对著南湘道:"我最爱你题我的画兰那首《木兰花慢》词。"南湘道:"你填的词,近来也好得多了。"

素兰忽然怔怔的看着子玉,如有所思,被文泽瞧破,便谓素兰道:"你爱他么?"素兰又一笑。子玉便不好意思,倒坐立不安起来。素兰对子玉道:"你今日可曾看你的相好?"子玉摸不着是谁,便道:"你说那一个?"素兰道:"我只知道你这一个,不知道还有几个。"子玉益发不解。南湘、文泽也猜不出来,都问道:"你说他的相好是谁?"素兰道:"他的相好,倒天天到我这里来,就住在对门,你怎么过门不入?快去请了他来。"子玉方悟出是琴言,心里想道:"怎么他们都会知道了?"文泽道:"何如?连庾香的相好他都知道,可见你们交情很深。"南湘道:"我们先到对门,琴言不在家,方到这里来。"素兰道:"原来因他不在家,你们才过来。"

子玉听了,心上恰有些过意不去,正要开口,文泽接着道:"我们从那一头来,先过他门口,自然要先问一声再过来,也是由近而远一定的道理。"素兰道:"不怪你们,也不必圆转。我告诉你们实话罢:我与庾香恰并无一面之识,都是玉侬告诉我的。这玉侬本来与我说得来,从正月初七日起,至今便天天过来与我长谈,甚为莫逆。近来往往叫我的号便叫错了,叫我庾香。"子玉一听,已想着琴言的意思,便觉一阵心酸,凝神敛气的等素兰说下来。文泽指着子玉道:"他便叫庾香,怎么琴言叫起你庾香来?"南湘道:"这还要问?这个缘故你还猜不出来?"文泽也不开口,再听素兰道:"我那里晓得他叫庾香,起初也不在意,后来常听他叫错,便盘问他,他不肯说。有一日瑶卿在此,我与他说起来,瑶卿便把你们的情节说了一个透彻。玉侬已后自己也说出来,道我有些像你,见我如见你一样,所以时常到我这里来,并不是与我真心相好,不过借我作幅画图小影,你道这情深不深?人家费了这片心,难得你今日来,我所以替他明白明白,教你知道,不教他白费了这片心。"子玉听了,便如哑子吃黄连,说不出苦来,两眼眶的酸眼泪,只好望肚子里咽。文泽、南湘连连点头,道:"这真难得。"文泽又道:"玉侬于庾香的情,可为二十四分了,不知庾香与玉侬的情怎样,你可知道?"素兰道:"怎么不知道?也是瑶卿说的。"又将徐子云将假琴言试子玉的情节说了一番,听得南湘、文泽笑了又赞,赞了又笑。子玉十分难受,只得说道:"些须小事,一经人道,便添出无数枝叶来了。"当下素兰又遣人去问,琴言尚未回来。

吃过饭,讲了些闲话,子玉便要素兰写的字。素兰道:"现成的却没有。"说罢,便往里面去,不多一会,拿出一柄湘妃竹纸扇,双手呈上,道:"这是方才写的,权且奉赠,只是不好,看不得。"子玉看时,铁画银钩,珠圆玉润,盎然古秀可爱,图章亦古雅。子玉作了一揖谢了。谈谈讲讲,已是申末时候,子玉要回,南湘、文泽也就同了出来,素兰送至大门,各人上车不题。

却说孙亮功回去与陆夫人商量,要将大女儿许与元茂,陆夫人冷笑了几声,不发一言,亮功不敢再说。然主意已定,明日去托王文辉为媒,文辉踌躇了半天,心里想道:"这个白人儿,怎好嫁人?"因又想道:"那李元茂也不是个佳婿,呆头呆脑的,那一天作个揖,就将我的帽子碰歪,只好娶这样媳妇。"便应允了。为这件事,特到士燮处来,将亮功之意达之士燮。士燮大喜,就请了聘才、元茂出来,聘才自然一口赞成,元茂十分畅满。士燮就与元茂代写了求允帖,交与文辉,于初六日过了礼帖。这是千里姻缘,百年前定,李元茂这个呆子巴不得明日就赘了过去,才可免指头儿告了消乏。

初十日,仲清、王恂绝早过来送行,梅学士行李一切,早已收拾停妥,已于初九日打发家人押了出城。是日亲友拥挤不开,时候尚早,仲清、王恂先在书房,与子玉、元茂等等候。仲清便对元茂道了喜,道:"恭喜,恭喜!你今日真得了一个雪美人。你从前不是有句诗是'白人双目近'么?如今倒成了诗谶了。"元茂不解,颇自得意。

少顷,士燮送了客出去,便叫出子玉来,教训了一番,又叮嘱了元茂、聘才几句。然后与夫人别了,即上车起程,颜仲清、王恂、魏聘才、李元茂一起随后,颜夫人领著子玉,并有些仆妇丫鬟一群的车,也送出城来。城外是王文辉、孙亮功等十几个同年至好,一齐在旗亭饯别。士燮盘桓了一会,文辉等进城。天色不早,颜夫人也只得带了仆妇丫鬟洒泪先回。子玉、仲清、聘才、元茂与些家人们,随到店中住了一夜,明日叩别。士燮又勉励了子玉几句,子玉也只得同仲清等哭泣而回,且按下不题。

那日徐子云也在旗亭送行回来,且不进宅,一径到园,即到次贤屋里,始知次贤在桃花坞赏桃花,还有宝珠、漱芳两个,子云就到桃花坞来。虽是自己园中,也不能天天游览,数日之间,已见桃花开满,烂若晴霞,映著一水盈盈,草茵如绣,真觉春光已满。走进了第三重,始见曲榭之中,次贤与宝珠、潄芳在那里喝酒。见了子云，宝珠、潄芳已迎上来，次贤也笑面相迎。子云笑道："静宜，今日竟偏我独乐了。"次贤道："我知道你今日早回，先已虚左而待。"潄芳道："你不见摆了四个坐儿么？"子云即在次贤对面坐了。

次贤问道："今日送行的人多么？"子云道："人倒不少，庾香、剑潭送到前站宿店去了，要明日才回。"即指着宝珠笑道："惟有他们同队中，不见有一个人在那里送行，只怕这位老先生，生平也没有叫过他们。"宝珠笑道："这位梅大人每逢戏酒，叫我们也伺候过几回，人倒谦雅的，就总没有赏过一句话儿。倒不料他生出那么一个风流的公子。这梅庾香前日竟在香畹处吃饭，还到玉侬处，没有遇见。据香畹说，他待玉侬的情分，竟是有一无二的。"子云道："你怎么知道他去找玉侬？是他一人去的么？"宝珠道："是香畹对我讲的，他恰与竹君、前舟二人同去，香畹还送了他一柄扇子，他们倒也合式了。"次贤道："我看前日庾香、玉侬二人，真可谓用志不纷，乃凝于神。这两人既相得了，将来必要找出多少苦恼的事情来，你们慢慢的看著他们罢。"

当下这四人喝了一会酒，看了一会花，次贤对宝珠道："度香所刻那十六个酒令，你们看见没有？"宝珠道："怎么没有看见？"子云道："你们今日何不也照这令行几个出来，也见见你们的心思。"宝珠尚未回答，潄芳道："这个我们只怕行不来，一来心思欠灵，二来这唐诗与《诗经》也不甚熟，那里能说得这样凑拍。除非在家里把几种书翻出来，拣对路的一个个凑，才凑得成呢。"宝珠道："我们真自惭愧，这些姑娘们也与我们差不多年纪，怎么他们就有这样慧心香口，我们就这样笨？"子云道："你们今日试行一行，包管你们行得好。"便叫拿副骰子来，家人便去取了副骰子放在盆里，送到席上。

子云便叫宝珠先掷，宝珠尚推诿不肯，经子云、次贤逼住了，只得说道："何苦要我们做笑话？我非但别样记不清，连这曲牌名也记得有限。或者瘦香还能，我是定说得不好的。"只得掷起来，掷了好几掷，掷著了一个色样，名为"绿暗红稀"，便呆呆的想来，想了一会，不得主意，便道："这不是寻烦恼么？"潄芳道："我且掷著色样再想。"他也掷了好几掷，掷著了"苏秦背剑"，便道："这更难了。"忽见宝珠问次贤道："《诗经》上有一句什么永叹？我记不真。"次贤道："每有良朋，况也永叹。"宝珠道："有是有了一个，只就是不甚好。"子云道："你且说来。"宝珠念道：

　　绿暗红稀，梦好更寻难，你晚妆楼上杏花残。懒画眉，况也永叹。

次贤、子云赞道:"说得很好,第一个就这么通,真是难得。就这《诗经》一句稍差了些,然而也还说得过。"宝珠道:"这《诗经》实在难于凑拍,又要依这个韵,觉得更难了。"漱芳道:"我想的更不好。《诗经》上不是有一句'莫我肯顾'么?"子云道:"有。你快说。"漱芳要念时,重又顿住,觉有些羞涩,次贤又催,只得念道:

苏秦背剑,北阙休上书,误你玉堂金马三学士。不是路,莫我肯顾。

子云道:"这个说得甚好,竟句句凑拍。"次贤道:"倒实在难为他。"宝珠道:"他的比我好,不比我的杂凑。"便觉两颊微红,大有愧色。子云安慰道:"你的也好,不过你的题目宽泛些,难于贴切。他这'苏秦背剑'的题目就好,所以比你的容易见长。"

宝珠得了这一番宽慰,稍为意解,便又掷了一个"紫燕穿帘",便道:"这个题目倒好。"便细细的想,想了好一会,问子云道:"我记得有'绣窗愁未眠'这一句,是诗还是词?"子云道:"是韩偓的诗。"宝珠道:"这个略好些儿。"便念道:

紫燕穿帘,绣窗愁未眠,慢俄延,投至到枕门前面。四边静,爱而不见。

子云等大赞。漱芳道:"你们知道他这'四边静,爱而不见',是说得什么?"次贤笑道:"大有春恨怀人之致。"子云也笑。漱芳笑道:"不是。他昨日飞去一个秦吉了。我昨日到他那里去,正遇著他急急的跑出房来,四下张看,问我道:'你看见没有?'他方才说的,倒像那昨日的神气。"宝珠也笑道:"今日他又回来了。"

漱芳又掷,掷了一个"花开蝶满枝"。漱芳想了一会,说道:

花开蝶满枝,是妄断肠时,我是散相思的五瘟使。蝶恋花,春日迟迟。

次贤等大赞道:"这个更好。"宝珠道:"他总比我的说得好,我今日的两个都不及他。"便又掷了一个"打破锦屏风",便道:"这个题目恰好,然难也难极了,须要在'打破'两字上头著想,若得凑成了,倒是个好令。"漱芳道:"这个难,教我就凑不成,只怕那句《诗经》就不容易。"宝珠怔怔的想,想著了唐诗,又凑不上《西厢》;想到了《西厢》,又凑不上《诗经》,好不著急。想了好一会,问道:"《诗经》上不是有一句'何以穿我墉'么?"次贤道:"妙极了,这一句已经稳妥,中间凑得连络就好了。"宝珠面有喜色,欣欣的念道:

打破锦屏风,暮色满房栊,吉丁当敲响帘栊。月儿高,何以穿我墉。

子云等大赞道："这个实在妙极了，就在那十六令中也是上等，我们恭贺三杯。"宝珠始为解颜欢喜。

漱芳心里又著急起来，恐怕再行，不能及他，便道："算了罢！实在费心得很，我不掷了。"子云道："这令原也费心，但只五个，他得了三个，你才两个，你再掷一个罢。"漱芳道："适或色样重了呢？"次贤道："重了不算，须要不重的才有趣。"漱芳不得已，掷了好几个重叠色样，然后才掷出一个"楚汉争锋"，便道："掷了这个，就算完结了。"子云应允。漱芳便构思起来，一人独自走到桃花丛中去了。子云等也到花丛中游玩。漱芳道："我想倒想著了一个，就是唐诗这一句还有些牵强，若除了这一句，我又找不出第二句来，只好将就些罢。"便念道：

楚汉争锋，君王自神武，你助神威擂三通鼓。急三枪，百夫之御。

大家赞好。子云道："今日又得了六个，共有二十二个了，将来能凑成一百个就好了。"次贤道："一百个是不能，况且骨牌名没有这许多，曲牌名是尽够，不如去了这骨牌名换个别样，或者凑得成百数。若用骨牌名，可用的也不过五六十个，内中有几个有趣的偏掷不著，如'公领孙'、'锤馗抹额'、'贪花不满'、'三十秃爪龙'等类，凑起来必有妙语。就是限定《西厢》也窄一点儿，不如用曲文一句就宽了。惟有那'推倒油瓶盖'一个难些。"子云道："《诗经》上'瓶之罄矣'好用，曲牌名用《油葫芦》。"次贤道："《西厢》呢，用那一句？"子云想了一想，笑道："《西厢》上可用的恰又不是这个韵。"

四人在花下坐了，子云问起琴言今日何以不来，宝珠道："今日他又替我到堂会里去了。他就有一样好处，他唱戏时并不很留心关目，他那丰韵生得好，就将他自己的神情，行乎所当行，倒比那戏文上的老关目还好些。所以才有人说他生疏，也有人说他神妙。"子云笑道："以后梅庚香大约非玉侬之戏不看，非玉侬之酒不喝的了。"漱芳笑道："玉侬的行事还没媚香的奇，近来闻他天天到宏济寺去一回。有个什么田湘帆，也是个风流名士，闹到不堪。后来见了媚香的戏，便天天跟著他的车，他往东就往东，他往西就往西，跟了整个月。媚香怜念他，与他一谈，倒谈成了知己，如今是莫逆得很，不可一日不见。"次贤笑道："有这等事！我看媚香真算个鹡鸰渌老不寻常，竟有人笼络得住他么？这人必是不凡。"

正说得高兴时，忽子云的家人上前说："有客来拜。"子云便冠服出去。不知后事如何，且听下回分解。

第十六回
魏聘才初进华公府　梅子玉再访杜琴言

话说前回书中梅士燮赴任之后，一切家事，内而颜夫人掌管，外而许顺经理，井井有条。子玉仍系读书，经籍之外研磨诸子百家。到花晨月夕，则有二三知己，明窗净几，共事笔砚。或把酒清谈，或题诗分韵。所来往者刘文泽、颜仲清等为最密。而怡园徐度香一月间亦过访几次，或遇，或不遇。盖度香局面阔大，现处福地，为富贵神仙，所以干谒者纷纷而来，应酬甚繁。即遇无事清闲之日，又须为诸花物色，荼蘼石叶之香，鹿锦凤绫之艳，虽倾倒一时，然较之小楼深处修竹一坪，纸帐开时梅花数点，反逊子玉、竹君等之清闲自在也。

却说魏聘才其人在不粗不细之间，西流东列，风雅丛中，究非知己；繁华门下，尽可帮闲。目下与李元茂同住梅宅，一无所事，唯有出外闲游。而元茂又另是一种呆头呆脑的脾气，与之长处，实属可厌。聘才思量道："我进京来本欲图些名利，今在京数月，一事无成。且梅老伯又到江西去了，要两三年才回，王老伯终是大模大样，绝无一点关切心肠。长安虽好，非久恋之乡，不如自己弄得一居停主人，或可附翼攀鳞，弄些好处出来亦未可定。我想富三爷交游最阔，求他觅一机会，不甚为难。"主意定了，就坐车进城，来到金牌楼富宅，先著小使到门上一问。

聘才听说三爷不在家，在对门贵大老爷处打牌，小使出来，聘才道："贵大爷我去年却拜过他，未曾见着，今日正好拜他。"即到对门来，传进片子，听得里面叫："请！"开了两扇中门，聘才进去，却是小小一个院落。只见贵大爷从正厅上出来，迎上前，与聘才拉了手，让聘才进屋内炕上坐。聘才道："兄弟来过几次，总值大爷出门，偏偏遇不著。"贵大爷道："兄弟差使忙，轻易不出城，倒常想同富三哥出城找吾兄逛一天，不是他没有空，就是我有事，再停两天就好了。"又讲了些闲话。聘才留心屋内却也收拾干净，一并是三间，东边隔去了一间做书房。院子内东边是粉墙，西边一个月亮门，内有一扇屏风挡著，想必是内室了。只见炕上挂一幅蓝地白字的回文诗句，一幅冷金笺对子，是户部总理写的。两旁是八张方椅，东边摆一书桌，一盆小小盆景，一面是几张方杌。

聘才正要开口，贵大爷道："富三哥在此打牌，就在那屋子里，咱们那边坐罢。"就让聘才进去。走到书房门口,有一小厮揭起了一个香色布帘,聘才跨将进去,只见富三将牌望桌上一放,打了一个呵欠,伸了一伸腰,见了聘才便站起来,笑嘻嘻的道:"久不见了,好呵?"聘才拉个手,见屋里尚有两人,一人面南,一人面北,那面南的即起身照应,那面北的便似照应不照应的,略把身子松一松,就坐了,仍看著手中的牌。聘才看那上首一位的相貌,一脸酒肉气,两撇黄须,一双蛇眼,衣帽虽新,不合官样,约有四十四五岁。下首一位,已有五十余岁,是个近视眼,带了眼镜,身上也是一身新衣。聘才便问道:"这两位没有请教贵姓。"那上首的即答道:"姓杨,我是这里的街坊。"又问那位老年的,老年的慢慢的答道:"我姓阎。"贵大爷道:"这位阎简安先生,是华府中的师爷。那一位是精于地理的,又是富三哥的干兄弟,就在东胡同那大宅子里,号梅窗,行八。"说罢,小厮移了一张凳子,就放在富三上首,大家坐了。富三道:"你好阿!你在城外天天的乐,你也不来瞧瞧哥哥。你知道哥哥惦记你,你就不惦记我;我找你两三回,你躲著不出来,你天天儿瞧戏,好乐阿!"聘才笑道:"那里的话?那一天不想著三爷。因我老伯到江西去了,一切家事是托兄弟照应的,所以事情多一点儿。"

那姓杨的便问聘才道:"足下在梅大人宅里?"聘才道:"是。"因问道:"认得梅宅么?"那人道:"怎么不认得?他们茔地的树,还是我种的呢。"贵大爷道:"这杨老八的风水是高明的,我们内城多半是请他瞧的。"聘才便又拉拢起来,只有那个阎简安是冷冰冰的,只与富、贵两人讲话。富三爷道:"歇了罢,这牌打得闷人,就是我输了,算帐罢。"阎简安便道:"怎么就歇?方才打了两转。"梅窗道:"算了,不用来了。"于是大家起身散坐,点筹码,是阎、富两人输了。聘才道:"倒是我吵散了。"富三一手捶着腰,道:"我本来不喜欢这个,输了钱还惹闷。"阎简安道:"可不是。"杨梅窗笑道:"谁叫你们打得这么灿头?将牌都乱发的,不输你输谁?"阎简安笑道:"你好,我瞧见你几时又赢过钱?不过会讹人就是了,只好在我与富三哥面前混淆,在贵大哥跟前就不能了。"大家说笑了一阵,贵大爷即命小厮拿出酒肴来,是四五样荤素菜,一壶黄酒,宾主五人小酌了一回。

席中聘才对那阎简安问起华府的光景,那老阎就觉得有些高兴,便道:"敝东公子是人间少有的,府里的阔大是说不尽的。"聘才又问同事几位,简安道:"在府里住的有十几位,在老爷子任上的有十几位,其余来来去去走动的,不计其数。我是老爷子三十年的交情,同著出过兵,与那些个朋友是两样的光景,哥儿待我是父辈的礼数。其余就难讲了。"原来这个阎简安是个半生半熟的老笾片,却与华公有旧,嫌其心窄嘴臭,脾气古怪,所以叫他在府里住著。华公子是更不对的。杨梅窗是个土簸片，但知势利，毫无所能；又是个里八府的人，怯头怯脑。因与富三爷是干兄弟，又拉拢了些半生半熟的阔老，仗著看风水为名，胡吹乱讲的一味贪财，或与地主勾通，或与花儿匠工头连手，赚下人的钱，也捐了个从九候选，至于堪舆之学，实在不懂。是日谈次，倒与聘才合了式，便要与聘才换帖。聘才是乐得拉拢的，便十分应酬。只有那位老阎是势利透顶的人，如何看得起聘才，聘才也深厌其人。

五人欢叙了一回，各要散了，杨老八并约聘才另日再叙。聘才便同到富三家里来，又坐了一回，便把心事讲起。富三爷道："既然如此，何不就挪到舍下来，盘桓几时？"重又说道："我们舅太爷府中朋友最多。今日听得老阎说，辞了那位出去，如今正少人呢。"聘才道："舅太爷是那一位？"富三道："你不记得去年在城外，瞧见那十几辆车，车内那个貂裘绣蟒的，叫做华公子就是？"聘才心中十分欢喜，想道："这华公子势焰熏天，若得合了式，弄个小小的出身也还容易。"又遂问道："他家去做朋友，不知要办些什么事？"富三道："办什么呢？陪著喝酒，陪著看戏，闲空时写两封不要紧的书札；你还会弹唱，是更合他的心意了。这人本是个顶好的好人，只要尽拿高帽子孝敬他，他就喜欢；违拗他，他就冷了。我瞧你趋跄很好，人也圆到，你肚子里自然很通透的了。我们舅太爷笔底下也来的，去年老佛爷叫他和过诗，并说好，还赏了黄辫子荷包一对、四喜搬指儿一个呢。你要去，我明日就荐你，包管可成。"聘才听得喜动颜色，忙作揖谢了。因又想著这个老阎有些碍眼，忽又想道："各人办各人的事，不与他往来便了。"再坐了一回，辞了富三回寓。

明日，富三就到华公府来，见了华公子，就荐聘才进府，帮办杂务。华公子应了，说道："我这里倒不拘人多人少，只要人好，是你的好朋友，自然不用讲了。就请你去讲一声，请他来就是了。"即吩咐林珊枝传谕总办，将魏师爷修金饮馔说定，富三连连答应几个"是"。又进去见了华夫人，就辞了，一径出城，通知了魏聘才，请其明日就去。

是日，聘才就与子玉说明，并谢数月叨扰。子玉吃惊道："大哥何故要去？莫非嫌小弟有得罪之处么？"聘才连连陪笑道："愚兄自到贵府以来，承伯父母同棣台如此恩待，岂尚有不足？无奈愚兄此番进京，家父谆谕自己，定要谋一前程出京。因此处稍可巴结，且富老三力为作合，且去看看光景。只隔一城，原可时常来的，棣台若不忘怀，华府园亭，闻说是极好逛的。伯母前请棣台先为禀明，明日起身时，再进去叩谢。"李元茂在旁，闻得聘才要进华府，心中有些难过，道："你去了只剩了我，且你也少了个伴儿。我闻得华公子脾气不好，你倒不要去吃钉板，还是在此罢，过年再说。"聘才道："各人有各人的打算，我如今比不上你了。你是知县少爷，享现成的福；我不但自己不能受用，还要顾家呢！"子玉听到这句，便知不能强留，只得进去与颜夫人说了。颜夫人道："既然如此，只好听他自去罢。但老爷出门时，嘱咐我好生看待，且说他倒能办事。但此时也无甚多事，如果将来有事，再请他回来亦可。"是晚，即命子玉与聘才饯行，又送出四十两银子与聘才，聘才感激不尽。一夜与元茂谈谈讲讲，各有难分之意。

明早，富三爷即遣人带了两辆车来接聘才，聘才即拜别颜夫人并子玉，又辞了元茂，收拾停妥，带了四儿一径上车。先到富宅略叙片时，富三亲送到华府。到了门口，富三先著人回进去，并说魏师爷来了。聘才在车内一望这门面，就觉威严得了不得，就是南京总督衙门，也无此高大。门前一座大照墙，用水磨砖砌成，上下镂花，并有花檐滴水，上盖琉璃瓦，约有三丈多高，七丈多宽。左右一对大石狮子，有八尺多高。望进头门里，约有一箭多远，见围墙内两边尽是参天大树，衬著中间一条甬道，直望到二门，就模模糊糊，不甚清楚。觉有数十人在那门口坐著。回事人进去了有半个时辰，才见出来，说："请！"富三同魏聘才便下了车，二人整整衣裳走进。

将近二门，见那一班人慢慢的站起来，约有二三十个，都是一色衣服，有几个见了富三上前请安，并问道："这位就是请来的师爷吗？"魏聘才亦各照应了。走进二门，又是甬道，足有一百多步，才到大厅。回事的引著，转过了大厅，四面回廊，阑干曲折，中间见方，有一个院子，有花竹灵石，层层叠叠。又进了垂花门，便是穿堂。再进了穿堂，便觉身入画图，长廊叠阁，画栋雕梁，碧瓦琉璃，映天耀日。聘才是有生以来，没见过这等高大华丽、绚烂庄严，心上有些畏惧。富三是去熟的，引路的道："请三爷到西花厅坐罢。"那人便曲曲折折走了好一会，方到了一个水磨砖摆的化月亮门站住了，就不进去了。咳嗽一声，里面走出四个年轻俊秀家僮来。那人交代了说："请进西花厅去。"

聘才随富三进得门来，是一个花园，地下是太湖石堆的，玲珑透剔；下面是池水，俯见石罅中游出两个金色鲤鱼来。修竹碍人，狂花迎面。走了数十步，上了好几层参差石磴，接著一座石板平桥。过了桥，是个亭子，下了亭子，又是假山挡住，绝似狮子林光景，要从神仙洞内穿出，方见一所花厅。接著又有几处亭榭，绿树浓阴，鸟声噪聒。庭前开满了罂粟、虞美人等花，映衬那池边老柏树上垂下来的藤花，又有些海棠、紫荆等类。来到花厅，前面是一带雕阑，两边五色玻璃窗，中间挂一个绛色夹纱盘银线的帘子。书僮把纱帘吊起在一个点翠银蝴蝶须子上。进得厅来，地下铺著鸭绿绒毯，上头是用香楠木板做成船室，刻满了细巧花草。悬著一个匾额，是王铎写的"苔花岑雨联情之馆"的墨迹。四围珠缨灵盖，灯彩无数。中间平门上刻著文徵明的草书，一张大炕都是古锦斑烂的铺垫。炕几上供一个宝鼎，浓香芬馥。两边墙上糊著白花绫，一边是挂著王右丞八幅青绿的山水，一边是两个博古厨，上头尽放些楠木匣子，想是古书。所有桌凳杌椅，尽是紫檀雕花，五彩花锦铺垫。正是个锦天绣地，令人目炫神乱。富三与聘才就坐在椅子上，等有两盏茶时候，忽见一个书僮出来说："公子今日不爽快，请三爷与师爷到东花园和各位师爷们见见，就请魏师爷在东花园与张师爷、顾师爷在一块儿住罢。"富三又说："替我请安。"聘才也站起身道："替我亦说到。"小厮答应了"是"。

　　窗外那个书僮就请富、魏二位到东花园去，仍由旧路出了月亮门。那东花园却在前面东首，聘才跟著富三，重新向外弯弯转转，尽走的回廊，处处多有人伺候。华府规矩：每一重门，有一个总管，有事出进都要登号簿的。聘才走了半天，心中也记不清过了多少庭院。及走到穿堂后身，东首有一条夹巷，觉有半里路长。又进了一重门，才见一个花园。这花园却也不小，有亭有台，有山有水，花木成林，又是一样景致。这引路小厮交代了园中的人，就不进去了。那边又有人来接引。进了斑竹花篱，是一所厅，两进共有十间，还有些厢房。此中是张笑梅、顾月卿画画之处。顾、张二位出来相见，知道聘才是富三爷新荐来的，便陪著聚谈。聘才见那张笑梅倒也生得俊俏，是杭州人，年纪二十上下，是画工笔人物的，就是吹竹弹丝也还来得。顾月卿是苏州人，比笑梅略长两岁，亦颇俊秀，是画山水花草的。那边还有个书启先生叫王卿云，是老公爷的旧友，有五十余岁了。阎简安是办笔墨杂务，他二人又在一个院落，当下都请来见了。

　　阎简安道："不料前日一见，今日就进我们府中来，有这等奇事。"聘才道："小弟多蒙华公子谬爱，招之门下。无奈铅刀袜线，一无所能，诸事全仗老先生们教训。"阎、王二老便道："好说，好说，东人慕名请来的，自然是个名下无虚的了，我们都要请教。"聘才连声说："不敢。"富三爷道："这魏老大是我的把弟，且系南城外梅大人的世侄，极有本事，最够朋友的。此刻新来府中，一切都不在行，先生们自然要携带携带，都是一家人，倒不要生分才好。我明日见了我们舅太爷，还要面托的。"又对聘才道："咱们到里头屋子，瞧瞧住那一间？"又同聘才到了里头一进，也是五间，东边两间张笑梅做房，聘才就在西边两间下榻，中间空了一间为会客之地。富三即叫将行李搬进，叫小厮们铺设好了。正要走时，只见一人进来说道："公子送了一桌酒席，就请三爷和各位师爷陪著魏师爷喝钟酒。公子说不要见怪，实在坐不下，不能来陪，又给三爷道乏。"富三爷站起来道了谢，又道："时候也不早了，刚是吃饭时候了。"大家就在中间屋子里圆桌上吃起来，无拘无束，甚为畅快。聘才见这席菜，只是上不完，大碗中碗、大碟小碟，通计有四十多样。众人直饮到二更，富三方辞了众人出去。他的家人提灯伺候，聘才送到园门，富三又唠唠叨叨嘱咐一番。聘才尚要送出，富三道："不要送了，回来你认不得进园子，倒累坠，咱们歇天再见罢。"于是不顾而去。聘才进内又与张、顾二人谈了好一回，又探问了好些府中光景，方歇。

次日，张、顾二人又引聘才去见了各项的朋友，连府中总管的爷们，以及帐房、司阍、司厨、管马号、掌库房，并各处门口挂号簿的人，凡有头脑的都一一见了。正是侯门如海，聘才初进来是一样摸不著的，反觉拘束得很，连话也不敢多说一句，惟有小心谨慎，恭维众人而已。看官记明，从此魏聘才进了华公府了，慢慢的就生出多少事来。此是后话，且按下不题。

却说子玉因聘才去了，心中也著实思念了几天。此时是四月中旬，因有个闰五月，所以节气较迟，尚见芍药盛开，庭外又有丁香、海棠等，红香粉腻，素面冰心，独自玩赏了一回。鸟声聒碎，花影横披，不觉有些疲倦，因忆古人"风暖鸟声碎，日高花影重"二语体物之工。复想起陆素兰那日待我的光景，又寻出素兰写的扇子，细细的看了一回，因又想道："我也要送他些东西才好。"遂检出古砚一方，好香墨两匣，徐松陵墨兰册页十二方，团扇一柄；即将前日所作《送春》二律，用小楷写好，始而欲遣人送去。继因长昼闷人，遂起了访友的兴致，寻芳的念头。

到上房禀过萱亲，说访刘、颜诸人，随了小厮，登舆遍访诸人，一无所遇，大为扫兴。只得独自来至素兰寓所，恰值素兰从戏园中回来，迎接进内，未免也有几句寒温。子玉即将所送之物面赠素兰，素兰谢了，细玩一番；又见字画端楷，重复谢了又谢。即同子玉到卧室外一间书室内，是素兰书画之所，颇为幽雅，因问子玉道："今日为何独自一人出来？可曾到过对门，见你心上人么？"子玉笑道："今日走了好几处，没有见著一个。我本为你而来，对门也未去，不知玉侬在家不在家？"素兰叹口气不言语。子玉心疑，便问道："香畹因何不快？"素兰道："我自己倒没有什么不快，我想起你心上人，你们背地里这本糊涂帐，将来怎么算得清楚，白教没相干的眼泪淌了许多，到底亦不晓得为什么。问他，他又不说，猜抹也猜抹不出来。其实你们又不天天见面，何以就害得人到这个模样呢？连他的师傅也不懂的，说他近来有些疾气，无缘无故就酸酸楚楚，待人更不瞅不睬。从前见人不过冷淡些，却没有心事。自从你们怡园同席之后，他就不大招呼人，对我们讲话，总喜欢说梅花，就搭不上这句话，也硬搭上来。说喜得是怡园梅峤，又要萧静宜画了四幅各色的梅花，这也罢了。忽又问起度香南边定织来的绸缎，可有那折枝梅没有，杂花的有没有？难为度香竟找出几匹来，如今现做了袍子、袄儿穿上了。你说这个心思奇不奇，不是为你是为谁？"子玉听了，便觉一阵心酸，止不住流下泪来，要说话，喉间若有物噎住说不出，只呆呆的看著素兰。

素兰又道："到底你们是怎样的交情？我是你的功臣，为你也费了些神。因我有些像你，所以常来对我讲些懵懂话儿。我说你这片心，不知人家知道不知道？又不知人家待你，也有这种情分没有？他倒说得好，这是我自己的心肠，管人家知道不知道，又管人家待我怎么样，横竖我自己一人明白就是了。庚香先生，你心里到底怎样，你不妨对我说说。你当面不好意思的对他讲，我替你代说，自然你也有一番思念他的心肠，何妨说给我听听。"子玉只是不语，素兰料著是不肯说的，"我们同到他家去瞧瞧罢？"子玉略一踌躇，道："去也使得。"

于是素兰即同子玉走出门来，不多几步，即到了秋水堂门口，见有五六辆车歇著。素兰道："这光景是里头有客，只怕不便进去，不如回去，先著人进去看看何如？"子玉心上略有一分不自在，不晓里面所请是何客，玉侬陪与不陪；又想起他家里请客，断无不陪之礼。毫无主意，只听凭素兰进退。素兰回到自己家门口，唤人往琴言处打听，不多一刻，来说琴言卧病在床，请客是他师傅长庆请分子，是部里几位经承先生，还是吃的早饭，不多一回就散的。素兰道："再请到里面坐著等罢。"子玉听见，心中略定，只得重进里面，无精打采的坐下。

素兰只管笑嘻嘻的问长问短，又问："你到底待那玉侬何如？"子玉被问不过，只得说道："玉侬之事，其说甚长。"就把魏聘才途中所见情景，至今年会馆中见他一出《惊梦》，真是绝世无双，情文互至，尚未悉其性情抱负。及到怡园为假琴官所戏，"我说出思慕琴言，原为其守身如玉，落落难合，不料其自弃如此。那时玉侬在屏后听了呜咽欲绝，及同席时又彼此都讲不出什么来，倒像是前生相契，今生重逢，两人心事你知我见，无用口说的光景。彼亦不期然而然，我亦无所为而为。总觉心头眼前，不能一刻弃置。你不说，我尚不知他背后如此牵挂。我为他，我是晓得他底蕴；他为我，难道他又晓得我什么？且我有何感动他处，使他如此？倒不如不见面罢，省得见面时更多感触。"

子玉说到此处，更神色惨淡，似有悲泣之意。素兰亦觉凄楚，便淌下泪来，半晌劝道："你们两人前生竟有些瓜葛，不然何至于此？以君才貌而论，是人人怜爱的。但似玉侬之冰雪心肠，独为你缠绵宛转。以度香之百般体贴，亦算温柔乡中一个知己。我看玉侬待他，不如待君十分之二，难怪度香更加爱惜，说道：'人各有缘，此中系天定，非人情能强。且庚香属意玉侬一人，毫不移动，此真是多情种子，非玉侬不足为庚香赏识，非庚香不足为玉侬眷恋。《国风》好色而不淫，其庾香、玉侬之谓乎！'"子玉听了，感激度香万分，且爱素兰之聪慧，不枉《曲台花谱》中定作探花郎也。因谈了许多时候，素兰又请子玉随意用了些点心，著人再到琴言处探望。来人回来道："起先之客倒散了，偏又来了一班人，说要叫琴言，长庆回他不在家，那些人不肯去，坐著等候。长庆因不认识他们，便不应酬，自到房里吃烟去了。被他们闯进去，将长庆的烟枪抢了，要到兵马司衙门出首他。长庆无法，只得陪礼，又请了他间壁槽房李四、缎子王三两人解劝，闲人哄满了一堂，正在那里闹不清楚呢。"

子玉听了，长叹一声道："我与玉侬要见一面，都如此之难。今日天也不早了，我也要回去，你明日见他时代为致意，说不可如此，必要保重身体；度香处倒要常去走走，不要叫人见怪。我是不能常出门的，迟几天再见。你若见了度香，也为我多多致谢。歇一天我们去逛他园子呢。"素兰道："你几时出来，约定日子到我这里来，我约玉侬过来，倒是我这里清净。他师傅有些脾气，偏偏玉侬遭逢著他，也是玉侬运气不好。"子玉道："他师傅怎样脾气？"素兰道："爱钱多，怕势大，厌人穷。玉侬因度香所爱，故尚待得好，从前待别人就没有这样。"子玉听了，又添了一件心事，放心不下，总之无可奈何，踌踌躇躇。见天气已晚，只得硬了心肠出来，上了车回顾了几次，一径出了胡同方才坐好。小厮跨上车沿，只见迎面两马一车，走的泼风似的，劈面冲来，偏偏是王通政，子玉躲避不及，只得要下来。王文辉连忙摇手止住，问了几句话，也就点点头开车走了。

今日子玉出门，只与素兰谈了半日，所访不遇，倒遇见了丈人，好不纳闷。意欲去望高品，又嫌路远，且出门过久，又恐高堂见责，只得怏怏而回。正是不如意事常八九，且听下回分解。

第十七回
祝芳年琼筵集词客　评花谱国色冠群香

话说子玉从素兰处回来，见过高堂，即向书房中来。晚饭毕，一轮月上，辉映花间，和风微来，天云四皎，遂把湘帘卷起，倚阑而望。忽见小厮进来禀道："高、史、颜、王诸少爷同来。"子玉正在怅望，今见齐来，不胜之喜，遂请进同坐。子玉即把日间一一过访不遇事说过。先是王恂开言道："今日我们都在卓然斋中，并会田湘帆与媚香，又遇见竹君前来。那湘帆果是吾辈，与媚香相处的光景，真令人羡慕。"高品道："湘帆此时是六根全净，五蕴皆空，守定了约法三章，不许你胡行乱走，始信人间果然多是惧内的，怪不得庸庵、竹君辈牢守闺房，不奉将令不敢妄离一步。违了，晚间夹棍利害。湘帆还是对著个半雌半雄的人，已经如此，又何怪四畏堂中规矩乎！"说得众人要笑。仲清道："你也是门内出身，如今隔远了，就夸口了。"南湘道："我见卓然与他细君书，如属员与上司禀帖一样，有'受恩深重、浃髓沦肌'等语。"众人大笑。

高品道："岂有此理！你这个谎也撒得不像。"众人又说笑了一阵。高品道："庚香，后日有一件极好的事，来与你商量。"子玉便问道："何事？"高品道："十五日是媚香生日。今日大家商议，并订前舟与你合成一剂六君子汤，凑一公分，找个宽敞的地方，把那些知名宝贝都叫将来热闹一天，请湘帆与媚香做生日，你道好不好？"子玉道："好极，好极！但不知在何处聚会？"王恂道："我家亦可，但无花园子，不如前舟园里好。我们主人六个，添上湘帆七个，媚香、瑶卿、香畹、佩仙、静芳、蕊香、瘦香、小梅共是八个，要三席才可坐，醵分之说，不能预定多少，只好办了再算。"众人道："极是。"子玉便呆呆的。仲清笑道："庸庵，你这差使办得不周到，要讨人怪的。"王恂尚未回答，南湘道："何所见而言？"仲清道："你不见庸庵点将，把一个极要紧的人遗漏了，岂不要招人怪么？"南湘算了一算，笑道："果然，果然。"王恂道："你们可不是说徐度香么？我非遗漏。我恐他的事情多，未必能来。"子玉道："度香应酬虽多，然看其性情光景，我们请他，虽有事也必来的。就是萧静宜，也断不可不请。"大家说："很好，就添上这两位是了。那是九个，合上那八个，是十七个，也就很热闹了。"南湘道："没有人了？"王恂道："尚有何人呢？"南湘道："你好记性，你既大会群花，倒忘了一个花王。既有庚香，没有玉侬，独使他一人向隅，是何道理？"王恂道："是呀，我真该打，一时竟忘了琴言，是必要他来的。还有那个秦琪官号玉艳的也叫了他来，凑成十个。"众人道："如此更妙。"

子玉道："如今我们商议起来，怎样邀客。"王恂道："你作一小札与怡园徐、萧二公，前舟以及余人，我们明日自去知会。"于是大家直谈至二更方散。子玉送了诸人，独坐凝思了一回，想道："后日之会，足成千古，不晓琴言病体能否痊愈？那时琼林十树，自然要推杜若为先，不识大夫蕙比我玉侬何如？想起待田君光景，是个有才有智的人，必另有一种深情。人各有长，固不必彼此较量也。"遂即轻研揄麋，徐挥湘管，写道：

春光九十，去后难追；知己二三，来成不速。作琴樽之雅集，试花鸟之闲情。总然地乏名山，却喜庭无凡卉。怜渠蕙质，堕彼梨园；会我竹林，数他花信。群芳论谱，偶同织锦之人；宿慧成心，羞作数钱之技。移温柔于萧寺，识风雅于泥涂。庆珠胎碧海之辰，贺玉出蓝田之日。倾城名士，应共相怜；红粉青衫，也堪同揆。点鸳鸯之卅六，红豆齐抛；备翡翠之千双，紫云任请。肃笺申启，代面丁宁。早发高轩，同光下里。梅子玉顿首。上度香先生、静宜逸士阁下。

子玉写完封好，用上图章，即付小厮交与门房，明早著人送到怡园，后日请徐、萧二位老爷，同到刘大少爷宅内饮酒，须要交代明白。小厮答应了，子玉亦即安寝，一夜无话。

到了明日，王恂、史南湘等就到刘文泽家来讲了，文泽甚为高兴，说明日就在倚剑眠琴之室布置，恰好兰蕙芬芳，又有芍药、海棠等花开满；少停，即去知会群花，于明日辰刻毕集。因说道："明日花林中，恐有几个不能来。我知道秦琪官害眼，杜琴言亦患病未瘥。昨晚我见素兰，谈及庾香在彼处坐了半日，去访琴言，恰值他师傅请客没有进去，琴言亦未知庾香去访他。明日就使他们两个不来，也有八人，很为热闹的了。度香、静宜想一定来的。"南湘道："席间行令，新鲜的甚少，太难了又恐座客一时不能，须得雅俗共赏、易知易能的，又要避熟。射覆等令，亦觉无趣。"王恂道："从前在此对诗的令倒可以。"文泽道："再行此令亦觉无味，且到明日见景生情罢。"是日王恂等就在文泽处吃饭，又谈了一回方散。文泽又叫人各处订了，说明日务必早集，尽一日之兴，都系便服，不必冠带。来人回言都说明了。

却说田春航自与蕙芳订交之后，足不出户。蕙芳每日不论早晚，必来一次，或清谈或小饮，并时进箴砭之语，所以春航已心满意足，只有研磨经籍，挥洒词翰。本来是三冬富足，倚马万言，一时名动京师，当道者皆欲罗致门下。无奈春航磊落自负，以干谒为耻，未尝怀刺一谒要津，宁居萧寺，玉人作伴，名士同声。蕙芳又替他结交了许多好友，如徐度香、萧静宜、刘文泽、史南湘、颜仲清、王恂等。仲清前与春航不睦，原是激励春航之意；经高品将其中情节剖明，又说起仲清仍送五十金作浣裹之费，春航自然十分感激敬佩。仲清叫蕙芳为之转弯，更觉比前相好。惟有子玉，尚未谋面。

是日，知文泽等为蕙芳做生日，心上虽十分欢喜，又因他二人交好，竟人人共知，翻有些不好意思，意欲不去，又不好却众人情面，只好践诺。文泽于绝早即在倚剑眠琴室中铺设起来，因为题目是做生日，略须点缀，中间挂了一幅《群仙高会图》。一切古玩铺设，俱极精致。长廊内湘帘之外，摆列著十余盆蕙花，趁著和风微漾，香气袭人。文泽正在廊前独立，见前面走进一人，远远望见，知是蕙芳华服而来，上了阶沿，即恭恭敬敬的行起大礼来。文泽连忙扶起，道："媚香何故如此，应让我先与你祝寿才是。"蕙芳道："贱齿之辰，上邀诸贵人眷顾，使蕙芳何以克当。昨日本要到各处辞谢，又恐怪我不受抬举；且今日大罗天上，众仙齐集，使芳辈鸡犬偕升，虽不得仙，亦可脱俗，故尔谨遵台命，鞠跽前来。"文泽道："此亦同人盛举，瞻仰倾城，为借花献佛耳。"说话间，陆素兰、李玉林、金漱芳同到，随后高、史、颜、王四人偕来，蕙芳一一都谢了。

诸人正在叙谈，只见传帖人引著子玉进来，蕙芳虽不认识，心中却已猜著，上前叩谢。子玉搀住道："这可是媚香么？我庾香闻名久慕，觌面无缘，今幸仰企下风，已觉清芬竟体。"蕙芳连称"不敢"，看了子玉仪容，心中暗暗赞赏："真是天上日星，人间鸾凤，有一段孚瑜和粹之情，皎皎乎有出群之致。怪不得杜玉侬倾倒如此，与我田郎可谓瑜、亮并生矣！"子玉又与陆素兰等相见，忽听外面说："徐老爷同萧老爷来了。"众人一齐出厅迎接，只见子云同了次贤翩翩的，俨似太原公子裼裘而来，后面随著袁宝珠、王兰保二人。再后还有八个清俊书童，拿著衣包、铜盆、漱盂等物。

蕙芳抢上几步行了礼，子云、次贤两边扶起来，道："媚香一向洒脱，今日忽然拘礼，不是倒累了你了。"遂进室内，与诸人相见，群旦亦都见毕，叙齿坐下。子云道："蒙庾香、前舟及诸兄折柬相招，今日之举，可为极盛。昨已饱读庾香珠玉，今日尚觉齿有余芬。又复当此群花大会，使弟等附骥餐芳，实为快事。"次贤道："丹山彩凤，深巷乌衣，裙屐风流无过于此，而寒皋野鹤亦可翱翔其间乎？"文泽、王恂等同说道："度香、静宜两先生，名士班头，骚坛牛耳，弟等无刻不思雅范。今不鄙凡陋，惠然肯来，足以快此生平矣！"南湘道："朋友之交，随分投合，以我鄙见，竟不必纯作寒暄。"仲清道："竹君快人，开口立见，今日之集，皆系至好，正可畅叙幽情，不拘形迹为妙。"只见高品笑道："今日王母早来，只有南极仙翁迟迟不到，难道半路上撞著了小行者的觔斗云，碰伤了小寿星，因此行走不便？不然或是又滑倒在车辙里了。"说得众人大笑道："卓然妙语，待寿翁来罚其三大觥。"蕙芳似觉脸红，宝珠道："今日的客，尚短几人？"文泽道："就止寿翁一人。花部中未到的尚有四人，琴言、琪官都有病，早来辞了，桂保、春喜是必来的。等湘帆一到，就可坐了。"

话言未完，春航已到，大家重新叙礼，群芳亦都见了，未免取笑的取笑，诙谐的诙谐。宝珠与素兰拉过红毡铺地，摆了两张交椅，要请春航、蕙芳并坐受拜。二人如何肯坐，急行收了。此时春航、蕙芳二人真觉口众我寡，只好听凭他们取笑，若回答两句，又惹出许多话来。子玉颇敬春航仪容之洒落，与蕙芳正是冰壶秋月，相映生辉。又复品评诸花，各有佳妙，只不见琴言前来，殊觉怦怦欲动。文泽即命家人摆起三桌席来，因问道："今日之坐，还是叙齿？还是推寿翁寿母上坐？"春航、蕙芳同道："这断断不敢，自然叙齿为妙。"众人也说叙齿罢了。文泽送酒，先定中间一席。论齿是次贤为长，次贤自知不能推逊，只得依了，并坐者为高品，次是仲清；左首一席，子云为首，次南湘，次子玉；右首一席，田春航为首，次王恂、文泽作陪。是每席三位。定完后，王桂保、林春喜来了，皆见过了。正席上令漱芳、玉林、春喜伺候；左席上令宝珠、兰保、素兰；右席上则蕙芳、桂保二人。分派已定，各人坐了，慢慢的浅斟缓酌起来，正是：

瀛洲词客，先聚龙门；瑶岛群仙，同朝金阙。锦心绣口，九天之珠玉纷纷；月貌花肤，四座之冠裳楚楚。不亚凤羹麟脯，晋长生之酒，慧证三生；何须仙磬云璈，歌难老之章，人思偕老。玉京子、餐霞子、御风子、骖鸾子，红尘碧落，今世前生；画眉人、浣纱人、踏歌人、采莲人，彩凤文凰，幻形化相。抹煞山林高隐，托梅妻鹤子，便算风流；任凭铁石心肠，逢眼角眉梢，也成冰释。猜枚行令，将君心来印侬心；玉液金波，试郎口再沾妾口。随意诙谐游戏，颠倒雌黄；当筵短调长歌，穷工妃白。多是借名花以寄傲，无民社之攸关。借此行乐无边，少年有待。正觉西园之雅集，仅有家姬；曲水之流觞，尚无狎客也。

这一会觥筹交错，履舄纷遗，极尽少年雅集之乐，内中有几个已是玉山半颓、海棠欲睡的光景。席上人人心畅，个个情欢。只有子玉念着："琴言卧病在床，知是恹恹神思，药炉半烬，深闭绿窗，不知怎样烦闷。又晓得我今日在此热闹之场，必思冷静，此时怎能走到彼处，安慰他几句，与他瀹茗添香，助起他的精神来。他又不要疑我乐即忘忧，当此群花大会，便就忘了他，那时更觉闷上加闷。偏偏素兰又在此，不然他还可以过去排解排解。咳！眼前虽则如云，其奈匪我思存何。"此时子玉神色惨淡，只推醉出席，去倚炕而卧，众人也不理会。且酒肴已多，不胜其量，亦各离席散坐。

家人们撤去残肴，备上香茗鲜果。春喜与桂保到太湖石畔，同坐在芍药栏边闲话。玉林、漱芳已醉卧在海棠花下。兰保在池畔钓鱼。宝珠与蕙芳对弈，素兰观局，南湘、高品在傍为宝珠指点。蕙芳道："你们三人下我一个，就赢了也不算稀奇。"宝珠道："我偏不用人教也赢得你。"文泽道："今日我们亦算极乐了，可惜花部中少了两人，那个还不要紧，第一是琴言不来，使庾香不能畅意。"子云道："可不是！琴言的病颇为古怪，精神疲软，饮食不思，已经十余天了，不见好。"次贤道："我昨日诊他的脉，似积劳，兼之感愤忧郁，昨日痰中竟有血点，非静养数月不能痊愈。"子玉在炕上听得清楚，不免更觉烦闷。

仲清道："今日之事，不可无文辞翰墨。静宜先生可绘一图，并作一序,以记雅集,我辈藉可附骥。"次贤道:"作图呢,弟当效劳。至于高文典册,自有群公大手笔在。山人寒瘦之语,不称金谷繁华,反使名花减色。"众人道:"太谦了。"子云道:"今日起意是因媚香,引得百花齐放,胜唐宫之剪彩。弟意欲仰观诸兄珠玉,先作一联句何如?"众人道:"最好。"春航道:"古体呢,近体?"次贤道:"近体发挥难透,人多恐易平直,不如古体罢。"于是以年齿为先后,仍系次贤为首,次子云,次高品,次南湘,次文泽,次仲清,次春航,次王恂,次子玉,共是九人。王恂已将子玉叫醒,净净脸,素兰取出一颗醒酒丸给子玉吃了。子玉不好意思,只得勉强扎挣。素兰见子玉不语不言,似醉非醉,心上猜著是为琴言未来。一因人多不好解慰他;二因提起琴言反恐倒勾他的心事,非惟不能宽解,越增愁闷了,反倒走开,找别人说话。文泽命小厮于每位座前列一小几,置放笔砚一副,花笺数张,研好了墨,大家就请次贤起句。次贤道:"把'寿'字撇开罢。"又说声:"僭了!"提起笔来写了一句,便念道:

　　玉树歌清晓莺乱,

大家听了,各写出了,注了"静"字。应是子云,子云道:"底下应该各人两句才是。"略踌躇了一会,也即写道:

　　日日春风吹不散。
　　散花天女好新奇,

众人也写了,注上"云"字,齐说道:"接得很妙,第三句一开,使人便有生发了。"应到高品,也不思索,即写道:

　　剪彩为花撒天半。
　　花情花貌越精神,

众人皆道"好",一一写了。南湘道:"此句要转韵了。这花到底与真花有别,若竟把他当做花,则西子、太真又是何等花呢?"遂写道:

　　惟觉花心尚少真。
　　蛱蝶有雄谁细辨,

众人拍手道:"绝妙!著此句便分得清界限,不至笼统不分,竹君始终是个妙才。"南湘道:"不敢,不敢!认题还认得清楚。"轮到文泽了,文泽道:"此句对了才有关键,不然气散了。这雄蛱蝶倒有些难对。"因细细的凝思,仲清道:"快交卷子,外边吹打要开门了。"文泽道:"有了:

　　鸳鸯虽小总相亲。"

次贤、子云道:"这却对得好,又工又切。"南湘道:"也亏他。"文泽就放下笔,仲清道:"怎么一句就算了?"提醒了文泽,笑道:"你催得紧,我忘了。"又想一想,写道:

　　化工细选无瑕琢,

众人道："此句亦出得好，又转韵了。"仲清接著写道：

　　——雕镌设眉目。
　　费尽龙宫十斛珠，

轮到春航了，接道：

　　截来碧海双枝玉。
　　小玉生嗔碧玉愁，

众人又赞道："好！又提得清楚。"底下是王恂，略费思索，写道：

　　玉人又恐占千秋。
　　婵娟疑窃嫦娥药，

大家正要赞"好"，高品道："这句忒骂得恶，难道个个都像月宫里的兔子？"众人大笑起来，王恂倒觉不安。众旦便骂高品道："惟有他，是生平不肯说好话的，将来罚他作个哑子。"高品道："奇了，人家骂你们，我替你们不平，自然也有不像兔子的，你们倒骂我，真是好人难做。"以下要子玉了，子玉心上正想着琴言，觉得无情无绪，众人亦都明白。子玉虽极意遮饰，终究思绪不佳，不得已，勉强写道：

　　顾盼曾回玉女眸。
　　鸾篦亲掠云鬟绿，

春航道："此系上妆时了，底下倒要细细摹写呢。"子玉此时想著琴言唱那《惊梦》的神情，所以有"曾回玉女眸"一句。众人不解其故，不过见其兴致不佳，故尔意不在诗，空衍了些。该又是次贤，接道：

　　镜里芙蓉睡新足。
　　宛转歌成白纻词，

又转到了云，接道：

　　娇柔解唱红绡曲。
　　清眸偶触便魂销，

高品道："魂销兮可奈何？"即写道：

　　铜雀春深大小乔。
　　花有连枝称姊妹，

南湘道："好便好，铜雀句有些打混。"即对道：

　　玉如合璧定琼瑶。
　　纤腰扭入灵和柳，

众人皆赞道："这姊妹花、琼瑶玉实在对得好。局势又振得整齐了。"文泽便接道：

　　倾国倾城世无偶。
　　软到人间铁石肠，

众人道："妙，妙！这句要对得工力悉敌才好。"仲清想了一想，又笑了一笑，写道：

　　春回世上支离叟。

春航道："这实在对得奇妙。"再看下句是：

　　嫣然一笑百媚生，

便接道：

　　缠头争掷黄金轻。
　　郑樱桃是真殊艳，

王恂对道：

　　冯子都非浪得名。
　　迟迟长昼当初夏，

文泽道："'冯子都'如今有个冯子佩，倒像弟兄呢。"子云道："冯子佩原不错，他有一种脾气，他偏不肯在群花堆里取乐。"王兰保冷笑道："他自然不肯在我们堆里，他见我们还要生气呢。"子玉道："何故？"桂保接口道："他有他的心肠。"子玉接道：

　　绮席花筵日易夜。
　　英华美可咏同车，

二轮又到次贤，遂写道：

　　元白诗原结莲社。
　　红氍毹上艳情多，

子云接道：

　　惯唱丁娘十索歌。
　　蒹菲采无遗下体，

高品道："妙，妙！这句待我对一句好的。"群旦听了，料定又要取笑他们，便都围拢来看著高品写的什么。高品带笑，慢慢的写将出来，道：

　　雨云行得到中阿。

众人又笑起来，群旦将高品乱啐乱打的一阵。子云笑道："这是我不好，斗出他这一句来。"南湘道："虽然游戏，也不好过于刻薄，改一字就救转来了，将'得'字改做'岂'字罢。"群旦方才依了。高品道："罢了，众怒难犯。"又写道：

　　天生丽质当珍惜，

南湘道："强盗看经，屠户成佛，卓然竟生出好心来，晓得珍惜了，这也难得。"接道：

　　莫把花枝忽抛掷。
　　愿如王献买桃根，

文泽联道：
　　可笑王戎钻李核。
仲清笑道："又来煞了，你们心上毕竟有些不干净。"又看文泽写道：
　　一旦天生好玉郎，
仲清联道：
　　忍教天地错阴阳。
　　只闻雌霓成神女，
众人道："此是规讽之辞，倒不是刻薄，世间竟亦不能无此事，但不在我辈中耳。"春航联道：
　　莫变雄风当大王。
　　画堂终日开良宴，
众人又复笑起来。高品道："诗言志，解铃便是系铃人。若我做了，又不是了。"此下应是王恂，王恂道："可以收了，轮到庚香作结罢。"写道：
　　扇底窥郎留半面。
　　拾得瑶光一片明，
众人齐赞道："好！应结句了，这一结倒不容易。要结得住通篇才好。"子玉想了一想，写道：
　　雪花飞上琼枝艳。
大众齐赞结得有力，能使通篇一气。

次贤重写了一篇，朗吟数过道："竟是一气呵成，不见联缀痕迹，明日我就画一幅群花斗艳图何如！"众皆应道："妙极！我们何不将人花比拟一回，总要从公，不可各存偏见。"于是大家评定：以宝珠为牡丹，蕙芳为芍药，素兰为莲花，玉林为碧桃，漱芳为海棠，兰保为玫瑰，桂保为芙蓉；春喜小而多才，人人钟爱为兰花。八人品题尽合，因又想到琴言、琪官为何花，子云道："琴言色艺过佳，而性情过冷，比为梅花最是相称，且其酷爱梅，不属庚香将谁属耶？"众人说道："很是。"高品道："只怕和靖先生不依，庚香割了他靴鞡子了。"子玉不觉脸红。

仲清道："琪官呢？"子云道："琪官性情刚烈，相貌极好，似欠旖旎风流，比他为菊花罢。"高品道："菊花种数不一，有白有黄，或红或紫，白的还好，其余似觉老气横秋。琪官性情虽烈，其温柔处亦颇耐人怜爱，不如比为杏花。"众人道："好个杏花！极妥当。"文泽道："说起菊花有黄有白，你们可晓得东园里新来一个妓女，叫白菊花，可知其人么？"众人皆说："不晓。"高品道："天下事须瞒不过我。我知此人从广西跟了一个千总进京，如今千总弃了他出京去了，因此落在门户中。倒也生得素净，故有此雅号。但是两广人裹足者少，都系六寸肤圆光致致，双趺著地，行走如风，人倒极风骚的。"仲清道："这就是你各处稽察新闻事务的头衔了。"众人又笑了。

子云道："今日一叙之后，盛筵难再。十八日瑶卿移寓，诸同人可以移樽一叙否？"众人皆道："断无不来之理，如有不到者罚他作一东，再叙一天。"宝珠道："只怕我没有这脸面，断乎不能全来的。"春航道："为什么不来？况且你是个花王，这些群花是要来朝贺的。就是我们看花人，赏到国色天香，没有不踊跃从事。"南湘道："你交给我，如有一人不到，罚我作东一天；两人不到，罚我作东两天。"宝珠道："真么？明日酒醒了，不要又想不起了。"独子玉默然不语。大家说说笑笑，已至明月正中，红灯欲烬，三更多了。次贤道："夜已深了，我们可以散罢。"于是大家各起，宝珠又订十八日之期，皆应允了，风雨不阻，遂各登舆四散。

明日，蕙芳踵门叩谢，惟有子玉病了，不曾进去。到了十八日，果然诸名士并那些名旦都到宝珠新寓来，从午刻起直至子刻止。是日专一行行猜枚，清歌檀板，亦极欢而散。内中子玉因病不到，添了张仲雨，热闹场中最为趋奉的，花谱中添了琪官。惟琴言尚未痊愈。高品、文泽因南湘说过，一客不来罚我做东一日。子玉是日不到，罚了南湘一天，南湘甚为乐从，即在他家里又叙了一日。惟有子玉、琴言皆未痊愈，正是：

数点梅花娇欲坠，月轮又下竹桥西。

未知如何，且听下回分解。

第十八回　狎客楼中教篾片　妖娼门口唱杨枝

话说琴言病体恹恹，闭门谢客，只有同班中几个相好时来宽慰。宝珠、素兰又说子玉前日的光景，又不能常来看你，托我们传话，千万保重等语，琴言更加伤感。自患病以来，各处不去，怡园亦屏迹已久。奈其师长庆靠他做个摇钱树，因其久病，不能见客，便也少了好些兴头。

大凡做戏班师傅的，原是旦脚出身，三十年中便有四变。你说那四变？少年时丰姿美秀，人所钟爱，凿开混沌，两阳相交，人说是兔。到二十岁后，人也长大了，相貌也蠢笨了，尚要摇头弄姿，华冠丽服。遇唱戏时，不顾羞耻，极意骚浪，扭扭捏捏，尚欲勾人魂魄，摄人精髓，则名为狐。到三十后，嗓子哑了，胡须出了，便唱不成戏，无可奈何，自己反装出那市井模样来，买些孩子，教了一年半载，便叫他出去赚钱。生得好的，赚得钱多，就当他老子一般看待。若生得平常的，不会哄人，不会赚钱，就朝哼暮哝。一日不陪酒就骂，两日不陪酒就打。及至出师时，开口要三千五千吊，钱到了手，打发出门，仍是一个光身，连旧衣裳都不给一件。若没有老婆，晚间还要徒弟伴宿。此等凶恶棍徒，比猛虎还要胜几分，则比为虎。到时运退了，只好在班子里，打旗儿去杂脚，那时只得比做狗了。此是做师傅的刻板面目。琴言自去年腊月到京，迄今四个月，徐子云已去白金数千，不为不多，是以长庆待琴言分外好。若使琴言病了一年半载，只怕也要变了心，此是旁人疑议，且按下不题。

再说魏聘才进了华公府，满拟锦上添花，立时可以发迹，那晓得进去了一月，宾主尚未见面。几次请见，只以有事辞之，所往来交接者，皆不三不四的人。又有那一班豪奴，架子很大，见了居然长揖，公然上坐，所说的话，无非懵懵懂懂。少年的意气扬扬，强作解事；老年的倚老卖老，一味藏奸。聘才极意要好，一概应酬，就华府内一只犬，也不敢得罪，意思间要巴结些好处来，谁知赔累已多。府中那些朋友、门客及家人们算起来，就有几百人，那一天没有些事。应酬惯了，是不能拣佛烧香的，遇些喜庆事，就要派分子。间或三朋四友聚在一处，便生出事来，或是撤兰吃饭，或是聚赌放头。还有那些三小子们，以及车夫、马夫、厨子等类，时常来打个抽丰，一不应酬，就有人说起闲话来。虽止一月之间，府里这些闲杂人倒也混熟了，也有与聘才合式的，也有不对的。合式的是顾月卿、张笑梅诸人；不对的是阎简安、王卿云诸人。聘才也只好各人安分，合式的便往来密些，不对的便疏远些。惟郁郁不乐者，尚未见过华公子一面。而且一无所事，不过天天与众人厮混，正是两餐老米饭，一枕黑甜乡而已。

这一日出门闲走，出得城来，正觉得车如流水马如龙，比城里热闹了好些。顺著路，走到鸣珂坊梅宅来，进去见子玉，卧病未愈，精神懒散。子玉问起聘才光景，聘才只得说好，随口撒了几句谎。又去见了颜夫人，道了谢，即出来找李元茂，只见锁了房门，遂复辞了子玉出门，冷冷清清，到何处去呢？信步走到伏虎桥边，想起张仲雨住在吴宅，即向门房中一问，却好在家，即请进去坐了。仲雨问了些寒温，吃了一杯茶，略坐了一坐。仲雨道："老弟如今进城，是难得出城的，何不找个地方坐坐，听出戏解个闷儿。"聘才道："很好。这两天实也劳乏了，要去就去。"于是二人同了出来，到了戏园，拣个地方坐下。

看了两三出戏，也有些相公陪著说话。远远望见李元茂同着孙嗣徽，在对面楼下。聘才过去，讲了几句话，又过来。仲雨道："这两个郎舅至亲，天生一对废物，照应他做什么？"是日这几出戏，觉得陈腐欠新，仲雨坐不住，说道："去罢！"算给了坐儿钱，与聘才同上了酒楼，小酌叙谈。仲雨见聘才似乎兴致不佳，不像从前光景，因问道："听见老弟进了华公府，那里局面宽大，且华公子是爱交接的，近来光景自然大有起色了。"聘才道："仁兄不问，弟亦不便说起。始而富三爷讲起华公子有孟尝之名，门下食客数百人。弟进去了，门客却不少，都是些势利透顶人，不是挤那个，就是杀这个。弟进去一月有余，华公子只是冷冷的，若长如此光景，弟倒错了主意了。"仲雨道："你见过华公子几次？"聘才道："见倒见过几次，不过随便寒暄几句，就走开了。他的旧人本多，新进去的自然挤不上去。"

仲雨默然良久，叹口气道："如今世界，自己要讲骨气，只好闭门家里坐。你要富贵场中走动，重新要操演言谈手脚，亦是不容易的。上等人有两个，我们是学不来，一个是前贤陈眉公，一个就是做那《十种曲》的李笠翁。这两个人学问是数一数二的，命运不佳，不能做个显宦与国家办些大事，故做起高人隐士来，遂把平生之学问，奔走势利之门。又靠著几笔书画、几首诗文，哄得王侯动色，朝市奔趋，那些大老官还要奉承他。若得罪了，到处就可以杀他，自然有拿得稳的本领，你道可怕不可怕？这上等的如今是没有了。且说第二等人，也就一时选不出来，有十样要诀。"聘才道："那十样呢？"仲雨道："一团和气，二等才情，三斤酒量，四季衣服，五声音律，六品官衔，七言诗句，八面张罗，九流通透，十分应酬。"

聘才摇摇头道："要这许多？"仲雨道："底下每句还要加个'不'字呢！一团和气要不变，二等才情要不露，三斤酒量要不醉，四季衣服要不当，五声音律要不错，六品官衔要不做，七言诗句要不荒，八面张罗要不断，九流通透要不短，十分应酬要不俗。"聘才道："这等说，做人就难了。兄弟是一字都没有的，如何学的全？"仲雨道："那倒也不在乎此，只要有几件也就可以应酬了。且各人有各人的时运，不过自己总要有点本事，才教人看得起。"聘才道："还有那三等呢？"仲雨道："那三等的也有七字诀：第一是童。"聘才道："怎么讲？"仲雨笑道："要考过童生的，自然就念过书，略会斯文些，比那市井的人就强多了。第二是半通，会足恭、巴结内东，奴才拜弟兄，拉门面靠祖宗，钻头觅缝打抽风。这就是三等人了。"

聘才道："不要小看这三等人，只怕如今都是些三等呢。"仲雨道："可不是！依我看来，倒也不是印板的，就有全了十样本领，也有弄不出好处来；连那七个字没有的，也会寻出机会来。总之，各人的缘法。从来说'时来风送滕王阁，运退雷轰荐福碑'。我知道这华公子是极好相与的，现有多少人从他府里走动，弄出多少好处来。我教你个法儿，要他与你相好很不难。这人我也认得，从前他也托过我事情。我知道他府里有个林珊枝，是他的亲随。"说到此，便竖起大拇指来道："是个这一份儿的，言听计从，寸步不离，你先要打通这个关节，这关通了就容易了。还有那个八龄班，也是不离左右的，小孩子们有甚识见，给点小便宜就得了。慢慢儿一言半语吹进他耳朵里去，今日听见说魏师爷好，明日又听见说魏师爷好，就打动他的心了。这教做放线雀儿，几十丈线放了出去终究收得回来，只不要可惜小本钱。"聘才点点头道："承教，承教！"

仲雨又道："譬如你同华公子交接过了，你看他是什么脾气，喜的是什么样，恶的是什么样，自然是顺他意见。顺到九分，总要留一分在后，不好轻易拿出来。譬如驭那劣马，若要驾驭他，违拗他的性子是断断不能的，你跟著他跑，跑得足了，他也乏起来，便一勒就转。譬如一件事，他能想到九分，你要想到十分，这一分便是勒转劣马的本事，这就叫收劣马。还有那种人各样不好的，他也不与人往来，坐在房里妻妾自奉，一人安享，也要打探他心上有一样两样喜欢的，就把这样去迎合他，献点小忠小信，没有一件事求他，他自然就放心了，说：'某人到有点真心，不是赚他。'他上了赚，就凭我怎么样了，这叫做'钓金蝉'。至于为人虽要和气，也不可一味的脓包，于那些没相干、不中用的人，如阎简安、王卿云等辈，倒不要去睬他，浑去应酬他也无用。大门子里，有那一种在里头一句话都不能讲的，他却会懵人。你自己要看得清，可应酬则应酬，不必应酬就不应酬。你应酬那不中用的人，被那要紧人就看轻了。"聘才听了，大笑道："吾兄真是当今第一个大才，陈平之智，诸葛之谋，也不过如此，能把天下人的性情脾气，如写在手掌中，弟当以门生帖来拜老师，庶可传授心法。"仲雨笑道："我都与你说了，还拜什么老师？依著做去包管不错，将来有了好处，不要忘了老师，就算你门生的良心了。"说罢，彼此又笑，不觉就过了半天。仲雨算清了账同了出来，说道："老弟，你进城罢。我还有事，不得奉陪。"说罢，拱拱手去了。其时天气尚早，一路行来，远远望见嗣徽、元茂两人在前转弯去了。聘才想道："他们到何处去？"便悄悄的跟了来。

到一条小胡同，只见闲人塞满，都在人家门口瞧著。聘才曾听得人说，有个东园是婊子聚会之处，便也随著众人，站住望将进去。见那一家是茅茨土墙，里头有两间草屋。又见嗣徽、元茂就在他前头站立。望著两个妇人，坐在长凳上，约有二十来岁年纪，都脑满肠肥，油头粉面，身上倒穿得华丽。只见一个妇人对著嗣徽道："进来坐坐。"嘻嘻的笑，引得嗣徽、元茂心痒难搔，欲进不进的光景，呆呆的看著出神。又见一个四十多岁的尴尬男人，在地下蹲著，穿件小袄儿，拴系了腰，挂一个大瓶抽子，足可装得两吊钱。又见帘子里一个妇人走出来，约二十余岁年纪，却生的好看，瓜子脸儿，带着几点俏麻点儿，梳个丁字头，两鬓惺忪，插了一枝花。身上穿得素净，脚下拖了一双尖头四喜堆绒蝠的高底鞋，也到凳上坐下，与那两个讲话。听他口音不像北边，倒像南方人。一身儿堆著俊俏，觉得比众不同。听得那一个丑的唱起来，唱道：

　　俊郎君，天天门口眼睁睁，瞧得奴动情，盼得你眼昏。等一
　等，巫山云雨霎时成，只要京钱二百文。

聘才听了好笑，又想道："虽然淫词浪语，倒也说得情真。"又听得这个丑的，直对著嗣徽、元茂唱将起来，聘才再听道：

　　一个儿脸麻，一个儿眼花，瞎眼鸡同著癞虾蟆。你爱的是咱，
　咱爱的是他。莫奢遮，温柔乡里，不像老行家。

众人听不出什么来，聘才却明白是骂他们二人的，几乎放声笑起来，只得忍住。再看那个生得好的，却像是新出来的。原来京里妓女要进大局儿的，倒先要在东园、西厂落几天，见见市面，自然就不知羞耻，老练起来。如行院中不好的打下来，又到此两处。这个就是高品所说，从广西新来的白菊花了。聘才看他举止，尚有几分羞涩。旁边一个小儿捧上一面琵琶，那人接了，弹了一套《昭君怨》，便惹得门口看的人益发多了。元茂系近视眼，索性挤进去门里呆看。聘才见那妇人，一面弹，一面唱道：

　　杨柳枝、杨柳枝，昔年宫里斗腰肢。如今弃向道旁种，翠结双
　眉怨路歧。画船何处系，骏马向风嘶。盼不到东君二月陌头来，只
　做了秋林憔悴西风里。

又见他把弦紧了一紧，和了一和，便高了一调了，再唱道：

　　想当年是鸳与鸯，到今是参与商，果然是露水夫妻不久长。千
　山万水来此乡，离鸾别凤空相望。叹红颜薄命少收场，便再抱琵琶
　也哭断肠。

　　想情郎，昂昂七尺天神样。千夫长，百夫防，洞庭南北多名
　望。恩爹爱娘，温柔一晌漓江上。到如今撇下奴瘦婵娟伶仃孤苦，
　真做了一枝残菊傲秋霜。石公坝，追得好心伤；画眉塘，险把残躯
　丧。全湘沅湘，三江九江，只指望赶得上桃根桃叶迎双桨，谁知道
　楚尾吴头天样长。又过那金陵王气未全降，瓜州灯火扬州望。渡河
　黄，怕见那三闸河流日夜狂，淮、徐、济、兖无心赏。幸一路平安
　到帝邦，只不晓那薄幸儿郎在何处藏。我是那剪头发寻夫的赵五
　娘，你休猜做北路邯郸大道娼。

一面弹，一面唱，其声凄惨，唱得聘才流下泪来，想道："这人倒是个钟情人，历诉生平受尽难苦，不知那个负心人何处去了。"

只听得孙嗣徽道："阿哟！不好了，我身上的东西竟是空空如也，可

恶！可恶！"蹬著脚，叹一口气道："咳！君子无故，玉不去身，他竟卷而怀之。我以后便如丧不佩起来，看他便能奈我何！"元茂道："京中这剪绺的实在可恨。我去年拿了家父十两银子与魏老聘去看戏，到戏园子门口，绊了一交，即有人挽我起来，还替我拍拍灰。我还当他是个好人，及到后来，银子也没有了。后来家君查出来，足足骂了一天。你看这些狗东西害人不害人？"那时听者无不暗笑，孙嗣徽道："彼美人兮，君子好逑，你何不疾趋而进之？"元茂笑道："我不，十目所视的，怎样进得去？"聘才听了，失声一笑。

元茂听得声音很熟，便瞅着眼睛，四下张望，望见是聘才，便涨红了脸，与嗣徽挤将出来，与聘才见了。嗣徽道："魏大哥，我知道你如今是狡兔三窟，竟是鞠躬而入公门了，也不来顾盼顾盼旧日朋友，今日既一见之，我心则喜呢。"聘才道："劳人草草，本要奉候。因天晚了，要进城了。"元茂道："你如今在那华府里可好？今日还进城么？"聘才道："就进城了。"元茂道："我们也要回去了，同走罢。"于是在路谈谈讲讲。聘才道："你方才听他们唱的，可听得出来？"元茂道："我一字不懂，我倒爱那胖婆娘，对着我尽笑尽勾，我又不敢进去坐坐。"嗣徽道："美哉，美哉！价廉而工省。明日我与汝姑一试之，若迟迟吾行，恐为捷足先得，则虽悔莫追矣。只要其乐陶陶，又何论十目所视。"聘才听他仍是咬文嚼字，满口胡柴，忍住笑，只好由他罢了。到了路口，各人分路。聘才听得后面车声辚辚，直走过去，聘才连忙让开，只见坐在车里的就是方才弹唱的那个媳妇，车沿上坐著一个老婆子，跑得风快的过去。且按下聘才那边。

要说这白菊花，是广西梧州府人，生得十分俊俏，嫁了一个姓宋的，是个不长进的人。这菊花善与人交，相识了一个营员姓张的，是湖广人。两人在广西十分相好，誓同偕老，已有数年。去年这个张营员奉差进京，这白菊花倒是个有情有义的人，于张营员走后，即带了些盘费、一个小丫头，赶将上来。不知怎样错了路，一直出了广西省，到了湖南，尚赶不著，又不知相去多远，且盘费已尽，举目无亲，进退维谷，在湖南住下。忽得了个谎信，说这张营员在京营作了千总，不得出京。他就卖了些衣裳作路费，搭了个便船进京。及到京时，那姓张的早已差竣回去，以致菊花流落在此，只得倚门卖笑。今日来接他的是个开门户的陶家。这陶妈妈家里有三个姑娘，内中一个好的名叫玉天仙，是扬州人，生得风骚娇俏。这两天接著一个大嫖客，就是广东那个奚十一。陶妈妈打听他的家世，知他是海南大家，家有千万之富，兄弟十人，都作道府大员。老太爷是现任提台，家里开著洋行。又访他是个大冤桶，便想发他一票大财。无奈那几个姑娘不大懂他的话，兼之奚十一是个鸦片大瘾，一天要吃一二两，这三个姑娘虽会吃几口白土烟，吃了那黑土烟几分就醉倒了，且彼此语言都不甚投机，因此奚十一不大喜欢。陶妈妈知道菊花是广西人，又生得好看，必定勾得住他，所以把他接了过来，认为义女。登时换了崭新的衣服，与诸姊妹相见，菊花与玉天仙尤为相爱。菊花受尽了狼狈，到此已如出了地狱，心里还有甚不足，一心就候那奚十一来。

且说这奚十一自到京来，不上半年，银子已花去数万，尽填在粪窖里。有人劝他何不娶个妾。他是游荡惯的，见了那良家之女子，甚为厌恶，惟在娼妓队里物色，又没有合意的。一日，陶妈妈转来请他，说他家新到了一个广西人。奚十一听见是广西的，便满心欢喜，叫个小跟班带了烟具，也不坐车，昂然的步行而去。到了陶家，陶妈妈先出来见了，便极意的胁肩谄笑了一回，然后说道："你们快请四姑娘出来。"不多一刻，见白菊花袅袅婷婷的，一身香艳，满面春情，上前见了，说了些话，彼此语音相对。奚十一看他相貌，正是娇如花，柔如水，甜如蜜，粘如饴，十分大喜，略问了几句话，便同进了房。便叫小跟班摆好了烟具，开了灯，一面吹，一面谈。这奚十一要吃大口烟的，菊花替他烧烟，先从半分一口起，加到三分一口，方才合意。菊花烧烟的本事甚好，烧得不生不熟，奚十一又喜吃面条烟，将这烟挑了一签子，在火上四面的一烧，那条烟就挂得有五寸长，放在斗门口，奚十一吵吵吵的一口吸尽，还闭了嘴不放一点烟散出来，这是奚十一的生平绝技。菊花也吃了几口，便睡到奚十一怀里来，与他上烟。奚十一连吃了七八钱也够了，便勃然动起兴来。两人收过了灯，关了门，就作出一回秘戏，描不出蝶恋花、颠倒鸳鸯诸般妙处。一个猛于下山虎，一个熟似落蒂瓜，直闹到两个时辰，方各满心足意，收拾干净了，重复开灯吃烟，便连著喝酒吃饭。

奚十一在那里一连宿了七八天，每一天也花几十吊钱，老鸨便欲砍起斧子来，本人身上作衣服、打首饰、制铺垫，是不必说了；还有那些姑娘们，要这样，要那样，连老鸨婆、帮闲、捞毛的，没有一个不打把式。好在奚十一爽快性成，从无吝啬。菊花见奚十一这个雄纠纠的相貌，比从前的相好更胜一倍；又知道是个大老爷，在京候选的，便起了从良之念。奚十一本为物色小星而来，见菊花这般美貌，又是个极在行的，便也要买他为妾。倒是那个老鸨不甚愿意，菊花方来几天，且并非他的人，又无身价可勒，只想留他在家多弄些钱，若从良去了，不是白干了这件买卖么？便从中调唆，在菊花面前说奚十一是个没良心的人，"他家里有几十房小星，听他二爷们说，娶到了家就丢在脑后，又去贪恋别处，是个恋新弃旧的人。这样人断不可嫁他，你别错了主意。"在奚十一面前，只说这菊花有本夫在此，不肯卖他的；又说菊花性子不好，吃惯了这碗饭，不能务正的，"老爷要娶姨奶奶，我包管与你拣一个十全的人，不必要他。"无奈他们两人结得火热的交情，虽有老鸨打破，彼此全然不信。

菊花将他的始末根由细细告知奚十一，说这老鸨是接他过来，单为著应酬你的。我如今要从良，与他们毫不相干，只要赏他几两银子就是了。奚十一定了主意，即叫了官媒婆作媒，赏了陶老鸨五十金，将菊花领回，买了丫头，雇了老妈子，菊花便嫁了奚十一，作了姨奶奶，从此倒入了正路。

不知后事如何，且听下回分解。

第十九回
述淫邪奸谋藏木桶　逞智慧妙语骗金箍

话说魏聘才自得仲雨传授，依法行之，先于林珊枝面前献尽殷勤，又于八龄班赔尽辛苦。珊枝本系联锦部有名小旦，继进登春班，华公子看中了他，遂以重价买进。后来之八龄班皆系珊枝所教。这林珊枝不消说是音律精通了。魏聘才本是个伶俐人，昆曲唱得绝好，就是吹弹也应酬的上来。更兼旧年一路同著班子来，船中又听会了许多戏文，到京后又三天两天的听戏，自然又添了好些曲子。

一日，林珊枝教玉龄唱曲，适值聘才闲闯进来，珊枝就请他坐了，一面教著。刚刚这曲子是聘才最得意的，便在旁帮起腔来，五音不乱，唇齿分明，竟唱得出神入妙，把个林珊枝倒惊倒了。即由此相好，就在华公子面前，朝朝暮暮，称赞聘才。华公子是最信珊枝的，他又不轻易赞人，他肯赞好，必是真好了，心上就有了这个人。那八龄班内的都是些苏、扬人，脾气自然相合。聘才会讨好，今日送这个一把扇子，明日送那个一个荷囊，总是称心称意，小孩子喜欢的东西，觉得这位师爷实在知趣。至于管总的、办事的，尤巴结得周到，不到一月，竟人人说起好来。阎、王二公是不必说，就张、顾两位虽然也会拉拢。无如总不及聘才之和气周匝、鞠躬尽瘁的光景。

一日，打听华公子出门去了，聘才约了张笑梅出城。笑梅要找冯子佩，二人同车即到冯子佩家来。这子佩是与华公子最熟的，已与聘才见过，彼此合式。冯子佩也是个宦家子弟，只因早丧严亲，又积些宦囊，其母钟爱，任凭他游荡歌场，结交豪贵。后来家业渐渐萧条，又亏了几个好友帮扶，所以觉得银钱应手，服御鲜华，其一种娇憨柔媚的情况，却令人可怜可爱。这天张、魏两人出来，带著一个小使，到了子佩门口，著小使进去问了。刚好在家，请了进去，到书房坐下。聘才是初次登堂，看那屋子是朝北两间，铺设倒也华丽，就觉得满桌子东西，残书、笔砚、玩器等物，颠颠倒倒，乱杂无章。壁间挂些箫管、琵琶，又有刀箭等物。聘才对笑梅说道："小冯这么一个样儿，怎么屋子里东西，也不检点检点？"笑梅笑道："他未必有检点的工夫，世间人最没有他忙的。"说著，子佩走将出来，此时四月尽天气，一身罗绮，愈显得袅娜多姿。未出屏门，先就是一个笑声出来，嚷道："你们来做什么？可是来给二太爷请安的吗？"聘才笑著要说话，张笑梅上前，便一把搂得紧紧的，子佩也就搂了笑梅，大家抱了一抱腰。笑梅笑嘻嘻的道："正是来给二太爷请安的。"便把子佩脸上闻了一闻，又道："好香！倒不是二太爷，直是个小哥儿。"子佩道："你又浪，闹得二太爷心上受不得。"聘才在旁大笑。

三人厮混一阵，然后坐了，却大家讲不出什么话来。听得门口有人嚷道："冯老二在家吗？"子佩接著道："没有在家。"聘才听得声音很熟，只见一人直闯进来，道："好阿！你在洞里头，还答应不在家。"众人一看，原来是杨梅窗，皆是熟识的，更为热闹了，大家说些无非是游戏欢乐的话。四人商议道："难道今日说些闲话，就算了事不成，可不辜负了韶光么？"笑梅道："我们是打算听戏的。"冯子佩道："呸！乡里人进城不认得明角灯，当是猪溺泡。今日是忌辰，还想听戏呢。"杨梅窗道："今日果然是忌辰，咱们做什么，上馆子去罢。"三人都也高兴，子佩又进去换了衣裳，即同步行出门，到了一个酒楼。走堂的见是四个少年，且认得杨、冯二人，便觉高兴，知道今日热闹的。杨八爷道："吃什么？"冯子佩对著走堂的道："你报上来。"走堂的一一报了数十样，四人就点了五六样，先吃起来再说。走堂的先烫上四壶黄酒，一桌果碟儿，遂一样一样摆上来。四人饮了一回，又说些笑话。

梅窗道："咱们就这么算了，叫走堂的也瞧不起，叫个人罢。"聘才是最高兴的，便道："很好，叫谁呢？"梅窗笑道："我意中人却多，又喜欢新鲜，不比人家天天总叫那个人。我前日见联珠班内有个叫玉林，生得很好，一下台就有人同了出去，想是很红的。"聘才道："料没有琴官好。"梅窗道："那个琴官？"聘才就把新年看戏的话，略述了些，又道："这琴官除了梅庾香之外，其余见了总是冰冷的，恐怕叫他不来。"梅窗道："那里有叫不动的相公，今日你就叫他。"聘才心内想道："如今我在华府，他们也应该知道了，自然看我不比从前，就去叫他，如若不来，再叫别个。"梅窗又问笑梅道："叫谁？"笑梅道："我叫蓉官罢。"又问子佩，子佩道："叫了三人，也就热闹。我不叫，我算吃镶边酒罢。"梅窗笑道："你自己算了相公罢。"子佩听了，含了一口酒，望著梅窗劈面喷来，梅窗一闪，身上却洒了好些。梅窗道："何必一句话如此著急，必定说著了你的真病。"大家一笑。就将衫子脱下要些烧酒喷了，放在檐下栏杆上晾了，便又笑道："可惜这口酒糟蹋了，你何不吐在我口里？"子佩又抓些瓜子壳撒过来，梅窗也就受之而不报了。

只见那走堂的进来道："琴官、玉林都说病著不能来，蓉官就来。"聘才原料琴官不来的，只好罢了。倒是杨梅窗心上不快，说道："怎么叫三个人，倒有两个不来？不知是真病呢，还是推托的？"笑梅道："自然是真病，推托什么。"聘才道："还有个琪官也是很好的，我正月里叫过他几回，倒是全来的。"聘才又写了条子去叫琪官，梅窗另叫了二喜。走堂的道："琪官打发人去叫了。二喜在那边陪客已经吃过饭，就散了。"

走堂的知会了二喜，不多一刻，二喜就过来，对各人请过安，就在梅窗肩下坐了。斟了一巡酒，送了一巡菜，便问道："今日席间还叫谁？"梅窗道："叫的都是有病的，不能来。"聘才见了二喜，便不大欢喜，因正月里吃了他多少刻薄话。二喜倒不记在心，且那日开发，聘才明日即已送去，没有漂他的，所以二喜还看得起，遂问聘才道："从前那一位姓什么？那个瞅瞅眼儿，叫小利偷了银子的，如今总不见他。"聘才道："我如今在城里住了，这些朋友是不大往来的了。"二喜道："你在城里什么地方？"聘才道："华公府。"二喜道："哎呀！华公府。"又问张笑梅住处，笑梅道："我同他在一个宅子里。"二喜道："听得华公府里，天天唱戏，他府里有班子。"聘才道："有几班呢。"二喜就到各人面前劝酒，猜拳吃皮杯的，无所不至。闹了一阵，只不见蓉官、琪官到来。

笑梅道："奇了，今日是忌辰，倒叫不出相公来。"二喜道："还有那个？"笑梅道："你们班里的琪官，还有联珠的蓉官。"二喜道："蓉官，我出门时见他到三合楼去的，只怕还没有散。"梅窗道："那玉林是你们同班的，他真有病吗？"二喜道："玉林阿！不要说起，他同琪官前日都闹了一件事，几乎闹出人命来。他们的师傅，此刻还不依，要去告那个人。琪官今日也不能来的。"于是大家问起什么事，二喜道："说来话长，且喝两钟再说。"众人又干了几杯。

聘才听说琪官闹事，便又问二喜道："你就说来，大家听听。"二喜道："有一位广东奚十一老爷，你们相好不相好？"三人说都不相识，冯子佩道："我会过这人，却不相好，你有话尽说。"二喜道："这奚老爷是在京候选的，听说带了几万银子进来，要捐一个大官。谁知用动了，就凑不上了，只捐了一个知州。这个人真算个阔手，他一进京先认识登春班春兰，就天天把春兰放在屋里，衣裳、金镯子、热车等类，就不用讲了。春兰的戏最多的，他于春兰每一出戏，做十几副行头，首饰都是金的，只怕就要值万把

第十九回 述淫邪奸谋藏木桶 逞智慧妙语骗金镯

银子。春兰的师傅故意把春兰叫回，呕他赚他，零零碎碎，又花得不少。后来替春兰出师，又花了五千吊，春兰就跟了他，天天一炕吹烟，一桌吃饭。譬如这一样菜，春兰尝一尝说咸了，或是淡了，他就连碗砸了。几百吊钱做件皮袄子，春兰说：'风毛出得不好，我不要。'他瞧一瞧真不好，顺手一撕，撕做几块，再做好的。这算自己的冤脾气也罢了。既同春兰这么相好，就不该闹别人了，他却不管，只要他中意，不管人肯不肯，一味的硬来。"

众人都静悄悄的听他讲，聘才道："问你玉林、琪官的事，你倒尽拿这冤桶讲不完了。"二喜笑道："一路讲下来，横竖比戏还好听些。他哄人有多少法子呢！他是嘉应州人，所以有那西洋好法儿。他引诱人先是以银钱买动人家的心，也有那不爱银钱倒爱人品呢。这奚老爷相貌生得粗卤，又高又大，是个武官样儿，说话也蠢。又吹烟，一天要一两，脸上是青黑的。"梅窗道："快说，什么西洋好法儿？"二喜道："他有个木桶，口小底大，洋漆描金的。里头丁丁当当的响，倒像钟的声音。上头有个盖子，中间一层板，板底下有个横档儿，外头一个铜锁门，瞧是瞧不见什么。他看上了那人，要是不顺手的，便哄他到内室去瞧桶儿。人家听见里头响，自然爬在那桶边上瞧了，奚十一就拿些东西，或是金银锞子，或是翡翠顽意等类，都是贵重的东西，望桶里一扔，说你能捡出来，就是你的。那人如何知道细底，便伸手下去。原来中间那层板子有两个孔儿，一个只放得一只手，摸不著，又伸下那只手，他就拿钥匙往锁门里一拨，这两只手再退不出来，桶又提不起来，鞠著身子。他就不问你愿不愿，就硬弄起来。要他兴尽了才放你，你叫喊也不中用，已经如此了。即放开了，也无可如何。知机的就问他多要些东西；还有那不知机的与他闹，他就翻了，倒说讹他，打了骂了，还要送到坊里收拾你。坊官们大半是他们一路的，送了去拘禁起来，百般的挫辱，还要师傅拿钱去赎，极少也要百十吊。这是奚十一的行为。

"你说玉林与琪官怎样闹事呢？就是这奚十一，头一次在玉林家吃酒。玉林是忠厚人，不会奉承的。他却看上了玉林，就是一套衣裳、一对镯子，又赏他师傅四十吊，因此动了火。第二回单请他，叫玉林陪他，并不多请人，他又赏一百吊。玉林是嫌他那个样子，总和他生生儿的，他心上就恼了。第三回他师傅又请了许多相公，再请他，他便不来了。他师傅总想他是个大头，逼著玉林去请安。他更坏，大约心里就打定主意，留玉林吃饭，又灌了玉林几杯酒，也骗他看那桶子。不晓得玉林在那里风闻这个桶是哄人的，就不去看。他没法了，只好强奸起来，仗著力气大，就按住了玉林。玉林不依，大哭大喊的。他的跟班听见了，要进来瞧。奚家的人又不准他进来，他就硬闯了进来。只见按住了玉林，已经扯脱裤子了，看见有人进来才放手，只得说与他顽笑，小孩子不知趣。玉林就一路整著衣裳，哭骂出来，跟班的又在门房嚷了几句。他要打玉林，没有赶得上，所以气极送了坊了，这也可以算了。真真活该有事，这是早上。到将晚的时候，他又叫了琪官。这琪官的性子，你们也知道的，如何肯依呢？他就哄他去瞧桶儿，琪官不知，却上了当了，两只手都放进去，缩不出来。他也要如法炮制，来扯琪官小衣裳。琪官明白了，就是一腿，刚刚踢著那话儿，便疼得要死，就蹲了下去。"

说到此，张、魏二人就大乐起来，说："该！该！这样东西必有天报。酒又换了，我们共贺一杯。"冯子佩也不言语，杨梅窗道："你快说罢。"二喜也喝了酒，又说道："这琪官也苦极了，手又缩不出来，便使起性子来，不顾疼痛，用力乱扭，把那机巧扭坏了，琪官这两只手却刮得稀烂，血淋淋的，也就哭骂出来。他因小脑袋疼痛，也就躲了。琪官回去告诉了师傅，他与袁宝珠相好，又告诉了宝珠，宝珠气极，便进怡园与徐老爷说了。徐老爷就大怒道：'天下有这种东西，就容他这么样，这还了得！'又晓得了玉林之事，即著人去向坊里，连夜把玉林要了出来。一面打算告诉巡城都老爷，要搜他那个桶子，办他。徐老爷是个正直人，说话是不知避人的，不知有人怎样通了风。奚十一也怕闹事，又因银子用完了，西账也不拉了，赶著在吏部花了钱，告了个资斧不继，出京去了。闻说到天津去了，只怕躲几天就要来的，所以玉林气坏了，琪官也病了，手还没有好，怎么得出来？说完了，你们吃一大杯罢，我舌头也干了。"说得众人个个大笑称奇。

冯子佩道："这个狗鸡巴龛的，实在可恨！他不管什么人，当著年轻貌美的，总可以顽得的，他也不瞧自己的样儿。"梅窗笑道："你这么恨他，莫非看过他的宝贝桶子么？"子佩把梅窗"啐"了两口。梅窗道："他这个桶子，咱们京里不知会做不会做？"笑梅笑道："你也要学样了么？"梅窗笑了一笑。聘才笑对二喜道："你讲得这么清楚，这桶子你想必看过的了。"二喜脸上一红，便斜睃了一眼，就要拧聘才的嘴。

梅窗道："他未必要用著桶子。"二喜又将梅窗拧了两把，说道："咱们作买卖的人，有钱就好，何必那样拿身分呢。可惜他们不像你能会看风水，所以才吃了这场苦。"说罢，自己也笑了。聘才心中暗忖道："倒不料琴官、琪官，既唱了戏，还这么傲性子，有骨气，这也奇了。"即问二喜道："这奚十一到底是什么人？这样横行霸道？又这样有钱？"二喜道："我听得春兰讲，说也是个少爷，他家祖太爷做过布政司，他父亲现做提督呢。"聘才道："如今春兰呢？"二喜道："同出去了。"于是大家又谈谈笑笑，又喝了一回酒。看看天气将晚，笑梅、聘才皆要进城，只得算了账。梅窗又与二喜说定，明日开发。梅窗让聘才等一同进城，他却住在城外，又到子佩处，两个同吃了一回烟，拉了子佩，到胭脂巷玉天仙家去了。

再说潘其观自从被蕙芳哄骗之后，心中著实懊恼，意欲收拾蕙芳，又怕他的交游阔大，帮他的人多；二者淫心未断，尚欲再图实在；又心疼这二百吊钱，倒有些疑心张仲雨与蕙芳串通作弄他，就对仲雨唠唠叨叨，说些影射的话。仲雨受了这冤枉，真是无处可伸，便恨起潘三来，"他既疑我，我索性坑他一坑"，打算要串通蕙芳来算计他。潘三又因保定府城有几间布铺，亲去查点一番，耽搁了两月回来。清闲无事，与老婆闹了几场，受了些闷气，无人可解。又想要到蕙芳处作乐，也不同张仲雨，一人独来。

是日，已是傍晚，可可走到蕙芳门口，恰就遇著蕙芳从春航处回来。蕙芳一见是潘三，心上著实吃了一惊，只得跳下车来，让潘三爷进内。潘三便搀著蕙芳的手，喘吁吁走进里面，到客房坐下。蕙芳便问道："潘三爷，这几天总不见你，在那里发财？你能总不肯赏驾。记得那一天是因华公子住在城外，传了我去，实在短伺候，你不要怪，咱们相好的日子正长呢。"潘三见蕙芳殷勤委宛，便把从前的气忿消了一半，便慢慢的说道："我来做什么，我也知道你嫌我，二百吊钱倒买张老二吐了我一脸酒。兔子藏在窟窿里，叫野猫馋著嘴空想呢。"蕙芳听了这话十分有气，只得装著笑道："你能说话真有趣，今日做什么，咱们找个地方坐坐罢。"潘三道："还找什么地方，你这里很好。但是我发了誓，戒了酒了，我今是一口不喝了。"

蕙芳听了，更是著急，想道："今日真不好了，偏是一个人，酒也不喝，走是不肯走的。我托故要走，他未必肯依。"左思右想，脸上渐觉红晕起来，便自己怔了半天，发恨道："索性留他，我若怕了他，我也不叫苏蕙芳了。"便道："三爷，你不喝酒，饭是要吃的。"潘三便点点头。蕙芳便亲自到厨房去了一回，便摆出饭来了：三荤三素，一碗绍兴汤，又一壶黄酒。蕙芳道："虽然戒了酒，既到我这里，也要应个景儿。"便满脸带笑，拿了一个大玉杯，斟得满满的，双手送去。那潘三原未戒酒，不过怕酒误事，今见蕙芳如此，便忍不住笑嘻嘻道："可尽这一壶，不许再添了。"蕙芳也不理他，于是两人对饮，又吃些扁食之类。

潘三已有醉意，喝来喝去，又添了一壶，见蕙芳桃花两颊，秋水双波，顾盼生娇，媚态百出，把个潘三的故态又引出来了，叹口气道："你这个孩子真真害死我，二百吊钱算什么，你不犯害人！儿子，你只要一点心到我身上，我是没有不依的。"蕙芳强笑道，"三爷，我不懂得，什么叫依不依？"潘三道："只要你有心于我，你要什么我总依的。"蕙芳笑道："未必能依罢，我要，要是要一个银号，这是你自己说过的。"潘三道："银号我有三个，我已经四十八岁了，还没有儿子，给你一个银号，也没有什么要紧。你给我什么呢？"蕙芳只不言语。潘三道："怎么又不说？就是咱们爷儿俩，又没有外人，有什么说不得的话吗？"蕙芳总是似笑非笑的不言语。

潘三便坐近来，将蕙芳搂在怀里，自己把那糖糟似的脸，想贴那粉香玉暖的脸。蕙芳将手隔住，轻轻的道："你倒太胡缠了，你放了手，我才说。"潘三把脸在他手背上擦了又擦，喘吁吁的道："好儿子，好乖乖，快讲罢。"蕙芳故作怒容道："三爷，你这般性急，我又不讲了。"潘三只得松了手。蕙芳手上已流了些吐沫，便将手巾擦了，站起来，正色的说道："潘三爷，我又不是糊涂虫，你道我瞧不透你的心事？但我既唱了戏，也就讲不得干净话儿。但是我今年才十八岁，又出了师，外面求你留我一点脸，当一个人，不要这么歪缠我，我有心就是了，莫叫人瞧破。你别当我是剃头篷子的徒弟。三爷，你心里想我使了你二百吊钱，你舍不得，如果要，我也还得出来。"潘三道："好儿子，那个要你还钱？你怪不得我，我整整儿想了半年了，你不叫我舒服一舒服？你若真有心就好了，只怕你还是赚我；你再要我上当，我就不依了。横竖你的话我没有不遵的。"蕙芳又笑道："我方才说，三爷是逛惯剃头篷子的，拿我这里当作一样。我听张仲雨说，潘三爷是大方得很的，只要中意那人，不但三百五百，就是一千八百吊都肯。怎么三爷又瞧得中我，你在我面上才花过二百吊钱，马上就要捞本儿。要说二百吊钱，不但三爷看不上，就是我姓苏的也不当事。难道三爷喝一杯酒，听一个曲儿，还不赏个百十吊钱吗？也像那些小本经纪人，叫一天相公给个四吊五吊京钱？告诉你：只要你能真有心，我准不负你。你可不要忘了我，当我是个下作人，遂了你的心，你倒拉倒了，又疼别人去了，那时可莫怪我。"

潘三被蕙芳一席话，说得无言可答。听他句句应允，觉要钱多，二百吊尚少的意思。既而又想道："这等红相公，自然是不轻容易到手的。"便对蕙芳道："你真不负我，我就放心了。但是口说无凭，后来恐又变了卦。"蕙芳冷笑道："你千不放心，万不放心，难道写张契约与你吗？"潘三此时色心艳艳，又要装作大方，倒不能粗卤起来，想一想，只好再把银钱巴结他，便道："知你是个阔相公，手笔大，常要用钱，打今日起，如少钱，便即到我铺子里来取。"蕙芳道："我怎么好来？不要叫三奶奶晓得了，一顿臭骂，害得你还要受苦呢！"潘三笑道："胡闹，你实对我说，到底少钱不少钱？"蕙芳想一想，道："这东西被我刻薄了，他还不懂，还想拿钱来买我，索性赚这糊涂虫，也好给田郎作膏火之费。"便带笑道："钱是怎么不要呢，我不好讲，又恐三爷疑心我尽赚钱，一点好处没有，钱倒花得多呢。"说罢，便看著自己手上的翡翠镯子，便取下来，给潘三瞧道："你瞧瞧这翡翠好不好？"

潘三一看，觉得璧清如水，而且系全绿的，便赞道："好翠，城里头少，只怕是云南来的。"蕙芳道："是怡园徐老爷赏的，一样四个给了四个人,我得了一个。听说在广东买来,一个是一千块花边钱。"潘三吐了吐舌,讲道:"比金的还贵,十两重的也不过二百银。"蕙芳道:"好虽好,可惜没个金的配他。"一头瞧著潘三手腕上有个很重的金镯。潘三心上明白,意欲赏他,恰有十两重,值二百银,又觉心疼;若不赏他,又恐被他看不起,便不答应了。自己抬了膀子看了一回,对蕙芳道:"将这个配上就好了,你要就给你罢。"只管抬著膀子,却不见取下来。蕙芳走近身边,谢了一声,将镯子取下,刚刚带上了手,却被潘三拦腰抱住,口口"心肝、儿子",脸上嗅个不住,便就抠抠摸摸起来。此番蕙芳真没有法,再讲什么话,潘三是再不理的了,打定主意今日是不肯空回白转的;况且又把个金镯子出脱了,脸上已觉得十分光彩。蕙芳只得装作笑容,见他衣襟上挂著个小牙梳子,便把他的胡须梳了一回。

正在危急之际,只听外面有人嚷道:"蕙芳在家么?"又听说:"老爷来了!"觉有许多脚步响,蕙芳连忙挣脱,道:"不好了!坊官老爷来查夜了。"潘三是个财主,听见坊官查夜,就著了忙,想要躲避。蕙芳道:"躲是没有躲处的,就请走罢,省得遇著他们,查三问四起来,倒不好看。"潘三无奈,刚著手时,又冲散了,只得从黑暗处一溜烟跑出大门。

不知来的果系何人,且听下回分解。

第二十回
夺锦标龙舟竞渡　　闷酒令鸳侣传觞

前回书中,讲到潘三缠住蕙芳,到至急处忽有人嚷进来,蕙芳故作一惊,说:"了不得了!是坊官老爷们查夜。"潘三是个有钱胆小的人,自然怕事,只得溜了。原来蕙芳于下厨房时,即算定潘三今日必不甘休,即叫家里人假装坊官查夜,并请了两个坊卒,到潘三歪缠不清的时候,便嚷将进来。知道潘三是色大胆小,果然中计而去,又哄过了一次。虽然得了他一个金镯,蕙芳心中也著实踌躇,恐怕明日又来,只好到春航寓内躲避几天,再看罢了。潘三一路丧气而回,幸怕他的老婆,不敢公然在外胡闹,不然只怕蕙芳虽然伶俐,也就难招架了。今天又空闹了一场,只好慢慢儿再将银钱巴结他,买转他的心来。这回书又要说几个风雅人,做件风雅事情。

如今这一班名士,渐渐的散了。子玉自从与琴言怡园一叙之后,总未能会面。琴言之病,时好时发,也不进园子唱戏,有时力疾到怡园一走。而子玉之病亦系忧闷而起，或到怡园时，偏值琴言不来；或到琴言寓里，偏又逢著他们有事，不是他师傅请客，就是有人坐著。又不便再寻素兰，子玉亦觉得无可奈何，只好怅恨缘悭而已。这边琴言在家，并不知子玉来过几次，又听得子玉害病，心上更是悲酸，因为没有到过梅宅，不便自去。正是一点怜才慕色之心，无可宽解，惟有短叹长吁，形诸梦寐。看官，你道子玉去寻琴言，为什么他的师傅总不拉拢呢？一来子玉是逢场作戏，不是常在外面的人，是以长庆不相认识，且不晓得子玉是何等地位，不过当他一个年轻读书人，无甚相与处；二来子玉在琴言身上，也没有花过一个钱。子玉与琴言是神交心契，自然想不到这些上来。那长庆则惟在钱多，却不在人好。那下作相公们的脾气，总是这样，那长庆生性如此，是始终不变的。

且说子玉是在家养病，不出大门；高品为河间胡太尊请去修志；刘文泽是他岳母惦记他，来接他并其室吴氏，同到直隶总督衙门去了。此中已少了三人，只有子云、次贤、南湘、仲清、春航、王恂六人，不时往来。一日，子云、次贤招诸名士到园看龙舟，并赏榴花。此日是五月初一，正值王通政生日，虽不做寿，家中却也有些至交好友、亲戚同年来贺，内里又有些太太姑娘们，如梅宅的颜夫人、孙宅的陆夫人之类，也觉得热闹。王恂与仲清这怡园之约，就不能去了。

是日子云、次贤知道了，也去拜拜寿，适遇南湘、春航皆在，就约了回来。仲清、王恂说："如客散得早，也来赴约。但只不要候，迟早不定。"次贤等应了，才回怡园，同到了迎面峭壁之下。进了一个院落，子云便请大家宽了公服，又道："今日天气甚热，红日照人，且龙舟在吟秋水榭，榴花在小赤城，离此颇远，不如乘马过去。"家人们已预先备马伺候，即带过来，四人都乘上了。从峭壁下左手转弯，高高低低，曲曲折折，走上青石羊肠小径，有些古藤碍首，香草钩衣。走完了山径，便顺著围墙而走，那边是池水涟漪，依红泛绿，堤上一带短短红阑，修竹垂杨，还有些杂花满树，流莺乱飞，已令人尘襟尽浣。不到半里，又是一堆危石，叠成高山，有十丈多高，如罗浮一峰，俯瞰海曲，挡住去路。

子云请客下了马，从山脚走上石级，三十余层，有一小亭，中具石台石凳，署名曰"缥缈亭"。对面望去，有几十株苍松，黛色参天的遮断眼界，树杪处微露碧瓦数鳞，朱楼一角。此间颇觉清风荡漾，水石清寒，飘飘乎有凌虚之想。春航道："奇奥！文心一至于此，即匡庐之香炉峰，何以过之。"南湘道："前似王麓台，此似萧尺木，幽邃处却不险仄。"子云道："此皆静宜手笔，布置时曾数易其稿。"次贤道："也亏那几株松树，不然也就一望易尽。"春航道："正不知静宜先生胸中有多少丘壑，的是驱排河岳神手。倪云林、徐青藤定当把臂入林。"次贤只得谦让几句。四人小憩了一回，走下石磴来，侧面有五间楼阁，恰作参差高下两层，似楼非楼，似阁非阁，画栋飞云，珠帘卷雨，又是一番气象。窗前阑干外，就是一个十亩方塘，内有层叠荷钱，一半成盖。中间一座六曲红桥，欹欹斜斜，接著对面十数间楼榭。右边泊著几只小小的画船，都是锦缆牙樯，兰桡桂桨。次贤道："那边就是吟秋水榭了。"再望水榭，却是三层，左手一带是一色杨柳低拂水面，接著对岸修竹长林，竟似两岸欲合。

当下子云让客且慢过桥，先进那阁里来，恰是正正三间，细铜丝穿成的帘子，水磨楠木雕阑，阁中摆设，精致异常，说不尽宝鼎瑶琴，璇几玉案。阑边放一个古铜壶，插著几枝竹箭，中悬一额，曰："停云叙雨之斋。"旁有一联，其句云：

　　　　拜石有时具袍笏，看云无处不神仙。

署款为"华光宿"。南湘失惊道："此华公子手笔，不料其词翰如此。"子云道："华公子天分极高，不过工夫稍浅，亦其势位所误。若论书画诗词，倒与其境遇相反的。"春航道："若仅闻于流俗之口，几乎失是人矣。即此联句，可见其胸次之雅；即此书法，可见其意气之豪。"说罢，远远望见水榭边，荡出两个花艇来，白舫青帘，尚隔著红桥绿柳，咿哑柔橹之声，宛转采莲之曲，正是水光如镜，楼台倒影，飞燕低掠，游鱼仰吹，须臾之间已过红桥，慢慢拢过来。只见王兰保掖起罗衫，盘了辫发，鬓边倒插一枝榴花，手中拿一根小小的紫竹篙，一面撑，一面赶那些家凫野鸭，倒惊得鸳鸯、鸂鶒乱飞起来。又有一个白鹭鸶，竟迎著阑干翩然而来，到了檐前把翅一侧，已飞上山岩去了。次贤笑道："所谓'打鸭惊鸳鸯'，今日见了。"

大家正看得有趣，又见船中走出几枝花来。一只船内是宝珠、漱芳，一只船内是蕙芳、素兰，共是五个。舟人把舟泊近阑干，南湘道："芙蓉未开，水榭减色。有此众芳一渡，庶不寂寞。湘娥洛神，江湄游戏，我度香先生当以玉珮要之。"大家笑了一笑，群旦上来都见过了。次贤道："你们看静芳窄袖踟蹰的，越显得风流跌宕。竹君之赞语'翩若惊鸿，婉若游龙'，真觉得摹拟入神。"南湘道："静芳之倜傥，媚香之灵慧，瑶卿之柔婉，瘦香之妍静，香畹之丰韵，皆是天仙化人。若以其艺而观，则赵飞燕之掌上舞，张静婉之帐中歌，可以仿佛。"

子云请客登舟，南湘等上得船来。看那船头，是刻著两个交颈鸳鸯，船身是棠梨木的，两边短短红阑，内是玻璃长窗，篷盖上罩著个绿泥洒花大卷篷，两边垂下白绫画花走水。船里是两个舱，底下铺了细白绒毯，靠后也是长窗，中间铺设一炕，两旁是鬼子穿藤小椅，间著几张茶几，中间一张圆桌，也可以坐得五六人。那一个船略小了些，是坐那侍从人的。此时王兰保却早换好了衣裳，斯斯文文的坐了。宝珠对南湘道："你们早上到过王大人家没有？"南湘尚未回言，子云道："我就在王宅邀来的。"于是众人谈谈讲讲，一路看园中的景致，有几处是飞阁凌霄，雕甍瞰地；有几处是危崖突兀，老树槎丫。却也望见西北上一带长廊是桃坞，接着是杏村；正北上竹林中望去是梨院，后是牡丹香国；东北是一带玲珑巧山，下是绿阴千树，金弹离离，结满了梅子，青黄各半，把个梅岭遮住，看不清楚。对岸树石蒙茸，却不知还有多少亭院。春航问南湘道："这园子里共游过几处了？"南湘道："到却到过许多回，逛却没有逛到。一喝酒就是一天，那里能逛。约有七八处逛过。"宝珠道："我同瘦香是逛完的了。"蕙芳道："我就是桂岭、菊畦、兰径没有到过，其余也都逛完。"素兰道："桂岭在前山前，兰径、菊畦是在后山后，过涧去一片大空地，有一所庄院，便是菊畦。那兰径是山下，到半山，高高下下的长廊曲径，最好顽的所在。菊畦过去还有个稻庄，有桔槔犀水，像个村落，渔帘蟹簖，各样都有。还有两个鹤栏鹿棚，也近在那里。"说罢，船已行了半里多，已到转弯处，池水却也空阔。

　　吟秋水榭造在水中，四面周围有池水围住，共是三层。只见第一层是十二间，作个六面样式，面面开窗，纯用玻璃镶嵌的雕窗，隔作六处。一处之中又分阴阳明暗，仍是十二处，大小方圆扁侧，又不一样，各成形势。内中的摆设，是说不尽的。在这间看那间，只隔一层玻璃，到过去时，却要转了好几处，方能过去。当下诸人，就在这第一层逛了好一回时候。子云道："客也饿了，此刻将近午正，可以坐罢。"只见四个小童托上四个金漆盘来，放著几碗杏酪，分送各人面前，各人吃了。春航道："索性上那两层再回来坐罢。"

　　于是转上楼梯，上了第二层，略小了些，是四面样式，空出一转回廊，有阑干回护，也有雕窗隔作八处，古玩器皿一样的精雅。望见东北角上柳阴中，泊著龙舟，有三丈多高，舟身子是刻成彩画一条青龙，中间却是五六层架子装起，纯用五彩绸缎、绫锦、毡泥，制成伞盖旗幡，绣的洒线平金打子各种花卉，还搭配些孔雀泥金伞、珍珠伞、银针穿成的伞，中间又装上些剪彩楼台庭院，王宫梵宇，装点古迹。内中人物都是走线行动，机巧异常，一层一层的装凑起来，为锦为云，如荼如火。顶上站著一个扎成的金毛孔雀，船内用石压底，两边共有二十四人荡桨。有个八音班，在内打动锣鼓丝竹，粗细十番。此是次贤在江苏看过，画出图样，选匠造制。春航是从南边来，也曾见过，即道："实在制得华丽，就是常州府的龙舟，是甲于一省的，也不过如此。"

　　大家又上了第三层，却是三面式样，外面也是三面回廊，中间隔作六处。此中窗櫺门户，是一色香楠木，十分古拙，更为雅静。地位既高，得气愈爽，凭阑一望，怡园的全景已收得八九分，只有山阴处尚不能见。惟觉楼台层叠，花木扶疏，芳草如碧毯平铺，清泉如水银直泻，水如萦带，山列主宾，多处不见其繁，少处不嫌其略。天然图画，《辋川图》不过如斯；人力经营，平泉庄何足道也。众人各自凭阑，遥望四处，只听龙舟内箫鼓悠扬，清波荡漾的划将出来。龙尾上挂着个秋千架子，两个孩子一上一下的打秋千。

　　次贤道："还请到底下去看罢，自上望下，不如自下望上好。"众人即下了雁齿扶梯，仍到第一层，已见正中廊前摆了一个圆桌。此会是宾主四人，名花五人。子云便要穿衣，经史、田三位止住，只得就便服送了酒，依齿而坐。东首是南湘，子云命兰保坐在肩下；西首是春航，肩下是蕙芳；上面是次贤，肩下是漱芳；子云坐了主位，左右为素兰、宝珠二人。饮酒的话头，无非是那几套，且慢讲他。

　　再看那龙舟已到阁前，盘盘旋旋，来来往往，荡个不了。家人远远的放了五千一串的全红百子，响得不住。大家正看得喝采，忽见阑干外走上四个人，穿著绿油绸短衫，红油绸裤，褡膊拴腰，红巾扎额，赤了脚，穿着草鞋，腿上缠紧了蓝布，站齐在阑干前，对上叩了一个头。南湘不解其故，待要问时，只听龙舟一声鼓响，那四个人齐齐的倒翻觔斗下水去了。子云道："这些蠢奴，他们也要显些本领。"遂命家人去捉几对鸭子来，又叫取几个红漆葫芦抛下水去，众人方晓得是夺标。家人答应，便将一个白鸭先抛下水去，那鸭子下了水，把头一钻也翻了一个觔斗，便伸著头，拍著翅，"呷、呷、呷"的叫了几声。那边一人便俯在水面，两脚一蹬，似梭子的穿过来。那鸭子见人来拿他，便扇起双翅，半沉半浮，走得风快。正走时，忽见水里探出个头来，一手把鸭子捉住。子云道："好！记著赏他。"又将三只鸭子、两个葫芦同抛下去。这四个人各要讨好，都竭尽其艺，或俯或仰，或沉或浮，或侧半面，或跷一腿，游来游去，顽个不了。也有拿著的，也有拿不著的。也有拿到了重新脱手的，也有拿到半路被人夺去的。引得席上个个欢笑，各人饮了好几杯。那些相公们更觉高兴，都出了席，靠著阑干看玩艺。

　　子云叫了进来，再斟了酒。次贤道："我们今日就以此为令何如？"众人问道："怎样做令？"次贤问那些家人道："去年园中结那些大葫芦，想来还有。"家人应道："有十几个漆的，其余是没有漆的。"次贤便叫把漆的拿来。不多一刻，家人就提了一大串来，解开绳子，放在一张空桌上。次贤又叫拿那副酒筹来。家人又送上一个象牙酒筹。次贤随手抽出几枝，便把没有字的一面朝上，放在桌上，对众人道："各人随手取一根，不准看那一面的字，各人注上各人的号。"大家就依了他。次贤便把葫芦揭开盖子，每一个放下一个酒筹，仍旧将盖子旋紧，命家僮抛下水去，"看拿到那一个的，便是那一个喝酒，这是极公道的顽意儿"。众人道："极是，但不知筹上写些什么。"次贤道："方才这副筹，是《水浒传》上的人，各有饮酒的故事，我是随手数的，不知是那几个名字。"子云笑道："这筹倒也好，喝得爽快。就是内中有几个大量的，抽着了却是难为。"众人道："这也只好听天由命了。"

只见水中抢了一个出来，家僮拿到席边将手巾擦干了，开了盖子，倒出筹来，是萧次贤的。大家看那一面时，刻著七个大字，下注两行小字。大字是："李逵大闹浔阳江。"注是："首二坐为宋江、戴宗，末坐为张顺，李逵自饮一大杯，宋、戴陪饮一小杯，即与张顺豁十拳。李逵赢拳，张顺吃酒；张顺赢拳，李逵喝开水。"众人看了皆笑。

次贤先饮了门面杯，南湘、春航陪了一杯。即与子云猜拳，子云饮了六杯酒，次贤饮了四杯茶。众人道："倒也有趣。"又见拿了一个上来，看筹是南湘的。那面是："武松醉夺快活林。"下注："无三不过岗，先满饮三杯。对面为蒋门神，要连胜三拳方过，再打通关一转。"南湘道："这一回太多了，三杯我就喝，这通关免了罢。"子云道："免是不能免的，况且你是个大量。"兰保道："打通关或用半杯，或一杯分作三消罢。"众人亦皆依了。南湘吃了三杯，即与春航豁起拳来，倒也连胜了三拳，又打了一个通关，共吃了十二杯酒。

又见水中拿了两个出来，第一个揭出来是徐子云的。那面是："宋江怒杀阎婆惜。"注："饮两杯，并坐者为阎婆惜，宋江先自饮一杯，将一杯劝阎婆惜，婆惜不饮，仍是宋江自饮。"子云笑道："座中谁是阎婆惜呢？"众人笑了。次贤道："不消说，是并肩坐的这两个了，且仍是你自饮，用是用不著他们，但劝是要劝的。"子云带笑饮了一杯，又将一杯对素兰道："香畹，你是个好人，你莫要学那阎婆惜，心上只记著张三郎，不瞅不睬的，你且饮这一杯罢。"引得众人笑起来。素兰本待要饮，因为众人一笑，便脸上红晕了一层，便把嘴向著宝珠一呶，说道："阎婆惜在那边，你叫他饮罢。"宝珠也"嗤"的一笑。子云又拿一杯，对著宝珠道："如何，你饮不饮？"宝珠接了杯子，对著素兰道："你上了当了，你看筹上不饮的是阎婆惜，饮的就不是了。"即将酒饮尽。素兰一想，倒被宝珠讨了便宜。

再拿那一根筹看时，是蕙芳的。再看那面，众人就笑起来，只有田春航强住了笑，脸上却有些红。原来这一根筹偏偏是蕙芳，也是捉弄潘三的报应。上写著："潘金莲雪天戏叔。"注："三杯，并坐左边的为武松，第一杯要露出了胸，一手搭在武松肩上，叫声：'叔叔，你饮这一杯。'第二杯要自吃半杯，又道：'叔叔，你若有心就吃这半杯儿残酒。'第三杯要站起来，装作怒容自饮，合席陪饮三杯。"当下蕙芳就不肯，道："我们豁了这三杯罢。"子云道："这是令上写明白的，水里捞出来的，岂可改得？"次贤道："况且是你亲手写在筹上的，如今怎好翻悔？"南湘道："你如要改令，方才我们又何必照样呢？"蕙芳无奈，踌躇了半天，兰保笑道："报应之快，如今是真要上那姓潘的当了。"众人不甚明白，只道是筹上的潘金莲，却不晓得兰保是听见潘三的事。春航心内明白，只低头不语。蕙芳听了，一发脸红，也不理他，只得拿了一杯酒，站起来靠著宝珠，道："叔叔，你吃这杯罢？"宝珠正在吃菜，不提防蕙芳叫他这一声，便笑得喷了一桌，靠住了子云，把手巾擦了嘴，还笑个不住。众人哄然皆笑起来。蕙芳弄得没法，放下杯子，自己也笑了。

次贤道："媚香，又错了，你不看注指并坐左邻为武松，不是右边的人，怎么把这杯酒敬起瑶卿来？"蕙芳道："你到底要我敬那一个呢？他不是与我并坐的吗？"宝珠道："我恰好不算并坐。虽然是圆桌，我却朝北，你是向东，我再料不到你叫我叔叔。"说罢又笑了，蕙芳终是不肯。子云笑道："媚香，你难道没有敬过湘帆的酒么？快些，快些！你看又捞起两个来了。你若坏了令，后来怎样？不过好歹这一次，又没有三回两回轮著你的。"次贤道："快敬罢！"南湘道："当年金莲戏叔之时，是要做些媚态方像，不可老老实实的。"你一句、我一言，大家逼著，蕙芳真是无奈，不道尖利人也有吃亏时候。蕙芳只得略靠著春航，擎起了杯，道："叔叔，吃这一杯。"春航也是无奈，只得老著脸饮了。第二杯蕙芳也只得先饮了一口，送到春航口边，春航不待叫，就饮了。众人皆说："这杯不算，重来，令上是要叫明才算的。"春航再三求情，只得算了。到了第三杯，却甚容易。蕙芳自斟了一杯，立起身来。次贤道："这杯要作怒容的。"素兰道："他心中本有气。"蕙芳一笑，又忙将花容一整，做出怒态，便一口干了。子云看了这光景，心上十分赞赏，便自己饮了三杯，又劝合席也饮三杯。于是再看筹时是兰保的。那面是："鲁智深醉打山门。"注："先饮一大杯，首二坐为金刚，每人豁三拳。"蕙芳道："他就这等便宜，我偏这么啰嗦。"兰保照令行了，与南湘、春航各豁了三拳。

再看筹是漱芳的，那面是："金翠莲酒楼卖唱。"要弹琵琶，敬鲁达、李忠、史进各一杯。众人道："这还可以，在不即不离之间。况且真是个姓金的，怎么遇得这般凑巧？"漱芳只得弹起琵琶，敬了南湘、春航、次贤三人。再看葫芦内筹是田春航。春航急看那一面，想一想，又说声："不好！"众人又复拍手大笑道："今日就是媚香与湘帆牵缠不清。"蕙芳红著脸道："这是你们有心做成的，不然为什么单是这两根筹这么样呢？"次贤道："冤枉冤哉！算我有心捡出的，难道你们又有心捡过去吗？"原来筹上写的是："一丈青捉王矮虎。"注："后成夫妇，与并坐的手牵红巾，饮三个交杯，合席共贺一杯。"春航欲要改令，怎禁得大家不依，只得拿块帕子与蕙芳递著，各饮了半杯，第三次惹得合席说了又笑，笑了又说，道："这个合卺杯是难得见的，我们各浮一大白。"于是合席又贺了一杯．更把蕙芳臊得了不得，便道："从此难星也过完了，等我可以取笑人了。"

看筹是宝珠的。那面是："王婆楼上说风情。"看了注，蕙芳笑道："今番却有报应了，不料也有人做那好样儿与人看了。"宝珠的脸已经红晕了半边。令是三杯酒："第一杯是敬右邻为西门庆，也做成挑帘的样了，将扇子打西门庆一下，敬这一杯。第二杯要西门庆跪地，一手捏著金莲的鞋尖，敬金莲这一杯。第三杯，左邻是王婆，金莲福了一福，叫声：'干娘，饮这一杯'。"子云笑道："可可如今轮到我了。"春航道："香尘沾膝是件最美的事，况且莲钩在握，就饮十杯何妨？"南湘大笑道："香尘沾膝还可以，只不要跪在烂泥里，那时莲钩倒摸不著，摸著的是条驴腿。"说得众人哄然狂笑起来，把个金漱芳笑得闪了腰，直跌到次贤怀里。王兰保、陆素兰笑得走开了。宝珠道："此又是报应，天理昭彰，一毫不爽的。"大家笑得春航十分难受，又不好认真，只得忍住道："竹君刻薄，应该罚他一个恶令。"南湘笑道："我是据实而言，何刻薄之有？"蕙芳道："你也够了，不要说嘴，晓得也有失风时候。"次贤笑道："瑶卿，此令如何？看来是不能改的，只好委屈些罢。倒难为了度香这膝下黄金了。"众人又复大笑。

蕙芳即催宝珠快些敬酒，宝珠是个温柔性气的人，被众人逼不过，只得老著脸，将扇子把子云轻轻打了一下，敬过这杯酒。子云笑而受之，众人说声："好！我们也各饮一杯。"子云道："酒令严于军令，没奈何，诸公休笑矮人观场。"只得斟了一杯酒，屈了一膝，来敬宝珠，宝珠连忙接过饮了。众人又说声："好！"又各饮一杯。宝珠便将这第三杯酒对著蕙芳，福了一福，道："干娘，请饮这杯。"蕙芳接来饮了，笑道："好女儿，生受你。"众人皆赞道："好个干娘、干女儿！我们再贺一杯。"又各饮了。

便剩下一根筹，知是素兰，取来看时是："梁山泊群雄聚义。"合席各饮三杯。众人道："这却收得有趣，今日这个酒令，真倒像做成的一般。"宝珠道："只是太便宜了他，又便宜了静芳，瘦香还弹了一弹琵琶。第一是我与媚香才算不来呢。"蕙芳道："有人跪了你敬酒，还不好？还要怎样？"宝珠道："你要人跪你，方才何不代我行了这个令？"此一回酒已饮到红日沉西，也就吃了饭。盥漱毕，又饮了一回香茗。

南湘道："还有小赤城的榴花没有赏鉴，何不就趁著晚霞掩映，看那榴火如焚不好吗？"子云即引众复坐船回过红桥，到西边假山前上岸，从神仙洞走出，穿过了杏楼、桃坞两处，便是小赤城。只见榴花回绕如城，约有一二百株，红霞闪烁，流火欲燃，间有几种黄白及玛瑙等色，相间而开。正是《天台山赋》上的"赤城霞起而建标"，所以叫做小赤城。

天色已晚，南湘、春航要回，小使送上衣帽，各人穿戴，谢了主人并次贤，绕道出园。子云道："今日本有一事要烦两兄。园中各处的对联尚须添设几副，今日倒被龙舟耽误了，迟日再请一游，并约庚香、剑潭诸君何如？"史、田二人应了，遂上车而去。这边相公五人也各陆续散去。这回怡园二次宴客，可惜人少未齐，不晓下卷又叙何人，再俟细细想来。

第二十一回
造谣言徒遭冷眼　　问衷曲暗泣同心

此回书又要讲那魏聘才，在华府中住了一月有余，上上下下，皆用心周旋的十分很好；又因华公子待他有些颜面，银钱又宽展起来，便有些小人得志，就不肯安分了。内有顾月卿、张笑梅，外有杨梅窗、冯子佩一班人朝欢暮乐，所见所闻，无非势力钻营等事，是以渐渐的心肥胆大。从前在梅宅有士燮学士在家，虽不来管教他，自然畏惧的。而且子玉所结交的，都是些公子名士，没有那些游荡之人。譬如马困槽枥之中，虽欲泛驾，也就不能。此时是任凭所欲，无所忌惮。一日，因张、顾二人有事，遂独自出城，雇了一辆十三太保玻璃热车，把四儿也打扮了，意气扬扬，特来看子玉之病。

已到梅宅，进去见过颜夫人，即到子玉房中来。子玉已经病了月余，虽非沉疴，然觉意懒神疲，饮食大减，情兴索然。有时把些书本消遣，无奈精神一弱，百事不宜，独自一人不言不语，有咄咄书空气象。就是颜夫人也猜不出儿子什么病来，只道其读书认真，心血有亏，便常把些参苓调理，无如药不对病，不能见效。世人说得好，心病须将心药医。这是七情所感而起，叫这些草根树皮如何解劝得来。只有子玉自己明白，除非是琴言亲来，爽爽快快的谈一昼夜，即可霍然。倒是聘才猜著了几分，进来问了好些话。子玉因这几日没人来，便觉气闷，聘才来了，也稍可排解。问那华公府内光景，聘才即把华公子称赞得上天下地选不出来，又夸其亲随林珊枝及八龄班怎样的好，就说琴言也不能及他。

子玉听到提起琴言，便又感动他的心事，即对聘才道："琴言原是吾兄说起的，及我亲见其人，果是绝世无双，怎么如今说有多少比他好的呢？"聘才道："琴言相貌原生得好，但其性情过冷，譬如一枝花，颜色是好极了，偏在树高头，攀折不到，叫你不能亲近他，人若爱花，自然爱那近在手边的了；譬如冬天的月，清光皎皎，分外明亮，人仰看时，那一片寒光，冷到肌骨，比起那春三秋八月的月，又好看又不冷，自然就不如了。"子玉道："这是粗浅的比方。花若没有人折，花便自保其芳；月到没有人看，月更独形其皎。若说难折的花，固不亲于人手，若遇珍禽翠羽，仙露清风，越显花的好处，岂非难攀所致乎！若说寒天之月，固不宜于人赏，若遇寒梅白雪，清波彩云，愈见月的清光，岂为寒冷所逼乎？大约琴言之生香活色，人所能知，而琴言之挚意深情，人罕能喻。第以寻常貌似之间取之，故有雅俗异途之趣。世有琴言遭逢若此，此天之所以成此人，不致桃李成蹊也。"这一席话，子玉心内真是深知琴言，故有此辩，没有留心竟把个魏聘才当作俗人异趣了。

聘才心上有些不悦，只得勉强应道："很是，很是。琴言的好处，我早说过，大抵世间人非阁下与我，就不能赏识到这分儿了，我也想去看看他，不晓得他到底是什么病？"子玉道："你今日去么？"聘才道："且看，我还有点事，如便道就去的。"子玉道："你若见他，切莫说我有病；他若问你，你说不知道就是了。"聘才道："我会说。你有什么话告诉我，我替你说到。"子玉道："我也没有什么话。"又停了一回，道："就说我叫他不要病。"聘才笑道："你怎么就能叫他不要病？你能叫他不要病，他自然也能叫你不要病了。"子玉自知失言，也就笑了一笑，又忙忙的改口，说道："已经病了，这也没法，但是我劝他切莫要病上加病。他若晓得我病，你就不必瞒他，只说我的病不要紧，几天就好的。你说香畹这人最好的，常可以找他去谈谈。只要郁闷一开，自然好得快了。"这句话，聘才却不甚懂。便也答应了。子玉又道："我也不能去看他，他见香畹就是了。"子玉一面说，神色之间便觉惨淡。聘才明白这病为琴言而起，便又想道："庾香真是个无用之人，既然爱那琴言，何妨常常的叫他，彼此畅叙，自然就不生病了。何必又闷在心里，又不是闺阁千金，不能看见的。"便辞了子玉，也不去找元茂，略到账房、门房应酬应酬就出来，一直到樱桃巷琴言寓里来。

恰好长庆出门去了，聘才便径进琴言卧室。只见绿窗深闭，小院无人，庭前一棵梅树结满了一树黄梅，红绽半边，地下也落了几个。忽听得一声："客来了，莫要进来！"抬头一看，檐下却挂了一个白鹦鹉，见聘才便说起话来。对面厢房内走出一人，便来挡住道："相公病著，不能见客，请老爷外面客房里坐罢。"聘才道："我非别人，我是和他最熟的。你进去，说我姓魏，是梅大人宅子里来的，要看他的病，还有话说。"那人进去说了，只听琴言在房里咳嗽了两声，又听得说："既是梅大人宅里来的，就请进来。"那人出来便笑嘻嘻的说："相公请！"

聘才进了屋子，却是三间，外面一间摆了一张桌子、几张凳子。跟班的揭开了帘子，进得房来，就觉得一股幽香药味，甚是醒脾。这一间尚是卧室之外，聘才先且坐下，看那一带绿玻璃窗，映著地下的白绒毯子，也是绿隐隐的。上面是炕，中间挂一幅《寿阳点额图》。旁有一联是：

　　心抱冰壶秋月，人依纸帐梅花。

　　炕几上一个胆瓶，插了一枝梅花。一边是萧次贤画的四幅红梅，一边是徐子云写的四幅篆字。窗前放著一张古砖香梨木的琴桌，上有一张梅花古段文的瑶琴。里头一间是卧房了，却垂著个月色秋罗绣花软帘，绣的是各色梅花。

　　聘才再欲进内，只见琴言掀著帘子出来。聘才举目看时，见他穿一件湖色纺绸夹袄，蓝纱薄绵半臂，却比从前消瘦了几分，正似雪里梅花，偏甘冷淡，越觉得动人怜爱。即让聘才在上边坐了，自己却远远的坐在靠窗琴桌边一张梅花式样凳上，叫人送了一碗茶，又有个小孩子拿了一枝白铜水烟袋，与聘才装了几袋烟。聘才便道："我听得你身子不快，特地出城看你，近来可好些么？"琴言听得"出城"二字，即思想了一回，怪道庾香久不出来，原来搬进内城去了，因问道："庾香几时搬进城的？住在那一城？离此多远？"聘才知琴言听错了，便道："庾香是没有搬家，如今我在城里住，不在庾香处了。"琴言听了，便不言语，似觉精神不振，就有些烦闷光景。

　　聘才想道："他问庾香就高高兴兴的，对我就是这样冰冷，实在可恶。横竖他们不常见面，待我捏造些事哄他，且看他如何？"问琴言道："这月内见过庾香没有？"琴言道："还是新年在怡园一叙后，直到如今没有会见。"聘才笑了一笑，又说道："我晓得近来庾香是不记得你了。"琴言听了这句，著实诧异，便怔了一回，问道："你说什么不记得了？"聘才故作沉吟道："没有说什么，我说庾香近来有事，自然也就记不得你了。"琴言忙道："他有什么事呢？"聘才道："他有什么事？不过三朋四友，总在一块儿听戏吃酒的事，没有别的事。"琴言想了一想，觉得这话有些蹊跷，因又问道："我闻庾香有病，又听得他到过怡园几次，我没有遇著。"

　　聘才故意冷笑一声，不言语。琴言心上更动了疑："难道庾香近来真不记得我了？难道他与别人又相好么？"因又想道："那日玉龄这么引他，他却如此发气，断无与别人相好之理。聘才的话支支吾吾，半吞半吐，似乎又有些隐情在内。他说进城住了，是已不在庾香处，怎么又晓得庾香的事呢？若庾香竟没一毫的事，他又何必来诳我呢？"便怔怔的低了头想，又想道："这聘才也不是什么好人，他向来的话是信不得的。我看庾香就是无心于我，也断不致在外胡闹。"心上虽如此想，却又忍不住不问，问道："我看庾香是个正人君子，不像爱闹的人。"聘才想道："我若说他认得的人，他会访问，便对出谎来；若说个与他不来往的人，就没对证了。"因慢慢的讲道："人的情欲是不定的。没有引诱他的朋友，自然也想不起来；没有尝过这味儿，自然是不晓得。从来说近朱者赤，近墨者黑，有那一班混账人，引他上这条路，又吃了些甜头，自然也就往里钻了。"说到此，又叹了一口气，道："我倒可惜庾香，起初倒是个正经人，讲究些情致，不肯胡闹的。始而我听得人家讲，我还不信。及至今日我去看他，我进去是向来不用通报的，一直到他书房外间，就听见笑声。他的云儿就忙的了不得，高高的喊一声：'有客来了！'及到我进去，庾香却是卧在床上，脸上发红，有些慌张的样子。我看屋子里又没人，笑声也不像他，也不理会了。与他讲些话，他支支吾吾，所问都非所答。忽听床帐后有些响动，似乎藏著个人似的，我又不好问他，如可以见得我，也不用躲了。我就在他床上坐了一坐，后面帐子又动了一动，偏偏我的扇子又落下地来，我就留心了。借著捡扇子，将他帐子揭开些儿，低头一看，看见后面一双靴子及衫子边儿，是件白花绉绸的，我明白是个相公，倒猜著是你的。又想起你现病著，未必出来；又想道是你，决不躲的。再看庾香满脸飞红，装起磕睡来，我怕他不好意思，只好辞了出来。走到门房门口，见跟那联珠班内蓉官的得子与那些三爷们讲话，我知道是蓉官了。玉侬，你想蓉官这种东西，交他做什么？就叫个相公，也不用瞒人。我真不懂我们这个兄弟的脾气。我也知道你为了他，很有一番情。他起初却很惦记你；又听得人说，他找你几回，你不见他，他所以心就冷了。你不问我，我不便说；你既问我，我就不忍瞒你。好顽相公，也是常事，我就恨他撇了你，倒爱这个蓉官，不但糟蹋了这片情，也玷污了自己的干净身子。"

琴言一面呆呆的听，一面暗暗的想，心中虽是似信非信的，听到此话不知不觉的一阵心酸，便淌了几点眼泪下来。却又极意忍住，把这话又想了一回，身子斜靠了琴台，把一个指头慢慢儿捺那琴上的金徽。因又问道："你见庾香就是这么样，也没有说些别的话？"聘才道："我出房门时，他才说了一句，说：'你想必去听戏，听什么班子？'我也没有答应他，我就走了。"琴言道："你这些话都是真的？"聘才冷笑一声，道："我是说过谎的吗？信不信由你。"琴言又道："不是我不信，难道你坐了这半天，就这一句话吗？"聘才道："我本来没有久坐，我又见他心上有事，也就不便多说。"琴言道："庾香当真只说这一句话？"聘才道："真没有两句，若有两句来，我就赌咒。"琴言心上觉得十分难过，又不便再问，只得忍住了。

聘才道："我听你们在怡园见面，彼此很好，又见你送他一张琴，后来怎么样疏的？听说这琴也转送人了。"琴言听了，更觉伤心，低了头，一句话回答不出来。聘才又道："或者因你常到怡园，他因此动了疑。你既与他相好，就不该常在度香处了，也要分个亲疏出来，这也难怪他有点醋意。"琴言心上一团酸楚，正难发泄，听到此便生了气，似乎要哭出来，说道："你讲些什么话？什么叫相好，什么叫醋意，我倒不晓得。"便借这气又哭起来。聘才心中暗暗的喜欢，便赔著笑道："我说错了，我知你是讲不得顽笑的，不要恼我，与你赔礼。"便走拢来，想要替他拭泪。琴言娇嗔满面，立起身便进内房去了。聘才觉得无趣，意欲跟进去，只听琴言叫那小使进去，吩咐道："你请魏少爷回府罢，我身子困乏，不能陪了。"说罢，已上床卧了。这边魏聘才听了，心中大怒，意欲发作，忽又转念道："他是庾香心上人，糟蹋了他，又怕庾香见怪，权且忍耐，慢慢的收拾他。屡次遭他白眼，竟把我看得一钱不值，实在可恨！我不能摆布他，也枉做了华公府的朋友了。"只得忿忿而出，坐上了热车，风驰电掣的去了。

再说琴言在床卧了，觉得阵阵心酸，淌了许多眼泪，左思右想，不能明白。忽想起素兰那日之言，说同庾香前来，因为师傅请客，不得进内，说到此又被人打断。这几天又寻不著他，何不再寻他来一问，便知庾香的光景了。即著人去寻素兰，素兰回家即换了便服过来，这边琴言接著，就在房里坐下。素兰道："你寻我有什么事？莫非又要我做庾香的替身么？"琴言笑道："我有一件好难明白的事，要问你。"素兰道："什么难明白的事，你且说。"琴言道："你方才说起庾香，你近来见他么？"素兰一笑，道："果然，果然！你除却庾香，是没有事寻我的。我们前日在怡园看龙舟，度香请庾香，他因病了没有来。度香说起他的病，有一个多月了，脸上清瘦了好些，十天前到过度香处。并有一个笑话，说来人家真好笑，只怕你又要哭坏了，我不说罢。"

琴言听了，心上已觉回转，便道："什么笑话？你快快说罢。"素兰道："媚香的生日，田湘帆做了一篇小序，大家说做得好，度香便抄了。那一天，庾香来，静宜便将小序给庾香看，庾香也赞了几声。度香在旁说道：'湘帆好一个浓艳文心，愈艳愈好，愈浓愈好。'度香正赞湘帆的文章，庾香忽说道：'玉侬自然在玉艳之上，玉艳虽好，尚逊瑶卿、媚香一等，而玉侬则玉树琼花，似非人间花谱中可以位置。'静宜、度香初听了，不知他说些什么，后来想了出来：他误听'愈浓、愈艳'，当是问你与琪官那个好？他就所以说出这两句来，惹得静宜、度香笑个不了。庾香也想出错来，便著实不好意思，又支吾遮饰了几句。这么看起来，他是一刻不忘你的，将来就要入起魔来，这病倒有些难好呢，你听了不要哭吗？"琴言听到此，便再忍不住，不觉呜咽起来，泪珠便是线穿的一样，把一个蓝纱半臂胸前，淹透了一大块。

素兰安慰道："哭什么？你病还没有好些，就这么伤心，正是雪上加霜了，所以我不肯对你讲，知道你要伤心的。"琴言忽又蹬足道："这魏聘才真不是个东西，无缘无故的糟蹋人，玷污人，造言生事。"素兰问道："那个魏聘才？你因甚骂他？"琴言便将帕子掩了脸，索性哭个不止。素兰只得再三解劝，劝得住了哭，把前日宝珠、蕙芳行的酒令说给琴言听。说瑶卿还罢了，第一媚香尖利不肯吃亏的，偏偏吃了这闷亏；又听得他为潘三缠不清楚，媚香却不肯告诉人，人都传说出来，说媚香也怕他，到湘帆处躲了好几天，如今是交代下人，若是潘三来，总回不在家。又说他床后开了一个门，通得厨房，为避潘三之计。琴言听了这些话，略有笑容。素兰便问魏聘才是何人，琴言略把去年搭船进京及住在梅宅的话说了几句，即对素兰道："细听起来，这魏聘才真是个小人，你问他怎的，不如不提他为妙。"素兰道："不为别的，我昨日在春阳馆吃饭，听得说，掌柜的闹了一件事，得罪了华公府一个师爷，便送到兵马司，打了二十个嘴巴，还出脱了几十吊钱，又是两桌酒席。听得人说那个人也姓魏，叫什么才，却是华公府里的。"琴言道："我却听得他说，如今住在城里，不在庚香处了，我也没有问他在那里。"

　　素兰道："我听走堂的说起来，却说得原原委委。新年上，这姓魏的同了几个人，带着保珠、二喜，吃了五十几吊钱，掌柜的因不认识，写账的时候，想必说了什么话。后来姓魏的还钱又零零碎碎的，此刻还没有清楚。前日听说同了两个人，倒带了五个相公，从巳初进馆，到申正才散，算账有七十余吊。掌柜的不晓得他是华公府出来的，便支支吾吾的不肯写，又说前账未清的话。那姓魏的酒也醉了，就把笔摔了，又把大砚台一推，推下柜去，可可里头放着一桌家伙，砸得粉碎。掌柜的不依，喧嚷起来，经众人劝散了。只得仍就写了票子，票子上写的是华公府师老爷。掌柜的就著了忙，一面招陪他出了门，只道没有事了。谁晓得第二天一早，兵马司就是一支火签、一条链子，拿掌柜的套了就走。还是求了张仲雨，花了几十吊钱，去讲了情，只打了二十，才放出来；又送了两桌酒席与张二爷。他们说是魏什么才，方才听你骂他，想必就是这个魏聘才了。"

　　琴言道："管他是不是，横竖叫魏聘才的总不是东西就是了。"因又问道："那日你同庚香来，遇见我师傅请客。那一回的说话，还没有说完，到底讲什么？"素兰就把那一天子玉的光景细细述了一遍。又道："我也为你说得口渴了，你茶都没有一碗。"琴言笑道："说话说得要紧，忘了吩咐，快沏茶来。"素兰吃了两口茶，便笑道："庚香与你倒是一样的心肠，竟是一副板印出来的。"琴言道："怎么一样呢？"素兰道："我看你屋子里及身上，处处都是梅花，是因他姓梅，所以借这梅花，是睹物怀人的意思。庚香近来这一身都是琴。"琴言笑道："我不信，怪重的东西，况这么长的怎样带在身上？你别哄我！"素兰便大笑起来，道："呸！你这个傻子，难道你身上种著梅花吗？"琴言也笑了。素兰道："我听度香说，庚香身上荷包、扇络等物，无一不是琴的样式，连扇子上画的也是两张琴，一张是正的，一张是反的，你说这心肠不是与你一样么？"说得琴言又哭了。素兰道："你要哭，我以后再不说了。"琴言又只得忍住，道："你再说，我不哭就是了。"素兰笑道："我也没得说了，你方才恨这魏聘才，到底是什么缘故？"琴言就把聘才方才说子玉的话一一细说了一遍。

素兰沉吟了一回，道："据我看，庚香是断无此事的，你断不必信他。"琴言道："我起初见他说的光景倒像真的一样，倒有几分疑心；今听你讲起庚香来，是断断没有的事。只不晓得魏聘才这个杂种，定要造言生事，糟蹋庚香做什么，真是人心都没有了。"素兰道："想必是庚香得罪了他也未可知。或者他要离间你们，他也有什么想头也未可知。"琴言冷笑道："他有想头，难道他进了华公府，我就肯巴结他么？"素兰想一想，道："我倒嘱咐你，这东西既然进了华公府，自然便小人得志起来，要作些威福，我们也不可得罪他。从来说恶人有造祸之才，譬如防贼盗一样，不可不留一点神。"琴言道："我是不管，我是不理他，他能拿我怎样？"

当下与素兰说话，又问了些外间的事，直到二更之后，素兰方自回去。临走时又对琴言道："歇几天我想个法儿，请庚香来会会你。"说罢，也自去了。不知魏聘才受了琴言这些冷淡，未必就此甘休，想要生出什么事来，且听下回分解。

第二十二回
遇灾星素琴双痛哭　逛运河梅杜再联情

话说前回书中，陆素兰应许了琴言约子玉出来相会，话便说了这一句，明日恰好是端午，是没有工夫的。偏又接连唱了三天堂会戏，素兰身子也乏了，又静养几天。这边琴言是度日如年，天天使人来问他，把个素兰弄得没有主意。又因自己寓中来往人多，也不甚便。若借人地方，或是酒楼饭馆，一发不好说话，又不便请陪客，使他们有怀难吐。想来想去，只得借逛运河为名，静游一天，倒也清静。主意定了，便叫人到大东门外，雇了一个精致的船。又把自家的玩器陈设、笔砚花卉等物，搬些下船安置。便知会琴言明日早晨下船，尽一日之兴，也不约别人。因想起子玉处怎样去请呢，只好借度香名，遂将请他的缘故，细细写明封了口，著人送了去；并吩咐，对他门上只说怡园徐老爷请他逛运河便了。送信人照著吩咐，一径到梅宅来，投了书信。

子玉正在闷闷不乐，将子云所赠之瑶琴，翻著琴谱，捡那容易的在那里学弹。忽又将琴翻转，将那琴铭诵了几遍。只觉绿阴满院，长日如年，想不出什么解闷的事来。正在情绪烦闷之时，忽见云儿拿了一封信进来，放在桌上，说怡园徐老爷送来的，明日请逛运河，并要回信呢。子玉取过书来一看，觉得封面上字迹，写著"梅少爷手启"，端端正正，不像子云、次贤笔迹，因想道："或是叫书僮写的也未可知。"即拆开一看，第一行是"陆素兰谨启，庾香公子吟坛"云云。心中倒觉跳了一跳，香畹何故作札来，莫非玉侬有什么缘故么？遂即一字字的细看，看完了又看，至两三遍，脸上便自然发出笑来，便对云儿道："你去叫来人候一候，我即写回信。"云儿出去了，子玉又看了一遍，便觉心花大开，病已去了九分，遂即忙研墨伸纸。前半写的是感激的话，后半写的是必到的话，准于明日辰刻赴约。写完了，又看了一回，也将信封了口，再写签，忽又想道："怎样写呢？"略一踌躇，便悟道："自然也写徐老爷了。"写完用上图章，命云儿交与来人，说明日必来。

　　来人得了回信即回，呈与素兰看了，见他写得勤勤恳恳，感激不尽，便也喜欢，就拿了信，高高兴兴走到琴言处来。才进二门，就听得一片嚷闹之声。素兰吃了一惊，便轻了脚步，走到东边一间客房，从窗缝里望去，只见有两个人，一个坐著，一个站在中间捶台拍桌子的骂人。素兰看了，著实害怕。只见那坐著的穿一件青绸衫子，有三十来岁，黑油油一脸的横肉，手里拿著两个铁球，冷言冷语，半闹半劝；那一个也有三十余岁，生得短项挺胸，粗腰阔膀，头上盘起一条大辫，身上穿著一件青绸短衫，腿上穿著青绸套裤，拖著青缎扣花的撒鞋，抡起了膀子，口中骂道："什么东西？小旦罢了，那一个不是你的老斗！有钱便叫你，偏你这小鸡巴脔的，装妖作怪，装病不见人。比你红的相公，老爷们也常叫，好呢赏几吊钱，不好滚你妈的蛋！小忘八蛋，你不滚出来，三太爷就毁你这小杂种的狗窝，还要脔你那老忘八蛋师傅呢。"那一个坐著的说道："老三，且别生气，你候著。我瞧他，今儿咱们来了，他不敢不出来。"琴言家里的几个人尽著招陪软央，说道："琴官实在有病，好不好都拿不定。这几天如果好了，总叫他师傅领著到两位太爷府上磕头。今儿求你能高高手，实在他病势沉得很，你就骂他，他也断不能出来。他师傅又进城去了，总求你能施点恩。过了今天，明日再说，我们替你能陪个礼，消消气罢。"便请了一安，拍著那人的背请他坐下。那人只是气哄哄的不肯坐。

　　那穿青衫的又说道："老三，你听这个说话不错，咱们饶了他这一次，到明后日再来，如再不出来，咱们就拿鞭子抽他，他敢怎么样呢？"那琴官的人即向那穿青衫的道："求你能劝劝这位爷，索性候他病好了再来，明日瞧著是不能好的，你能总得宽几天限。明日先叫他师傅到府上陪罪，候琴官好了，再同过来说罢。"又作了一揖，又送上两钟茶，将他的水烟袋装好了烟，送给他。那人也只好收篷，便道："不是我性子不好，实在情理不堪，就是六十二斤半，我也见过，倒没有见过这样大相公。你们打听打听，春林、凤林这么红的人，你三太爷点一点头，马上就跟了来，从没有上门不见人，叫人挡住，又撒谎说病著呢。猴儿崽子，躲著作什么，又不是少只眼睛，短条腿儿，见不得人。"那青衣的站起来，说道："老三算了，咱们也要吃饭去了。"那人道："到那里去吃饭？就叫他们预备饭，咱们吃了再说。"两人仍又坐下了。

　　琴言的人看这光景，似有讹诈之意，便想了一想，既碰著了瘟神，不烧纸是退不去的。只得进内问了琴言，提出两吊钱来，陪著笑道："本要留太爷们吃顿饭，今日厨子又不在家。恐作得不好，反轻慢了太爷们。琴官预备个小东，请你能各人上馆去吃罢。"便双手将钱送上来。那青衫子的倒要接了。那短衫子的一看，只有两吊钱，便又骂道："他妈的巴子，两吊钱叫太爷们吃什么？告诉你，太爷们是不上白肉馆、扁食楼的，一顿饭那一回不花十吊八吊，就这两吊钱？"说著，凸出了眼珠看著。琴言的人倒也心灵，便又陪笑道："不要忙，这原是孝敬一位太爷的，还有两吊，再送出来。"即转身又拿出两吊钱，作了一个揖，再三求他们收了。那短衫子的尚作出怒容，那穿青衫子的便提了钱，搭上肩头，一手拉了那人出来。素兰正在窗缝里偷瞧，已惊呆了，不提防他们出来，急走时，已被那短衫子的看见了，便道："你这个小杂种，又是谁，往那里跑？快过来，你爷爷正要找你呢。"素兰急得没有命的跑了出来，那人也赶出大门，幸亏素兰跑的快已回去了。

　　这条胡同却是短的，两家斜对门，都在胡同口边。那个人当是跑出胡同，也不来追赶，便问琴言的人道："方才这个小兔子，在那个班子里？在什么地方？他见三太爷就跑，三太爷偏要找他。"琴言的人道："这是登春班的，名字我倒想不起来，他住得远，在石头胡同呢。"两人还是胡言乱道，一路歪歪斜斜的去了。里边琴言听得骂他，已经气得发昏。你猜著这两人是谁？无缘无故来闹？原来一个是华府中的车夫，那个青衫子是跟官厨的三小子，魏聘才花了八吊钱买出来的。

　　这边陆素兰跑了回去，吓得心头乱跳，两额飞红，几乎哭出来了。急到房中坐了，定了定神，好一回，心上又惦记著琴官，受了这一场辱骂，不知气得怎么样了。欲要过去看他，恐又遇见那两个，踌躇了半响，到底放心不下，只得叫人先去看了，没有人，方才三步两步忙忙的过去。到琴言房里，只见垂著蓝纱帐，一片呜咽之声。素兰挑起了帐子，一手拍著琴言，道："起来罢！好事来了，如今且不要气，有一封信在这里，给你看看。"琴言回转身来，见了素兰，更觉伤心，便叹了一口气，说道："横竖我也要死了，活着这么受罪，不如死了倒干净。兰哥，你是我的大恩人，既和我相好一场，索性作个全始全终的人。我死了，求你转求度香，把我这尸骨葬在怡园梅崦的梅树下，我就作了鬼也是快活的。再不然把我烧了灰，到那山高水深的地方，顺风吹散了，省得留一个苦命的痕迹在世间，叫人家想著，恨的恨，疼的疼。兰哥，兰哥！你是疼我的，你倒任我死罢，不用劝我。横竖我才十六岁，已经活得不耐烦了，自小儿生在苦人家，又作了唱戏的，受尽了羞辱。我正不知天要叫我怎样，要我的命，就快一点儿，又何必这么糟蹋人呢？"说罢，就大哭起来，说得素兰也自哭了，意欲劝他，听他这些话，方才又见了这两个人，越想越替他难受，便也同哭个不住。二人正正对哭了半个时辰。琴言见素兰为他如此伤心，心中十分感激，便拉了素兰的手，重新又哭。

素兰见琴言拉著他哭，知道是感激他的意思，便又想道："琴言如此才貌，偏有如此磨折，是天地竟妒这些有才貌的人了。我素兰也是花中数一数二的，若天地也要妒忌起来，也把这些磨折来磨我，便与玉侬一样，那时节恐怕还没有个知心解劝的人呢。"又想道："方才那两个人赶骂出来，也是生平第一回，从此也惹些祸患出来也未可知。"便也九转回肠，索性对著琴言大哭，哭得家里人人惊骇，都走进来站著，怔怔的，劝又不敢来劝，知道是为日间所闹的事了。有两个人只得进来解劝，劝得各人略住了，然后出去拿了两盆脸水，泡了两碗茶，各自退出。这边两人虽止了哭，却讲不出话来，仍是呜呜咽咽的，含著眼泪。

又停了好一回，陆素兰开口道："日间的事，是我目睹的，我也替你伤心死了。那个人像是个土包，只不知怎样闹起来的？可晓得他是那里人？"琴言停了一停，尚是带著哭道："这两人也没人认识他的，据他们讲是极凶恶的样子，不知是那里来的，无缘无故的就闹起来。这就是我苦命人，命中注定有这些凶神恶煞。"素兰毕竟心灵，沉思了一回，道："我看这两人，像是大门子里赶车的，或是三爷，不要就是那个姓魏的指使来的也未可知。"琴言道："不知是不是。但这魏聘才何仇于我，要使人来吵呢？"既又一想，恍然大悟道："不错，不错！定是魏聘才使来的。不然断无一进门来，无缘无故就骂的道理。但是这魏狗才，于我有何仇恨，定要糟蹋我，逼我死呢？"素兰道："前日我原对你讲过，叫你留点神，不要得罪他，果然他已先下手了。"又说道："究竟也是我们胡猜，也作不得准的。"琴言不语，呆呆的，又道："横竖我也就死了，再有事，我也不怕。"素兰道："你竟说傻话，死活是命中注定的，难道你自己去寻死不成？况且你当真死了，也连累了一个人，也要死了。"琴言道："我是没有父母，又没兄弟姊妹，连累了什么人？干净的就是我一个。"

素兰道："别人也连累不著，疼你的虽多，也不至于为你死的。你怎么今日就想不起庾香来，难道他不要为你死吗？你且看看这是谁写的？"便把子玉的回信递与琴言。琴言当下接过信来一看，便即放下，道："这是人家与徐老爷的信，你给我看作什么？"素兰笑道："你且不要性急，这是信面，你且看里头写的是什么？"琴言只得抽出信来，从头至尾看了一遍，又从起头再看，一句句的念了；又看一遍，即微微的笑道："这不是庾香回你的信么？明日去逛运河，看信上是必定出来的。"素兰道："你愿意他来，还是不愿意他来？"琴言又微笑，应道："这是你去请他来，就不晓得明日天气好不好。五月间晴雨不定，不要明日一早就下起雨来，就不能来了。"素兰笑道："天从人愿，咱们今日出了这许多眼泪，也可当得一天雨，明日准是晴天。今夜你好好睡一宵，明日早些起来，到我那边同走，你对师傅只说到怡园去就是了。你身子不好，天气是阴晴不定的，衣服多带两件，恐怕船上的风大。"当下说说谈谈，他二人渐有喜色，素兰就同琴言吃了晚饭，又说了一回，二更多天方才回去，琴言也就安歇了。

一夜病已退了八分，但添了一样毛病，越要睡，越睡不著。听著打了四更，忽呼呼起了几阵大风，就是倾盆大雨，雷电交加，琴言坐起来，长叹了几声。下过了一阵大雨，犹是萧萧索索的一阵细雨，雷声轰轰，只是不住，直到天明时，才止住了。琴言也倦极了，伏枕而卧，倒又熟睡起来。梦见素兰与子玉先在船中，自己刚刚要上船来，忽见岸上跑出两人，一个穿青的，光著脊梁，盘著辫子，赶上来一把揪了过去，骂道："你这小杂种，日间装病不见人，怎么如今又跑到这里来了？"琴言哭喊救命，把身子用力一挣，却自己仍在床上，惊得一身冷汗，已是红日满窗。听得窗外鹦鹉说起话来，道："昨日的人又来了。"又把琴言唬了一大跳，只道又是他两个人来找他。原来素兰候了一回，不见琴言过来，只得著人来请，对他师傅说是同到怡园去的。长庆应允，就催琴言起来。净了脸，吃了一碗冰燕，命跟班的捡出几件衣裳包了，带上车，辞了长庆，即到素兰处来。见了素兰，问道："你昨日可约定庾香到这里来没有？"素兰道："我是约他一直上船的，我犹恐他找不著，又著人假充怡园的人领他去了，此时一定先在船里。我要等他们将酒席什物等类齐备了，省得临时短少，也就要去了。"看那素兰为人，又精细，又聪明，差不多赶上蕙芳，不过尚少蕙芳赚潘三的辣手，较之他人也就算足智多谋了。

却说子玉从二更躺下，也就巴不到天明，听了这一场雨，便短叹长吁的怨命，唯恐明日早上也是这样大雨，只怕萱堂就不叫他出门。起来开了窗子看天，恰又值南风大作，把雨直打进来。仰面看时，黑云如墨，电光开处，闪烁金蛇。忽然一个霹雳，震得屋角都动，连忙闭上了窗，挑灯独坐，幸到天明时就住了，尚有那断断续续的檐溜滴了好一回。此时已不及再睡，即叫醒了云儿，天已大明，红日将出。净了脸，吃了茶，又用了些点心，走到上房，颜夫人尚未起来。子玉在外间叫丫鬟梳了发，又复出来，各处尚是静悄悄的。再到书房来，心上想道："素兰如此多情，况已屡次扰他，他虽然不在这上头讲究，我却过意不去。若给他银钱，又恐被他著恼，当是轻看了他，只好送他些个东西罢。"便即开了箱子，把向来亲戚朋友们送他的零碎东西，捡了几样出来，又捡了两匹江绸、两匹湖绸，带了十几两碎银子。自己收拾好了，再欲到上房告禀，只见李元茂披著件短衫，赤了脚，慌慌张张进来道："我今日特意早起，想不到你已经早起来了。"子玉道："我今日出门有事，所以略早了些。"元茂道："我有句话商量。"

　　子玉正要问时，只见云儿进来道："徐老爷打发人来请，说客业已到齐了，就请少爷过去。"子玉也不及再问元茂，连忙便进上房，见颜夫人尚在梳头，子玉把出门的事告禀了。颜夫人道："你这几日身子好些，出去散散也好，只要早些回来，不要贪凉，坐在风口里。多叫几个人跟去，衣服也多包两件。"子玉禀道："衣服包好了，也用不著多人，云儿一个就够了。"颜夫人道："随你罢，须要早早回来，饮食也要小心。"子玉答应了"是"，出来穿了衣服，把所带的东西衣包等件，先放上车。

　　正要出来，李元茂忽又前来拦住，道："你且慢走，我有一件要紧的事，必要商量。"子玉著急道："有什么事？快说罢！"元茂擦擦眼睛，打了一个呵欠，吞吞吐吐的说不出来。子玉道："怎样？有话剪绝快说。有人在门口候我，你快说罢！"元茂道："谁候著你，这么忙？今日还早得很呢。你听那个卖甜浆粥的还没有喊过来，你就如此著忙作什么！"子玉心上真有些厌烦，便道："你说有话商量，问你你又不说，倒把些闲话讲个不断，到底有什么话呢？"元茂道："我这几日真穷极了，问你借几吊钱用用，就是这句话。"子玉道："这件事也值得这么要紧，你对账房去说罢，总是一样的。"说著就走。元茂一把拉住，道："好人，好人，你着云儿去讲一声才好。我已向帐房借过，不好意思再去说，恐怕碰钉子。"子玉没奈何，又叫云儿进来，到帐房去说了。

　　那边答应了，元茂才放子玉出来。这一缠绕，看表上已到巳初一刻，子玉即忙上车，往大东门来。路又远，出得城时，已是午初，素兰早已先到了，一面又叫人在路口探望。少顷，望见子玉乘车而来，下了车，素兰衣冠楚楚的迎上岸来，请安问好。同上了船，便与子玉除了冠，脱了外面的衣服，素兰也换了便服。子玉谢道："多感雅意，十分周匝，使我负薪顿释，得畅衿怀。领受盛情，何以图报？"素兰笑道："效力不周，偏偏玉侬今日病势加重，不能出来；又因昨日有两个无赖，把玉侬痛骂一顿，因此气坏了。我昨日既约你出来，今日又不好来辞，只好我们二人权坐一坐，再散罢。我因玉侬病重，也觉心绪不佳。总之好事多磨，是一点不错的。"

几句话说得子玉如冰水淋身，默然无语，怔怔的看著素兰好一回，叹了一口气，道："不料今日之事果然如此，不出我之所料。香畹，只可惜你白费了一番心，叫我无福之人不能消受。不晓我昨夜因这一场雨，就是千愁万虑的，原知道今日是断不能会著玉侬的。今日之勉强而来者，一来为你这番美情，不可辜负；二来或者天竟有不测的风云，竟叫人想不到也未可知。那知人间得意的事，是万万想不到；而失意的事，是一想就著的。玉侬之不能来，我早已想到，特不知玉侬此刻，还是猜我出来的，还是猜我不出来的？若猜我不出来的，倒也罢了；若猜我是出来的，只怕他此刻的愁闷，还要比我胜几分呢。"说著，便已红了眼睛，摇著头道："这也奇了，这也实在奇了。"

素兰见了，忍不住要笑出来，便对子玉道："我们如今同去找玉侬罢，去看看他的病何如？"子玉想了一想，道："也可不必了，既然此地还见不著，就到那里必要生出别故来，也是见不著的。"素兰说："他现病在床，怎么会见不著呢？"子玉道："前日你我同去那一回，玉侬不病在床吗？后来我又去过两次，皆没有见著。今日再去，也是断断见不著的。"说至此，不觉泪下，又道："玉侬！玉侬！我与你大约就是那一面之缘了。"又向素兰道："我本看得破，想得透，你只要劝他也看破，也想透才好，省却了许多愁虑。"素兰笑道："你如今是悟透了，倘是玉侬为你今日竟自带病出来见你，你还是看得破、看不破呢？若真是看破了，自然与他讲明，以后两下里不用牵挂的了。若看不破，自然彼此仍旧要想念。你此刻是没有见面，便想得明白；只怕见面，又想不明白了。"子玉竟默默无言可答。

素兰又笑道："玉侬因不能来到，找了一个替身来会会你，不知你与他会不会？"子玉道："是何等样人，认得我么？"素兰道："也是我们同班的，相貌与玉侬仿佛。玉侬之意不过是叫你望梅止渴的意思，不知你意下如何，可要他出来？"子玉沉思了一回，道："如不像玉侬，倒可以会会；如像玉侬，则当日怡园已经唐突过了，何必再叫婢学夫人呢！不但不愿见那人，而且于玉侬实有所不忍。香畹，你是个明白人，想能见到，非我故作矫情。"素兰道："你的话也是，你是不肯见他，我偏叫他出来。"

子玉尚要拦阻，已见素兰从后舱唤出一个如花似玉的人来。子玉乍见倒有些模糊，一来于琴言只叙过一次，二来这几月琴言容貌又消瘦了好些。从前是国色天香，清腴华艳；如今却像落花无言，人淡如菊。及到看得明白时，那琴言已是掩面娇啼，冰绡淹渍，侧身坐了，只是哭泣。子玉道："奇了，这不就是玉侬，香畹何故造这些话来哄我？"素兰道："不要认错了，到底是不是？"子玉道："怎么不是？就只清减了些。这藐姑仙子，岂常人学得来的？"便道："玉侬，你可以不必伤心了，你的心我都知道的。"话未说完，便见琴言止了哭，说道："你的病好了么？我知道你来过几次，但我是没有看过你，所以不好来。我昨日看了你与香畹的信，才彻底明白，倒是我害了你了。"说罢，又哭起来了。子玉道："我是没有什么大病，不过身上稍有不快。况且我自知保养，只要你也看破些儿，也就容易好了。"便也淌下泪来。琴言道："若非香畹昨日过来，我也死了，你今日也见不著我了。"便又哭了。

子玉不解所云，见琴言如梨花带雨、娇柔欲坠的样儿；又见他说一句、哭一声，不觉一股心酸直透出来，也就忍不住哭了。倒闹得素兰没有主意，见两人凄凄楚楚，倒像死别生离的光景，不知不觉也哭起来。三人哭作一团，到底还是素兰先住，便劝道："今日请你们来，原为乐一天，何必哭哭啼啼。且已经半天过了，不到晚就要赶城，能有几个时辰欢乐，不如大家笑笑罢。"子玉勉强答应，道："香畹之言极是，玉侬也不必伤心了。"琴言道："有什么欢笑呢？我们在怡园一叙，直到如今，是五个月。再候第二次欢叙，只怕也要一年了。这一年内，知道我能候得到、候不到呢。大约这一场也就完结了。"说罢又哭。子玉劝道："不妨，只要你身子好了，天天可以见得的，何必要一年呢。"琴言又哭道："我就要好，只怕这魏聘才不容我好，他是要我死了才甘心的。"子玉听了，吃惊道："你倒不要错怪这魏聘才，他背地里倒极口说你好的。"琴言顿足道："你还不知道呢，他若说我好，也不造你的谣言了，也不叫人闹上门了。"

子玉不知缘故，便又问道："这些话我全不懂得，聘才怎样造谣言？又怎样来闹呢？"琴言道："你问他就知道了。"于是素兰就把聘才那日所讲的话细细述了一遍，惊得子玉神色惨淡，气得说不出话来。停了一回，道："奇了！奇了！他在我家住了半年，我并没得罪他，他何必要糟蹋我到如此光景呢？何以进了华公府就变坏了，正是梦想不到，以后我就断绝他便了。但使人来闹，又是怎样呢？"素兰、琴言听得聘才进了华公府，才晓得闹春阳馆的就是他，则昨日的事亦不必疑心了。素兰又把昨日那两人骂话并赶他的光景也述了一遍。子玉听了，又骂又恨，忍不住又哭了。

此时船已开行，素兰的家人把酒肴都摆上来，素兰一面敬酒，一面劝，子玉、琴言只得坐了，悲从中来，无言相对，尚复何心饮酒。经素兰苦劝，只得勉强饮了几杯，终究是强为欢笑，亦不知何所为而然。在琴言心上，终觉得生离死别，只此一面，以后像不能见面的光景。子玉也觉得像是无缘，料定是不能常见的。此是大家心上想到极尽头处，自然生出忧虑来，这是人心个个相同，不过用情有至有不至耳。当下船已走了三四里，三人静悄悄的清饮了一回。

子玉一面把著酒，一面看那琴言，如蔷薇濯露，芍药笼烟，真是王子乔、石公子一派人物，就与他同坐一坐，也觉大有仙缘，不同庸福。又看素兰，另有一种丰神可爱，芳姿绰约，举止雅驯，也就称得上珠联璧合。今日这一会，倒觉是绝世难逢的，便就欢乐顿出，忧愁渐解。琴言看子玉是瑶柯琪树，秋月冰壶，其一段柔情蜜意，没有一样与人同处。正是傅粉何郎，熏香荀令，休说那王、谢风流，一班乌衣子弟也未必赶得上他。若能与他结个香火因缘、花月知己，只怕也几生修不到的。虽只有这一面两面的交情，也可称心足意了。渐渐的双波流盼，暖到冰心。这素兰看他二人相对忘言，情周意匝，眉无言而欲语，眼乍合而又离，正是一双佳偶，绾就同心，倒像把普天下的才子佳人都压将下来。难怪这边是暮想朝思，那边是忘餐废寝。既然大家都生得如此，自然天要妒忌的，只有离多会少了。若使他们天天常在一处，也不显得天所珍惜、秘而不露的意了。心上十分羡慕，即走过来坐在子玉肩下，温温存存，婉婉转转的敬了三杯，又让了琴言一杯。此时三人的恩情美满，却作了极乐国无量天尊，只求那鲁阳公挥戈酣战，把那一轮红日倒退下去，不许过来。

　　正在畅满之时，忽见前面一只船来，远远的听得丝竹之声，再听时，是急管繁弦，淫哇艳曲。不一时摇将过来，子玉从船舱帘子里一望，见有三个人在船中，大吹大擂的，都是袒裼露身，有一个怀中抱著小旦，在那里一人一口的喝酒，又有两个小旦坐在旁边，一弹一唱。止觉得欢声如迅雷出地，狂笑似奔流下滩，惊得琴言欲躲进后舱，子玉便把船窗下了，却不晓得是什么人。

　　素兰从窗缝里看时，对琴言道："过来瞧。"琴言过来，也从窗缝里瞧了一瞧，便道："这些蠢人，看他作什么？"素兰指著那下手坐的那一个道："这就是与媚香缠扰的潘三。"琴言道："哎哟！这个样子，亏媚香认识他，倒又怎么能哄得他？"素兰道："你没有见，昨日那两个，比他还要凶恶十倍呢！"琴言叹了一口气，走转来坐了。子玉道："潘三是何等样人？"素兰也把他们的事说了一遍。子玉连声道："可恶！可恶！这潘三竟敢如此妄想。幸亏是苏媚香，若是别人，只怕也被他糟蹋了。"又问琴言道："你可认得那些相公么？"琴言道："我竟一个都不相识，不知是那一班的。"素兰道："我都认识。坐在怀里的，是登春班的玉美；那弹弦子的叫春林，唱的叫凤林，皆是凤台班的。"子玉道："看他们如此作乐，其实有何乐处？他若见了我们这番光景，自然倒说寂寥无味了。"素兰笑道："各人有各人的乐处，他们不如此就不算乐。"

　　看看红日将近沉西，子玉此时心中甚是快乐，竟有乐而忘返之意。琴言心上虽知天色已晚，却也不忍催迫。素兰恐晚了，不能进城，便叫船家快些摇罢,天不早了,于是一面即收拾起来。子玉便将带来之物分送二人,二人不好推辞,只得收了。子玉又将那包里散碎银,分赏了素兰、琴言的人,又说辛苦了你们,众人叩头谢赏。船到大东门,又各自上车。

子玉拉著琴言的手,道:"我们迟日再叙罢,诸事须要自解才好。"又流下泪来。琴言也哽咽道:"你放心去罢,将要关城了,咱们见面不在香畹处,就在怡园两处。"子玉点了点头,只得硬了心肠,各自上车。车夫怕晚了,加上一鞭,急急的跑了。

子玉回来,已点了灯,颜夫人问起来,只得随口支吾了几句。不知后事如何,且听下回分解。

第二十三回
裹草帘阿呆遭毒手　坐粪车劣幕述淫心

话说子玉逛运河这一天,李元茂向子玉借钱。少顷,账房送出八吊大钱,李元茂到手,心花尽开。又想道:"这些钱身上难带,不如票子便当。"便叫跟他小使王保,拿了五吊大钱放在胡同口烟钱铺内换了十张票子,元茂一张张的点清了,装在槟榔口袋里,挂在衫子衿上。候不到吃饭,即带了王保出门,去找他阿舅孙嗣徽。恰值嗣徽不在家,嗣元请进,谈了一回,留他吃了便饭。

元茂与嗣元是不大讲得来的,又因嗣元常要驳他的说话,所以就坐了不长久,辞了嗣元,信步行去,心里忘不了前次那个弹琵琶的妇人。行到了东园,只见家家门口,仍立满了好些人。随意看了两三处,也有坐著两三人的,也有三五人的,村村俏俏,作张作致,看了又看,只不见从前那个弹琵琶的。元茂的眼力本不济事,也分不出好歹来,却想到里头看看;又因人多,且是第一次,心中也不得主意,不敢进去。再望到一个门口,却只有两人,走到门边,见有一个汉子从屋子里低下头出来,一直出门去了。元茂心却痒痒的,只管把身子挨近了门,一只脚踏在门槛上,望著一个三十来岁的妇人。那妇人生得肥肥的,乌云似的一堆黑发,脸皮虽粗,两腮却是红拂拂的。生得一双好眼睛,水汪汪的睃来睃去。把个李元茂提得一身火起,只得弯著腰,曲著膀子,撑在膝上,支起颐儿,戴上眼镜,细细的瞧那妇人。那妇人一面笑,一面看那李元茂,觉得比那些人体面干净了好些:剃得光光的头,顶平额满,好像一个紫油钵盂儿;身材不高不矮,腰圆背厚;穿一件新白纺绸衫子，脚下是一双新缎靴，衣衿上露了半个槟榔口袋。便对著点点头道："你能请里面来坐，喝钟茶儿。"元茂心中乱跳，却想要进去，又不敢答应。

那妇人又笑道："不要害臊。你瞧出出进进，一天有多少人，你只管进来罢！"元茂脸上已经胀得通红。那妇人又笑道："想是那小脑袋，准没有进过红门开荤，还是吃素的。"门外那两个人都笑了。有一个扯扯元茂的衣襟，元茂回转头来，见那人有三十多岁年纪，身穿一件白布短衫，头上挽了一个长胜揪儿，手里把著小麻鹰儿，笑嘻嘻的道："媳妇儿请你进去，你就进去，怕什么？我替你撑上门，就没有人瞧见了。"李元茂咕噜了一句，那人听不清楚，又道："你若爱进去，你只管大大方方的进去，咱们都是朋友，我替你守著门，包管没有人来。你出来请我喝四两，吃碗烂肉面，就是你的交情。没有也不要紧，顽笑罢了，算什么事。"说著，哈哈大笑起来。那一个穿著一件蓝布衫子也道："面皮太嫩，怕什么，要顽就顽，花个三四百钱就够了，那里还有便宜过这件事吗？"

李元茂被那两人你一言、我一语，说得心痒难熬，又说替他守门，更放心了，便问道："真好进去么？我不会撒谎，实在是头一回，怪不好意思的。"那拿鹰的一笑，道："有什么进去不得？"就把元茂一推，推进了门，顺手把门带上，反扣住了，说："你不要慌，有我们在这里，你只管放心乐罢。"元茂眯奚了眼，尚是不敢近前。那妇人站起道："乖儿子，不要装模作样的。羊肉没有吃，倒惹得老娘一身膻了。"说完，已经掀著草帘，先进房子去了。只见屋子后头又走出一个四十多岁，抢起一头短发，光著脊梁，肩上搭一块棋子布手巾，肮肮脏脏的，对著元茂伸手道："数钱罢！"元茂怔了一怔，既到此，又缩不出去，胀红了脸道："我没有带钱。"那人道："你既没有带钱，怎就跑到这里来？想白顽是不能的。"元茂道："我只有票子。"那人道："票子也是一样，使票子就是了。"元茂没法，只得从衫子衿上口袋内，摸出一张票子，是一吊的，心里想道："方才那人说只要三四百钱，我这一吊的票子，不便宜了他？"因对那人道："票子上是一吊钱，你应找还我多少，你找来就是了。"

那人一笑，把票子看了一看，即塞在一个大皮瓶抽内，仍往后头去了。这李元茂即放大了胆，掀起帘子进内，觉得有些气味熏人。见那妇人坐在炕上，一条席子，一个红枕头，旁边一张长凳。元茂就心里迷迷糊糊的，在凳上坐了。那妇人从炕炉上一个砂壶内，倒了一钟半温的茶，给元茂吃了，嘻嘻笑著。即拿出一个木盆子，放在炕后墙洞内。那边有人接了，盛了半盆水，仍旧放在洞里。那妇人取下盆子来，蹲下身子，退下后面小衣，一手往下捞两捞。元茂听得哐浪哐浪的水响，见他又拿块干布擦了，掇过盆子，便上炕仰面躺下，伸一伸腿，笑对元茂道："快来罢！"

元茂见了，欲心如火，先把衫子脱了，扔在凳子上，将要上去，只听外面一声响，像是街门开了，院子里一片吵嚷之声，直打到帘子边来。那妇人连忙推过了元茂，坐了起来，套上那边裤腿，下了炕，出帘子去了。这边李元茂唬得魂飞魄散，忙把裤子掖好，将要穿衣，帘子外打得落花流水，便有些人拥进来看，一挤把帘子已掉下地了。元茂此时急得无处躲避，炕底下是躲不进的，墙洞里是钻不过去的，急得上天无路，入地无门。越嚷越近，仔细一看，就是先前那两个：见那穿蓝布衫的像是打输了，逃进屋子来，元茂一发慌了。那个拿鹰的即随后赶来，两人又混扭了一阵，外面又走进两个人来解劝，不分皂白，把元茂一把按倒，压在地下，元茂动也难动。只见那四个人八只手，把他浑身剥一个干干净净，一哄的散了。元茂脱个精光，幸而尚未挨打，始而想阳台行雨，此刻是做了温泉出浴了。慢慢的从地下爬起来，一丝不挂，两泪交流，又不能出去。那媳妇儿与那要钱汉子也没有影儿，引得外面的人一起一起的看，说的说，笑的笑，有的道："上了套儿了。"有的道："这是好嫖的报应。"元茂无可奈何，只得将草帘子裹著下身，蹲在屋子里，高声喊那王保。

原来王保只得十三四岁，见元茂进去，明白是那件事，便跑开顽耍去了。及到望得那两人打进来，知道不好，却不敢上前，便唬得躲在一棵树后啼哭。此时见人散了，又听得主人叫喊，即忙走进，见了元茂光景，便又呆了，说道："少爷怎样回去呢？"元茂道："你快些回去，拿了我的衣衫鞋袜及裤子来，切莫对人讲起。就有人问你，也不要答应他，快些，快些！我回去赏你二十个钱买饽饽吃，须要飞的一样快去。"王保飞跑的去了，不多一回，拿了一包袱衣裳来。元茂解下草帘，先把裤子穿了，一样一样的穿好，倒仍是一身光光鲜鲜的走出来。那些闲人便多指著笑话。元茂倒假装体面，慢慢的走著，又回头说道："好大胆奴才，此时躲了，少顷，我叫人来拿你，送到兵马司去，只怕加倍还我。"可怜李元茂钱票衣衫也值个二三十吊钱，还不要紧，出了这一场大丑，受了这些惊吓，正在欲心如火的时候，只怕内里就要生出毛病来，也算极倒运的人了。

原来这两人与那媳妇本是一路的，那些地方向来没有好人来往，所来者皆系赶车的、挑煤的等类。今见李元茂呆头呆脑，是个外行；又见他一身新鲜衣服，猜他身边有些银两钱票等物，果然叫他们看中了，得了些彩头。元茂受了这场荼毒，却又告诉不得人，无处伸冤。那时出出进进看的人，竟有认得元茂的在内，知系住在梅宅，又系孙部郎未过门的女婿，慢慢的传说开来。过后元茂因王保失手打破了茶碗，打了他两个嘴巴，王保不平，便将那日的事告诉众人，从此又复传扬开去，连孙亮功也略略知道了，自然过门之后，要教训女婿起来。此是后话不提。

且说孙嗣徽今日出门是找他一个亲戚，系姑表妻舅，姓姬，叫作亮轩，江苏常州府金匮县人，向办刑钱，屡食重聘，因其品行不端，以致闻风畏惮；且学问平常，专靠巴结，因声名传开了，近省地方竟弄不出个馆地来。只得带了些银钱货物进京，希图结交显宦，弄个大馆出来。于孙亮功谊有葭莩，遂送了一份厚礼，托其吹嘘汲引。已经来了两月，倒也认得数人，正是十分谄笑，一味谦恭。若说作幕的，原有些名士在内，不能一概抹倒。有那一宗读书出身，学问素优，科名无分，不能中会，因年纪大了，只得改学幕道。这样人便是慈祥济世，道义交人，出心出力的办事，内顾东家的声名，外防百姓的物议，正大光明，无一毫苟且。到发财之后，捐了官作起来，也是个好官，倒能够办两件好事情，使百姓受些实惠。本来精明，不至受人欺蔽。这宗上幕，十分内止有两分。至于那种劣幕，无论大席小席，都是一样下作，胁肩谄笑，钻刺营求。东家称老伯，门上拜弟兄。得馆时便狐朋狗友树起党来，亲戚为一党，世谊为一党，同乡为一党，挤他不相好的，荐他相好的。荐得一两个出去，他便坐地分赃，是要陋规的。不论人地相宜，不讲主宾合式，惟讲束脩之多寡，但开口一千八百，少便不就，也不想自己能办不能办。到馆之后，只有将成案奉为圭臬，书办当作观摩，再拉两个闲住穷朋友进来，抄抄写写，自己便安富尊荣，毫不费心。穿起几件新衣服，大轿煌煌，方靴秃秃，居然也像个正经朋友。及到失馆的时节，就草鸡毛了。还有一种最无用的人，自己糊不上口来，《四书》读过一半，史鉴只知本朝，穷到不堪时候，便想出一条生路来：拜老师学幕，花了一席酒，便吃的用的都是老师的。自己尚要不安本分，吃喝嫖赌，撞骗招摇，一进衙门也就冠带坐起轿来。闻说他的泰山，就在县里管厨呢。这姬先生大约就是这等人了。

这日，孙嗣徽请他吃饭听戏，先听了凤台班的戏，带了凤林，拣了个馆子，进雅座坐了。这姬先生倒有一个俊俏的跟班，年纪约十五六岁，是徽州人，在剃头铺里学徒弟的，叫作巴老英。亮轩见其眉目清俊，以青蚨十千买得，改名英官，打扮起来也还好看。日间是主仆称呼，晚间为妻妾侍奉。当下嗣徽见了也觉垂涎。二人点了菜，凤林敬了几杯酒，那巴英官似气忿忿的站在后面。

凤林最伶透，便知他是个卯君，忙招呼了他，问了姓，叫了几声"巴二爷"，方才踱了出去，姬亮轩才放了心。如今见了京中小旦，觉比外省的好了几倍，第一是款式好，第二是衣服好，第三是应酬好、说话好，因对嗣徽道："外省小旦相貌却有很好的，但是穿衣打扮有些土气，靴子是难得穿的。譬如此刻夏天，便是一件衫子，戴上凉帽，进到衙门来，一群的三四个，最不肯一人独来，开发随便，一两二两皆可。"嗣徽道："这么便宜！

若是一个进来，我便逾东家墙而搂之可乎？"亮轩笑道："妹丈取笑了，东家的墙岂逾得？就太晚了，二更三更，宅门也还叫得开的。"嗣徽道："三更叫门，大惊小怪的，到底有些不便。你何不开个后门倒便当些，人不能测度的。"亮轩即正正经经的讲道："妹丈真真是个趣人，取笑得岂有此理。我们作朋友的，第一讲究是品行，这后门要堵得紧紧的，一个屁都放不出来了，才使东家放心呢。"嗣徽尚是不懂，连问何故。一个是信口胡柴，一个是胸无墨水，弄得彼此所问非所答，直闹得一团糟了。

亮轩便不与他说，因问凤林道："你们作相公，一年算起来可弄得多少钱？"凤林道："钱多钱少是师傅的，我们尽靠老爷们赏几件衣裳穿著，及到出了师，方算自己的。"亮轩道："此时一年给师傅挣得钱多少呢？"凤林道："也拿不定，一年牵算起来，三四千吊钱是长有的。"亮轩吐出舌头，道："有这许多？比我们作刑钱的束修还多呢！我如今倒也懊悔，从前也应该学戏，倒比学幕还快活些。我们收徒弟是赔钱贴饭，学不成的，十年八年推不出去；即有荐出去的，或到半年三月又回来了。到得徒弟孝敬老师，一世能碰见几个？真不如你们作相公的好了。"说著，自己也就大笑。

嗣徽看这凤林道："凤凰于飞，于彼中林，亦既见止，我心则喜焉。"凤林笑道："你又通文了，我们班子里倒也用得著你。那个撂著鼻子秃、秃、秃……狗才、狗才的，倒绝像是你，何必这么满口'之乎者也'，知道你念过书就是了。"亮轩笑道："此是孙少爷的书香本色。若是我们作师爷的，二位三位会著了，就讲起案情来，都是三句不脱本行的，就是你们唱小旦戏的，为什么走路又要扭扭捏捏呢？"又问嗣徽道："太亲台今年可以出京否？"嗣徽道："家父是已截取矣，尚未得过京察。今兹未能，以待来年，任重而道远未可知也。"亮轩道："是道、府兼放的？"嗣徽道："府、道吾未之前闻，老人家是专任知府的。"亮轩道："知府好似道台，而且好缺多。太亲台明年荣任，小弟是一定要求栽培的。"嗣徽道："自然，自然。这一席大哥是居之不疑，安如磐石的了。"两人说说笑笑，喝了几杯酒。

嗣徽道："今见大哥有一个五尺之童，美目盼兮。倘遇暮夜无人，子亦动心否乎？"这一句说到亮轩心上来，便笑道："这小童倒也亏他，驴子、小妾两样，他都作全了。"嗣徽道："奇哉！什么叫作驴子、小妾？吾愿闻其详。"亮轩道："我今只用他一个跟班，譬如你住西城，我住南城，若有话商量，我必要从城根下骑了驴子过来。有了他，便写一信，叫他送来了，便代了步，不算驴子么？我们作客的人，日里各处散散，也挨过去了。晚间一人独宿，实在冷落得很，有了他，也可谈谈讲讲，作了伴儿；到急的时候，还可以救救急，不可以算得小妾么？一月八百钱工食，买几件旧衣服与他，一年花不到二十千。若比起你们叫相公，只抵得两三回，这不是极便宜的算盘么？"嗣徽道："这件事，愿学焉。绥之斯来，盎于背，将入门，则茅塞之矣，如之何则可。而国人皆曰：若大路然。吾斯之未能信，明以教我，请尝试之。"

凤林不晓得他说些什么，便送了一杯酒，又暗数他脸上的疙瘩及鼻子上的红糟点儿，共有三十余处，问道："你到底说话叫人明白才好。我实在不懂得你这脸上会好不会好。我有个方子给你：用香糟十斤、猪油三斤、羊胰一斤、皂荚四两、银硝四两，铺在蒸笼内，蒸得熟了。你把脸贴在上面，候他那糟气钻进你的面皮里来，把你那个糟气就拔尽了。"嗣徽道："放你的屁中之屁，你想必糟过来的，我倒要闻闻你的脸上有糟香乎，无糟香也。"便把脸贴了凤林的脸，索性擦了两擦。凤林心里颇觉肉麻，脸上便痒起来，把手指抓了一回，便道："好，把你那红癣过了人。"腮边真抓出一个小块来，把嗣徽脸上掐了一下。嗣徽笑道："你说我过了你癣，为什么从前不过，今日就过呢？未之过也，何伤也！"又把凤林抱在膝上，道："有兔爱爱，实获我心。"凤林把嗣徽脸上轻轻的打了一掌，两个眼瞪瞪儿的说道："人家嫌你这红鼻子，我倒爱他。"索性把嗣徽的脸捧了乱擦，跳下来笑道："也算打了个手铳罢。"嗣徽赶过来，要拧他的嘴，凤林跑出屋子；嗣徽赶出去，凤林又进来了。嗣徽便狠起那斑斑驳驳的面皮，道："你若到我手，我决不放你起来。"

亮轩替他讨了情，敬了一杯酒，夹了两箸菜，嗣徽方才饶了凤林。凤林又敬了亮轩几杯，那个巴英官红著脸，在廊下走来走去。姬亮轩叫他来装烟，他也不理，又去了。嗣徽见了，说道："大哥，方才小弟要请教你的话，我只知泌水洋洋，可以乐饥。至于蒸豚之味，未曾尝过，不识其中之妙，到底有甚好处，与妻子好合如何？"亮轩笑道："据我想来，原是各有好处，但人人常说男便于女。"嗣徽道："你且把其中之妙谈谈，使我也豁然贯通。"亮轩笑道："这件事只可意会，难以言传，且说来太觉粗俗难听。我把个坐船坐车比方起来，似乎是车子轻便了。况我们作客的，又不能到处带著家眷，有了他还好似家眷。至于其中的滋味，却又人各一样，难以尽述。"凤林"啐"了一口，道："不要胡讲了。天已晚了，我还有两处地方要去呢，吃饭罢，不然我就先走了。"姬亮轩因同著相公吃酒，知道他的巴英官要吃醋，不敢尽欢，也就催饭，吃了要散，嗣徽只得吃饭。大家吃毕，嗣徽拿出两张票子共是五吊钱，开发了凤林，合著点子牌一张的么四。又算了饭帐，各自回去。

此回书何以纯叙些淫亵之事，岂非浪费笔墨么？盖世间实有此等人，会作此等事。又为此书，都说些美人名士好色不淫，岂知邪正两途，并行不悖。单说那不淫的，不说几个极淫的，就非五色成文、八音合律了。故不得已以凿空之想，度混沌之心，大概如斯，想当然耳，阅者幸勿疑焉。要知孰正孰邪，且听下回分解。

第二十四回
说新闻传来新戏　定情品跳出情关

这回书要讲颜仲清、王恂二人。这一日在家，仲清对王恂道："你可知道，这几日内出了许多新闻，你听见没有？"王恂道："那两天因你弟妹身上不好，我天天候医生，有些照料，没有出门。"仲清道："我昨日听得张仲雨讲的，有个开银号的潘三，从三月间想买苏惠芳作干儿子。头一回是拉著张老二同去缠扰媚香，没有法儿，媚香故意殷殷勤勤。待那潘三借了他二百吊钱，听得说要敬他皮杯时，假装鱼骨鲠了喉。后来把他们灌得烂醉，竟到不省人事，却叫他们在客房内同睡。那姓潘的便滚了下来，在自己鞋里撒了一泡溺，后来醒了。查起来，他家说被华公子叫了去，姓潘的吵了一夜，没有法儿也只得回去。到四月里又去闹他，偏偏碰著假查夜的来，唬得潘三跑了，倒丢了一个金镯。"

王恂笑道："媚香原是个顶尖利的人，就是湘帆能服他，这潘银匠自然要上当的。"仲清道："还听得那个李元茂，在东园闹了一个大笑话。"王恂道："怎么样？"仲清道："有人看见李元茂在土窑子，一个人去嫖，被些土棍打进去，将他剥个干净。李元茂围了草帘子，不能出来，惹得看的人把那土窑子都挤倒了。后来不知怎样回去的。"王恂道："有这等事？或是人家糟蹋他也未可知。"仲清道："张老二的蔡升目睹，也是仲雨讲的。"王恂道："李元茂外面颇似老实，何至于此？"仲清笑道："老实人专会作这些事，不老实的倒不肯作的，近日被你那个虫蛀舅爷领坏了。"王恂笑道："都是你的好作成，若论女貌郎才倒是一对。只我那泰山泰水听见了，是要气坏的。"

仲清道："我还听得说，那魏聘才进了华公府，就变了相，在外边很不安分，闹了春阳馆，送了掌柜的打了二十还不要紧。又听得陆素兰对人说，魏聘才买出华公府一个车夫、一个三小子，去糟蹋琴言，直骂了半天。琴言的人磕头请安，陪了不是，又送了他几吊钱才走。"王恂道："奇了，这几天就有这许多事。我们从前看了这两个人都是斯斯文文的，再不料如今作出这些事来，真是知人知面不知心了。"仲清道："我又听得一件快活事，庾香与琴言、素兰倒游了一天运河。近日他们二人病都好了。"王恂笑道："庾香竟公然独乐起来，也不来约我们一声。"仲清道："是素兰请他与琴言相会，各诉相思，外人是不可与闻。"王恂道："我真不知庾香、琴言之情，是何处生的？世间好色钟情，原是我辈。但情之所出，实非容易，岂一面之间，就能彼此倾倒？想起正月初六那一天，庾香只见琴言一出《惊梦》，犹是不识姓名，未通款曲。及怡园赏灯之夕，就有瑶琴灯谜与庾香打著，因此度香就请庾香与琴言相会。闻宝珠讲，那一天先将个假琴言勾搭庾香，庾香生气欲走，而真琴言始出，已是两泪交流，此心全许。以后偏是会少离多，因之成病，人皆猜是相思。即媚香生日这一日，琴言因病不来，庾香便觉著心神不定，后来生起病来。据我看来，庾香即是一个钟情人，也想不出这情苗从何处发出？似乎总有个情根。在琴言则更为稀奇，于大千人海中，蓦然一盼之下，即缠绵委曲，一至于此，令我想不出缘故来。若是朝夕相见，熟识性情脾气，又当怎样呢？他们两个人真是个萍水相逢，倒成了形影附合，这难道就是佛家因果之说乎？"

仲清道："他们两人的情，据我看来，倒是情中极正的，情根也有呢。我说给你听，这至正的情根，倒是因个不正的人种出。我问过庾香之倾倒琴言，在琴言未进京之前，那魏聘才是搭他们的船进京的，细细讲那琴言的好处，庾香听熟了，心上就天天思想，这就是种下这情根了。后来看见琴言之戏，果然是色艺冠群；又闻其人品高傲，性情冷淡，爱中就生出敬来，敬中愈生出爱来。若从那日一笔勾消，永不见面，就作了彩云各散了。偏有天作之合，又出了一个度香，从中作氤氲使，将假试真，探微烛隐，遂把个庾香的肺腑，摄入琴言心里。设那日庾香为假琴言所误，则琴言也就淡了。你想一想，一个人才见一面，就能从他的相貌想出他的身分来，说我爱你者，为你有这容貌，又有这身分；若徒有容貌而无身分，也就不稀奇了。这两句在他人听了，也还不甚感激，而琴言之孤高自赏，唯恐稍有不谨，致起戏侮之渐。不料偶一见面，如电光过影之梅公子，即能窥见我的肺腑。又想人之所爱，唯在容貌而已，而爱我容貌之心，究竟是什么心，虽未出之于口，未必不藏之于心。就算也没有这片心，但世间既爱此人，断无爱其拒绝，反不爱其逢迎之理。所以庾香一怒，而琴言之感愈深；琴言一哭，而庾香之爱弥甚。虽然只得一面，他们心上倒像是三生前定，隔世重逢，是呼吸相通的了。此即是庾香、琴言之情根，似已支支节节，布得满地，你尚说没有么？但又闻宝珠讲，琴言留意庾香，已在怡园未会之前，就是初六那一天望见庾香之后，便恍恍惚惚，思及梦寐，这却猜不透，因果之说容或有之。"

王恂道："吾兄之论，如楞严说法，绝无翳障，以此观庾香、琴言之情,正是极深极正,就在人人之上了。若湘帆、媚香之情,较之庾香、琴言,又将何如呢?"仲清笑道:"那又是一种。我看湘帆之爱媚香,起初却是为色起见。已花了无数冤钱,一旦遇见这样绝色,故辱之而不怒,笑之而不耻,犹之下界凡人,望见了天仙,自然要想刻刻去瞻仰的。及到媚香怜其难诉之隐情,感其不怨之劳苦,似欲稍加颜色,令其自明;及亲见湘帆吐属之雅,容貌之秀,而且低首下心,竭力尽命,又不涉邪念,一味真诚,故即被他感动。到感动之后,自然就相好;既已相好,则如漆投胶,日固一日的了。溯其见面之初,湘帆则未必计及媚香之身分,但见其容貌如花,自然是柔情似水。及看出媚香凛乎难犯,而且资助他、劝导他,则转爱为敬,转敬为爱,几如良友之箴规,他山之攻错,其中不正而自正,亦可谓勇于改过。以湘帆比起庾香来,正如子云、相如,同工异曲。世唯好色不淫之人始有真情,若一涉淫亵,情就是淫亵上生的,不是性分中出来的。譬如方才说的潘三,心上也是想著媚香,难道说他也是钟情的不成?"

王恂道:"也要算情,若说不是情,他也不想了。"仲清笑道:"潘三若有情,倒绝不想媚香,其想媚香正是其无情处。"王恂笑道:"此语有些矫强了!不过情有邪正,潘三之情,是邪情、淫情,非湘帆可比。若定说他于媚香毫没有情,又何至三回五次,这么瞎巴结呢?"仲清笑道:"这最容易解说的。潘三若于媚香真有情,又何必定要他作干儿子,不过与其来往来往,作个忘年小友,不涉邪念。如今假使媚香得其银号而不遂其欢心,吾恐潘三必仇恨媚香,深入骨髓,岂有钟情之人于所爱之中,又加得上些所恶么?就有些拂意之处,本是我去拂他,并非他来拂我,以此人本不好如此事,所以拂起我的意思,于人乎何尤,于爱乎何损,这才是个有情人。若'情'字走到守钱虏心上来,则天上的情关也要去旧更新,另请情仙执掌了。"说得王恂心思洞开,不禁抚掌大笑道:"吾兄说出如此奥妙,令我豁然开朗,真可谓情中之仙,又加人一等矣!"

王恂又问:"度香之情,为何等情?"仲清道:"度香虽是个大纨绔,然其为人雍容大雅,度量过人,爱博而不泛,气盛而不骄,且无我无人,涵盖一切,是情中之主人。"因又道:"萧次贤如野鹤闲云,尚有名士结习,但其纯静处,人不能及,终日相对,娓娓无倦容,其情可见在此。竹君恃才傲物,卓荦不群,唯用情处为甚恳挚,虽其狂态难掩,而究少克伐之心。卓然如云行水流,随处遇合,竟无成心,凡事出以天趣。且辞锋尖利,而独于所好者,便不忍加一刻薄语,亦其情有专用处。前舟与阁下,大致相似,和平浑厚,蔼然可亲,所谓'宁人负我,毋我负人'者也。至于我亦非忘情,但不能轻易用情。用时容易,到完结处便艰难。若使孟浪用之,而无归束,则情太泛鹜,反为所累。莫若将自己的情暂借与人,看人之用情处,如有欠缺不到，或险阻不通，有难挽回难收拾处，我便助他几分，以成彼之情，究以成我之情。总之'情'字，是天下大同之物，可以公之于人，不必独专于我也。"王恂道："此等学问是极精极大的了，是能以天下之情为一情，其间因物付物，使其各得其正。推而言之，杀身成仁，舍生取义，也是这个念头。若观粗浅处，则朱家、郭解一辈，是以自己之情，借与人用，吾兄又是个情中之侠了。"

仲清道："何敢当此谬赞。但人性各有所近，不能强使附合。即我在度香处，闻得那个华公子的举动，虽未与之谋面，但其豪爽是常听见的。我知其用情阔大，与度香同源异流，所以度香常赞他，也很佩服他。至若魏聘才、冯子佩、潘三等，真可谓情中之蠹，近其人则蠹身，顺其情则蠹心。天生这班人，在正人堆里作祟。还听得有个奚十一，专爱糟蹋相公，有一个木桶哄人，不到手不歇，受其荼毒者不少。前日琪官竟为所骗，幸其性烈，毁其木桶而出，双手竟刮得稀烂，至今尚未全好，此是情中的盗贼。若你那位虫蛀的舅爷与你那位贵连襟，则道地是个糊涂虫，不知情为何物，正是悲愉哀乐悉与人异者也。"王恂笑道："这几个废物，心孔里不知生些什么东西在内，世间的丑态叫他们作尽。孙老大又来了一个妻舅，前日来拜过的，也似聘才一辈人，然尚没有聘才伶俐，将来一定要闹笑话的。"仲清道："'虫蛀的千字文'要给他吃碗墨水，才好免得随口胡言。"王恂道："李元茂吃什么呢？"仲清笑道："李元茂颠颠顶顶，七窍闭塞，要吃大黄、芒硝，方才打得通他这些浊污。"王恂又问仲雨，仲清答道："在可善可恶之间，尚识好人，天良未昧。"

二人刚说得有趣，忽见李玉林同著桂保来，见过了，遂即坐下，因问道："这两日不见你们出来，在家作些什么？"王恂道："也常出去的，我倒总不见你们。"桂保道："我们近日在怡园演习新戏。"仲清道："什么新戏呢？"玉林道："闻得六月初六日荷花生日，华公子要来逛园。度香为他是爱听戏的，即与静宜商量。静宜说：'华公子是爱新鲜热闹的，若说寻常的戏，他都已听过，而且这几个班子也未必能赛过他的八龄班。我想不若把各班中挑出几个来，集个大成班，我再谱出些新戏来，便不与外间的相同，也就耳目一新了。'"仲清道："这倒很好。但不知戏文何如，是些什么戏呢？"玉林道："我听见从前有个才子，叫作毛声山，撰出了几个戏目，却没有作成曲，名叫作《补天石》。"仲清笑道："恶，此是毛声山哄人的，止于批《琵琶记》内题出这几个戏名是：《李陵返汉》、《燕丹灭秦》、《诸葛延年》、《明妃归汉》等事，共有八九种。"玉林道："如今静宜又添了四种，是《金谷园绿珠投楼》、《马嵬驿杨妃随驾》、《李谪仙夜郎奉诏》、《杜拾遗金殿承恩》，这四本戏更觉热闹，差不多要全部出场。"

仲清道："这四种更妙，为普天下才子佳人吐气。马嵬赐缳之事，千古伤心。且羯胡之叛，祸在国忠，于玉妃何罪？那些丛书裨史尽系道听途说，遂玷污宫闱。即洗儿一事，新旧《唐书》皆所不载，就见元微之轻薄之词有'金鸡帐下洗儿时'一句，后人遂以为确据，甚属可恨。且奸相伏诛，六军可发，是件顺情合理之事。这陈元礼上无忧国之心，下无束师之律，罪应摒弃。若要将这些事翻转来，此外尚多呢。"王恂道："在怡园演习的共有几人？"桂保道："旦脚十个，此外生、净、老、丑有二十余个，是五六班凑成的。"仲清道："旦脚十个是谁？"桂保道："我们两个之外，尚有瑶卿、媚香、香畹、静芳、瘦香、小梅，后来又添了玉侬、玉艳，共是十个。"王恂道："这就是十美班了。"桂保道："陪客尚未定，你们是一定在数的。听得度香已写书子到保定府去，请前舟回来商议，只怕就是这件事。"王恂道："也近了，今日已是二十六日了，还有十天，就演得全这些新戏吗？"玉林笑道："你好记性！还有个闰五月，难道一月多还演不出来？"王恂笑道："我真糊涂，静坐了几天，真是山中忘甲子了。"

仲清道："听说琴言患病未好，如今能去演习吗？"玉林道："你还不知玉侬那日在运河游了一天，忽然的病就好了。"王恂道："此是人逢喜气精神爽了。"仲清道："那琪官不是坏了手，如今想也好了。"玉林听得仲清说起此事，便低了首，春山半蹙，远黛含颦，又有些怒态。王恂、仲清等不解其意，因问道："佩仙缘何发恼起来？"桂保见问，对仲清道："都是你问起琪官，触起他的伤心事来。"仲清忙问何事，玉林不语，桂保就把奚十一送坊之事述了一遍，听得仲清、王恂大怒起来，同说道："天下竟有这等人，叫他们怎样过得日子？"桂保道："如今躲在天津未回呢，只怕终久还要回来的。"仲清道："这奚十一到底是怎样人？"桂保道："奚十一的出身倒不小呢，听得说他祖上是洋商，他祖老太爷作到布政司，得了军功。他父亲荫袭云骑尉，由守备起来，在军营出力，今作了提台。度香说与他有世谊，因鄙其为人，是以不与往来。从前华公爷作大经略，平倭寇，徐中堂是副经略，同在军营。那时老奚才作四川游击，是华公爷、徐中堂保举起来，即得了副将，旋升总兵，前年又升了江南提督。籍系广东嘉应州，家道甚丰，足有正千万的事业，又在省城当了个洋行总商。他共有兄弟十二人，有作官的，有当商的。他本要捐个道台，因花动了银子，凑不上来，只捐了个知州，差不多也要到班了。"王恂道："是了！是了！我们老人家也认识，又叫作奚老土，因他带些鸦片烟土来，卖了一万多银子。"玉林、桂保坐了一回要去，王恂道："忙什么，吃了饭去罢，天也不早了。"就命书僮到厨房吩咐去了。

少顷，夕阳西下，仲清叫人卷起帘子，就把桌子挪到廊前，摆了四个座儿。王恂道："便饭，没有为你们添菜，我这里却比不得度香。"桂保道："好说，你的便饭我也吃得记不清了，东成居也作不出来。度香处也过于糜费，其实如何吃得这么许多。"说完，就同坐了。厨房内闻得有相公，便多备了八个碟子，添了四样菜。先把黄酒、小吃送上来。玉林、桂保各敬了酒，便谈谈讲讲，浅斟低酌了一回。仲清、王恂又问了些近日的事，见玉林不肯喝酒，因问道："你的酒量很好，为什么今日不喝？"玉林道："这两天嗓子哑了，受了热，所以不敢喝酒。"仲清又叫拿些水果出来。

仲清道："喝酒不行令，是断不能爽快的。人少又行不得什么令。"桂保道："我们行那个《贴翠令》罢。"王恂道："也好。"就叫拿出骰子来。行了一回，各人却也吃了许多。方才王恂日间听了仲清品评各人的情境，因想起《花谱》中诸旦都也讲究情分的，因问玉林、桂保道："你们此刻在怡园演习那十个人，你可晓得他们有几种情性脾气，是那个最好相与，可讲得来么？"桂保道："这十个却也好几样，内中就是玉侬脾气冷些，其余没有什么脾气。"玉林道："讲情性风雅，心地聪敏，不慕势利，意气自豪，是瑶卿。一尘不染，灵慧空明，胸有别才，心怀好胜，是媚香。温文俊雅，出言有章，和而不流，婉而有致，要算香畹。言语爽直，风度高超，雅俗咸宜，毫无拘束，是静芳。恬静安详，言语妥帖，是瘦香。心灵口敏，仪秀态妍，是小梅。泛应有余，风流自赏。"把嘴向著桂保道："这是他。别有会心，人难索解，海枯石烂，节操不移，这是玉侬。把洁守贞，不计利害，是玉艳。至于我则无长可取，碌碌庸人，使人嫌弃的，就是我了。"桂保道："这是你自己不好下赞语，这考语待我出罢：芳洁自守，风雅宜人，不亢不卑，无好无恶，这些是佩仙。"仲清、王恂同道："这考语出得很切，足见蕊香近日识见又长了好些。"玉林道："我却当不起这考语。"

王恂道："还有几个人索性请你批评批评。"桂保问道："是谁？"王恂道："蓉官、二喜、玉美、春林、凤林，这些人又是怎样？"桂保笑道："这又是一路，不与我们往来的。我们是玉虚门下弟子，是兴周伐纣的；他们是通天教主门人，是助纣为虐的。这些人是龟灵圣母、申公豹等类，却也有些旁门左道的神通，倒也利害。我们那一日运气不好，与他们同席，便小小心心的待他，断不敢取笑他一句。即如佩仙的事，不是蓉官攻出来的？琪官的苦，不是二喜作成他的？还有我们这个杜玉侬，我倒替他担心。他见一个便得罪一个，他的冤家竟不少了；他的记性又平常，寻常会过的，歇几天见面就想不起来。人人恨他的架子大，脸面冷，不会应酬，就是对著度香，也是冷冷的。唯听得心上只有一个梅公子，是生平第一知己，竟会眠思梦想得害起病来。这梅公子是谁呢？"仲清道："难道你还没有见过这人，怎么想不起来？"王恂道："媚香生日，那一位顶年轻、生得顶好的，就是梅公子,号庾香。"桂保想了一想,道:"是了,是了,果然不错。论容貌与玉侬一对,但他倒合得来玉侬这脾气吗?"玉林道:"那一天玉侬没有来,怪不得那位梅公子是无精打采的,话也不说,酒也不喝,略喝了几杯,就出席躺著去了。后约定到瑶卿家里去,他答应了,也没有来。"王恂道:"听得前日他倒与素兰、琴言逛了一天运河呢。"桂保点点头道:"恶!怪不得玉侬回来病就好了。"

当下四人说说笑笑,已过了二更,桂保、玉林也要回去,就告辞了,各自上车而回。仲清、王恂又谈了一回,各自回房不提。下回是怡园请客,演出新戏,不知华公子看了如何,且听下回分解。

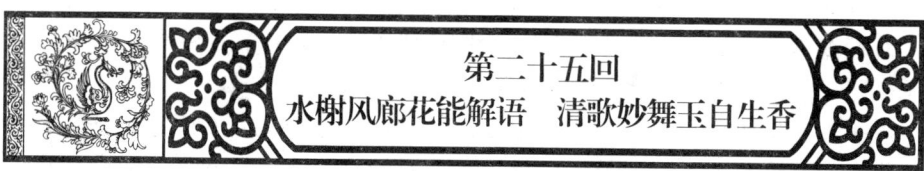

第二十五回
水榭风廊花能解语　清歌妙舞玉自生香

话说前回书中,玉林、桂保在王恂处,讲起怡园演习新戏,预备华公子逛园。流光荏苒,倏忽一月,刘文泽已回。书中所讲这班名士,华公子向来往来者就是刘文泽一人,其余多未谋面。此时文泽之父刘守正已升了礼部尚书,是以文泽偕其妻星夜赶回,未免有些庆贺之事。又适子云写书前往,文泽回京已有半月,诸事已毕。到了初六那日,乘著早凉,辰刻就到怡园来,一车两马,服御鲜华,进了园门,即有人通报去了。

文泽一面观望园中景致,一面慢慢的走。这怡园逛的人虽多,记得清路径的竟少。周围大约有三四里。园中的小山是用太湖石堆成,其一带大山是土做脚子,上面堆起崇山峻岭,护以花木,衬以亭台,俨然真的一样。其山洞中,系暗用桔槔戽水倒喷上来,就成了飞瀑。池水一带,源通外河,回环旋绕,宽窄随势。其地内另有射圃球场、渔庄稻舍、酒肆茶寮等处,皆系园丁开设,一样的精洁,为园中有执事人消遣,亦可免其出外旷业,此系度香的作用。园中正经庭院通共有二十四处,有连有断,不犯不重,若认真要游,尽他一天不过游得三四处,总要八九日方尽。就是园主人,一时只怕也记不清楚。中间一所大楼曰"含万楼",取含万物而化光之意,是园中主楼,四面开窗,气宇宏敞。庭外一个石面平台,三面石栏,中间是七重阶级。前面是一带梧桐树,遮列如屏;再前又是重楼叠阁。东边这一带垂杨外,就是池水,连著那吟秋水榭。此时开满了无数荷花,白白红红,翠帏羽葆,微风略吹,即香满庭院。

当时子云接进文泽，到含万楼下坐定，子云即问了些保定光景。文泽讲了一遍，便问子云道："今日除华公子之外，有何佳客？"子云道："几个年老纱帽头，同华公子是说不来的。平时来往那些人，系有生有熟。席间若有一个道学先生，就使通席不快，所以止请了我们常叙的几位，除高卓然没有回来，此外是史、颜、田、王、梅，分作三席。那晓昨日一齐辞了，可可的这么凑巧，竟一个都不能来。"文泽便问何故，子云道："庾香旧病又发了；史竹君昨日醉坏了，竟至呕血不能出房；湘帆说是没有会过华公子，不肯来；庸庵为是这两天，他夫人要弄璋了，一步不离伺候；剑潭见诸人不来，也就辞了。昨日只得邀了张仲雨，倒是同华公子相识的。余外就是静宜，共有五人，只有两席。他们没有会过华公子，不晓得是怎么一个富贵骄奢的气概，所以不肯来。你也长见的，其实也不见怎样，不过气势自高，侍从华美而已。"文泽便问次贤在何处，子云道："静宜因今日新戏出场，内中有些关节并声律尚有些不谐处，亲自在那里一一指点，少停就来的。"正说之间，张仲雨到了，子云迎接进来，文泽起身相见。

见仲雨的服饰，今日与平日不同，往常仲雨是个从九品衔，今日冠服忽然是个六品，与他一样，想必又加捐了。因问仲雨道："恭喜！恭喜！几时捐升的？连我都不给一个信，恐怕要吃你的喜酒么！"仲雨笑道："好，你远远的躲著，恐怕问你借钱。我这个算什么，不害羞，还要告诉人呢。不过花几两银子，少觉得好看一点儿，省得人家笑我是个磕头虫。"原来子云是知道的，前日还帮过他一千两银子，便对仲雨道："好麻利，就成功了。你说是捐同知的。"仲雨道："幸亏你二太爷，不然几乎办不成。原要想捐个同知，除了你二太爷之外，凑不上两竿。偏偏刘老大又在保定，不然是五百两，我断不能饶过他的。如今这个正指挥，一总也花到四千头，还是起盛的潘老三替我垫了五百两才成的。"文泽对子云道："张老二实在算一把好手，各样精明。出去不消说是个能员，将来必定名利双收的。"子云笑道："名利是一定双收，上司一定欢喜，就是百姓吃苦些。"文泽大笑。仲雨也笑道："这倒被你猜著，若说将来不要钱，就是我自己也不肯作此欺人之语。况且我这个官，原是花了本钱来的，比不得你们这些有福之人，一出书房就得了官。我将来不过看什么钱可要不可要就是了。"说得众人皆笑。

次贤即从屏后出来，大家见了，诸名旦也都随著出来见过。大家又坐谈了一会。只见家人上前禀道："华公子快到门了。"子云吩咐速备椅轿，在园门伺候，即请次贤陪著文泽等，自己忙整理衣冠，迎出含万楼来。停了一回，听得许多脚步声音，只见一个六品服饰的人过假山来；又见四个也是冠带的，扶著椅轿，中间坐著那彩云皓月、玉裹金装的一位华公子，后头一群人，大大小小，约有二十余个跟著。将近阶前，子云降阶而迎。华公子一见子云，即忙下轿，恭身上前，与子云相见，问了好，即携著手同上了阶，进了含万楼，重新见礼。

原来华公爷与徐相国，已是二十年至好，又同在军营两年，有苔岑之谊，金石之交。徐子云与华公子，他们又订金兰，重修世好。子云比华公子长了五岁，华公子以长兄相待，甚是恭敬。当时子云即让华公子坐了，家人献过了茶。华公子道："早几日就要过来请安，因连日有随驾差使；而且天气又热，恐妨起居。今天稍为凉快，正可与吾兄快谈半日。只可惜一城之隔，不能秉烛夜游，尚难尽兴。"子云道："屡蒙移玉，荣及林泉。鄙人是萧闲无事，疏懒成癖，常欲邀请仁弟一谈，但恐从政少暇，不便相扰；且一城之阻，颇难畅意。今日欲屈大驾作一通宵之叙，不知可肯暂留草堂一宿否？"华公子笑道："名园佳卉，思及梦寐，总希尽兴一游。迟日再扰尊斋，非特一宿，还要与仁兄作平原十日之欢，方消鄙吝。今日必须回去，且恐明日有钦派差使，实因尘俗有阻清兴；且天方盛暑，明月未盈，俟中秋前后，与兄作一通宵良会何如？"子云笑道："尊论极是，晚间无月，夜饮觉得无趣。亦不必中秋，七月即可以，下月十五为期罢。"华公子道："也好，天稍秋凉，就觉得人心爽快。无奈敝园限于基地，不及尊园之半；且从前造屋时，也非名手布置，似觉无甚丘壑。夏日欠爽，惟秋冬尚可小憩。吾兄如不嫌简慢，弟当奉迓高轩。"子云道："甚好！甚好！如遇不得出城之日，必来相扰。府上西园布置极佳，若能通到东园，则更妙矣。"华公子道："隔著中间多少正房，是通不来的；且东园为宾客聚居，杂人甚多，无从点缀。"

正说之间，只听后面鼓乐之声。子云即让华公子进内，过了穿堂，走到承荫堂阶前，堂上三人都到廊下款接，公子　　见了，皆系交好。又对次贤作了一揖，道："静宜先生费心了，排出这些戏，叫我们看戏的何以为报呢？今日大家只有多敬几杯酒酬劳的了。"次贤哈哈大笑道："恐下里之音，不当清听。如蒙领赏，鄙人愿代诸君浮一大白。"大家笑说："很好。"酒筵已齐，家人即捧酒来，子云送酒安席；东边是华公子首座，仲雨作陪；西边文泽上座，次贤作陪。子云在华公子席上作主人。华公子道："没有客了，就是五人，何妨并作一席，鸾远了不好说话；再一开戏，讲话更听不见了。"文泽道："既如此，并作一桌罢。"子云道："也好，但是挤了，换个圆桌罢，只是不恭些。"华公子道："好说，兄弟亦算不得客，二哥这么拘礼，以后就不敢奉扰了。"子云连声答应，家人们即在中间摆了一张圆桌，重将杯盘摆好，撤了两边。

戏台上已打动锣鼓，只见戏房内婷婷袅袅走出十枝花来，莲步略移，香风已到，捧著牙笏，走到席前边朝上叩了一个头，站起来。先是宝珠、惠芳、素兰三人上来，又对华公子请了一安，将牙笏呈上。华公子知道这一班小旦都是子云得意人，袁宝珠更是宠爱，天天在园里的，也就世故起来，便搀住宝珠手，道："你们这本戏共演了几天了？"宝珠道："一个多月了，是各人分开演的，一个人不过三五出戏。"华公子就随意把各人的都点了一出，其余那七个都上来了请点。

华公子且不点戏，先将诸旦打量一回，却不认识，因问了姓名别号。七个之中，又独赏识琴言，便问子云道："这个像是新来的。"子云笑问道："何以知之？"华公子道："我见他举止似乎没熟练，然而秀外慧中，觉有出尘之致。"就点了一出，又将各人的戏也都点了。送到文泽面前，文泽、仲雨、次贤，大家公商点了几出。开了场，加官出来，献上"世受国恩"，那林珊枝就走上来，拿出一个赏封望台上一抛，文泽等亦各赏了。

冲场戏是《李陵返汉》、《明妃入关》。两出后即是《夜郎奉诏》，是正生戏，赐以御酒金花，一路送迎祖饯，昂藏慷慨，跌宕多姿，把个李谪仙魂魄都做出来。及到唱完，已有一个时辰。华公子赞了几声，吩咐了一句话，珊枝出去了一回，就有十六个人抬上八张桌子，赏了八十吊钱。主人照样发赏，文泽也赏了八桌，仲雨、次贤各赏了四桌。

第二本是《杨妃入蜀》。先是国忠伏诛，陈元礼喻以君臣之义，六军踊跃。明皇幸峨嵋山与妃登楼，自吹玉笛，妃子歌《清平》之章；命宫人红桃作《回风》之舞，供奉李龟年弹八琅之璈。缥缈云端中，飞下些彩鸾丹凤，只见董双成、段安香、许飞琼、吴彩鸾、范成君、霍小玉、石公子、阮凌华等八位女仙，霞裳云珮，金缕绡衣，御风而来；又有无数彩云旋绕，扮些金童玉女，歌舞起来。峨嵋山是用架子扎成，那八位女仙一并站在山顶，底下云彩盘旋，天花灿烂，又焚些百和、龙涎，香烟缭绕，人气氤氲，把一座戏台直放在彩云端里。华公子喝采不住，大家亦齐声相和，便畅饮了好几杯。再看台上共是十个，正是人间天上，色界香城。这个是国色天姿，那个是风鬟云鬓。这个是灵蛇盘髻，那个是堕马新妆。这个是捧心效邻女之颦，那个是秀色忘君王之餐。这个是金梁却月，婵娟百宝之钗；那个是翠羽瑶珰，天女六铢之佩。严世蕃之美人双陆，未必尽佳；杨国忠之姬妾屏风，恐非全美。当下把华公子竟看得眉飞色舞，豪兴顿生，便要了大杯，先敬了次贤一杯。次贤自觉得逸兴遄飞，十分得意，即连饮了三大觥。华公子亦陪了三杯。又命家人把酒送到台上，命宝珠、素兰、琴言、惠芳各饮三杯，并将席间果品赏了四碟，四旦遥遥叩谢；又劝合席各饮了三大杯。

这两本戏却做了多时，子云见华公子兴致甚高，便命止了戏，叫上那十个仙女带妆上前，一人各敬一大杯。华公子毫不推辞，笑而受之，也要众人照样，大家酒量皆不能及，只得换了小杯，也各饮了十杯。华公子又把群旦叫到面前看了一回，向子云道："小弟去年托张老二选了八个，合成一班，如今看起来，不如他们远甚。弟以后再当另买青娥，别营金屋。只恐生才有限，已为度香兄占尽风流香福，所遗皆剩粉零脂，不敢再向石家金谷来夸异宝也。"子云笑道："太谦了！尊府锦天绣地，罗列倾城。我是借他人之酒杯，浇自己之块垒。况一狐一腋补缀而成，岂如府上之红粉出自家姬，金钗藏于两壁，恐一尺之缣，难比七襄之锦。"华公子道："岂敢！岂敢！仁兄谦的太过，理应罚酒。"即敬了子云一杯。华公子就叫珊枝，命八龄班上来。

这八龄班是每逢赴席总跟出来的，并带自己行头。珊枝带上来，对子云叩头。子云忙命家僮搀起，连声赞"好"，旁人也随声附和。华公子道："仙娥之外，原有魔女，如不厌丑陋，也叫他们唱一出，以博一笑何如？"大家说道："甚好，若得如此，真是珠联璧合了。"八龄班得了示，即进戏房，打扮起来，做了一出《群仙高会》。也是风光旖旎，态度生妍，大家喝采不尽。子云向跟班的说了几句，少顷两人捧上两个盘子上来，席前放下，却是五十两的元宝，一盘四个，两盘共是八个。徐府家人对著珊枝道："一分是三位客赏的，一分是我们老爷赏的。"八龄当台叩谢了赏。华公子也起身道了谢，说："这等恶劣的东西，还配赏呢，倒破费了。"子云连说："惭愧！"众人请华公子坐了。华公子目视珊枝，低低说一句，珊枝即走了出去。约有一盏茶时候，双手捧上一个朱红漆盘，盖了一块红缎压金的袱子，揭起袱子，献在公子面前。众人看是辉煌闪烁的一盘金稞子，有方胜的，有如意的，有梅花的，有菱角的，一两多重一个，约有百十个，分赏十旦。珊枝分毕，十旦叩谢了，子云亦忙道了谢。

钟上时已未末，撤了席，华公子起身道："本为逛园而来，今日又来不及了，但是荷花是要看的。"子云命将席挪到吟秋水榭，一面预备采莲船，就命十旦扮作采莲女子，下池荡桨；一面让客到水榭来。华公子等进了水榭，一望尽是荷花，红香芬馥，翠盖缤纷，好个色天香界，遂又入席坐定。只见四五个小舟荡入池心，坐著一班名旦，扎扮得长裙短袖，衬著莲脸桃腮，穿入花中，一个个娇面花容，模糊难辨。那边靠岸泊著一舟，锦帆丝缆，中间一班人在内打起丝竹十番。这些采莲人便唱起《采莲歌》，娇声婉转，听之如《子夜》清歌，望之如湘君游戏，好似张丽华装成仙子，朱贵儿扮作嫦娥，大家各极欢喜，人人将至玉山颓倒。只有华公子豪兴愈加，便对子云道："方才的戏都没唱完，那出戏就去了半日。何不重歌《金缕》，再舞《霓裳》，把各人的才艺略见一斑，始不负仁兄选色别声之意，彼诸伶亦可各尽其所长，也不至当场埋没，不知可否？"子云笑道："正合鄙意。"就将群旦叫上来。

群花听了，即荡动兰桨，往水榭边来，上了岸，在阑外雁排侍立。华公子便指名叫了四个进来：蕙芳、琴言、宝珠、素兰。华公子对著四旦说道："方才《峨嵋山群仙》一出，虽全部出场，未尽态度。你们可将各人得意之戏说一出来。"四旦听了，想了一想，各说了一出。子云道："此尚非极得意的，只有媚香与香畹的《独占》，瑶卿与玉侬的《惊梦》、《寻梦》，都是绝妙无双，人家唱不来的，可惜偏又雷同。"文泽道："何不叫他们两人同唱，各尽其妙，做个珠联璧合，岂不更好吗？"次贤、仲雨皆说："极妙。虽然是工力悉敌，究竟亦有些异同处，亦可借此细细品题。"华公子大笑道："这倒新鲜有趣，从未有两人同唱的，就是《寻梦》这一出，可以同唱。"子云即传与戏班，在两厢伺候，又命把桌子往上挪了。宝珠、琴言出去上妆。不多一回，听得豪竹哀丝，铮钹嘹亮。

华公子看时，只见琴言从东边走出来，好似华月初升，好风送起，这几步就像春云冉冉，直到离恨天边；又见宝珠从西边走出来，好像娇花欲放，晓露犹含，那几步路就像垂柳纤纤，漾到软红深处。再听两人唱起来，却同是娇柔宛转，溜脆清圆，碧树翠竹之中，么凤、雏凰相和，一字字香浓玉暖，一声声魂荡肠回。一个是秋波慵转，粉颈频低；一个是远黛含颦，春星乍合。看得合席的人神迷目荡，意满志移。子云只顾点头微笑，华公子拍案叫绝，道："快哉！快哉！我今日始信人间真有绝色，深悔从前将些嫫姆、无盐，也置之绣帏金屋。"又高声说道："唯怪我度香仁兄秘藏佳丽，独享眼福，不肯早以示人，直到餍足之后，才招客共赏，分明使人饫其余味。今日没有别的，我先罚你十巨觥再说。"便叫林珊枝取他自己之大玉斗来。

珊枝看天色不早，知道公子的脾气，闹开了就不论昼夜的，口虽只管答应，呆呆的不动，目视子云。子云会意，也自知酒量不敌，便说道："实在贱量不能多饮，愿将门杯以当大斗罢。"华公子犹不肯依，经次贤、文泽、仲雨都来解劝，说："非特度香不能，就是我们都也陪不来的，以小杯罚他三杯罢。"华公子也知子云酒量平常，只得依了众人，请子云连饮了三杯；自己却用大杯，一杯一杯的不用人让，一连饮了十几杯，尚觉喝采不住；又逼住了文泽饮了三杯，次贤、仲雨饮了五六杯。华公子忽又对著宝珠、琴言说道："你们尽管唱，唱完了不妨再唱。"又复细细看了一回，对众人道："此两人各有妙处，正如五雀六燕，轻重适均；赵后杨妃，瘦肥自合。宝珠则柔情脉脉，我见犹怜；琴言则秀骨珊珊，谁堪遣此。离之则独绝，合之则两全。度香仁兄，今日真怡我情矣！"子云见华公子似有醉意，又知道他的脾气，高了兴是了不得的，然又不好阻他，打算今天喝个通宵罢了。

且说戏台上那两个唱完了，不准下来，还要再唱。宝珠见华公子如此赏识，自然十分高兴；又见他看了一遍，还要再看，心上便越要加些精神，做些态度出来，一来要起公子爱慕之心，二来也与度香脸上增些体面，比起先一出更唱得出色。这琴言心上却是不愿，只因听华公子是得罪不得的，只得受些委屈；又想起十人中单叫他们两人，就恨还有一个袁宝珠与他作敌手，心上总想压他下来，故也加了工夫，更觉一往情深，如水斯注；又见华公子面貌也有些相像庾香处，又想起："那一天是唱《惊梦》遇见了庾香，就彼此两心相印，只可惜庾香今日没有在坐，若是他在坐，我便不枉唱这两回了。我且今日试把华公子权当庾香在那边楼上，照著那一天的情景做来，或者心动神知，庾香在梦中竟看见也未可知；就算他看不见我，我却倒像见了他。"便也尽态极妍的重唱起来。

此时人人畅快，只有那林珊枝见公子如此眷恋，心上不免动气，脸上却不敢露出。又看天色不早，表上将近酉正，若再闹下去便进不得城的，但又不敢上前催他，只得出去，先叫人去留了城门，重走上来，站在公子背后，只管看著子云。众人亦皆明白，皆因不好催促。适值华公子出外小解，珊枝便对子云请了一安，低低的讲道："求二老爷劝我们爷少喝些酒，早些回去，要关城了。若不能进城，御前差使无有定准的，恐有迟误，不是顽的。"子云点了点头，道："你说的很是，也是时候了。"

华公子进来见珊枝与子云说话，便问珊枝道："天气还早呢。"珊枝道："表上已酉正了。"华公子道："这表走快了。"子云道："难得仁弟今日高兴，我早上说的要尽兴，总要至三更四更，今日不要进城了，在此屈一宵罢。况前舟与仲雨皆是城外人，他们是不怕关城的。"华公子见子云留他夜饮，心中甚是乐从，又看这吟秋水榭实在精致，就住一夜亦不妨；忽又听见"城外不怕关城"之语，心上又有些踌踌躇躇的。看看天色已是将上灯时候，觉得去留两难，又见他跟来的人，都整整齐齐站在阶下，心上要走不走的；又看宝珠、琴言将要唱完，便对子云道："我还进城罢。"珊枝听了，接口道："将要关城了，公子既要进城，就要快些赶呢。"华公子听了，没奈何，只得起身穿戴衣冠，谢了子云，又辞了众人。

此时宝珠、琴言已卸装下来送客，华公子执著琴言的手，道："你这戏实在唱得好，可夸京城独步。歇一天你进府来，我还要细细请教。"说著，便将身上一块汉玉双龙珮，扣著一个荷包扯下来，给了琴言，琴言请安谢了。华公子已走了两步，忽又回转来对著宝珠道："你们两个真是棋逢敌手，难分高下。你是我度香兄心爱的，所以不肯到我府中来。"又问子云道："二哥，我可以给他东西么？"子云笑道："任凭尊意，何必问我。"华公子又从身上解下一块玉珮来，赏了宝珠，宝珠亦谢了。

此时十旦都送出来，华公子跟跟跄跄，犹几番回顾，对着琴言、宝珠以及蕙芳、素兰等八人说："你们没有事可常来走走。"说著话，已到了含万楼，复又一揖，辞了子云及众人，上了椅轿，林珊枝、八龄之外，尚有十六个亲随、五个有职人员，扶了轿杆，软步如飞，过岭穿林而去。这十旦直送出园门，又请安送了。华公子下了轿，仍坐上绿围车，尚对那些名旦点头嘱咐。侍从人都上了马，车夫恐怕关城，加上一鞭，那车便似飞的一样去了，幸珊枝早留了城，不然竟赶不上了。华公子进城不题。

这边十旦进来，子云命他们换了便衣，重换了一个大圆桌面，把残肴收去，另换几样来。文泽道："今日星北可谓尽兴，我见他从没这样留恋的。"子云道："他心上犹以为未足，我若认真留他，他就不去了。他那个林珊枝急得什么似的，尽对我做眼色，只怕还有些醋意。"仲雨道："何消说得。林珊枝不是登春班出身吗？进去了不到三年，如今华公子的事，可以作得一半主呢。"子云命家人取些醒酒丸来，用开水化了，分给众人，吃毕散步一回，酒已消尽。子云命将桌子摆在廊前，上面只点四盏素玻璃灯，两旁两枝地照，重新入席，就猜拳行令起来。

今日这十旦，若论头一个得意的，自然是琴言，其次要算宝珠了。宝珠此时却颇欢喜，惟有琴言终是冷冷的。子云便问琴言道："你今日又得了一个知己。华公子是难得赞人的，你一上来他就留心你，以后又独要你与瑶卿唱戏，他这眼力却也不低，一面之间，就赏识如此，你可感激他么？"琴言把子云看了一看，低著头不言语。文泽道："玉侬今日亦不可无知己之感，星北之倾倒，亦不下庚香，你明日倒去见见他为是。"次贤道："我看华公子倒是个怜香惜玉的人，外面传闻之言是不可信，今日这一天终是温温和和，并没有什么公子脾气。玉侬见人也不可一味太冷淡了。"琴言被众人讲得，似乎要他去亲近华公子的意思，便气忿忿的无处发泄，因想道："别人说我也罢，就是度香不该。他既知我与庚香相好，今日又讲这些话来，拿我当什么人看待？"越想越气，便淌下泪来。

仲雨已经醉了，见了琴言如此光景，便冷笑一声，说道："你这个相公真有些古怪，难道倒赞坏了？人家用尽心、费尽力，还巴结不到这一赞呢。"琴言本已有气，正愁没有处发作，听到此便忍不住，说道："我也不要人赞，我也不会巴结人。他就势利大，也是大他的。我不比那会巴结的人，自己巴结了，还要教人巴结，这又何苦呢？"说罢，不知不觉的哭了。仲雨听了，又羞又怒，脸上就变起色来，欲要认真发作，又畏子云诸人，暂时忍了。子云知琴言说话生硬，得罪了仲雨，便解释道："玉侬今日又吃醉了，瑶卿你同他到那边顽顽，等他醒醒酒再来。"宝珠即拉了琴言到里边去了，劝他道："你说话太直了，那位张二爷也不是好说话的人。"琴言尚是呜咽。宝珠把华公子所赏之物拿出来与他比了，却小一些儿。那边文泽是绝早过来，已坐了一日，酒已过量，也要回去歇息。这十旦伺候了一天，又唱了戏，也都困乏，走的亦都要先走。子云因天气尚热，自己也觉困倦，就撤了席，又吃了西瓜、莲藕，送了客出园，诸旦也各自回去。琴言这一句话，便生出无数苦况来，虽徐子云也难荫庇，何况子玉。

不知闹些什么事出来，且听下回分解。

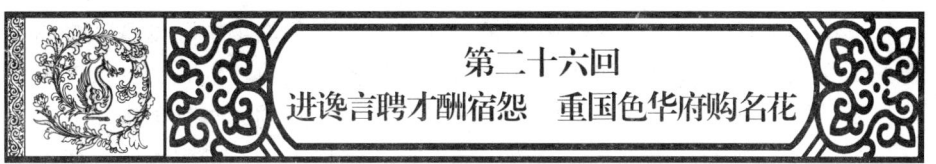

第二十六回
进谗言聘才酬宿怨　重国色华府购名花

话说华公子进城到得府时，已上灯好一会。到上房坐了一坐，华夫人问了些怡园光景，华公子略说了些，便叫两个小丫鬟提了灯笼，走到星椸卧室来。只见灯光之下，照见那十婢，都著一色的白罗大绸衫子，头上挽了麻姑髻儿，后头仍拖著大辫子，当头插一球素馨花，下截是青罗镶花边裤，微露红莲三寸。见了公子进来，都是笑盈盈的两边站立。华公子打量了一回，问道："今日为何都改了装？"内中有一个禀道："今日奶奶到家庙观音阁进香，叫奴才们改了装，都跟出去的。"公子进来坐下，那十珠都是十五六岁，倒也生得大致相仿，都不差上下。明珠先送上一盏冰梅汤，掌珠拿了鹅毛扇，轻轻的打著；珍珠便上前与公子脱了靴，换上盘珠登云履；荷珠与公子换了件轻纱衫子，都在两旁站著。

宝珠便道："爷可曾用饭？可要吩咐内厨房预备什么？"华公子道："今日酒多了，觉得口渴。到定更后，你照著我前日开那防风粥的单子，配著那几样花露果粉，用文武火熬，一时二刻不可见著铜器，还是你亲手做去，不要经那老婆子的手，醒醒醍醍的。此刻盛暑的天气，本来是发散时候，防风露、薄荷露少用些，玫瑰露、香稻露、荷花露、桂花露多加些，茯苓粉、莲子粉、琼糜粉、燕窝粉都照单子上分两。"宝珠答应了，便拉了画珠同去，先将那些东西配定了，又取了一碗香稻米，拎了一瓶雪水出来，也不到厨房，就在公子卧房前，一个八角琉璃亭的廊檐下，生了一个铜炉的火，用个银吊子，慢慢的熬起来。花珠亦在旁蹲著，拖下一条大红绦子，一半在地，就道："爷今日像醉了，只管打量我们，一个人无缘无故笑起来。"宝珠道："我昨日听得奶奶讲，到秋天就要收你了。"花珠"啐"了一口，道："要收还先收你，你是个脑儿赛，又会巴结差使，只怕还等不到秋天呢！"宝珠用手一推，把花珠跌了一交，两脚一叉，踢著了吊子，几乎打翻，爬起来，按住了宝珠的肩头，要想搬倒他，两人笑做一团。

又见爱珠提了一盏绛纱灯走出来，道："差不多要定更了，此刻还要传林珊枝进来呢！"宝珠问道："叫林珊枝做什么？"爱珠道："我知道什么事？自然是有要紧事了。"爱珠穿了木底小弓鞋，走快了，觉得咭咭咯咯的响。走到角门口，找著了管事的老婆子说了。老婆子又找了内管门，才到外间跟班房来，找著了林珊枝，便说："爷叫你呢。"

　　林珊枝正在院子乘凉，旁边也站著两个小么儿，装烟打扇。珊枝只得穿上了长衫，拴了带子，找个小明角灯点上，即随了内管门的进来，直走到八角琉璃亭边站住，见了爱珠等招呼了，问："爷有什么事？"爱珠把绛纱灯提起，在珊枝脸上一照，笑了一笑，道："你把脸喝得红红儿的，上去准要碰钉子。"珊枝笑道："我几时喝酒？你那灯笼是红的，映到人家脸上来，倒说我醉了。"爱珠也笑了一笑，就领了珊枝慢慢而行，进了内室，听得公子正在与那些丫鬟说笑。爱珠先进去说："珊枝来了。"公子即传上来，珊枝在窗前站著，见公子盘腿坐在醉翁床上，旁边站著四珠。华公子见了珊枝，便道："你去请魏师爷到留青精舍里来，我从这边过去有话说。"珊枝回道："已定过更了，东园门早上了锁，就是三堂的总门也锁了，没有什么要紧话，请爷明早讲罢。况要开两三重门，从东园去请来，差不多就二更了，只怕师爷们也要安歇了。"

　　林珊枝知道找魏聘才定是件不要紧事，不过讲今天看戏的话，便阻挡起来。华公子想了一想，果然没有什么要紧，也只得依了，便道："既锁了门，到明日也还不迟。"停了一停，又对珊枝道："那个宝珠的戏，我倒是初见，倒不料他如此之妙，怎么他们总不进府来？"珊枝道："每逢朔望，他们总清早来的，门上只道爷没有起身，便挡住不叫进来。班子里的人来请安，号簿上是不挂的。就是那个琴言，从前他师傅也领他来过，不过没有进来。"华公子道："那琴言是谁的徒弟？"珊枝道："是长庆的徒弟。"公子道："长庆，你的师傅也不是叫长庆吗？"珊枝答应："是，奴才本在联锦班，后进登春的。"公子道："为什么要进登春呢？"珊枝道："那长庆的脾气不好，奴才伤触了他，他因把奴才挑换了登春的绣芳。绣芳出了师，才买这琴言，不过半年多呢。"公子道："你瞧这琴言怎样？"

　　珊枝不言语。华公子又问了一遍，珊枝说道："好是好的，也是徐二爷钟爱的，听说外边不肯应酬。"华公子道："徐二老爷钟爱的是袁宝珠，不爱他。"珊枝道："听见徐二老爷爱他与袁宝珠差不多；又听得说，徐二老爷在他身上已花过好几千银子了。"华公子不语，少顷又说道："前日我听得魏师爷说起那琴言好得很，我却今日才见。有个什么梅少爷和他最好，徐二爷倒是假的。"珊枝道："其中的细底，奴才也不知道，就是琴言也是今日才见的。"华公子又道："你也是门内出身，你瞧今日合唱这一出《寻梦》，到底是那个好？"珊枝想了一想，回道："据奴才论戏，是要讲神情做态。这两个人相貌却差不多，若论戏还是宝珠的唱得熟。琴言第一回尚有些夹生，第二回略好一点。"华公子点点头，道："那是他初学，宝珠是唱过两三年，自然是熟极的了。据我看来，相貌还算琴言，身上像有仙骨，似乎与人不同。"珊枝低了头不言语。

掌珠一面打扇，一面看著公子与珊枝讲话，便心不在扇，一扇子搋脱了手，掉下地来，明珠"嗤"的一笑，掌珠红了脸，慌忙捡起。华公子倒笑了，道："你们难道没有听过戏，听说到戏连心都没有了？歇天我就叫那一班人进来唱一天，请奶奶听，你们大家都托托福。"爱珠多嘴，说道："什么好班子？难道比咱们府里的还好吗？"华公子笑道："你们也是十个，叫你们扮生，他们扮旦，合串一出，就知道人家的好处了。"爱珠等听了红了脸，低了头说道："我们是不会串的，要串戏有八龄班。"华公子笑道："学就会了，女戏子也是常有的。"珊枝也笑了一笑，又站了一会，见公子没有话说，也就出去，见那三四个尚自围在炉边。珊枝又说了几句话，出去了。这边把那香粥熬好，又送上几样自制点心给公子吃了。乘了一回凉，华公子安寝，十珠各自回房。到了明早，华公子到底尚为酒困，身子有些疲软，早上就起得迟了。直到巳正方才起身，净了脸，丫鬟替他梳了发，穿好了衣裳。华夫人恐他酒后伤身，便叫小丫鬟送出一盏参汤，公子吃了。

只见宝珠进来回道："珊枝在外面请示爷，昨晚叫他去请魏师爷，今早要请不要请？"华公子略一踌躇，道："叫他去请魏师爷，到留青精舍吃早饭。"宝珠答应去了。华公子到上房，华夫人晓妆已完，丫鬟侍立两旁。公子见夫人淡扫蛾眉，薄施脂粉，双鬟腻绿，高髻盘云，很有些像那苏蕙芳的相貌，便坐下了，讲了些闲话，说在夫人房里吃饭，把昨日看的戏一一讲了，说八龄班万不及一；又说夫人的相貌，像那个蕙芳。华夫人听了，心中却有些不悦，也不言语。他们夫妻本来琴瑟相和，极恩爱的。就是华公子心爱奢华，却不淫荡。华夫人几次说要把花珠、宝珠收了，公子只是不要，说："一做了妾，倒无趣了。不如等他们伺候几年，选几个青年美貌的配他，是件极有功德的事。还有一句话，若是夫人生得平常，自然就要到姬妾身上来。如今夫人是这么样的好，姬妾们虽好，也是比不上的。譬如草木杂花，未尝不娇艳无比，单看时觉得很好，及种到牡丹台上，不是效颦邻女，就是婢学夫人，愈增羞涩之态。"华夫人听了，甚是喜欢，所以任凭华公子怎样繁华奢侈，倒绝不疑心有别样来。即如十珠群婢，天天闹在一堆，也绝无妒忌。再如林珊枝、冯子佩等也不过形迹可疑，其实并无干涉，此也是各人情性，不比那奚十一等专讲究这些事情，不在色之好歹。

且说华公子在夫人房内吃过饭，谈谈笑笑已过了午正，却忘了魏聘才在留青精舍等他。却说林珊枝去请魏聘才，聘才已起身多时，将要吃饭，忽听得华公子请吃早饭，叫他到留青精舍去。聘才这一喜，倒像金殿传胪一样，疾忙穿了靴，换了一件新衣，拿把团扇，摇摇摆摆，也不及与张、顾二位说知，就同了珊枝出园，犹一路恭惟，或叫老珊，或称老弟，挨肩擦背，好一回才到了留青精舍。因为奉命不遑、父召无诺的光景，所以也不看园中的景致，一径进了留青精舍。见有四个小跟班在廊檐下坐著，见了聘才站起来，珊枝问道："可听得爷就出来么？"那些小跟班道："没有动静，不知爷出来不出来。"珊枝道："魏师爷且请坐一坐，我去打听。"说罢去了。聘才遂细细的看那室中铺设，正是华美无双，一言难尽，比那西花厅更觉精致。室中的窗子、栏杆、屏门等类，皆是工细镂空山水，其人物用那些珍宝细细雕成嵌上，几做了瑶楹玉栋。此系聘才第一回开眼。足足等了一个时辰，尚不见公子出来，跟班的送了几回茶，把个聘才的肠子洗得精空，觉得响声咕噜如饿鸥的叫起来，无奈只得坐下老等。

　　这边林珊枝在洗红轩外边等候，与那些十珠婢闲谈，又不能上去请他。赠珠道："我先到上房听得说，爷与奶奶吃饭，两人讲得热闹，只怕不出来了。"珊枝道："这怎么好呢？一早把个魏师爷请在留青精舍里，等到此刻，一个多时辰，我也觉得饿了。你们吃过早饭么？"明珠道："我们是早吃过了，吃剩的东西倒有，你不嫌脏，就吃了饭去，要等他出来不晓什么时候呢！"珊枝说道："好说，姐姐吃剩的菜，只怕我还没有这福分呢。肯赏我，还敢嫌脏么？"爱珠道："会说话，我瞧你眼也饿花了。"就同珊枝到一间屋子来。夏天是不用热的，荤荤素素菜都有，珊枝吃了，擦擦手，仍坐下与那些丫鬟玩笑，只不见华公子出来。看看已到未正，珊枝道："这怎么好，到底出来不出来？叫人家等著。爱珠姐姐，请你去说一声，说魏师爷还在留青精舍等著呢。"爱珠道："我不会回，要回你自去回。"珊枝道："好姐姐，我若进得去还求你？"又迟延了一回，爱珠故意刁难，倒是荷珠做好人进去了。半个时辰始听脚步响，是公子出来。

　　原来华公子与华夫人说得高兴，忽然疲倦，就在他夫人床上躺了一回，却谁敢去惊动他，直到醒时已是未末。适见荷珠来问，华公子想起早上之约，已经迟了，只好吃晚饭的了，便就从侧边一个角门走出去，却只与留青精舍隔一个院子。珊枝疾忙先去照应了，聘才连忙走出到窗前，华公子已到，聘才便请了一个安。华公子一手拉住，说道："本约足下早上过来谈谈，不料我昨日多吃了酒，今日起来又睡著了，倒叫你久待，可曾用过早饭么？"聘才只得说吃过了。倒是珊枝见聘才饿了半日，心中不忍，说道："师爷从巳初进来到此刻，只怕还没有吃早饭呢！"华公子便说珊枝，道："你们所管何事，连饭都不会招呼的？"珊枝道："奴才也是巳初进来，在里头等的。"华公子便吩咐快备点心来，珊枝飞跑去了。不一回，就是八样精致点心，摆了一炕桌。华公子就让聘才吃了，即把昨日十旦出场，又将琴、宝合唱《寻梦》，与聘才说了。又道："我倒费了多少心，买得八个，凑成一班，只想可以压倒外边，谁晓得倒被外边压倒了。你可曾见过他们的戏么？"

聘才听此口风，便迎合上来，说道："见过的。公子若要压倒外边，这也不难，好花不在多，就拣顶好的买几个进来，就可以了。"心上又想道："他倒中意琴言这东西，殊不知他心上只想著梅庚香，未必想到你。"又想道："这琴言或者倒是势利的心肠，所以看不起我。若到这府里，自然会改变的；无论其改变不改变，既进了府，此生就不要想见庚香的面了。"再又想道："琴言这等古怪脾气，此刻华公子是不知道，若长久了，是必定厌恶的。让我弄他进来，叫他受两年苦，方可以出我之气。"

主意定了，便又说道："公子何不就将宝珠、琴言买了进来？配上府里这八个，也成十个了，不是就比外边的班子好么？"华公子道："我闻得这两个都是度香所爱，不好去夺他。"聘才道："度香所爱的是宝珠，琴言不是真喜欢的。公子若当真喜欢他，晚生倒认识，而且常照顾他。他的师傅叫长庆，最爱的是钱，听得公子要，必十分巴结，送上门来的。"华公子倒踌躇不定，心上总碍著徐子云，又因琴言进来也只得九人，宝珠是断乎不能买的，因此犹豫。聘才再三解说，竭力怂恿，才把华公子说动了，便道："你明日且先去看看，可行则行，如他们不愿，也就罢了。就买进来，也是落人之后，已输度香一著了。"这是华公子的好胜脾气，似乎怕人说他剿袭度香之意。于是即与聘才同吃了晚饭，席间聘才又把琴言情性才艺，讲得个锦上添花，又将琪官也保举了一番，直到定更后才散。

明日早饭后，聘才带了四儿，坐了大鞍车，即出城找著了叶茂林，茂林就搭了聘才的车到长庆处来。劈面遇见了张仲雨，两边停了车，茂林让过一边，等聘才出来说话。仲雨问起聘才，聘才把华公子托他之事说了。仲雨道："怪不得他前天如此高兴，总赏了一百多金子，又将自己的玉珮给了琴言、宝珠。"说到此，便凑著聘才耳边说了好些，叶茂林听不清楚，只见聘才点头说道："我自有道理，进来了还由得他？"又说了几句别的事，各人分道走了。到了琴言门口，叶茂林先下来，同了聘才进内。

恰好长庆在家，请进坐了。长庆打量了聘才一回，又因是叶茂林同来，便当是不要紧人，淡淡招呼了几句。茂林道："这位魏师老爷，是华公府的师老爷，与公子是最相好的，闻你的大名，特来相访。还有一句话要商量。"长庆听了，登时满面添花的趋奉起来，师老爷长、师老爷短，看聘才是个聪明伶俐人，便极意应酬，说道："华公子待我最有恩的，况且我有两个徒弟在府里，公子的恩典真是天高地厚，说不尽的。"吃了杯茶，又说些话，长庆便把烟灯开了出来，请聘才、茂林躺躺。茂林道："我是不吃的，倒是你陪著魏师老爷躺躺罢，而且说话便当。"聘才道："我也是初学不会烧。"长庆便烧了一口上好了，送与聘才。聘才吃了，仍把烟枪递过来，说道："我是外行，不回敬了。"聘才便问起琴言近日光景，长庆道："这孩子却好，人也聪明。前日在徐二老爷园里唱戏，就是贵东公子赏了十个金锞子，重十四两有余，算起来值七百来吊钱。徐老爷又自己赏了好些东西。公子还把自己的荷包别子也赏了他，这块玉的颜色是黄而带红，我不懂得，请教德古斋的沙回子，他说也值二百吊。你能瞧瞧，不是孩子会巴结，讨喜欢，怎得人这么疼他。"说罢，又送了一口来。

聘才接了，又道："今日我就为这件事和你商量。昨日我们东家见了他那出《寻梦》，爱得了不得，回去赞了一天，意欲要他进府里去，不晓得你舍得舍不得？"长庆听了，想了一想，道："师老爷，不是我不受抬举，实在孩子怪可怜的。是去年十月才到京，我买了他，一教就会，模样儿也好，差不多最有名的蕙芳、宝珠，也赶不上他。你能猜：从去年十二月初一日上台，到如今才七个月，别处不用说，单是徐二老爷就花得不少。"说到此，便伸著手道："有这许多了。就是我的空子大，随到随消。你瞧我一家子大大小小二十余口，如今就靠著他。不瞒师老爷说，若叫他进府里去，他是好了，我就苦了。况且才十五岁，到出师还有五年，怕不替我挣个几万银子，你想叫我如何舍得？他不比那个林珊枝，从前他性气又不好，油饼也吃多了，倒常要怄我，我所以把他换了登春班的绣芳。绣芳出师，就得了八千吊，人人知道的。如今这琴言比绣芳又强了几倍。师老爷，求你对公子说，长庆如今就剩这一个好徒弟，要靠他一辈子过活。其余几个小孩子都是不中用的，倒陪钱做衣服。一月内陪了三五天酒，还要生出事来。"

聘才正要回言，叶茂林笑迷迷，拈著胡子讲道："老庆，事情是好商量的。华公子行事，难道你不知道？人家要巴结进去也难，他来找你，就是你的造化，如中了意，不要说你一辈子，就两辈子也不难。将来你也可进府，巴结个执事，赏个十几品的官衔，好不体面，不强如吃这戏饭么？"聘才道："喳！叶先生的话讲得痛快。你想，见一面就赏这许多金子，若认真要他进去，难道倒苦你不成？总叫你够过一辈子就是了。横竖将来总要出师的，早出师自然就多些，迟出师也就少了。况十四五岁的孩子，也拿不稳不变，一二年发身的时候，要变坏也就变了，又将如何呢？你不是白丢了几千银子了。我劝你细细想一想，你有什么话总好商量，断不叫你受委屈就是了。"

长庆一面听，一面吃了十几口烟，坐起来道："话也说得是，再商量罢。我也要问问他愿不愿。"聘才笑道："老庆，明人不讲暗话。你那琴言的脾气我全知道，除了徐老爷，还有那个人喜欢他？他又肯应酬那个？若再把徐老爷得罪了——"说到此冷笑一声,又道:"那时你还想靠他一辈子?他只好靠你一辈子了。难道你在家里,倒不晓得他从前为什么病?他就为著梅少爷,大家讲得来。陪酒时有梅少爷就喜欢,没有梅少爷就烦恼,一说就哭,人人厌他,你真不知道?不过你不肯讲,自然顾著自己徒弟的体面,讲出来也不好听。他若要靠梅少爷发迹,那就要公鸡生蛋了。你细细想想,我这话还是好话,还是不好话?"

  长庆原嫌琴言性情不好,不过要增身价。如今被聘才说著了真病,也不能辩,便道:"这孩子的性子呢,却也倔强,你能既知道,你就是盏玻璃灯了。但是一句话,无论他怎样,我总靠著他。若叫我算不来,事情是不干的。"叶茂林道:"你尽管放心,这位师老爷最体量人,办事最周到的。"便扯了长庆到窗前,低低的说道:"你开个价儿,好等魏师爷回去说。"长庆一想,华公子是个出名的冤大头,要多少就是多少,总然讲不出口要一万银子,但是五六千总可以要得出来的,便对叶茂林道:"你知道他半年的工夫,就挣了一万多,你算起五年的账,叫我也难讲,横竖请华公子斟酌就是了。"叶茂林即说与聘才,聘才摇摇头道:"这话难讲,一个男孩子,要卖上万银子,又不是出奇宝贝,据我看来,四五千是可以的。"茂林道:"也就是个数儿,别的相公出师,至多也不过三四千吊钱,核起来已两倍有余了。"长庆只是摇头,半晌说道:"若如此讲,这是断不能遵命的。况且他进来才半年,无论钱多钱少,我心上实在舍不得他,我本是不愿叫他出去的。"说著,把手擦起眼睛,装做哭了。

  聘才暗想道:"这东西狡猾已极,怎么开出这个大身价来,叫我怎样对华公子讲。他虽不疑心,旁人必疑我从中作弊了。这个混账东西,不拿大话压他,必是讲不成的。"便装起怒容,站了起来道:"很好,很好!等你去发大财罢,我倒有心照应你,你倒不懂好歹。不要歇几天,你自己送上门来,那就一钱不值了。"说罢,即气忿忿的走出去。叶茂林目视长庆,长庆见他生气,便陪著笑道:"师老爷不要动气,请坐,再商量。"聘才道:"商量什么?我也没有这么大工夫讲这些空头话。叶先生,你坐坐罢,我要走了。"说罢,一径出来。叶茂林跟在后头,拉住了聘才,聘才低低的说道:"我在六合馆等你。"故意洒脱手,头也不回,上车去了。

  长庆要送也来不及,只得邀了茂林,再进屋子。茂林道:"他一怒去了,你有话可以对我直讲。这华公子是得罪不得的,魏师爷进府,一路混说,必要闹出事来,那时怎么好呢?"长庆道:"并不是我不知进退,实在我这棵摇钱树,舍不得他,我也要问问他愿不愿,歇两天再给你信。求你先替我说两句好话,回复他,成不成再说罢。"

  叶茂林听得口风不甚松动,也只好上车去了。辞了出来,找到了聘才,将长庆的话一字不隐全说了。聘才无可奈何，只得回去叫林珊枝回了，说没有找著长庆，迟日再去。不知琴言祸福如何，再听下回分解。

第二十七回
奚正绅大闹秋水堂　杜琴言避祸华公府

话说聘才从长庆处回来，听其口风狡猾，似要万金身价。欲想个法子收拾他，叫他总不安神，自然就进府来。聘才没有别法，找了张仲雨一次，也没有见著。打算仍叫赶车的及三小子等去闹，但要耽搁几天才好，不然恐被他们看出来。华公子是一时高兴，况且他的声色，享用不尽，自然也不专于一人身上。

这回书却要另叙一人。前回书中是耳闻其事，今日必须亲见其人。你道是谁？就是那奚十一。在长芦盐务里躲了一月，恰值来了一帮洋船，他家是个洋商，又旧有首尾，便汇了两万银子，又搭凑了五千银子的洋货，就重新阔起来。况木桶已坏，事情也就冷了。即便回京，仍旧一味的混闹。这奚十一既是个大家子弟，难道就没有个名氏？他的官名叫做奚正绅，那些人将十一叫惯了。岭南人的口头话，"十一"两字是个"土"字，因又叫他奚老土。此人初进京来，尚有一口广东话，不甚清楚，此刻渐渐说起官话来了。他却与两个人往来，且系相好，一个是张仲雨，一个是潘三观。张仲雨是惯向热闹场中走动，帐局子里逢迎，看见奚十一这样浪花浪费，打听得他家的底子，便已结交得很熟。及奚十一银子用完，要拉账的时节，仲雨即向潘三银号内，替他借了一万，本是九扣，仲雨又扣了一千上腰，奚十一实得八千，但要用时，只得依了。如今有了银子，就先还了这票借项，到京来一无所事，只与仲雨、潘三天天吃酒看戏。这三个人本是一流的，所以愈交愈密。况潘三也是爱坐车的，讲到旱道上滋味，奚十一便当他是个知心朋友。试将奚、潘二人比较起来，还是潘三好些，虽然生得可厌，但其赋性疲软，一来胆小，二来老婆利害，三来是个财主，防人讹他，所以心虽极淫，胆却极小，凡事不敢任性，此还算他的好处。若那奚十一，仗恃有财有势，竟是无法无天，人家起他个混名，叫做"烟熏太岁"，又有许多帮闲助恶的人，自然无所忌惮。且心上存著一个主意：在京耽搁不过一年半载，选到了，就要出京，不闹个淋漓尽致，也叫人看不起，不像个公子官儿。近来因等选，倒先请了一个刑钱朋友，是王通政荐的，每年修金一千二百两。已请到寓里同住，且先做起箴片来。

你道此人是准？就是那位坐粪车的姬先生，见奚十一到班不远，且是个直隶州，若得个美缺，一二年就可发财；又知他是个大手笔，不过糊涂公子，官将来怕不是替我做的，便去求孙亮功转托王文辉，竟是一说就妥。真是物以类聚，又是个爱淘毛厕的，臭味相投。进门住了几天，看出东家脾气，便要巴结，已将巴英官送他用了几回，奚十一心上极为畅快。那巴英官伺候过大老爷，在师爷面前越发骄纵起来。况又得了几件新衣，裱糊好了，觉得更加光彩。姬亮轩每到情急求他，竟是勉强应酬，不是那从前服贴光景。闲话休烦。

一日，张仲雨在奚十一寓所吃早饭，宾主三人叫了两个相公。仲雨是个贪财不贪色的，对这些相公面上都是假应酬，不在里头讲究，而奚、姬两位则舍此别无所好，奚十一更是下作，一饭之间也要进去两次。从前还只一个，如今又添了巴英官，更比春兰巴结的好。巴英官肌肤虽黑，却光亮滑泽，得个"油"字诀，所以爱的人最多，姬亮轩醉后也曾对人讲过。是日饮酒之间，奚十一叫春兰进去了一回，出来坐了一坐，又叫巴英官进去了。仲雨不知其故，只道有事，便与亮轩讲些闲话。这两个相公，一个是蓉官，一个是春林，皆是奚十一常叫的。蓉官对著春林做眼色，春林笑了一笑。亮轩也做眉做眼的，仲雨偶然看见，却不晓得什么，也不便问。蓉官忽问仲雨道："你能有个相好姓魏的，他初到京时，我就认识他，却不见得怎样。前日我在富三爷家见他，体面得了不得，大鞍子热车，跟班亦骑上马。他如今做了什么官了？"仲雨道："尚未得官，在华公府里当师爷，发了财，自然就阔了。"亮轩道："我听得人说，华公府富贵无比，除了皇帝就算他家，是真的么？"

仲雨笑道："这也是外头的议论。若说华府里，田地甚多，我听得有四十几个庄头，一年论租，就抵得一府分的钱漕，自然也算个极豪富的人家了。"亮轩点点头："我们东家也常提起，说华公子是他的世叔，华公爷是我老东家提台老大人的老师。有这么一个好世交，我们东家竟不拉拢。小弟是常劝他去走走。东家说，这是从前在军营保举的老师，那时华公子还小，说起来也未必知道，所以不肯去。就是现在那位徐中堂，做两广总督的，也是老师在军营同拜的，如今只有二少爷在京里。我前日在街上看见他，坐著辆飞沿后挡车，有七八匹马跟著，相貌很体面，我看他将来也要做督抚的。我们东家也是不肯去，不知道什么脾气。"仲雨笑道："徐二爷原是个顶阔的阔人，他与华公子真是一对。前日我为你东家，在他面前求了多少情，出了多少力，他还不晓得，我也没告诉他。论理，你东家应该重重谢我呢。"亮轩忙问何事，仲雨笑道："久后便知，此事也不必说了。"

只见奚十一出来，趿著双细草网凉鞋，穿条三缸青香云纱裤，披著件野鸡葛汗衫，背后巴英官拿著柄黑漆描金鬼子扇，笑嘻嘻一轻一重的乱扑出来。亮轩出席相迎，仲雨也照应了。奚十一坐下，仲雨道："你今日有什么事这么忙？"奚十一笑了笑，方说道："有点小事都清理了。"便道："我方才失陪你们，干几杯罢。"仲雨道："喝得多了。"奚十一道："好话，快再干两杯，我们豁几拳罢。"仲雨道："也好。"奚十一就与仲雨、亮轩、蓉官、春林豁了十拳，起初还叫得清，后来便叫出怪声。广东人豁拳是最难听的，像叫些杀狗杀鸭的字音。

豁完了拳，讲些闲话。仲雨忽然问奚十一道："如今有个顶好的相公叫琴言，在秋水堂住，他的师傅叫长庆，你曾见过么？"奚十一道："没曾见，听是听得说过，是好的。"仲雨正要话时，蓉官道："好什么？只得两三出戏。你叫他陪酒，终席不说话；要他斟钟酒，是没有的事。"春林道："好沉架子，到他家去看他，倒是从不会客的。就是从前的王吉庆、李春芳，如今红字号的袁宝珠、苏蕙芳，也没有这么大架子。要他中意的，才陪著坐一坐；不中意的，简直的不理，赏他东西谢也不谢一声，也没有见他给人请安。"奚十一道："这么样的相公，没有遇见我；若遇见我时，他要这样起来，我就骂这婊子养的，他能咬掉我的卵子？"

仲雨冷笑道："别说你这奚老土，就是你那两位老世叔，是有名的大公子，尚且不能难为他，倒常受他的气；若教你去，准还不能进他的屋，休要想见他。"亮轩道："那里有这话？我不信。岂有东家这样阔人，还不来巴结，难道他不喜欢银钱的？"仲雨道："别人，你拿钱可以熏他；这小东西，钱倒熏不动的。"奚十一道："岂有此理，你不要尽讲海话。你看我去，包管他必出来，还待得我好。"蓉官道："未必。或者出来见一见，就算高情了，要待你好断不能！我见他待人没有好过，就是见那几位大人们，也是冷冷的。倒是他两个师弟天福、天寿会应酬，相貌又不好，人也不喜欢他。他师傅曹长庆，也是个古怪脾气，就是一门只爱钱，钱到了手，又不睬人了。"奚十一听了这些话，心上著实不信，对仲雨道："你停一停，同我去看看，到底怎样。"仲雨道："别处都去，他那里我不去，况前日我还骂了他。"众人吃了饭，又坐了一回，仲雨告辞去了。两个相公又闹了好一回方去。

奚十一过了夜，明日早饭后，想起仲雨所说的琴言这么利害，到底不信，必要去试试。过瘾之后，同了姬亮轩，带了春兰、巴英官，自己换了件新纱衫子，坐了车，叫春兰、巴英官同跨了车沿，亮轩另雇一个车，到秋水堂来。这边琴言正在悲悲楚楚的时候，前日长庆见聘才生气走了，虽托叶茂林为他婉言，总不见茂林回信，心上有些狐疑；又想起五月间，有两个人闹来，送了四吊钱，陪了多少礼方去，听得传说是华公府的车夫；昨日听得聘才口风利害，似乎必要来的，便十分担著担子，进来与琴言商量。琴言自那日从怡园回后，直到今日总是啼哭，自己也不晓得为著什么，一味的悲苦，倒像有什么大事的，心中七上八下：一来为华公子赏识了他，将来必叫他进府唱戏，那时府里多少人，怎生应酬得来；二来每逢热闹之场独独不见庾香，故此越想越觉伤心，倒不料聘才即来，说要买他。

　　长庆进来，见了琴言啼哭。不知为著何事，便安慰他两句，就说起聘才来说的话、去的光景，要寻事生端，叫你唱不成戏的意思，我不知你心内如何。若进去了，快活倒是快活的，不过是一世奴才，永作华府家人了。琴言听了，不由得放声大哭起来。长庆没了主意，又安慰他。琴言带哭说道："师傅，多承你能收了我做徒弟，教养了半年，我心上自然感恩，所以忍耐，又活了两个月。如今师傅既不要我，我也不到别处去，省得师傅为难。总之我没有了，师傅也就安稳了。"说了又哭。长庆也连连的叹气，道："不是这么讲，我原舍不得你去，不过与你商量，恐怕逆了他们的意，闹些是非出来，大家受苦。他如今又不是白要你进去，他许下我几千银子。我是算不来的，觉得这个买卖有些折本，所以主意不定。若是进去，在你倒是极好的日子，只是苦了我了。"琴言道："师傅要银子也还容易，我在这里一年，也替师傅挣了好些钱。设使我进去了，也就歇了，难道还能弄些钱出来？就是师傅少钱，也不必生这个念头，还是不卖我的好，还能够养得师傅三年两载。"长庆道："我主意原和你一样，就是其中有好些难处。你如今倒别顾我，只要你自己想，自己定了主意才好，也不必哭了。我是有事要出门，偏偏天福、天寿又进戏园去了。你若气闷，不如去请素兰来与你顽顽，他今日不下园子，你们是讲得来的。"

　　一面说，就走出来了，叫人去请素兰即便过来。刚走到里面，这边奚十一已到门，春兰、英官下来，进去问了，回说不在家。奚十一听了，先有一分怒气，自己也就下来，刚刚走进了门，姬亮轩尚在门外，只见一人笑嘻嘻的上前说道："老爷是找那一个的？若是找相公们的，没有一个在屋里。"说罢，便迎面站住，也不说个"请"字。奚十一见了，就有了三分气。正要开口，倒是春兰先说道："呀！这是奚大老爷，无论相公在家不在家，总请大老爷进去，怎么门口就挡住了？"那人才退了两步，说："请大老爷进屋子里喝茶。"即开了二门，奚十一同亮轩进内，走过庭心，上了客厅，却是三间，东边隔去了一间，算客房，对面两间，一边是门房，一边空著。当下两人就进去房内坐了。英官、春兰即在外间坐下。那人送了两钟茶上来，有些认得春兰，问了来历，进去告知长庆。长庆道："已经回说不在家，也就不必应酬他了。"又想道："这姓奚的，虽听得他是个冤大头，但是个没味的人，多少相公上了他的当，没处伸冤，琴言是断乎讲不来的。不然叫天福、天寿回来，或者有些甜头也未可知。"一面即打发人到戏园去叫，一面自己穿了衣裳鞋袜出来，款待奚十一。

且说陆素兰来，见了琴言，问道："何事？"只见琴言又是娇啼满面，歪倒在炕上。素兰安慰道："你又怎么，你师傅请我来有何话说？"琴言道："我今番真要死了，不比从前还可捱得下去。"素兰忙问何事，琴言就把长庆的话述了一遍。素兰也觉吃惊，发怔了半天，方问道："你师傅的意思怎样？"琴言道："师傅也没有主意，似乎两难，只有我死了，便了结了。"素兰道："你开口就说死，事情须细细的商量。况现在并没有闹事，又没人逼你，且缓缓的想个法儿。"琴言道："有什么法想？你忘了他们有个魏聘才，肯赦我这条命么？只有一句，倒是瑶卿害了我了。"素兰道："怎么说是瑶卿害你？"琴言又淌了些泪，不言语。

素兰疑心，连声的问，琴言叹了口气，道："若使大年初六那一天，瑶卿去唱了那出《惊梦》，我便不上台，也就干干净净，直到如今没什么丢不开的事。偏要我去当灾替死，害得人半年以来，心上没有一刻快乐。前日招此非灾枉祸出来，仍系那出《寻梦》断送了我，偏与瑶卿合唱。他若写意些，我也不经意了。若叫他当场压下我来，又叫我没脸，所以我不得不用心，偏又惹出这件事来。岂不是始终是瑶卿害的？素兰道："我看华公子这个人，倒也没有什么不好，我也没有见他糟蹋过人。你若心上没有牵挂的事，倒可以去混几年，或者倒有些好处也不可知。就是不能会见庚香的苦了。"琴言道："就算华公子是个好人，难道魏聘才就不教坏他么？"素兰道："你们若合了式，魏聘才那种东西，非特不能欺你，且要巴结你呢！但我有一句话，你倒不要怪我。譬如我们这班人与人相好，原是要论心的，但也不好太过。譬如度香、庚香两人，待你的情分是一样的。不过，庚香专在你身上，不肯移情于人，所以你就为这上头，也就专为他，不肯移动一步，是讲究专致的工夫了。但是庚香比不得别人，他年纪小，没有惯常出来，一切都不甚便当。假使他们太太晓得了，还要教训他，不准他出来；若访出你们相好，还要归怨于你，这是一层。你心上只管有庚香，脸上不要教人看破了，人就要怪你，说人是一样的待他，他是两样的待人，他到底与庚香是那一种交情呢，这是两层。此刻不怪你者，就是度香照常相待。你常常冲撞他，久而久之，要心冷的。你少了度香，也固然于你无损，你的师傅就不好了。此刻有度香供给他，他自然不叫你再找人。如果度香淡泊起来，他必要在你身上找还他那些钱。你想天下人，还有如度香这么样待人么？那时你受尽了气苦，只怕比进了华公府还苦呢，这是三层。到那个时候，庚香能救你还好，若依旧束手无策，不过将些眼泪给你，将些疾病报你，你两人仍是隔开，依然空想。叫你一身在外，如驴儿推磨；一心在内，如道士炼丹，你受得受不得？那时只怕真要死了，这是四层。你若进去了，或者仍可出来，也不定的。我听得华公子，最喜成人之美。若打听你们两人，有这样至死不变的交情，倒因此成全合起来也不可知。即或不然，你歇几天，也可告个假出来，到我这里，去请庾香来会一会，倒可无拘束。你心上若当他与奚十一、潘三一流人，我可以替他出结：断不至此。依我这么想，是进去的为妙。"

这一席话，说得彻底澄清，一丝不障，就是个极糊涂的人，也能明白，岂有凤慧如琴言，尚不能领悟？便也点点头道："我并不是料不着这些事，我为著情在此时，事尚在日后，故重情而略事，行吾心之所安，以待苦乐之自来。如到极处，则捐生以报，成我之情，一无顾忌。"素兰道："杀身图报，难道我辈做不出来？但也要看什么事。你为庾香捐躯，是为什么？问你，你自己也就说不出。你死了也不算什么忠臣烈士，节妇义夫。明白人还说你可怜，是一个情痴；糊涂人便说你是个呆子，甚至于胡猜到另有他故。且庾香到你死后，他不能不看破了。他上有父母，要报答的；自己有功名，要奋励的；且未娶妻生子，后嗣是要接续的，如何肯能为你捐躯？那时他倒想开了，一痛之后，反倒哈哈一笑，说：'罢了！罢了！镜花水月，到眼皆空。'只是可惜了你，到阴司，仍是孤孤恓恓盼不到他，一样的悲苦，无人可诉，你还能唱《阳告》吗？再要死时，就难再活了。"说到此处，自己笑起来。琴言也就笑了，叫道："兰哥，兰哥！我真佩服你，你这些见解从何处得来？"

素兰忽要走动，问道："后面那小院子可解手么？"琴言道："有毛厕，倒还干净。"素兰就开了房后一扇小门，上了毛房。只听得叩门之声，见院子内东基角上有一小后门，叩得乱响，即问道："是那个？"外面应道："我是对门王兰保，叫我送西瓜来与琴言的。"琴言听了，叫人开了门。那人挑著四个西瓜进来，说道："兰保说，这瓜好，送给你的。我从著后门进来，省了半里路。"琴言叫人封了二百钱给他，回去道谢，又问兰保在家，那人道在家，仍往后门去了。

素兰解手毕，琴言即开了一个瓜，两人吃时，甚是甜美。正吃得好，忽听得外面喧嚷之声，急叫人出去看时，那人去了一回，慌慌张张跑进来说："了不得了！那姓奚的闹得泼反盈天，你师傅被他打倒了。"尚未说完，唬得琴言、素兰魂不在身。素兰道："快关了房门，叫外面拿锁锁了。"两人开了后门，走到王兰保家去了。

且说长庆出来见了奚十一，请了个安，举眼看他，相貌魁梧，身材高大，满脸的烟气，似有怒容。那一个是个獐头鼠目，短小身材。又见两个俊俏跟班：一个认得是春兰，就请客房坐下。奚十一道："我姓奚，想来你也知道，不用我说。我听得你这里有个琴言，特来会会他，快些叫他出来。"长庆陪笑道："琴言偏偏不在家，进城去了。"奚十一听了，皱皱眉说道："天天不进城，偏今日进城。没有的话，快叫出来，为什么要躲著不见人？躲别人也罢了，难道你不打听打听，我是躲得过的么？你不要发昏。"

　　长庆看势头不好，像是有意来的，便一面陪笑支吾，一面打算个搪塞他的法子，只得把大帽子且压他一压，且看怎样。便满面堆著笑道："不瞒大老爷说，我们班里近日串了几出新戏，前在怡园演了一个月，才上台。前日华公子即在徐老爷处见了，就把他们叫了进府，唱了两天了，还要三天才得唱完。琴言的戏又多，华公子又喜欢他。若是别处，就可以叫回来；惟有这个府里，小的们是不敢去的。大老爷或与公子有交情，倒可以打发管家拿个帖子，去要了出来。如果合老爷的意，就将他留著使唤都使得。小的久闻大老爷的威名，几次想请驾过来顽顽，恐怕贵人不踏贱地，又因没有伺候过，所以不敢冒昧。大老爷倒不要疑心，若要躲著不见人，这又图什么呢？不要说大老爷，就是中等人，也没有不出来的。"说到此，便近奚十一身边，将扇子搧著，又笑嘻嘻的道："请宽宽衫子，如要炕上躺躺，小的倒有老泥烟。"

　　奚十一见他如此小心，气也消了，发作不出来；且闻留他吃烟，正投其所好，便道："既然真不在家，也就罢了。不是我自己夸口，大概通京城相公，也没有一个不晓得我的。你若懂窍，过两天领他来见见我。就是华公子，我们也是世交，你对他说，是我叫他，他也不好意思不放回的。"说罢，便解开了两个扣子。长庆替他脱了衫子，折好了，交与春兰，即请他到吃烟去处，亮轩也随了进去。

　　奚十一的法宝是随身带的，春兰便从一个口袋中，一样一样的拿出来，摆在炕上。长庆陪了，给他烧了几口，心上又起了坏主意，陪著笑道："小的还有两个徒弟：一个叫天福，一个叫天寿，今日先叫他们伺候，迟日再叫琴言到府上来，不知大老爷可肯赏脸？"奚十一既吹动了烟，即懒得起来；又想他如此殷勤，便也点点头，说："叫来看看。"长庆著人叫了天福、天寿回来，走进炕边。奚十一举目看时：一个是圆脸，一个是尖脸，眉目也还清秀洁白，一样的湖色罗衫，粉底小靴。请过了安，又见亮轩。长庆叫他们来陪著烧烟，自己抽空走了。天福就在奚十一对面躺下，天寿坐在炕沿上。亮轩拖张凳子近著炕边，看他们吃烟，春兰、巴英官在房门口帘子边望著。只见天寿爬在奚十一身上，看他手上的翡翠镯子；天福也斜著身子，隔著灯盘拉了奚十一的手，两人同看。亮轩也来炕上躺了，两个相公就在炕沿轮流烧烟。天福挨了奚十一，天寿靠了姬亮轩，两边唧唧哝哝的讲话。亮轩不顾天热，就把天寿搂在怀里，门口巴英官见了咳嗽一声，托的一口痰吐进房内。亮轩见了，拿扇子搧了两搧，说道："好热。"奚十一把一条腿压在天福身上，一口烟，一人半口的吹。春兰、巴英官看不入眼，便走出去，各处闲逛。

走到里面，看见些堂客们，知系长庆的家眷。又见东边一个小门半掩著，二人便推开进去，见静悄悄的，有株大梅树。上面三间屋子，东边的窗心糊的绿纱，里面下了卷帘。二人一步步的走到窗前，从窗缝里张时，见床上坐著两个绝色的相公：一个坐著不言语，一个低低说话，春兰却都认得。只见素兰忽然回头，看见窗缝里有个影子，便问："是谁？"那两人"噗哧"的一笑，跑了出来。素兰要出来看时，琴言道："看他做什么，自然是福、寿这两个顽皮了。"素兰终不放心，也因前日吓怕了，叫人关上门，别叫人进来。春兰对巴英官道："他们说琴官不在家，在床上坐的不是吗？"巴英官道："那个呢？"春兰道："是素兰。待我们与老爷说了，好不依他。"于是二人又到房门口，见他们还挤在一处，听得奚十一道："琴言到底几时回来？"天福正要回言，春兰即说道："他们哄老爷的，琴言现在里头，同著素兰坐在床上说话，还说在城里唱戏呢。"奚十一听了，心如火发，便跳起身就走出来，天福、天寿两边拉住，奚十一摔手，两个都跌倒了，问春兰道："你见琴言在那里？"春兰道："在后面，有个小门进去。"奚十一十分大怒，不管好歹，直闯进去。长庆业已听见，忙忙的从内迎将出来，劈面撞著，即陪笑问道："大老爷要往那去？里面都是内眷住的。"奚十一嚷道："我不看你的婆娘！"说了又要走。长庆已知漏了风，琴言守门的人已经看见，便进内报信去了。这边长庆如何挡得住，被奚十一一揪，跟跟跄跄跌倒了。

奚十一走进院子，只见下了窗子，就戳破窗心，望了一望，不见其人，便转到中间，见房门锁著，便要钥匙开门。长庆赶来说道："这是我的亲戚姓伍的住的，钥匙他带出去了，房里也没有什么看头。"奚十一欲要打进去，又似踌躇，春兰道："小的亲眼看见，还有英官同见的，如今必躲在床底下了。"长庆道："青天白日，你见了鬼了。"春兰道："我倒没有见鬼，你尽说鬼话。"奚十一怒气冲天，忍耐不住，两三脚踢开了门进去，团团一看，春兰把帐子揭起，床下也看了，只不见人。奚十一见房后有重小门开著，走去一望，院子里有个后门虚掩著，就知从这门出去了，便气得不可开交，先把琴言床帐扯下，顺手将桌子一翻，零星物件打得满地。长庆见了，心中甚怒，又不敢发作，想要分辩两句，不防奚十一一把揪住，连刷了五个嘴巴，长庆气极欲要动手，自己力不能敌，红著半边脸，高声说道："我的祖太爷，你放手咱们外面讲。你受了谁的赚，凭空来吵闹？我虽吃了戏饭，也没有见无缘无故的打上门来，我们到街上去讲理。"奚十一也不答话，抓住了长庆，走到外面，把他又摔了一交。姬亮轩忙上前，作好作歹，连忙劝开，长庆家里人也来劝住。奚十一坐了，长庆爬起来，气得目瞪口呆，只是发喘。亮轩见此光景，忙把衫子与奚十一穿上，死命劝了出去。奚十一一面走，一面骂道："今日被你们躲过了，明日再来搜你这龟窝，叫我搜著了，就打烂你这娘卖屄的。你就拿他藏在你婆娘海里，我也会掏出来。"亮轩竭力的劝，方把奚十一拉出了门，上了车，还骂了几声，亮轩也上了车随去。那天福、天寿不知躲到那里去了。长庆受了这一场打骂，不敢哼一声，关上门，即叫人到兰保处找回琴言，素兰连兰保也送了过来。大家说起这奚十一一味凶蛮，真是可怕，只怕其中又有人调唆出来，日后还不肯干休。一个魏聘才冤仇未解，又添出个奚十一来，如何是好？说得长庆更无主意，越发害怕，琴言只是哭泣。

兰保道："我有一个好主意，只劝得玉侬依了，倒是妥当的。你们明天就送他到华公府，他府里要赏你身价，你万不可要，只说恐孩子不懂规矩，有伺候不到之处，叫他权且进来，伺候两月看看，好不好再说。譬如有事，你原可以去请个假，叫他出来几天。华公子见他不能出来唱戏，自然必有赏赐，那时你就有财有势，闲人也不敢上门了。进去后，即或不合使唤，仍旧打发出来，可不原是一样？你若先要身价，且争多嫌少恼了他，也是不好的；进去了，死死活活都是他府里的人了。"

话未说完，素兰先就拍手叫妙，又道："好主意！曹老板你听不听？"兰保这一席话，说得个个豁然开朗，就是琴言见了今日的光景，也无可奈何，只得依了。长庆心服口服，自不必说，是晚即移到素兰家里。明日奚十一果然又来，各处搜寻不见，犹恶狠狠的而去。

未知后事如何，且听下回分解。

第二十八回
生离别隐语寄牵牛　昧天良贪心学扁马

话说长庆被打之后甚是著急，只得仍去央求叶茂林，同到华公府聘才书房负荆请罪，情愿先送进来，分文不要。聘才见他小心陪礼，且说一钱不要，便甚得意，只道他一怒之后，使他愧悔送上门来，应了前日所说的话，便找了珊枝，请公子出来说了。华公子道："为何不要身价呢？"聘才说："他的意思恐怕孩子不懂规矩；二来如有错处，公子厌了，他仍可以领了出去，所以他不敢领价。"公子点了点头，道："这也使得，明日进来就是了。但既进了我的府,无论领价不领价,外面是不准陪酒唱戏的。"聘才道:"这个自然,长庆能有几个脑袋,敢作这种事?"华公子又吩咐珊枝:"你对帐房说:每月给长庆二百银子,叫他按月到府支领。"珊枝答应了,即同聘才出来,觅了长庆一一说明;聘才又作了许多情。

　　长庆喜出望外,叩谢聘才而去,回来与琴言讲了。琴言到此光景,自知不能不避。但今日之祸起萧墙,子玉全然不知,明日进了华府,未卜何日相见,意欲就去别他一别,犹恐见面彼此伤心,耳目又多,诸多未便;欲写信与他,方寸已乱,万语千言,无从下笔,只好谆托素兰转致。便又想了一会,即将自己常常拭泪的那方罗帕,拣了四味药另包了,将帕子包好,外面再将纸封了,交与素兰,托他见了子玉面交。至明日,长庆即把琴言送到华府,公子又细细的打量了一回,心中甚喜,即拨在留青精舍伺候。又领他到华夫人处叩见,华夫人见他弱质婷婷,毫无优伶习气,也说了个"好"字,华公子是更不必说。琴言心上总是惦记子玉,也只好暗中洒泪,背地长吁。过了几天,见华公子脾气是正正经经的,没有什么歪缠之处,便也略觉放心。惟见了魏聘才,只是息夫人不言的光景,聘才也无可奈何,就要用计收拾他,此时也断乎不能。

　　且说琴言临行之际,所留之物托素兰面交子玉。素兰打算过几日,请子玉过来,与他面谈衷曲。

　　却说子玉自五月内与琴言一叙之后,直至今日,并非没有访过琴言,但其中有多少错误。这一日天气凉爽,早饭后到素兰处,先叫云儿问了在家,素兰闻知甚喜,忙出迎进。只见房内走出两人来,子玉看时,认得一个是王兰保,一个是琪官。因多时不见他,即看了他一看,见他杏脸搓酥,柳眉弇翠,光彩奕奕,袅娜婷婷,年纪与素兰仿佛,身量略小些,上前见了。子玉道:"今日实不料香畹处尚有佳客。"兰保道:"这就是你的小姨子,你们会过亲没有?"子玉道:"这是什么话?那里有这个称呼?"素兰道:"这个称呼倒也通。"琪官也不好意思,便道:"静芳不要取笑。"兰保道:"这倒也不算取笑,你是玉侬的师弟,可不是他的小姨吗?"子玉笑道:"岂有此理。"说著,遂各坐下。见桌上杯盘狼藉,似吃饭的光景,素兰叫人收拾了,便亲送一碗茶来,问道:"你今日之来甚奇,想必已经知道了。"

　　子玉听了,又是不解,问道:"什么事已经知道?我却实在是不知道。"兰保看著子玉道:"你倒不晓得?已隔了五六天了,就算你不出来,难道也没有人对你去说的么?"子玉更觉纳闷,却思不到琴言身上来,说道:"我实在不晓得你们说的是什么,我是不出大门的,这两天又没人到我那里,如何晓得外面的事?"琪官笑了一笑。素兰道:"你真不知道,我只得告诉你,你且坐稳了。静芳、玉艳,你两个扶住了他,待我再说。"子玉道:"香畹一向直爽,今日何故作这些态度?想来也没有什么奇事,故作惊人之语耳。"素兰又把子玉看了又看,惹得兰保、琪官皆笑。子玉看他们光景,著实心疑,便道:"香畹,你且说来。"素兰又怔了一怔,道:"说倒有些难说,有件东西给你一看就知道了。"

子玉此时直不知什么事情,只见素兰从小拜匣内拿出一个纸包来,像封信是的,签子上头又没有字,包又是方的,接到手内轻飘飘,拿手捏捏,觉松松的似乎有物。便即撕去封皮,见是一块白罗,像是帕子,心上益发疑心,即一抖,掉出四个小纸包来。兰保等亦都走过来看。子玉拆开纸包,摊放桌上,却是四味药,又不认得。素兰便问道:"这是什么药?"子玉道:"我不认得。我且问你:给我看是什么意思?怎么你又不知道呢?"

此时那三人都不言语,只管瞧着那几包药。子玉看他们也似不明不白的,心上便越发狐疑,便问素兰道:"这包东西到底是谁的?你们讲得这样稀奇。"素兰道:"不是我与你要这包东西,是你眠思梦想的那个人,临别时留下,嘱付我寄与你的,我当是有什么要紧的东西,不晓得他就将天天所吃的药包了些。这帕子他想你必认得,叫你睹物怀人的意思。"子玉一听,心中老大一跳,一面看了看这罗帕,一面想道:"听他如此说来,难道玉侬有什么缘故,像是不吉的话?"如此一想,更觉一股悲酸从心里走到泥丸宫,复转将下来,竟透出眼鼻之间,已是涕泗汍澜,忍耐不住,便索索落落的流下泪来。三人看了,也一齐叹息。子玉见此光景,更不敢再问,倒像已经明白一样,就把帕子拭了一拭,想道:"这药想必临终的时候吃的了,故寄与我看。"便觉万箭攒心,手足无措,只得站起来到外间坐下,想要大哭几声,但在素兰这里究竟不便,只掩泣发怔。

素兰见此光景,倒悔自己孟浪,又想方才的话说得竟像玉侬死了,所以触起他伤心。即忙出来,对子玉讲道:"你且不必著急,还等我说,玉侬没有怎样,请进屋内坐下,候我细说。"子玉听了,便著急道:"香畹,你有话就直说,别这么半吞半吐的唬人,到底玉侬怎样?"便又走到里间来。兰保、琪官看著他,也有些凄楚。素兰道:"你细听著这五月内的事情。"便一五一十的将魏聘才怎样的来说,奚十一怎样来闹,他与兰保怎样的劝,怎样的出主意,又怎样的躲避奚十一,又怎样的送进华府,临行时怎样哭泣嘱付,又将不受身价并可告假出来的话,细细的述了一遍,又安慰了几句。

子玉听了,知琴言尚在人间,心便放了一分,停了一停,道:"玉侬此去,也就如出尘离世的一样。"便又滚下泪来,出了一回神,重把那几味药看了又看。只认得一样是芍药。其余皆不认识，因对素兰道："玉侬寄这几味药，必有深意，但不知是什么药，你可叫人拿到药铺问明，叫他就写在包上。"素兰道："说的是。"就要叫人。琪官道："不用，跟我的人就认得，他在药铺里当过伙计。"琪官即叫那人进来。把这四味药给他认，那人看了，便说道："这味是牵牛，这是独活，这是芍药，这是防己。"琪官拿起笔来写了，却想不出意思。素兰道："他离开了你，便是独活了，我懂得这一味。"兰保道："防己是防自己的身子，好叫你放心。那两样实在想不出来。"子玉含著眼泪道："玉侬的心事全见于此：这芍药一名将离，言进了华府是已经离的了；既离了，自然是独活了；独活在华府中，难道浮沉俯仰与众人一样？自然自己必定小心谨慎，刻刻预防，守身如玉。这牵牛没有别的解法，必定是七月七日回来，约我来一见，是织女牵牛相见之期了。"素兰道："是极，妙极，你猜的一点不错，正是这个意思。玉侬的心思，与人不同，他若写封信与你。犹恐被人看见；且万苦千愁，也难下笔，倒不如这个意思好。若到七夕，你是必到我这里来歇一天。我们进去，还要把你今日的情形讲给他听，也不枉了你这一片苦心。"

说说讲讲，三人殷殷勤勤的安慰，子玉也只好忍耐住了。琪官是与子玉初次盘桓，因见子玉的丰标，十分羡仰，怪不得玉侬心上只有他一人；又看他如此情重，正如新妇须配参军，只可惜缘分浅薄，会少离多，始信苍天之磨折人也。又对子玉把从前魏聘才同船、一路在舟中下作的模样讲了好些。忽又想起奚十一来，复咬牙切齿的骂几句。素兰让子玉吃饭，子玉心绪不佳，便要早回，辞了一径回去，车上便觉四肢不舒起来。到了家中，见过颜夫人，便到书房躺下，自言自语，忽叹忽泣，如中酒一般。次日即大病起来，心神颠倒，语言无次，一日之内，哭泣数次。初时见有人尚能忍住，后来渐渐的忍不住。见了他萱堂，也自两泪交流，神昏色沮的模样。颜夫人当他著了邪病，延医调治，甚至求签问卜，许愿祈神，一连十余日，不见一毫效验。一日之内，有时昏愦，有时清楚，昏愦时糊糊涂涂，不闻不见的光景；清楚时与好人一样。睡梦中呓语喃喃，有时叫玉侬，有时唤香畹，有时大骂奚十一、魏聘才诸人。

颜夫人十分著急，颜仲清、王恂三天两日常来看视，心中虽是明白，却也无法可治。二人商量，又不好对颜夫人讲，只好婉言解慰而已。颜夫人每听子玉睡梦之中，必呼"玉侬"二字，心上便疑心子玉在外有什么勾当，便当玉侬是个女人，心有说不出的隐情。因又想子玉不常出门，出门必有云儿随去，一日，便唤云儿来细细追问，说："你跟少爷出去，到底在些什么地方？那玉侬是谁？还是娼妓呢，还是什么样的人？"云儿起初不招，只说："少爷出门，无非是怡园，及王少爷、史少爷几处，并没有见个女人。小的如撒了谎，今天就活不过。"颜夫人想道："好好问他，他必不肯认。"遂命家人拿了板子，吩咐著实与我打著问他。云儿见要打，只得跪下磕头，说："实在是有个小旦，名字叫作琴言，少爷常去找他，见了面，两人也是哭的时候多，笑的时候少。就是五月里，有一天说是到怡园徐老爷处，也是假的，就同了那个小旦，还有一个也是小旦，在东门外运河里游了半天，也是哭了半天。小的在船头上，别样话是听不见的。前日少爷到了那个小旦家里，那个小旦说起琴言进了什么华公府里去了，又把那个小旦给少爷留了一个纸包，小的却不知道是什么东西，少爷就在那里哭起来。他们劝住了，回来就是这个样子。小的没有一句谎话。至于别样的事，少爷是一点没有的。"颜夫人听了，十分有气，便骂云儿道："你就该结结实实的打，为什么不早告诉我，直到要打才讲？若不看你还说实话，今日就活活打死。"

　　喝退云儿，心中便恨起这个儿子来："年纪轻轻的，就如此荒唐。若说为了一个小旦，何至于就害如此大病。"越想越气。欲要教训他一番，又看他病到如此；"且自己也四十岁之外的人，止此一子，今病到如此，即教训也是无益。万一因这一番教训，再添了病，更难治了，莫若待他好了再说。"左思右想，便请进李元茂来，问其底细。李元茂道："小门生没同出去过，琴言不琴言，我也不得而知。我去年听见魏老聘常常赞那琴言，世叔就有些留心。到今年正月初六会馆团拜那一天，世叔看了琴言的戏回来，又听得他们说好，以后的事，小门生实是没有见闻，要问魏老聘才晓得他们的细底。"颜夫人便叫门上许顺，到华府请魏少爷过来有事相商。

　　聘才却不晓得是这件事，近来与子玉颇觉疏远，竟有一个多月不来。今闻颜夫人相请，道是有些好事与他商量。隔了一日，便服御辉煌的出城，到了梅宅，见过了颜夫人。见颜夫人脸上似有忧闷的光景，聘才先问了江西的近况，可有家信回来；又问起子玉，并说场期将近，今年一定高中的这些套话。讲了一回，颜夫人道："子玉得了一个异样的病症。"便把病的光景说与聘才听，又将云儿、元茂的话也说了，便说："小儿与这琴言到底有什么缘故？"聘才听了，便觉得有些踧踖不安，良心发动，脸上露出愧色。停了一会，说道："去年小侄进京，是搭了一班戏子的船，内中有个小旦叫琴言。今年团拜这一天，却好见著他的戏。后来世兄不知怎样认识的，听说在怡园打灯谜时认识的，又赠了一张琴。小侄是个粗人，搭不上这一般的文人。其中怎样熟识，怎样交情，小侄却不晓得。世兄常往来的那一班公子，伯母也都知道，其中的深情，他们必知，伯母何不问问他们？"颜夫人道："此时那个琴言呢？"聘才道："琴言前在怡园学了什么新戏，为华公子赏识了。"说到此处，又半站起来说："小侄受老伯与老伯母的厚恩，实在感激不尽，知道世兄是为这个小旦害成了这一场大病，荒废诗书，糟蹋身子，所以倒设法怂恿华公子买他。不料事有凑巧，有个姓奚的，为琴言在那里闹起来，要收拾他们。琴言的师傅害怕，不得主意，小侄因又劝他，于前几日已把琴言送进华公府了。琴言既进了华府，一时是不能出来的。小侄心中倒觉喜欢，从此世兄倒可以杜绝了这片心，可以作些正经事，不然也为这个小旦所累了。"

颜夫人听了，便怒上心来，颇恨子玉不成人，弄这些笑话出来，心上反感激聘才，先与聘才道了谢。又说道："你兄弟如今病到这样，看来必是为这个小旦。睡梦中胡言乱语，忽哭忽笑，口口声声只叫玉侬，自然是为那个小旦进了华府的缘故。你兄弟虽没出息，但我跟前就是他一个，设或有些长短，他父亲回来，叫我何颜相对？世兄，你是明白能办事，怎么想个方法将他医好才好。"聘才摇摇头道："此事甚难，从来说心病还须心药医。小侄是知道府上规矩的，难道伯父大人肯许他出去闹吗？"颜夫人道："不是这么说，我岂肯纵容他出去闹小旦，就算我溺爱，也断不至此。我听云儿说他与小旦见面也只是哭，小孩子不知什么意思，谅来没有别的缘故，或是他们有些缘分也未可知。我想如今他眠思梦想的，总为著那个小旦。你既在华府里，你可想个法子，叫那小旦出来安慰安慰他，或者就好的快了。"颜夫人说到此，便已滴下泪来。

聘才皱著眉，也叹了一口气道："偏偏遇著这个人又是不顺人情的，况是二百银子一个月的工食，如何能叫的出来？"颜夫人问道："怎么就要二百银子一个月？这个人想来是个活宝了。既然这么要钱，你兄弟是没有钱的，怎么又认识他呢？"聘才道："琴言原不要钱，他师傅是非钱不行。小侄方才细想了，断无法子弄他来，必要和他师傅商量了，事方可行。他师傅又不肯讲白话的。"颜夫人道："他师傅是怎样的？"聘才道："难说话的很。在钱眼里过日子，要和他商量，除非多许他钱，尚不知他肯不肯。他怕得罪了那边，一年得不了这两千四百头就难了。我看这个东西要和他讲白话，是断断不能的。"

颜夫人听了这话，似乎要花些钱，便道："只要把他叫得来，就给他钱也不要紧，但不知要用多少？"聘才道："小侄再去见他讲讲看，总之小侄再没有不尽心的，先请伯母大人宽心。"说著，起身告辞。颜夫人又含泪道："多费世兄的心，此刻我也不说什么了。既然如此，请你今日就去；如来得及，今日就赐一回信更好。"聘才答应了，即便告辞出来，看了看子玉。子玉见了聘才，虽在病中，却未忘前事，便合眼装睡，没有理他。

聘才与元茂略谈几句，即便出来，一径回华府，到自己房中坐下，细细的想了一回，没有主意。即来找珊枝，把方才颜夫人托他话，都说与珊枝，又加上些话；又说："我与这个兄弟是三代世交，且我这梅老伯母止他一子，人极聪明，相貌生得也极齐整，你只当行好事，怎么成全成全他。倘能医好了这个病，我也感激你不尽。"珊枝道："我有什么法子？只好禀明了公子，说你说的。叫他去看一看就是了。"聘才连忙摇手，道："使不得，公子的脾气，咱们还不知道？如此说非但不肯，大家也不好看，须得另想个法子。"珊枝道："你有法子你就行，我是不管这些事的。"聘才听了此话，便深深的一揖，道："好老三，好兄弟，你若成全了这件事，我叫我那兄弟送你两匹新花样的好库纱。"珊枝被聘才再三求不过，踌躇了好一会，又触起自己的心事来，便说道："明日叫他去就是了。若问起来，我自有话说，不说你就是了。"聘才听罢，笑逐颜开，深深的一揖，道了谢。

因看天色尚早，即坐车出来，见了颜夫人，故作许多为难的光景，说："他师傅依是依了，但是要给他二百银子，他才肯去叫他出来；他又说怕一叫出来，那府里不要了也未可知。若不能进府时，那就不好说话。只怕他就要照样要起二千四百银来。据小侄看来，此人实在刁滑可恶。把他痛痛说了一顿，他才有些害怕，说：'后来进去不进去，不关事，但此刻之二百两是不能少的。不然我担了这个不是，一个钱不到手，又何苦作这险事。'"颜夫人听了，心痛儿子，只得依他，便道："明日就叫他来，就依他给他二百两银子就是了，以后的事情只好再说。"聘才见入其彀中，甚为欢喜。

告辞出来，到了绸缎铺，拿了两匹好纱，次日送与珊枝。你道珊枝是什么意思，敢作主意叫他出来？原来琴言刚进来半月光景，连华夫人都疼他，时常赏他东西。又常说："这孩子老实，不像个唱戏的。"因此珊枝便动了酸意，想道："我进来了三年多，也算第一分的人，他才进来几天，就这么样；脑袋又好，将来不要把我压下去。"如此一想，便要设法挤他。今听聘才的一番话，正好立主意，因此就应许他，便到了留青精舍与琴言说知。琴言一听，就是眼泪汪汪的，说道："怎么庾香就病到如此？林哥，你真能叫我出去，他家果真要我去看他吗？"珊枝道："我无缘无故的哄你作什么？你只管放心，半天之内公子也不下来。即使叫你，我与你说，告假回去看师傅的病去就来的。公子若不说什么，很好；要是说什么，我自会答应。可有一层，你去只管去，可要早些回来。再者，你今既去，千万把他的病治好了，再去第二回可就难了。"琴言红了脸不言语，心中却也甚感激珊枝："我进来了倒全仗他照应，且能叫我去看庾香，以后倒不要忘了此人。"珊枝走后，琴言想来想去，就把聘才的仇恨也就淡了，说这件事也亏他。是日无话。

好容易盼到天明，恰好又天从人愿，华公子身子不爽快，在夫人房里不出来。琴言便更放了心，忙忙的吃了饭，来找珊枝，说："怎样出去？我是不认得路径。"珊枝道："你同魏师爷出去，他们就不好问什么；就使他们有话，也传不到里头去。"琴言只得折口气来找聘才，聘才见了心中甚喜，脸上却装了冷冷的，说："你去只管去，要谨慎些；将来闹穿了，可别说我同你去的。"琴言答应了，即同聘才一重一重的出去，把门的有认得的，也有不认得的，见了聘才同著，却不敢问。

出了大门，即叫琴言坐在车里，放下车帘，自己跨沿，四儿坐在车尾，不多一刻，即到了梅宅。聘才也不候通报，同了琴言一直到了书房。许顺见了甚为诧异，却又不好拦阻，也跟了进来。颜夫人正在盼望，见许顺进来，似欲回什么话似的。颜夫人问："有什么事？"许顺说："魏大爷同了一个人，倒像个唱戏的似的，小的不敢不回。"颜夫人道："我知道，快请进来。"许顺去请，只见聘才同著一个十五六岁的孩子进来，不看也不觉得，细细一看，把颜夫人吃了一惊，倒像是那里见过似的，忽然想起很像他未过门的媳妇琼姑模样。心中暗暗称奇，说："我常时听戏，见过无数的小旦，不过上了装像女人模样，下台时却没有细看过。今见这琴言玉骨冰肌，华光丽质，其尊贵的气象，若梳了头便是个千金小姐的身分。就是这本来面目，也像个宦家子弟，俊雅书生，恰与自己儿子生得大同小异。"本来原有怒气，想说他几句；及至如今见了，不觉生出笑容来。

琴言一进门时，原为子玉病重，出于情所难忍，故不顾吉凶祸福，也拼著颜夫人骂了几句；而且聘才在车上，一路上说了些利害话，心虚胆怯，只得战战兢兢上前，见夫人磕了一个头起来，低头傍立。颜夫人叫近前来，又打量了一回，即请聘才坐下。颜夫人道："你是那里人？去年几时到京？怎么认识我们少爷？又怎么样相好？你实对我说，我不难为你。"琴言见夫人颜色和霁，便略略放心，眼含双泪，讲了两句，却含含糊糊。夫人知他害怕，便安慰他道："你不用害怕。这是我儿子不好，他来找你，不是你找他的。你只管放心，我决不难为你，你却不可支吾，快些直说。"琴言停一停，只得说道："小的是苏州人，去年冬天到京，在联锦班。因为父母双亡，族中的叔母将我卖出来的。今年正月初六日在姑苏会馆唱戏，是头一回见少爷。不知是怎么缘故，倒像从前认识的一样。到元宵那一日，小的到怡园徐老爷家看灯，看他们制些灯谜，内中小的最爱那'落花人独立，微雨燕双飞'那个灯谜，徐二老爷就把一张瑶琴，作了这个灯谜的彩头，说有人猜著了，我就请他来与你相见。这日刚刚是少爷猜著。过了两天就请了少爷来喝酒，叫小的来伺候。自从那一天才认识。第二次是素兰邀游运河，陪了半

天。就这两回,这是句句实话。夫人不信,只管问魏师爷;且少爷出门,夫人是晓得的。"话未说完,便止不住流下泪来。聘才道:"这都是实话,真真没有见过三面。"

颜夫人听了,心中不解,所以又看琴言神气,实在可怜,心中想道:"怎么半年光景,就见过两面?"便问道:"你的话自然句句是真的,但是少爷现在,心心念念就是惦记你,你自己想必明白。"琴言道:"夫人这样恩典,小的敢不实说?实在也奇,非特我像从前见过少爷;就是少爷见了我,也说是好像从前认识的,就觉见面时,也是一家人似的,彼此也说不出缘故来。"颜夫人笑道:"听你这一番话,却真也奇,我实在想不出来。但如今少爷因为你进了华府,病到这个样儿,我所以叫你来,你怎么宽慰宽慰他,能够叫他好了,我不但不怪你,还要赏你呢。"琴言听了,更觉酸楚,只不敢哭,惟呜呜咽咽的说了一句,却不分明。

颜夫人见此光景,倒反可怜,就请聘才同琴言到子玉房中来,自己与聘才在外间坐著,看他们所说何话,怎样情景。那许顺也直站到此刻,方才听明少爷的病源,也跟到卧房中细听。

不知琴言怎样医好子玉之病,且听下回分解。

第二十九回
缺月重圆真情独笑　　群珠紧守离恨谁怜

却说琴言到梅宅之时,心中十分害怕,满拟此番必有一场凌辱。及至见过颜夫人之后,不但不加呵叱,倒有怜恤之意,又命他去安慰子玉,却也意想不到。心中一喜一悲,但不知子玉是怎样光景,将何以慰之,只得遵了颜夫人的命,老著脸,走到子玉卧房来。见帘帏不卷,几案生尘,药鼎烟浓,香炉灰烬,一张小小的楠木床,垂下白轻绡帐。云儿先把帐子掀开,叫声:"少爷!琴言来看你了。"

子玉正在半睡,叫了两声,似应似不应的。琴言便走近床边,就坐在床沿之上,举目细细看时,只见子玉面色黄瘦,憔悴了许多。琴言凑近枕边,低低的叫了一声,不觉泪如泉涌,滴了子玉一脸。只见子玉忽然的呵呵一笑,道:"'七月七日长生殿,夜半无人私语时',正是此刻时候。"便又接连笑了两声。琴言知他是呓语,心中十分难受,在他身上拍了两下,因想颜夫人在外,不好叫他庚香,只得改口叫了声:"少爷!"此时子玉犹在梦中，道是到了七夕，已在素兰处会见琴言，三人就在庭心中，摆列花果，煮茗谈心，故念出那两句《长恨歌》来。魂梦既酣，一时难醒。琴言又见他笑起来，又说道："我当是'黄泉碧落两难寻'呢。"说到此将手一拍，转身又向里睡著。

琴言此时眼泪越多了，只好怔怔的望著，不好再叫。见子玉把头摇了一摇，道："偏这般大雨，若明日早上也是这样，可怎么好？船又隔得这么远。"停了一停，说道："独活、防己之下，应须添一味当归。"外面颜夫人听了，知是呓语，虽不能十分明白，也是一阵伤心，两泪交流，只管怔怔的瞅著聘才。聘才心上也觉凄楚，便说道："玉侬，你只管叫醒他。"琴言便叫了两声："少爷！"子玉"嗤"的一声，笑道："你好痴也！"又道："云儿，你只管叫我作什么？这么近的路怕什么？你还当是大东门外么？"琴言要高声叫，又哽咽了，喉咙叫不出来，只把手拍他。那子玉忽然睁开眼来，对著琴言道："香畹，这回又亏了你，费了如此的心，我以后便放了心了。"琴言又往前凑了一凑，拍著肩道："少爷！琴言在这里看你，你病可好些么？"子玉心上模模糊糊，眼前花花绿绿，看不分明，便冷笑了一声。琴言又说了一遍，子玉便哈哈大笑起来，道："你已试过了我一回，难道我还认不得你？"

当下颜夫人在隔壁，听了肝肠欲断，忍不住到房门口来看，见琴言坐在床上，拉了子玉的手，只是哭，子玉只管笑。颜夫人道："他认不得人，这怎么好呢？"聘才也只得走到床前，叫了几声："世兄，你心上的琴言特来看你，我扶起你来坐坐，你们说说话就好了。"聘才叫云儿拧块热手巾来，替他净了脸，擦了擦眼睛，扶他坐起，把床锦被叠了，在背后靠著。颜夫人倒不肯进来，恐怕儿子心上愧惧，魏聘才也离得远远的。子玉坐起后，精神稍觉清爽，猛然眼中一清，见琴言坐在旁边，便问道："你是谁？坐在这里？"琴言带著哭道："怎么连我也不认得了？"琴言见窗户未开，且系背光而坐，自然看不明白，便挪转身子向外坐了，侧了一半脸，望著子玉道："我是玉侬，太太特叫我来看你的，不料十数天就病到这样。"说著，又呜咽起来。子玉听得分明，心中一跳，便把身子挣了一挣，坐直了，看了一回，道："你是玉侬？我不信，你怎么能来？莫非是梦中么？"琴言忍住哭，道："我是琴言，是太太叫我来的，你为何病到如此？"子玉便冷笑了一声，道："真有些像玉侬。"颜夫人听了，对著聘才道："此话说的奇怪。"又听琴言道："我是为著你的病来的。"子玉笑道："你真是玉侬，如何得来？就算你愿意来，人家如何肯放你来？"琴言道："我真是玉侬，我已来了多时，是奉太太之命，叫我来看你；又亏魏师爷带我上来。我劝你自己宽心，不必忧郁，身子要紧。快养好了病，我既已动了，就可以常来的。"说著，又滴下泪来。

　　颜夫人见子玉清爽些，便有些欢喜，叫丫鬟移张椅子在帘子外坐了，聘才就站在颜夫人背后。子玉此时又清爽了几分，便凑近琴言，细细一看，笑道："玉侬，你当真来了，不是假的？"琴言回转头来，对著子玉，要回答时又咽住了，只是哭。聘才在外低低说："玉侬扎挣些，倒不要引起他的哭来。"琴言只得把帕子掩了脸，用力迸出一句话来道："是真的。"子玉道："果然是真的？"琴言道："真真是真的。"子玉便狂笑一声，往前一撞，却好扑在琴言肩上，犹是"咯咯"的笑个不住。聘才见了，忍不住的笑，那些丫鬟仆妇也无人不笑。颜夫人点头叹息，见子玉两手扶著琴言的肩，要坐起来，先笑了一回。琴言道："你倒是什么病？我劝你不要病了，从今日就好了罢，省得多少人为你苦，更招太太心里不安。"说著，遂又滴了些泪。

　　子玉笑道："我有什么病？我这个病要他来就来，要他去就去，原不要紧的。"琴言道："休说不要紧，你这病不比从前，也添了满面的病容，千万句并作一句：放宽了心。你从前说自己会宽解，看得破；怎么今日又不会宽解，看不破了呢？"子玉笑道："我又何尝不会宽解，又何尝看不破呢？若看不破时，就是独活的反面了；幸而看的破，尚有今日。"说著，又哈哈的笑起来。琴言道："我在华府很好，华公子那人也是极正经的，且府中上上下下都待我极好，你很不必惦念。"子玉笑道："你真好么？"琴言道："真好，你不信问魏师爷。"子玉道："真好就好了，问他作什么？"便又笑了。琴言道："只要你的病好得快，我便更好；你若好得慢，我也就不甚好了；你若一分病没有，我便似成了仙这么快乐。"说毕，勉强一笑。这子玉便大乐起来，手舞足蹈的光景。琴言道："他那里原准我告假出来，倒不比在师傅处拘束我。从前没有来过，今已来了，我就常常的出来看你。你若没有病，我也可以多坐会，多说两句；你若有病，我又怕你劳神，且我见了更闷。"子玉笑道："你真能告假出来么？"琴言道："今日不是告假出来的么？"子玉道："这也奇极了，我只当你进去了，我们此生休想见面。再想不到你竟能出来，且又竟能到我这里来，真也实在奇怪，却也实在妙极，天乎！天乎！"说著，又抚掌大笑。琴言见了，倒疑他这笑也是病，心上倒又伤心起来，只得忍住。

　　此时颜夫人见子玉只是欢笑不已，也便解去了多少愁闷。想既能如此欢笑，心中自己开豁，其病就可好了。又见琴言总是凄凄楚楚，真想不出这个道理来。子玉便又笑道："你进去了，作些什么事来？"琴言道："一件事都没有，叫我在留青精舍伺候。府里的房屋排场，比怡园又是一样光景，错不得规矩。却用不著唱戏，也不作什么，不过作一个伺候书房的书僮就是了。"子玉道："你出来，他们知道不知道？"琴言道："他在上屋时候多。他还有好几处书房，歇了几天，才到一处，也不过略坐一坐就走了。这屋子里的人不奉呼唤，是不进那屋子里去的。"琴言向来总说实话的，今日要治子玉的病，就有几句谎话在里头。说得在华府里这等快活，将来还可以时常出来，不过极力要宽子玉的心病。子玉听了这一片话，心内已觉四平八稳的摇也摇不动了，便真快活，笑了一回。

琴言又道："从前在师傅处出门怕费力，且没有来过，也不敢进来。今日我进来时即见过太太，太太很疼我，命我常来看你。今既奉了命，还怕谁敢说什么不成？出入可以自由了。"子玉听到此间，倒把眉头皱了一皱，有些慌张的意思，低低的问道："你已见过太太了？太太没有说你什么？谁带你上去的？准你进来吗？"琴言道："是魏师爷带我上去的。我曾对太太说：'我能治你的病。'太太就很喜欢，吩咐我说：'你若能治好你少爷的病，我不但准你进来，还准你常常的来呢；候老爷回来，还要商量买你进来服侍少爷呢。'倒问我愿意不愿意。我说：'我有什么不愿意，只求太太的恩典就是了。'"子玉道："你向来是不说谎的，今日这些话不要是些谎话来哄我么？"琴言道："你不信，我请太太进来，当面讲，你听听是真是假。"说罢，就要走出来。子玉连忙摇手，道："使不得，使不得。"又道："你这些话，句句是真的？"琴言道："你见我几时撒谎来？"子玉点点头道："真没有说过假话。"便自己定了定神，越想越乐，不禁大笑，欢声盈耳，外边的颜夫人也喜欢的笑起来。聘才更觉洋洋得意，低低的说道："小侄看世兄今日竟会痊愈的了，这功劳全亏了琴言的师傅，虽然受了他那些刁难，倒还值得。"这边子玉已乐不可言，那里留神到外间？况且外间人又是私窥他的，病人精神有限，故而听不出来。子玉竟慢慢的跨下床来，琴言扶着走了两步，觉得脚软神虚，便又笑道："我已好了，我原没有什么病，不过受了些暑气，有些头闷神昏。他们便当我是大病，把些药来我吃，愈吃愈闷，闷也闷极了。"便叫云儿道："我觉饿了，有什么吃的，快拿些来。"

颜夫人听了，即轻轻的走出，聘才等亦都跟了出来。颜夫人道："怪事！怪事！直看不出他们什么意思来，这一对小人儿，却真也奇怪。今日实实亏了琴言，我倒要重重的赏他。"聘才嬉嬉笑道："这也实在稀奇。伯母请看：世兄与琴言都是正大光明，一无苟且的。今日真亏了他，若不然，就是那叶天士重生，也不能治的这么快。"颜夫人道："这也总是世兄的大力，才能叫得出来，这功劳总是世兄的，我母子感激不尽。"聘才连道："不敢，况小侄受伯母府上的栽培，理应效劳，不要说费这点心，就叫小侄赴汤蹈火，也不敢不尽力。"说完，露出满面得意。颜夫人又谢了几声，即命云儿将那莲子粉熬成了小米粥，盛了两碗，命琴言陪著子玉吃了。

子玉见了琴言，心中一喜；又听了他这番言语，郁抑全舒；又喝了一碗粥，便觉得神清气爽，即对琴言道："我的病已好了，你全可放心。你今日出来，倒要早些回去，不要叫人说出话来，以后倒难告假了。你的话我句句记著，句句依著你。你自己也要留神，诸事随和些，图个上进，比唱戏到底好多了。我前日只道与你永无见面之期，不料今日如此快叙，我心中此刻百忧尽去，毫无不足。只可惜我没会见过这华公子，不然我也可以来会会你。既是魏师爷同你出来——"说到此，便问琴言道："聘才同你到什么地方？"琴言道："先前他也进来，叫了你好几声，扶你起来坐的，你没有留心。此时想在上房同太太说话。"子玉即低低的说道："从前的嫌隙，也不必记他了，以后倒和好些为是。今日也算亏他出力。"琴言点点头，大有难分之意。子玉倒连连催他，直到琴言告别之时，子玉方洒了几点泪。琴言又恳恳切切的嘱咐了一番，子玉满口答应，送到房门口。琴言道："你才好，不要出来，我还要到上房见太太。"子玉又有些惶恐之意，便叮嘱道："你见太太时，说话也须留意，不可据实。"琴言答应，走了出来，即重到上房中堂内。

颜夫人见了，便笑吟吟的道："今日真亏了你治好了少爷的病，但不教他再病才好。"琴言脸上一红，停了一停道："少爷心地光明，没有看不透的事情，以后可保没有病了。"颜夫人又把琴言打量了一回，便道："你今日去了，几时再来呢？"琴言道："可以告假就来，请太太宽心。"颜夫人叹了一口气，对聘才道："他们两个小人儿的事情，真是猜不透。今日看他一个哭、一个笑，也没有讲什么，若不是亲眼看见，便任是什么人也要胡猜乱讲，还要说我溺爱不明，为儿子作这些事。世兄你想，你亲眼看见这光景，好笑不好笑？教我如何能认真，由他病去不成？"聘才正要说话，颜夫人又对琴言道："此中的情节，只有你心上明白，倒还要仗著你伺候他大好了再说。"琴言低低答应，心中也想道："不料这位太太这样慈悲，若是别人，只怕未必能这样，就算疼他的儿子，也疼不到我身上来。"便著实感激。聘才见时候过久，便要同琴言回去，琴言也心内悬著，便叩辞颜夫人要去。

颜夫人道："你且略候一候，我还有话。"便自己进房，先着人叫了许顺进来，叫他秤了二百银子来，颜夫人道："你交与魏少爷收了。"聘才叫交四儿拿了。又见一个仆妇拿著一包东西出来，付与琴言道："这是太太赏你的，你收了再去谢赏。"聘才见是银镶小刀一把，大荷包一对，小荷包一对，帕子一方，洋表一个，梅花小锭十个，牙骨真金面扇子一把。琴言收了，与聘才进去谢了赏；聘才也含含糊糊的跟著谢了一声，即同出来。颜夫人送至中堂廊下，又叮嘱了几句。琴言与聘才出来，走到门房门口，只见许顺笑嘻嘻的出来，见了聘才，问道："今日的事，到底是个什么缘故？真叫我们想不出来。"又问琴言道："你是那个班子里的？"聘才代答道："他从前在联锦班，此刻不唱戏了，在华公府里当差。至于其中缘故，此刻不必告诉你，你后来自会知道。"许顺不好再问，即送了出来。

两人上了车，路上闲谈，琴言便感谢不尽，聘才也谦了几句，却十分高兴。进城已是申初时分了。到门口下来，一径跟著聘才进去，只见总门口有人拿了大簿子记上一笔，琴言知道是上号簿。聘才先叫四儿将银包拿进房去，放在钱柜内锁好。一同进来找著林珊枝，珊枝见琴言回来，即笑道："怎么去了许多时？想必医的病好了。"琴言面有惭色，便问道："公子可曾传我？"珊枝道："怎么没传？传了两三回，不见你回来，公子大发气，已著人叫你师傅去了。"

琴言听了，吃这一惊不小，满面通红，说不出话来。聘才道："他是不禁恐唬的，你不要唬坏了他。"珊枝正容道："我唬他作什么？未正二刻，公子出来不见他，问我，我说：'是他师傅的生日，琴言他回去拜寿。本要等公子下来告假，今早听得公子不下来，他又候不及，托我回的。'公子一听就有气，说：'若真是他师傅的生日还罢了，要是说谎为别的事出去，我是不依他的。'立刻叫人到你师傅那里打听去了。那人回来说了，只怕连我也要挨骂，你是不用说了。再者是，门簿上记明出进，都是魏师爷同的，只怕连魏师爷也要难讨公道。"琴言听了，心中七上八下的乱跳，急得眼睛都红了。"若被他访出真情，且慢说挨骂，就是羞也羞死人"。聘才听了，似信不信的道："老三，你不要唬人，我是不关事的，是你担了担了叫他出去的，自然先要问你。"珊枝冷笑道："问我，我就直说，知道你们作些什么事？"琴言吓的眼泪都出来了，只得软求珊枝替他周旋。聘才见此情景像真，亦连连陪笑，把扇子搧了他几扇子，作了一个揖，叫声："好兄弟！你替我遮盖些，就是哥哥脸上也不好意思，始终还是仗著你的大力呢。"

珊枝见他们真著了忙，便"嗤"的一笑，道："不要慌，事情是真的，不是我撒谎。早替你们张罗好了：我已告诉朱贵不用去打听，在城外逛一逛回来，说真是他师傅的生日，停一回就回来的。你们如得了彩头，也分些来谢他。"琴言道："我送他几两银子就是了。"珊枝又对聘才道："这号簿上也去了才好，不然将来终要看见的。"聘才道："索性亦求你三太爷施点法力，我是不好去说。"珊枝道："只是太便宜了你。昨日那两匹好纱，我不希罕，还拿去罢，花样颜色全不好，我不要。"聘才道："纱是顶好的，若要再换好的也没有，要换花样倒可以。"珊枝道："纱衣我也够穿，现存著十几套，没有裁的也用不著，我还打算送人，不过十几两的人情罢了。我告诉你：我新近见了两样东西，我很爱他，自己不能出去买。"话未说完，聘才就连忙问道："你看见什么，只管说来我听，或者我可以就给你办来。"珊枝道："不是别的。我见沙回子家里有一个金丝拧成的一个花篮，不过二两重，手工倒贵；我又见他自己泡茶的一把时大彬的宜兴茶壶，盖子上嵌著一块翡翠，是没有比他再好的了，我这个搬指都比不上。那金花篮我还了他四十两，他也肯了；那茶壶我还了他二十四两，他还不肯。明日请你替我把这两样拿来。沙回子讲，这把茶壶竟是个宝贝，时大彬到此刻有一百多年了。这壶嘴倒完茶是一点不滴的。泡茶时放茶叶也好，不放茶叶也好，冲一壶开水下去，就是绝好的茶，颜色也是淡绿的。我因不信，把他的茶叶倒了，另放开水下去，果然一点不错，是绝好的好茶，你说奇不奇？"聘才道："茶壶用久了，所以才能够这样好。你既爱这两样，我就买来奉送。那纱也不必退，还留著送人罢。"珊枝笑道："怎好这样。我若一定不要，倒显得不好，只得生受了。"说了一回，就回房去了。到了留青精舍，珊枝问起琴言之事，琴言只得大略说了一说。珊枝不信，心中有些动疑，说："怎么无缘无故的会害起病来？见你戏的也不止他一个，难道人人见了你，就都为你害病吗？我倒不晓得，你们有这些情分，还是另有缘故呢？"一片话，说的琴言臊的了不得，又不敢驳回他，吊桶落在他井里，只好忍住这气罢了。

却说子玉这一场大病，琴官这一出华府，魏聘才自为得意，又以为奇，在城外各处传扬。人家听了，竟当了一件新闻。有那些各班里相公，有嫌琴言的，有爱造言生事的，七张八嘴，改头换面，添起枝叶，把个子玉、琴言说得无所不至。不料王通政在人家席上遇著蓉官、二喜等类，就把子玉、琴言的事说得活龙活现。文辉本看过子玉之病，也觉得病的有些古怪，只不晓得是相思病。今听了这些话，心上著实不爽快，因想道："少年人这些事原也禁不住的，也只好逢场作戏；况且子玉才十八岁，正是好花含蕊的时候，怎么就作起这些事来？偏偏去年又将个爱女许了他。人生起头第一件，就是这不爱听的事，有了外遇，将来琴瑟之间就不能专好的了。"回家就叫他儿子王恂问了一回，王恂只好含含糊糊的说了几句，又与子玉剖辨，说断不至此，文辉终有些疑心。陆夫人听见了，虽未过门，倒先替女儿吃起醋来了，便向文辉说道："若论玉哥儿，相貌是极好的，所以去年孙亲家母作媒，我就应许了。如今你自然不管，这怎么好？亲尚未成，倒先弄些笑话出来，将来若是一味的混闹，叫琼姑过去，如何过得日子？亲翁在家还能拘管，亲母是一味的溺爱，顺著他性儿，日后多半是个不成器的。这等小小年纪，就这样无廉无耻的爱起小旦来，真了不得了。更有那些老不正经的，也要常在外边作乐，更怪不得年轻的人了。到底这些小旦有什么好处，羞也不羞。"陆夫人气头上，倒连王文辉也教训了一顿。文辉只是陪笑，不敢作声，说："事情呢，实在稀奇，我暗中窃访，连恂儿都知道他们才见过两三面。就是彼此思念，其实没有别的事。况且这么小的孩子，那里明白到这些事。你放心，我自去嘱咐表妹，以后管得严些，不准他出门也就没事了。到今冬也好完娶这件事，琼姑过去了，或可拘住他。"

陆夫人冷笑了一声，道："这些下作脾气是出于本心，我见多了，拘管得那一个住？从来说贼不改性，管住身管不住心的。"文辉听这些话，明明的逼到自己身上来，只得呵呵一笑，踱了出来，往书房里去了。陆夫人气极了，又在他女儿琼姑面前，把子玉讲了又讲。琼姑低头不语，心中也有些不耐烦。本知道是个风流夫婿，却不道是这样轻薄，应著一句常说的话：才人行短了。便又想起哥哥、姊夫常说子玉的好处，说人是极正经的，又极有情的。或者他爱的这人，是单为其色，没有别的事也未可知。便觉红晕桃腮，手拈衣带，呆呆的静想。陆夫人又心疼他，多说了恐他烦恼，便坐了一坐也自去了。

再说子玉自从琴言来看之后，便已放心；又晓得他母亲不责备，而且反托聘才带琴言来，心中十分快意，自然更好得快了，不到十日便已精神复旧，惟见了母亲总有些惶恐不安的光景。颜夫人爱子之心十分体贴，又知儿子并无苟且之行，绝不提起琴言的事。那王文辉亲自来过几次，陆夫人也来过，一日在颜夫人面前，也不好说得，但有些话里讥讽，暗藏褒贬似乎叫亲家以后留点神，不要放纵他的意思。又见子玉病已痊愈，看其相貌翩翩，实是佳婿，又像个真诚谨厚的人，就把疑心消去一半。过了几日，子玉究竟放心不下，便回了母亲，借看聘才为名，去看琴言，恰好见著聘才。聘才又求珊枝，把琴言叫出来，说了有一个多时辰的话，子玉方才放心而去。

华府中人多嘴杂，且各存一心，过了几日，就有人将此事传到华公子耳中。华公子听了，著实有气，便叫珊枝上来问了一遍，珊枝替辩了几句，华公子也说了他几句，以后不准琴言出门，将他派往洗红居，交与十珠婢看管，不与外人通问，便与拘禁牢笼一般。幸亏十珠婢都是多情爱好的，倒著实照应他。若是别人在此，也是求之不得的。这琴官一来年纪小，二来是个异样性格的人，倒是守身如玉，防起十珠婢来。所以华公子看得出他老诚，放心放在婢女堆中，也当他是个丫鬟看待他，只不许与外人交接。到了此间，是断乎走不出来，就是林珊枝不奉呼唤也不能到的，何况他人。琴言只好坐守长门，日间有十珠婢与他讲讲说说，也不敢多话；晚间独守孤灯，怨恨秋风秋雨而已。

未知后事如何，且听下回分解。

第三十回
赏灯月开宴品群花　试容装上台呈艳曲

话说琴言从子玉处回来，华公子虽未知其细底，但责其私行出府，殊属不知规矩，姑念初犯，权且免责，把他拨在内室，这是里外不通的所在。一日独坐在水晶山畔，对著几丛凤仙花垂泪，心中想到人生在世，不能立身扬名，作些事业，仅与那些皮相平人混在一堆，光阴易过，则与草木同朽。即如草木开了花，人人看得可爱，便折了下来，或插在瓶中，或簪于鬓上，一日半日间，便已枯萎，虽说是爱花，其实是害花了。譬如这一丛凤仙种在此处，你偎我倚，如同胞手足一样，有个自然的机趣，即有风吹雨打之时，不过一时磨折，究无损于根本。若将他移动了根本，就养在金盆玉盎中，总失其本性。还有那些造作的，剪枝摘叶，绳拴线缚，拔草剥苔，合了人的眼睛，减却花的颜色，何异将人拘禁束缚，叫他笑不敢笑，哭不敢哭。再仔细思量，人还有不如花处，今年开过了明年还开，若人则一年不似一年。即如我之落在风尘，凭人作践，受尽了矫揉造作，尝尽了辛苦酸甜，到将来被人厌恶的时候，就如花之落溷飘茵，沾泥带水，无所归结，想至此岂不痛杀人，恨杀人。一面想，一面滴下泪来。再想到庚香虽然病好，但我从前说了些谎话，若知我近日的光景，他不能来，我不能去，只怕旧病又要发了，那时再来叫我，恐怕也不能再去。思前想后，终日凄凄楚楚的。

一日一日的挨去，光阴最快，转眼已一月有余，只见丹桂芬芳，香盈庭院。此日是八月十二，华公子想起六月二十一日在怡园观剧，说秋凉了请度香过来。因想十五日是家宴之辰，不便请客，即定于十四日，请子云、次贤、文泽等，在西园中铺设了几处，并有灯戏。为他们是城外人，日间断不能尽兴，于下帖时说明了夜宴。此日正是秋试二场，刘文泽为什么不应举呢？这一科大主考，即系文泽之父大宗伯刘守正；副主考系王文辉，已升了阁学；陆宗沅、杨芳猷、周锡爵、孙亮功一班，可可的一齐分房，将那一班知名之士回避了一大半。内中除徐子云、史南湘是前科举人，萧次贤是高尚自居，无心问世，只有田春航、高品入场。如子玉、王恂、文泽、仲清等皆遵例回避。子玉在家闷闷不乐，又因琴言杳无音信，内外隔绝，又不能传递消息，几次要去访问聘才，又因华府威严，豪奴气焰，故而子玉不肯前去，只得静坐书斋，闷坐而已。

且说十四日早，子云与次贤商议道："今日华公子请我作通宵之饮，且闻赏灯，他今日必有一番热闹局面，并闻五大名班合唱。"即传家人分派跟班，检点衣服什物、零星珍宝赏需等类。总管预备好了，交与家人点过，免得临时短少。说著，已到未初，当下二人早吃了早饭，穿了衣裳，上车一径往华府来。

且说华公子亲自往各处点缀了一番。这西园景致奇妙，虽不及怡园，然而精工华丽，却亦相埒。不过地址窄小，只得怡园三分之一。园中有十二楼，从前聘才所到之西花厅，尚是进园第一处。从前华公爷一个好友叫作谢笠山，是个画画好手，与他布置了十二年，却是浓淡相宜，疏密得体。到华公子长成，心爱繁华，又把笠山手笔改了许多。如今是一味雕琢绚烂，竟不留一点朴素处。是日，张仲雨一早进来，先在聘才处吃了早饭，与张、顾诸人谈笑了半天。到得午正时候，拉了聘才、林珊枝来逛西园。

仲雨从前也不过到过一两处，聘才虽经游过两回，也未全到。此园有一妙处，曲折层叠，贯通园中。地基见方二十亩，筑开一池，名玉带河，弯弯曲曲，共有六折，每折建一桥，共有六桥。池边有长廊曲榭，回护其间，前后照顾，侧媚傍妍。也有小艇三五个在岸泊著。池边一带名为小苏堤。园中有好些大树、虬松、修竹。假山有两种：一种小者用太湖石堆砌出来，嵌空玲珑；一种高大的用黄石叠成，高至数丈，苍藤绿苔，斑驳缠护，亭榭依之，花木衬之。撮要提纲，则水边有山，山下即水，空隙处是屋，联络处是树。有抬头不见天处，有俯首不见地处。

当下仲雨、聘才二人，跟著珊枝，顺著山路径高低斜曲，穿入一个神仙洞内。从左边上去，几树丹桂，不到十余步，至一带曲廊，作凹字形，罘罳轻幕，帘栊半遮。珊枝引入看时，共是七间，两槛如翼外张，中间平厦三间，后面玻璃大窗，逼近池畔。室中陈设华美，署名"归鸿小渚"。下有小跋数行，是华公自叙亲笔。二人赏鉴了一回，从右边长廊西首小门走去，是一个小小院子，有几堆灵石，几棵芭蕉，见一个小座落，是一个楠木冰梅八角月亮门，进内横接著雁齿扶梯。上得楼来，却是四面雕窗，楼中摆著数十个书架，横铺叠架，摆得有门有户，缥缃万卷，芸香袭人。此楼有两所，作"丁"字形，一所三层，一所两层，俱是明窗面面，中间锁著四个大橱。下摆一长桌，宝鼎喷香，瓶花如笑。

当下三人略坐一坐，便从屏门后扶梯下来。接著一带红阑，阑下种著一排垂柳，前面几树梧桐。进得楼来却甚精雅，壁上挂著数张瑶琴，古锦斑斓，五色绚彩；几案上摆些古铜彝鼎，却无一点时俗气。赏玩了一回，又走下来，四面俱敞，傍水临池，室中不染一尘，几案桌椅尽用湘竹凑成，退光漆面。左右两行修竹，几处秋声动人。阑前摆著一张棋桌，放著两个洋漆棋盒，仲雨道："此间颇为幽静，却洗尽繁华气象。"珊枝道："公子虽爱热闹，其实也喜清静。"仲雨走下阶来，沿池而行，渡过红桥，对面一个白石平台，雕栏如玉；上面三间平榭，垂了湘帘。进去一看，觉得一片晶光射目，寒侵肌肤，为夏间避暑之地。一切桌凳几案，尽是玻璃面子。两旁两架云母屏风，中间一口大缸，一缸清水，养些大金鱼在内，中放一座四尺多高一块水晶山。此刻秋凉时候，已觉阴森逼人。走了出来，只听的远远敲梆之声。珊枝道："此是传人伺候，公子将出来，客将到了，恐怕有事，我先出去。"说罢，便走了。仲雨也同了聘才出来，仍到东园，穿好了衣裳等候。

却说华公子宴客，今日共有三处：日间在恩庆堂设宴观戏，酉戍二时在西园小平山观杂技，夜间在留青精舍演灯戏。华公子已冠带出来，先在恩庆堂前候客。恰好萧、徐、刘三客约会了同来，进了大门，下了车，里头另换肩舆抬进，直进了垂花门，到大厅下轿。华公子出迎叙礼。即开了中门，宾主四人慢慢的走进来，又走了两进，才是恩庆堂。萧次贤是初次登堂，便留心观望。这恩庆堂极为壮丽，崇轮巍奂，峻宇雕墙，铺设得华美庄严，五色成采。堂基深敞，中间靠外是三面阑干，上挂彩幔，下铺绒毯，便是戏台。两边退室通著戏房。宾主重新叙礼，将要坐时，魏聘才同著张仲雨出来，一一相见了礼，遂即叙齿坐下，讲了些寒温。献过了三道茶，只见两个六品服饰的，领著四个人上来，铺设桌面，摆了两席。戏房便作起乐来，随后银盘金碗、玉液琼浆献上来。华公子起身安席，子云、文泽等推让，欲要并作一席，也换个圆桌。华公子执定不肯，遂让次贤首坐，文泽次之；那一桌子云首坐，仲雨次之，聘才与自己作陪。今日是五大名班合演，拿牙笏的上来叩头请点戏，各人点了一出，就依次而唱。

冲场的无非是那几出，看官也都知道，只得略了。主人让酒，四客饮了几杯，上过了几样看馔，正是罗列著海错山珍，说不尽腥浓肥脆。清谈妙语，佐以诙谐。那边席上，聘才问次贤怡园的光景，次贤略述了几处。随后即见宝珠、蕙芳、素兰、漱芳、玉林、兰保、桂保、春喜、琪官等九个，又凑上一个，作了一出《秦淮河看花大会》，有幽闲的，有妖冶的，有静婉的，有风流的，极尽靡艳之致，众人尽皆喝彩。子云、次贤等就于此出中间放了赏。华公子对著笑道："此系抄袭吾兄旧文，殊觉数见不鲜。"子云道："唱的甚好，贞静的却极贞静，放浪的却极放浪，没有一人雷同。"文泽道："这出戏我倒没有见他们唱过。"次贤道："如今秦淮河也冷落了。就是从前马湘兰的相貌也只中等，并有金莲不称之说。"子云道："湘兰小像我却见过，文彩丰韵却是有的。"聘才、仲雨也随声附和，讲了一阵。华公子酒兴便发起来，便劝诸人畅饮了几杯。子云留心今日不见琴言，便问道："我闻得琴言近在尊府，今日何以不见？"华公子道："这孩子脾气虽有些古怪，却还老实，如今派在内书房，少刻就出来的。"子云又留心看去，却又不见林珊枝与那八龄班，心内思想："今日如此盛举，为何又不见这些人？难道都在戏房里扮戏么？"这出戏唱完了，华公子就传十旦上来敬酒。众人一齐上来，肥瘦纤浓，各极其妙。子云看九人之外添了一个全福班的全贵，也很娇娆艳丽，风致动人。都请过了安，齐齐的手捧金杯，分头敬酒。

蕙芳敬到子云面前，子云问起春航场中文字得意么，蕙芳道："前日史竹君说他的很好，是必中的。"文泽在那席听了，笑道："我听得你在家，天天的焚香祷告，湘帆就文章不佳，也是必要中的。"蕙芳笑道："谁说的？中举可以祷告得来，我倒愿替众人祷告了。"华公子问道："你们说的什么？"子云正要回言，蕙芳忙斟了一杯酒来劝子云，子云被他缠住，却不能说。华公子呆呆的看著蕙芳，等著子云说来。文泽见了，便道："待我说罢。"蕙芳对著文泽丢了个眼色，这边张仲雨笑道："媚香，今日人多嘴杂，你就要掩人的口，也掩不住这许多。"蕙芳道："要掩人口作什么？我也没有怕说的。你们爱说就说罢。"笑著走到那边来敬文泽。那边宝珠，华公子赏了一杯酒，他吃过谢了。

华公子道："今日这出戏也唱得好，淡装浓抹，各有所宜。"宝珠微笑不言。华公子即问蕙芳之事，宝珠笑道："我不晓得。"华公子笑道："你们自相卫护，这般可恶，将来总问得出来。"便又叫过蕙芳来，蕙芳只得过来，华公子道："我是性急，又听不得糊涂事。你有什么隐情，定要瞒著我作什么？"蕙芳低下头，说道："公子别听他们的话，他们是取笑我的。"子云笑道："媚香，你们的事，城外是全知道的；就是城里，只怕也有人知道。何不说与公子听听呢？"蕙芳道："我有什么说的？"仲雨忽然笑道："你事急，就借著人作护身符，如今你又忘恩负义了。"说得众人不解。蕙芳怔了一怔，脸上不觉红起来。华公子看了，想起前日的话，动了些怜念，料有些隐情不好讲，慢慢的问度香罢了，便倒把别的话支开。当下谈笑间，饮了许多酒，戏唱过了好几出，吃过了两道点心。华公子起身道："请到园中散散罢。"次贤、子云道："甚好，本来酒已多了。"诸客一同起身,就有四五个家人急忙从廊下近路抄入,通知园门伺候。

却说东西两园,在正厅两旁,处处有门户通入。当下华公子引著众人,即从游廊内绕过了几处庭院,又到一个回廊,见壁间嵌著一块祝枝山草书木刻,约有六尺多高。众人正待看时,只见一个跟班的走来一推,却是一扇门作成的,当面便是绿阴满目,水声潺潺。大家推让进园,走过红桥,是一个青石台,三面也有白石短阑,支了一个小绿绸幔子。左边是山石,土坡上有丛桂数十株;右边是曲水湾环,沿边竹树蒙茸,隔断眼界。上面是三间小榭,内书"潭水房山"四字,却极幽雅。

子云等欲要坐下,华公子让到里面去,从屏后走进,便见一个所在,里窄外宽,三面如扇面。绮窗雕棂,中间用乌木、象牙、紫檀、黄杨作成极细的花样。此中隔作五六处,前面不用帘子,是一带碧纱橱。众人到阁前看时,底下是一道清溪,有两个小画舫泊著。对面也是水阁,却通垂了湘帘。华公子就命在碧纱橱前摆了一个长桌,室中焚了几炉好香,献上香茗。众人坐了,正觉秋光如画,清洗心脾。子云偶回头时,又只见珊枝同著琴言上来,对著子云等请了安。子云等忙招呼了。子云见了琴言,此时低眉垂首,不像从前高傲神气;且隔了两月,从前是朝亲夕见的,如今倒像是相逢陌路,对面无言,未免有些感慨。即叫他走近,问了些话,要问起子玉来,却又缩住。次贤、文泽也问了几句。当下众人清谈了好一回。

已是申正时候,华公子便命摆了几个果碟、几样小吃,小酌起来,又叫了群旦进来伺候。对面水阁上却安放了一班十锦杂耍,便上起场来,说了好些笑话,作了一回像声,又说了一回《龙图公案》。次贤等不甚喜听,便与群旦猜枚行令,彼此传觞。华公子又叫了一档变戏法儿的,要了一回。堪堪月色将上,又撤了席,在园中散步了一回。便有十数对的红灯笼前来引道,华公子与诸客都更了衣,随著红灯笼步出了园,仍从恩庆堂来,却见明灯灿烂,霞彩云蒸的一般。从屏后迤东而行,处处笙歌盈耳,灯彩如虹。进了一个月亮门,门前扎起一个五彩绸绫的大牌坊,挂著几百盏玻璃画花的灯,中间玻璃镶成一匾,两旁一副长联。进了牌坊,月光之下,见庭心内八枝锡地照,打成各种花卉,花心里都点著灯,射出火来,真觉火树银花一样。前面又是一个灯棚,才到了戏台,更为朗耀,两厢清歌妙曲,兰麝氤氲。对面就是留青精舍。于是让众客进去,入了坐,主人定了席,重新开了戏,这番畅饮欢呼难以描写。

饮到二更,主客皆有醉意,便停了菜,换上果品,散坐一回。忽见伺候的上来说:"门上回话,说冯少爷来了,要进来。"华公子怔了一怔,道："好，就请进来，却无生客在此。"聘才道："缘何三更半夜的才来？"华公子道："想必关在城里，无歇处了。"候了好一回，才听得脚步声，两盏小明角灯引路，冯子佩抢步上前，与华公子见了礼，又与众人相见了，却也都为熟识。华公子即令其坐在聘才之上。将要问话，子佩便笑道："好！如此热闹请客，却不来叫我一声，要我闯上门来。"刘文泽道："恐怕你应酬忙，知道空闲，我早上就带了你来了。"说得众人笑了。子佩也不理会，便把那些个相公看了一看，即让合席饮了两杯酒，才又自己吃了几箸菜。

华公子见他光景饿了，便问道："你今日在何处？怎么这时候才来？"子佩摇摇头，道："不要说起，"才又吃了一块苹果，接著说道："绝好一局，弄得不欢而散。"说到此，却又懒说下去。华公子道："为何不欢而散？你且说来。"子佩道："今日和我妻舅归自荣，同到他的妻舅乌大傻家替他婶娘祝寿。"仲雨听了要笑。子云道："有了乌大傻，自然就不妥了。"文泽点点头道："这套话倒必定可听，快说罢。"子佩道："归自荣并约了他小丈人，带了那四个档子。大傻也请了两桌客，并些南边朋友。有几个会串戏的在内，大家公议，每人凑钱十吊，共得九十吊，遂叫了全福班演戏。归自荣高兴，与一个姓吕的串了一出《独占》。"文泽道："归自荣本生得好，就是不该同小老婆另住在城外。听说仍旧窘迫得很。"子佩丢个眼色，文泽不说了，萧次贤冷笑一声，聘才像要说话又不说。

子佩道："他们爱串戏罢了，偏又拉上我。"华公子道："不错，你的戏是唱得最好的，我看比他们还强些。今日串的是什么呢？"子佩道："和别人串也好，偏偏大傻子死缠住了，要与他唱《活捉》。本来戏名就不吉利，大傻生得又呆又笨，种种不在行，难以尽述，看的人也不住的笑。正到进场的时候，我将帕子套住了他，忽然走进了一群人来，不论皂白，拿出刑部一张票子，给众人瞧了瞧，就一条链子，把大傻子拉了出去。里头奶奶们急得哭号起来。众人不晓得是什么缘故，欲待出去劝解，他们已经飞跑去了，没头没脑的叫人怎样，只得一哄而散。自荣是不能走的，还有大傻几个至交在那里，我便一直到这里来。"众人听了，也都称奇。仲雨道："我也猜著八分了。这事还是为著归自荣起的，乌大傻不过听了衬戏，吃了镶边酒，便替归自荣担了个苦海的干系。"冯子佩道："我倒不知，你知是为著什么？"仲雨道："我也是猜测。我听得人说，乌大傻子造了张假房契，替归自荣借了六百吊钱，听得借主知道了，要告他。我想一定是此事了。"冯子佩道："有点像，钱是归自荣与大傻两个分用的，如今倒是乌大傻一人倒运了。"刘文泽道："这个乌大傻子也生得特奇,又呆又傻,倒是个戏癖。城外十个戏园,他每天必处处走到,一个园子里至少也走个四五回。歪著肩膀,最可厌的是穿双破皂靴,混混沌沌的走去走来。略有一面之交就斜著身子站住了,人又不留地,没奈何又走过去。我不看戏便罢,若看戏必遇他的。"次贤笑道:"他也是我们浙江人,我看他书倒像念过的。"张仲雨道:"也不见得,我虽不懂文理,我见他那字就不成个样子。"

华公子道:"别讲这些人,管他傻不傻。子佩,你会唱戏,你何不上台唱一出,显显本领?况且多少赏鉴家都在此,或者巴结的上,于你有点好处。"子佩"啐"了一口,道:"我又不是相公,要巴结谁?"徐子云道:"谁又当你是相公?就是顾曲登场,也是风流自赏的事。况你具此美貌,不教人赞声,岂不也冤枉煞了。"你一句、我一句,说得冯子佩有些活动,便道:"今日没有伙计,唱不成的。"华公子道:"怎么没有?你就不和班里人唱——"呶嘴道:"张老二、魏老大就很在行的。"仲雨摇头道:"我不能,况且我只会几套老生曲子,也配不上他。魏老大可以,不但小生,连二花面、三花面全能。"魏聘才只顾笑,也不招揽,也不推辞。

徐子云道:"这不用说了,就请魏兄与子佩一试,也是工力悉敌的。"聘才道:"只怕不对路,况且没有请教过子佩怎么样。"华公子道:"这也不妨。关目腔调有不合处,预先对一对就是了。况且我这里教曲的苏州人也有好几个,叫他们伺候场面就是了。"聘才道:"既如此,必须周三的笛子、秦九的鼓板方妙。"华公子便叫人传了上来,在台上伺候。聘才便自述所唱《折柳》、《独占》、《赏荷》、《小宴》、《琴挑》、《偷诗》等戏。子佩连连摇头,原来却有不会的,也有会而不熟的,便笑道:"我都不会,看来唱不成。"聘才问道:"你会的是什么?"子佩道:"我会的是《前诱》、《后诱》、《反诳》、《挑帘》、《裁衣》等戏。"聘才笑道:"也不对,竟唱不来。"华公子身子后边站著几个八龄班内的,有一个对林珊枝低低说道:"魏师爷何不唱《活捉》,前日不是见他唱过的?"华公子早已听见,便向聘才道:"你何不同他唱《活捉》呢?"聘才尚要支吾,经不得众人齐声参赞,聘才只得依了。子佩笑道:"唱便唱,不要又闹出刑部的案来,将魏老大锁了去。"众人都笑了。子佩颇觉欣然,便又故意迁延,经众人催逼了一回,然后与聘才到后台装扮。聘才是精于此事,毫不怯场,不知冯子佩怎样,先在后台操演了关目,冯子佩倒也对路。但听得手锣响了几下,冯子佩出来,幽怨可怜,暗呜如泣,颇有轻云随足、淡烟抹袖之致。纤音摇曳,灯火为之不明。众人甚觉骇异,如不认识一般。华公子已离席,走到台前,众客亦皆站起静看。华公子道："奇怪！居然像个好妇人，今日倒要压倒群英了。"子佩听得众人赞他，略有一分羞涩；又见徐子云身旁站著蕙芳、宝珠，见蕙芳看看他，便凑著子云讲些话，又凑著宝珠讲些话；又见宝珠微笑；又见刘文泽与萧次贤站著，在一处彼此俯耳低言，大约是品评他的意思。

原来文泽与蕙芳倒不是讲冯子佩，倒讲的是归自荣。这归自荣原籍江西，寄籍直隶，也进了一名秀才。少年却很生得标致，今已二十七八岁了。生平暗昧之事甚多。家本豪富，其父曾为大商，幼年夤缘得中举人，加捐了中书，现在本籍安享。自荣在京八年未归，糟蹋了多少钱财。家中现有妻室，谎言断弦，娶了乌大傻之妹。又不甚合意，又娶了叶茂林之女为副室，另居城南。叶女在家时，即不安本分，喜交游，而自荣宠嬖特甚。奁资颇厚，被自荣乱为花费，不到两年化为乌有。夫妻两个都是不耐贫苦的，未免交谪消谤。叶女又喜搔头弄姿，倚门卖俏，那些旧交渐渐走动起来。自荣始虽气忿，后图银钱趁手，便已安之，竟彰明昭著，当起忘八来，并雇了一个伙计在家。士林久已不齿，而自荣犹常常的口称某给事为业师，某孝廉为课友，而一班无耻好色者，亦欲相为征逐。归自荣与叶女住宅，就与蕙芳相近，故蕙芳知之甚详。刘文泽也去吃过酒的。但去吃酒的，自荣必要作主人相陪，故此有些人不愿去。张仲雨是更相熟的，就是聘才尚未知道。

华公子是不喜与闻这些事情，故不理会，只顾看子佩出神，忽叫斟大杯酒来。家人捧上一个大玉杯，华公子叫送到子云面前。未知子云饮与不饮，且听下回分解。